ACORDA PRA VIDA, CHLOE BROWN

TALIA HIBBERT

ACORDA PRA VIDA, CHLOE BROWN

Tradução
LÍGIA AZEVEDO

2ª reimpressão

paralela

Copyright © 2019 by Talia Hibbert

A Editora Paralela é uma divisão da Editora Schwarcz S.A.

Grafia atualizada segundo o Acordo Ortográfico da Língua Portuguesa de 1990, que entrou em vigor no Brasil em 2009.

TÍTULO ORIGINAL Get a Life, Chloe Brown
CAPAE ILUSTRAÇÃO DE CAPA Ashley Caswell
PREPARAÇÃO Juliana de A. Rodrigues
REVISÃO Marise Leal e Renata Lopes Del Nero

Dados Internacionais de Catalogação na Publicação (CIP)
(Câmara Brasileira do Livro, SP, Brasil)

Hibbert, Talia
 Acorda pra vida, Chloe Brown / Talia Hibbert ; tradução Lígia Azevedo. — 1ª ed. — São Paulo : Paralela, 2021.

 Título original: Get a Life, Chloe Brown
 ISBN 978-85-8439-203-2

 1. Ficção inglesa I. Título.

21-56175 CDD-823

Índice para catálogo sistemático:
1. Ficção : Literatura inglesa 823

Aline Graziele Benitez – Bibliotecária – CRB-1/3129

[2022]
Todos os direitos desta edição reservados à
EDITORA SCHWARCZ S.A.
Rua Bandeira Paulista, 702, cj. 32
04532-002 — São Paulo — SP
Telefone: (11) 3707-3500
www.editoraparalela.com.br
atendimentoaoleitor@editoraparalela.com.br

*Este livro é para minha mãe,
que fez o que foi preciso.*

Nota da autora

Esta história envolve o processo de cura depois de um relacionamento abusivo. Se esse é um assunto delicado para você, é bom que saiba disso de antemão. Espero ter tratado a questão, os personagens e você, leitor(a), com todo o cuidado.

Prólogo

Era uma vez uma mulher chamada Chloe Brown, e ela morreu.
Ou quase.

Aconteceu numa terça-feira à tarde, claro. Coisas perturbadoras pareciam sempre acontecer às terças-feiras. Chloe suspeitava que aquele dia da semana era amaldiçoado, mas até então só havia manifestado suas suspeitas em alguns fóruns de internet — e com Dani, a mais esquisita de suas irmãs mais novas e muito esquisitas. Dani havia dito a Chloe que ela estava maluca e que devia tentar pensar positivo para se livrar de toda aquela energia negativa em relação a um dia da semana.

De modo que, quando Chloe ouviu gritos e pneus cantando, olhou para a direita e deparou com um Range Rover branco e brilhante vindo direto na sua direção; a primeira coisa que lhe veio à cabeça, ainda que ridícula, foi: *Vou morrer numa terça-feira e Dani vai ter que admitir que eu estava certa o tempo todo.*

Mas, no fim, Chloe não morreu. Nem ficou terrivelmente machucada — o que foi um alívio, porque ela já passava tempo bastante em hospitais. O Range Rover passou voando por ela e bateu na lateral de um café. A batida de frente da motorista embriagada contra uma parede de tijolos não foi uma batida de frente contra uma Chloe de carne e osso por menos de um metro. O metal amassou como papel. A senhora de meia-idade que estava ao volante foi de encontro ao airbag, que fez seu cabelo loiro, ondulado e na altura do queixo balançar. Curiosos se aglomeraram e houve gritos pedindo que chamassem uma ambulância.

Chloe só ficou olhando e olhando e olhando.

As pessoas passavam, o relógio avançava, e ela mal notava. Sua mente era inundada por dados irrelevantes, como se sua cabeça fosse a lixeira do computador. Chloe se perguntava quanto ia sair o conserto do café. Ela se perguntava se o seguro ia cobrir tudo, ou se a própria motorista teria que pagar. Ela se perguntava quem tinha cortado o cabelo da motorista, porque estava ótimo. Mantinha o estilo e a elegância mesmo enquanto era retirada do carro e posta em uma maca.

Até que um homem tocou o ombro de Chloe e perguntou: "Você está bem, jovem?".

Ela se virou e viu um socorrista com um rosto simpático e cheio de rugas, usando um turbante preto. "Acho que estou em estado de choque", Chloe disse. "Posso comer um chocolate? Da Green & Black's. O com flor de sal é meu preferido, mas o que tem oitenta e cinco por cento de chocolate amargo deve ser melhor para a saúde."

O socorrista riu, pôs um cobertor nos ombros dela e disse: "Serve um chá, sua majestade?".

"Sim, por favor." Chloe o seguiu na direção da traseira da ambulância. No caminho, ela se deu conta de que tremia tanto que ficava difícil andar. Com a habilidade desenvolvida por anos vivendo em um corpo altamente temperamental, ela cerrou os dentes e se forçou a avançar um pé depois do outro.

Quando finalmente chegaram à ambulância, Chloe se sentou com todo o cuidado, para não desmaiar. Se isso acontecesse, o socorrista começaria a fazer perguntas. Depois talvez decidisse dar uma olhada nela. Então Chloe teria que lhe contar todas as suas pequenas peculiaridades e explicar que não eram motivo de preocupação, e ambos perderiam o dia todo naquilo. Adotando um tom de voz firme que dizia "sou uma pessoa muito saudável e estou totalmente no controle", Chloe perguntou, bruscamente: "Ela vai ficar bem?".

"A motorista? Vai, sim. Não se preocupe com isso."

Músculos que ela nem sabia que estavam tensos de repente relaxaram.

No fim, depois de duas xícaras de chá e algumas perguntas da polícia, Chloe pôde concluir sua caminhada da terça-feira à tarde. Ela não teve nenhuma outra experiência de proximidade com a morte, o que foi excelente, caso contrário provavelmente teria feito algo constrangedor, como chorar.

Chloe entrou em casa pela ala norte e seguiu com discrição até a cozinha, atrás de um lanchinho fortificante. O que encontrou, no entanto, foi sua avó Gigi, claramente esperando por ela. Gigi se virou, e seu robe violeta que ia até o chão a seguiu — aquele que Chloe havia lhe dado alguns meses antes, em seu quarto (ou seria quinto?) aniversário de setenta anos.

"Querida", ela disse, com um arquejo, os tamancos de salto fino e baixo ressoando contra o piso. "Você parece tão... enfermiça." Vindo de Gigi, que era ao mesmo tempo uma avó preocupada e uma lenda do ragtime dolorosamente bonita, era um comentário pesado. "*Onde* você estava? Faz séculos que saiu, e não atende o celular. Fiquei tão preocupada."

"Ah, nossa, desculpa." Fazia horas que Chloe havia saído para uma de suas caminhadas irregularmente programadas — *programadas* porque sua fisioterapeuta insistia que as fizesse, e *irregulares* porque seu corpo cronicamente doente com frequência vetava as coisas. Em geral, ela voltava em meia hora, então não era surpresa que Gigi tivesse entrado em pânico. "Você não ligou pros meus pais, né?"

"É claro que não. Imaginei que, se você tivesse passado por uma oscilação, ia logo se recuperar e pedir a alguém que chamasse um táxi para voltar para casa."

Uma *oscilação* era o termo delicado que Gigi usava para quando o corpo de Chloe simplesmente desistia de viver. "Não tive uma oscilação. Estou me sentindo muito bem, na verdade." *Neste momento, pelo menos.* "Mas houve um... acidente de carro."

Gigi ficou tensa, mas se sentou à ilha de mármore da cozinha com toda a graciosidade. "Você se machucou?"

"Não. Uma mulher bateu o carro na minha frente. Foi bem intenso. Fiquei tomando chá em um copinho de isopor."

Gigi voltou para Chloe seus olhos felinos pelos quais os reles mortais costumavam se apaixonar. "Quer um alprazolam, querida?"

"Ah, melhor não. Não sei como reagiria com a minha medicação."

"Claro, claro. Ah! Já sei. Vou ligar para o Jeremy e dizer que é uma emergência." Jeremy era o terapeuta de Gigi. Ela não *precisava* de terapia no sentido estrito da palavra, mas gostava de Jeremy e acreditava em prevenção.

Chloe piscou. "Acho que não tem necessidade."

11

"Discordo", Gigi disse. "Terapia é sempre necessário." Ela pegou o telefone, fez a ligação e flanou até o outro lado da cozinha. Seus tamancos batiam contra o piso de novo quando ela ronronou: "Jeremy, querido! Como você está? E Cassandra?".

Eram barulhos perfeitamente comuns. No entanto, sem aviso, foram o gatilho de algo catastrófico na mente de Chloe.

O *clic-clic-clic* dos sapatos se juntou ao *tic-tic-tic* do enorme relógio na parede da cozinha. O som ficou impossivelmente alto, estranhamente caótico, até parecer que um monte de pedras havia desmoronado na cabeça de Chloe. Ela fechou os olhos com força — mas o que eles tinham a ver com sua audição? Na escuridão que havia criado, uma lembrança surgiu: aquele cabelo curto, loiro e ondulado balançando. O modo como ainda parecia macio e brilhante contra o couro preto da maca.

Embriagada, o socorrista simpático havia dito, baixo. Era o que suspeitavam. A mulher havia se embebedado no meio da tarde, subido na calçada e batido contra uma parede. E Chloe...

Chloe estivera bem ali. Porque andava sempre no mesmo horário, para não interromper sua rotina de trabalho. Porque sempre fazia o mesmo trajeto, para ser mais eficiente. Chloe estivera *bem ali*.

Ela estava quente demais, suando. Tonta. Precisava se sentar agora, ou cairia e sua cabeça ia se quebrar como um ovo ao atingir o piso de mármore. Do nada, Chloe se lembrou de sua mãe dizendo: *Deveríamos trocar o piso. Os desmaios estão fora de controle. Ela vai se machucar.*

Mas Chloe insistira que não havia necessidade. Ela prometera ser cuidadosa, e certamente mantinha a promessa. Devagar, devagar, Chloe escorregou para o chão. Apoiou as mãos úmidas no piso gelado. Inspirou. Expirou. Inspirou.

Expirou, e seu sussurro saiu como vidro quebrando: "Se eu morresse hoje, o que meu obituário diria?".

Essa mulher incrivelmente entediante não tinha nenhum amigo, não viajava havia uma década apesar das inúmeras oportunidades, gostava de escrever códigos de programação aos fins de semana e nunca fazia nada que não estivesse previsto na agenda. Não chore por ela, que está em um lugar melhor agora. O céu não pode ser tão chato assim.

Era o que obituário dela diria. Talvez alguém especialmente cortante e desagradável, como Piers Morgan, o lesse no rádio.

"Chloe?", Gigi a chamou. "Onde você...? Ah, aí está você. Tudo bem?"

Deitada no chão, tragando ar como um peixe à beira da morte, Chloe disse, animada: "Tudo, obrigada".

"Hum", Gigi murmurou, parecendo em dúvida, mas não preocupada demais. "Acho que vou pedir para Jeremy ligar depois. Jeremy, querido, será que pode...?" Sua voz foi diminuindo conforme ela se afastava.

Chloe descansou a bochecha quente contra o piso frio e tentou não acrescentar mais insultos a seu obituário imaginário. Se estivesse em um musical brega — do tipo que sua irmã mais nova, Eve, adorava —, aquele seria o momento em que ela chegava ao fundo do poço. Chloe estaria a poucas cenas, a uma música inspiradora sobre determinação e acreditar em si mesmo, de uma epifania. Talvez ela devesse seguir o exemplo daqueles musicais.

"Com licença, universo", ela sussurrou para o piso da cozinha. "Quando você quase me matou hoje, o que foi meio pesado, aliás, mas até respeito isso, estava tentando me dizer alguma coisa?"

O universo, de maneira muito enigmática, não respondeu.

Infelizmente, outra pessoa falou.

"*Chloe!*" A mãe dela quase gritara à porta. "O que está fazendo no chão?! Está doente? Garnet, sai do telefone e corre pra cá! Sua neta está mal!"

Ai, ai. Vendo que seu momento de comunhão com o universo tinha sido interrompido de forma rude, Chloe se ergueu para sentar. Estranhamente, já se sentia muito melhor. Talvez porque tivesse reconhecido e aceitado a mensagem do universo.

Estava claro que era hora de acordar pra vida.

"Não, não, minha querida, não se mova." O rosto com uma ótima estrutura óssea de Joy Matalon-Brown estava marcado pelo pânico quando ela deu a ordem, nervosa e pálida, apesar da pele bronzeada. Era uma visão familiar. A mãe de Chloe administrava um escritório de advocacia de sucesso com a irmã gêmea Mary, levava a vida com quase tanta lógica e cuidado quanto Chloe e passara anos aprendendo os sintomas e mecanismos de enfrentamento da filha. Ainda assim, ia para o modo pânico total ao menor sinal de enfermidade ou desconforto. Sinceramente, era exaustivo.

"Não fique em cima de Chloe, Joy. Você sabe que ela não aguenta."

"Então devo ignorar o fato de que ela está deitada no chão, como um cadáver?"

Ai.

Enquanto a mãe e a avó trocavam farpas acima de sua cabeça, Chloe decidiu que a primeira mudança que faria em sua vida, por ordem do universo, seria de casa.

A gigantesca propriedade de sua família de repente lhe parecia um tanto apertada.

1

Dois meses depois

"Ah, você é um encanto, Red."

Redford Morgan tentou abrir um sorriso simpático, o que não era muito fácil, considerando que estava com o braço mergulhado até o cotovelo na privada de uma octogenária. "Só estou fazendo meu trabalho, sra. Conrad."

"Você é o melhor zelador que já tivemos", ela arrulhou da porta do banheiro, levando uma mão enrugada ao peito ossudo. Sua cabeleira branca tremia de emoção. Era um pouco dramática, a coitada.

"Obrigado", ele disse, tranquilo. "A senhora é muito bondosa." *Se parasse de jogar lixo na privada seríamos melhores amigos.* Era a terceira vez naquele mês que ele era chamado no apartamento 3E por causa de entupimento, e, sinceramente, Red estava ficando cansado das merdas da sra. Conrad. Ou melhor, dos netos dela.

A luva vermelha que envolvia a mão dele finalmente emergiu das profundezas da privada, agarrando uma bolota de papel-toalha ensopado. Ele desembrulhou o pacote e descobriu... "É a sua caçarola de legumes?"

A sra. Conrad piscou para ele, parecendo uma coruja, então apertou os olhos. "Bom, não consigo dizer. Onde estão meus óculos?" A mulher se virou como se fosse caçá-los.

"Não precisa." Red suspirou. Sabia muito bem que era caçarola de legumes, como da vez anterior, e da vez anterior àquela. Enquanto jogava aquilo no lixo, ele disse, simpático: "A senhora precisa ter uma conversinha com aqueles meninos. Eles estão jogando o jantar na privada".

"*Como?*", a mulher arquejou, claramente afrontada. "Nãããão. Não, não, não. Felix e Joseph? Eles nunca fariam isso! Não são de desperdiçar, e adoram minha comida."

"Aposto que sim", Red disse, devagar. "Mas... bom, toda vez que venho aqui, descubro um pedaço de brócolis ou cogumelos entupindo seus canos."

Houve um momento de silêncio, enquanto a sra. Conrad lutava contra aquela informação. "Ah", ela sussurrou. Red jamais ouvira tanto abatimento em uma única palavra. Ela piscou depressa e seus lábios finos se contraíram. Ele sentiu um aperto no coração ao se dar conta de que a sra. Conrad estava tentando não chorar. Caralho. Red não sabia lidar com mulheres chorando. Se ela derramasse uma lágrima que fosse, ele passaria a noite inteira ali, comendo caçarola de legumes com todo o entusiasmo e se desfazendo em elogios.

Por favor, não chora. Meu expediente acaba em dez minutos e odeio brócolis pra caralho. Por favor, não chora. Por favor...

A sra. Conrad lhe deu as costas e um primeiro soluço de choro sacudiu seus ombros.

Red suspirou.

"Sra. C, não fique chateada." Ele tirou as luvas e foi até a pia lavar as mãos, desconfortável. "São só crianças. Todo mundo sabe que elas têm o paladar de uma cabra."

A sra. Conrad deixou uma risadinha efervescente escapar e voltou a virar para ele, já secando os olhos com um lenço de pano. Idosos sempre carregavam lenços de pano. Escondiam-nos no corpo como ninjas escondiam *shurikens*. "Você tem razão, claro. É só que... Bom, eu achava que era o prato preferido deles." Ela fungou e balançou a cabeça. "Mas não importa."

A julgar pela voz trêmula dela, importava muito.

"Aposto que estava uma delícia", Red disse, porque tinha a porra da maior boca do planeta Terra.

"Jura?"

"Sei que estava. A senhora tem cara de quem cozinha bem." Ele não fazia a menor ideia do que aquilo queria dizer, mas soava bem.

A sra. Conrad com certeza gostara, porque suas bochechas coraram e ela soltou um tilintar alto que talvez fosse outra risadinha. "Ah, Red... Estou fazendo outra agora mesmo, sabia?"

É claro que estava. "É mesmo?"

"É! Quer experimentar? O mínimo que posso fazer depois de todo o trabalho que teve é convidar você para jantar."

Diz que não. Diz que é sexta-feira à noite e você tem planos. Diz que comeu cinco bifes no almoço. "Ótimo", ele disse, e sorriu. "Só vou dar uma passada em casa para me limpar."

Red levou meia hora para tomar um banho e se trocar em seu apartamento. Ficava no térreo, e vinha com o emprego. Como ele levava uma vida ousada, trocou o macacão cinza-escuro por — *rufem os tambores* — um macacão azul-marinho que tinha acabado de ser lavado. A verdade era que Red não tinha ideia do que deveria usar para jantar com uma senhorinha, mas sua jaqueta de couro e suas botas pretas costumeiras não pareciam apropriadas.

Foi só quando ele trancou a porta da frente que lhe ocorreu que aquela situação podia não ser apropriada. Podia jantar com moradores? Estava dentro das regras? Red não via problema nenhum naquilo, mas trabalhava como zelador fazia pouco tempo e não era exatamente qualificado. Só para garantir, ele pegou o celular e mandou uma mensagem para Vik, o proprietário — e o amigo que lhe havia conseguido aquele trabalho.

Posso jantar com a velhinha simpática do 3E?

A resposta de Vik veio na hora, como sempre.

O que te deixa feliz, cara. Não vou julgar.

Red soltou uma risada, revirando os olhos ao guardar o celular. Então, do nada, ouviu alguma coisa.

Ou melhor, ouviu a voz *dela*.

Chloe Brown.

"... vejo vocês no brunch, se der", ela dizia. Sua voz soava cortante e dispendiosa, como se alguém tivesse ensinado um diamante a falar. O som mexia com a cabeça dele, a fala clara o lembrando de pessoas e lugares que preferiria esquecer. De uma época diferente e de uma mulher diferente, que segurava uma colher de prata com uma mão de unhas esmaltadas e apertava o coração dele com a outra.

O timbre rouco de Chloe e as lembranças que despertava foram os únicos avisos que ele recebeu antes de entrar no corredor e dar de cara com ela. Ou melhor, de garganta. Ela estava bem ali, os dois trombaram e de alguma forma a cabeça dela dera com tudo na garganta dele.

O que doeu. Bastante.

O impacto também fez algo terrível com seu fluxo de ar. Red tentou inspirar, engasgou e esticou o braço na direção dela ao mesmo tempo. A última parte foi um reflexo: ele tinha trombado com alguém, então era seu dever tentar manter a pessoa de pé. Só que não se tratava de uma pessoa qualquer, claro. Era Chloe, cuja cintura parecia macia ao seu toque. Chloe, que cheirava a jardim depois de uma chuva de verão. Chloe, que o empurrava como se ele tivesse uma doença contagiosa e estralava: "Ah, meu... Mas o quê...? Sai!".

Ela parecia toda delicada, mas seu tom de voz era cortante como uma faca. Red tentou soltá-la antes que tivesse um troço, mas suas mãos calejadas engancharam na lã em tom pastel do casaquinho dela. Chloe recuou como se Red pudesse atacá-la a qualquer momento, e ficou olhando para ele com uma desconfiança cruel. Ela sempre o olhava daquele jeito — como se Red estivesse a trinta segundos de matá-la. Chloe o tratava como um animal selvagem desde que os dois se conheceram, quando ele lhe mostrara o apartamento que jamais imaginara que ela alugaria.

Chloe se mudara uma semana depois, e desde então perturbava a paz dele com seu comportamento de rainha do gelo.

"Eu... eu não tenho ideia de como isso aconteceu", ela disse, como se Red tivesse orquestrado aquilo tudo só para ter a chance de tocá-la.

Cerrando os dentes, ele tentou assegurar-lhe que não se tratava de um assalto ou uma tentativa de sequestro fracassada — que, apesar de suas tatuagens, seu modo de falar e todas as outras coisas que faziam mulheres de classe alta como ela julgar caras como ele, não era um criminoso perigoso. Mas tudo o que saiu de sua boca foi um chiado inútil, de modo que ele desistiu e procurou focar na respiração. A dor na garganta passou de um amarelo venenoso a uma leve pontada cor de limão-siciliano.

Red nem notou a presença das irmãs dela até que começassem a falar.

"Ah, Chloe", disse a mais baixa, Eve. "Olha o que você fez! O coitado vai tossir o coração."

A outra irmã — a que chamavam de Dani — revirou os olhos e disse: "Você não quer dizer *pulmão*?".

"Não. A gente não deveria fazer alguma coisa? Vai, Dani, faz alguma coisa."

"O que posso fazer? Pareço uma enfermeira, por acaso?"

"Bom, não podemos deixar o cara morrer engasgado", Eve disse, sensata. "Seria um desperdício de um belo..."

A voz de Chloe cortou a discussão como uma lâmina. "Quietas, as duas. Vocês não estavam indo embora?"

"Não podemos ir *agora*. Nosso zelador preferido está no meio de uma crise."

Embora Chloe tivesse detestado Red no instante em que o conhecera, suas irmãs, Dani e Eve, pareciam amá-lo. Elas tinham o mesmo tom de voz capaz de cortar vidro, mas nada do aparente classismo de Chloe. Ele pensava em Dani como a irmã estilosa, com a cabeça raspada e suas roupas pretas e soltas. Seu sorriso era tão bonito que deveria ser proibido, e ela o estampava no rosto sempre que o caminho dos dois se cruzava. Eve era a irmã divertida e a mais nova, com tranças em tons pastel e um ar de energia frenética crepitando ao seu redor, como raios. Ela gostava de dar em cima de Red. Também gostava de usar roupas de bolinhas e sapatos estampados que ofendiam a sensibilidade artística dele.

Se qualquer uma *delas* tivesse alugado o apartamento 1D cinco semanas antes, tudo teria ficado bem. Mas não — tinha que ser Chloe. Tinha que ser a irmã que fazia com que ele se sentisse um monstro assustador e grosseirão. Tinha que ser a princesinha tensa que havia decidido que ele era perigoso só por causa do lugar de onde vinha. Por que ela morava ali, em um prédio residencial claramente de classe média, era um mistério. Não havia dúvida de que sua família tinha grana. Depois de Pippa, ele identificava o brilho de uma mulher rica a quilômetros de distância.

Mas ele não queria pensar em Pippa. Nunca nada de bom vinha dali.

"Estou bem", ele conseguiu dizer, piscando os olhos úmidos.

"Viu?", Chloe disse, na mesma hora. "Ele está bem. Vamos embora."

Cara, como ela o irritava. A mulher tinha interrompido a porra do fluxo de oxigênio dele e não mostrava o mínimo de cortesia. Era inacreditável. "Vejo que continua um doce de pessoa", Red resmungou. "É esse comportamento que eles ensinam na escola de etiqueta?"

Red se arrependeu assim que as palavras saíram de sua boca. Ela era uma inquilina. Ele era o zelador, graças a Deus e ao seu melhor amigo. Precisava ser educado com ela, independente de qualquer outra coisa. Mas, semanas antes, havia descoberto que sua natureza bondosa, seus filtros e seu bom senso desapareciam diante de Chloe Brown. Sinceramente, Red ficava chocado que ela ainda não tivesse reclamado dele.

Na verdade, aquilo era o que havia de mais estranho em Chloe. Ela podia ser mal-educada e manter o nariz empinado, mas nunca, nunca havia reclamado de Red. Ele não sabia muito bem o que aquilo significava.

Naquele momento, os olhos semicerrados de Chloe queimavam por trás dos óculos de um azul forte. Red desfrutou da visão, em um nível meramente estético, e se odiou por aquilo, só um pouquinho. No topo da lista de coisas irritantes em Chloe Brown estava seu rosto lindo. Ela tinha o tipo de beleza brilhante, decadente e rococó que fazia os dedos dele coçarem para pegar um lápis ou um pincel. Era ridículo: a pele negra brilhante, as sobrancelhas arqueadas que davam a tudo um toque de sarcasmo, uma boca na qual se podia mergulhar como se fosse uma cama de plumas. Chloe não tinha o direito de ter aquela aparência. De jeito nenhum.

Red sabia que precisaria misturar um milhão de tons de terra para pintá-la, além do toque de azul-ultramarino que seria necessário para os óculos. Ele soltaria aquele cabelo grosso e castanho, que vivia preso no alto da cabeça. Às vezes, Red olhava para o nada e ficava pensando em como emolduraria o rosto dela. Na maior parte do tempo, pensava que não deveria estar pensando em Chloe. Nunca. Nem um pouco.

Então Chloe lhe disse, cada palavra saindo tão deliberada como um tiro: "Sinto muitíssimo, Redford". Ela parecia sentir tanto quanto uma vespa por picar alguém. Como sempre, seus lábios e sua língua diziam uma coisa e seus olhos diziam "morra". Em geral, Red era considerado um cara tranquilo, mas ele sabia que no momento seus olhos diziam a mesma coisa que os dela.

"Esquece", ele mentiu. "A culpa foi minha."

Chloe ergueu e baixou um único ombro, o que Red tinha aprendido que era o jeito dos ricaços de dizer "que seja". Então ela foi embora, sem dizer mais nada. As disputas verbais deles nunca iam muito além dos primeiros golpes passivo-agressivos.

Red a viu dar as costas, a saia rodada girando em torno de suas panturrilhas. Viu a irmãs a seguirem, e acenou com a mão quando notou que elas olhavam para trás, preocupadas. Ele ouviu o som dos passos ficando mais baixo e se recompôs, então seguiu até o apartamento da sra. Conrad e comeu a caçarola de legumes horrível que ela havia feito.

Não pensou em Chloe Brown de novo. Nem uma vez. Nem um pouco.

Algumas pessoas diriam que é ridículo fazer uma lista de coisas para mudar depois de um esbarrão com a morte — mas Chloe decidira que aquelas pessoas simplesmente não tinham imaginação nem comprometimento com planos suficientes para isso. Ela deu um suspiro de pura satisfação enquanto se acomodava na montanha de almofadas do sofá.

Era noite de sábado, e Chloe estava feliz por estar sozinha. Sua dor nas costas continuava tão excruciante naquele dia quanto no dia anterior e suas pernas estavam dormentes e doloridas, mas nem mesmo esses problemas arruinariam sua paz. Quando ela pôs na ponta do lápis sua intenção de acordar pra vida, a primeira anotação que fez foi: encontrar a própria casa. Ela conquistara o objetivo e — deixando certos zeladores irritantes de lado — aquilo só lhe rendera bons frutos.

Através da leve fresta entre as cortinas de sua sala de estar, Chloe viu de relance os raios de sol do fim de tarde de setembro. O brilho quente e acalorado se erguia acima da sombra maciça da face oeste do condomínio residencial, o que deixava o pátio no centro do edifício com uma sombra tranquila, seus tons outonais exuberantes lembrando terra e sangue. O apartamento dela era igualmente calmante: fresco e silencioso, a não ser pelo zumbido do laptop e do toque constante dos dedos de Chloe no teclado.

Felicidade, independência, solidão real. Era melhor que oxigênio. Ela inspirou aquilo. Era, resumindo, o êxtase.

Foi naquele momento que seu celular ganhou vida, estilhaçando sua tranquilidade como se fosse vidro.

"Ah, pelo amor de Deus." Chloe se deu exatamente três segundos de irritação antes de pegar o aparelho e olhar para a tela. *Eve*. Sua irmã mais nova. O que significava que ela não podia simplesmente deixar o celular no mudo e enfiá-lo numa gaveta.

Droga.

Ela atendeu a ligação. "Estou trabalhando."

"Bem, isso é inaceitável", Eve disse, animada. "Ainda bem que liguei."

Chloe curtia uma irritação — o mau humor estava no topo de sua lista de passatempos preferidos —, assim como curtia tudo em sua irmã mais nova, que era uma tola. Lutando contra seus lábios se curvarem, ela perguntou: "O que é que você quer, Eve?".

"Ah, que bom que você perguntou."

Droga. Chloe conhecia aquele tom, que não lhe trazia bons presságios. "Sabe, sempre que atendo suas ligações me arrependo em seguida." Ela pôs o celular no viva-voz, deixou-o no braço do sofá e voltou a digitar no laptop equilibrado em suas pernas.

"Até parece. Você me adora. Sou catatonicamente encantadora."

"Você não quer dizer 'categoricamente'?"

"Não", Eve disse. "Agora me ouve. Vou te passar uma série de instruções. Não pensa, não retruca, só obedece."

Aquilo ia ser bom.

"Hoje é noite de karaokê no Hockley. Começa em uma hora. Não, Chloe, para de resmungar. Não pensa, não retruca, só obedece, lembra? Quero que você se levante, passe um batom..."

"Tarde demais", Chloe a interrompeu, seca. "Estou de pijama. Já deu por hoje."

"Às oito e meia da noite?" O entusiasmo de Eve foi substituído por uma preocupação hesitante. "Você não está mal, né?"

Chloe amoleceu diante daquela pergunta. "Não, meu bem."

A maioria das pessoas tinha dificuldade de aceitar o fato de que Chloe tinha uma doença. Fibromialgia e dor crônica eram problemas invisíveis, portanto era fácil ignorá-las. Eve era uma jovem saudável, por isso nunca sentiria a profunda exaustão de Chloe, suas dores de cabeça agonizantes, as dores agudas nas juntas, as febres e a confusão mental, os inúmeros efeitos colaterais de inúmeras medicações. Mas Eve não precisava sentir tudo aquilo para ter compaixão pela irmã. Não precisava ver as lágrimas ou a dor de Chloe para acreditar que às vezes era difícil para ela. Tampouco Dani. As duas compreendiam.

"Tem certeza?", Eve perguntou, com desconfiança na voz. "Porque você foi bem grosseira com o Red ontem, e em geral isso significa..."

"Estou bem", Chloe a cortou, com as bochechas queimando. Redford Morgan, o Senhor Simpatia, zelador adorado, o homem que gostava de *todo mundo* menos dela. Mas as pessoas em geral costumavam mesmo não gostar. Chloe voltou a enfiar todos os pensamentos relacionados a ele dentro de uma jaula. "Eu juro", ela disse à irmã. Não era mentira, não naquele dia. Mas Chloe teria mentido se necessário. Às vezes a preocupação da família só agravava o entorpecimento de sua mente.

"Que bom. Nesse caso, você pode ir comigo no karaokê. Vão ser só duetos, e minha suposta melhor amiga acabou de me dar o bolo. Preciso de uma irmã substituta com urgência."

"Infelizmente, minha agenda está cheia." Com alguns movimentos de dedo, Chloe minimizou uma janela, maximizou outra e passou os olhos pelo briefing do cliente, atrás da parte que falava sobre a sequência de depoimentos no site. Não conseguia lembrar se...

"*Agenda?*" Eve grunhiu. "Achei que você fosse abandonar essa coisa de programação. Achei que tivesse acordado pra vida!"

"Eu mudei", Chloe disse, calma. "Mas ainda tenho um emprego." *Rá!* Ela encontrara a informação de que precisava e a guardou na mente, torcendo para que não se transformasse em fumaça em menos de trinta segundos. Chloe não havia tomado muitos remédios naquele dia, de modo que podia mais ou menos confiar em sua memória de curto prazo.

Mais ou menos.

"É sábado à noite", Eve insistiu. "Você é sua *própria* chefe. E trabalha de *casa*."

"E é exatamente por isso que preciso ser disciplinada. Liga pra Dani."

"Dani parece um bugio cantando."

"Mas ela tem presença de palco", Chloe argumentou, sensata.

"Presença de palco não esconde tudo. Ela não é a Madonna, pelo amor de Deus. Acho que você não está entendendo a gravidade da situação. Não é só noite de karaokê. É uma competição."

"Ah, uau."

"Adivinha qual é o prêmio."

"Não sei", Chloe murmurou.

"Anda. Adivinha!"

"Me fala. Estou tremendo de animação."

"O prêmio...", Eve começou a dizer, de maneira dramática, "são... ingressos para o show de Natal da Mariah Carey!"

"Ingressos para...?" Pelo amor de Deus. "Você não precisa *ganhar* esses ingressos, Eve. Gigi pode arranjar pra você."

"Essa não é a questão. É pela diversão. Lembra o que é *diversão*? Aquilo de que você mantém distância?"

"Pode ser um choque para você, mas a maioria das pessoas não se anima muito com karaokê."

"Tá bom", Eve desistiu, parecendo desanimada. Mas, como sempre, recuperou o entusiasmo logo em seguida. "Falando em diversão... como anda aquela sua lista?"

Chloe suspirou e deixou a cabeça cair para trás, contra as almofadas. Irmãs mais novas eram uma coisa complicada. Não devia ter contado a nenhuma das duas sobre a lista que havia feito depois de sua experiência de quase morte e de sua resolução posterior. Elas sempre tiravam sarro de seus planos.

Bom, azar o delas, porque planejamento era a chave do sucesso. Havia sido graças à lista, afinal de contas, que o obituário imaginário de Chloe tinha melhorado muito. Ela podia orgulhosamente dizer que, se morresse naquele dia, os jornais publicariam algo como:

Com a idade avançada de trinta e um anos, Chloe se mudou da casa dos pais e alugou um apartamentinho qualquer, como uma pessoa comum. Escreveu uma lista impressionante detalhando seus planos de acordar pra vida, com sete itens. Embora não tenha conseguido completá-la antes de sua morte, a mera existência dessa lista prova que ela se encontrava em um lugar melhor, menos entediante. Nós a saudamos, Chloe Brown. Você claramente ouviu o universo.

Era satisfatório, embora não ideal. Chloe ainda não havia transformado sua vida, mas estava no processo de fazê-lo. Era uma lagarta presa dentro de um casulo endossado pelo universo. Muito em breve, emergiria como uma linda borboleta que fazia coisas descontraídas e fabulosas o tempo todo, independente de tais coisas terem ou não sido previamente programadas. Tudo o que ela precisava fazer era seguir a lista.

Infelizmente, Eve não tinha a mesma paciência ou uma visão tão positiva da coisa. "E aí?", ela insistiu quando Chloe não respondeu. "Riscou mais algum item?"

"Mudei de casa."

"Pois é, eu notei", Eve zombou. "Sou a última das irmãs Brown morando em casa agora, sabia?"

"Sério? Não fazia ideia. Achei que havia um monte de nós assombrando os corredores."

"Ah, cala a boca."

"Talvez você devesse se mudar também."

"Ainda não. Preciso economizar", Eve disse vagamente. Só Deus sabia para quê. Chloe tinha medo de perguntar, caso a resposta fosse algo como: *Um violino com diamantes encrustados, claro.* "Mas já faz semanas que você se mudou. Tem um monte de coisas na sua lista. O que mais você fez?"

Quando em dúvida, fique quieto era o lema de Chloe.

"Eu sabia", Eve acabou dizendo. "Você está me deixando na mão."

"Te deixando na mão?"

"É. Dani apostou cinquenta libras que você abandonaria a lista antes do fim do ano, mas eu..."

"Ela apostou o *quê*?"

"*Eu* te apoiei, como uma boa irmã."

"Qual é o problema com vocês duas?"

"E é assim que você retribui? Com apatia? E, pra piorar, nem vai me ajudar a ganhar os ingressos para o show da Mariah Carey."

"Quer parar de insistir nessa história de karaokê?", Chloe soltou. Ela passou a mão pelo rosto, de repente exausta. "Meu bem, tenho que desligar. Estou mesmo trabalhando."

"Tá." Eve suspirou. "Mas eu voltarei, Chloe Sophia."

"Para com isso."

"Não vou descansar até que você não seja mais tão cha..."

Chloe desligou o telefone.

Um segundo depois, uma notificação surgiu na tela.

EVE: 😊

    Chloe balançou a cabeça, em uma irritação carinhosa, e voltou ao trabalho. A otimização dos mecanismos de busca de restaurantes locais, salões de beleza e outros pequenos negócios de seus clientes não ia se fazer sozinha. Ela mergulhou no ritmo mental que lhe era familiar da pesquisa e da atualização... ou pelo menos tentou mergulhar. Mas seu foco tinha sido abalado. Depois de cinco minutos, Chloe fez um intervalo para resmungar indignada com a sala de estar vazia: "Dani apostou cinquenta libras que eu abandonaria a lista? Ridículo".

    Depois de dez minutos, tamborilou os dedos no sofá e disse: "Ela simplesmente não entende a arte do estabelecimento de metas com base em listas". O fato de que Dani estava fazendo doutorado não tinha a menor importância. Ela era rebelde demais para reconhecer a importância de um plano bom e sólido.

    No entanto... Chloe pensou que já fazia mesmo algum tempo que ela não levava a lista em conta. Talvez estivesse na hora de dar uma olhada nela. Antes que percebesse, o laptop já tinha sido fechado e abandonado na sala, enquanto ela ia buscar o caderno azul cintilante escondido na gaveta da mesa de cabeceira.

    Chloe tinha muitos cadernos, porque fazia muitas listas. Seu cérebro, em geral nublado pela dor ou pelos remédios (ou, em dias realmente animados, por ambos), era descuidado e preguiçoso, indigno de confiança, por isso ela recorria a lembretes bem organizados.

    Listas de afazeres diários, listas de afazeres semanais, listas de afazeres mensais, listas de remédios, listas de compras, listas de inimigos a destruir (aquela era meio velha, e mais uma força moral que qualquer outra coisa), listas de clientes, listas de aniversários e, suas favoritas, as listas de desejos. Se algo podia ser organizado, categorizado, programado e escrito em caligrafia clara em uma das seções divididas por cores de seus cadernos, provavelmente já o havia feito. Caso contrário, ela logo se encontraria no que sua mãe chamava de "uma confusão miserável". Chloe não tinha tempo para confusões.

Mas a única lista que havia no caderno que Chloe agora segurava não era como todas as outras. Ela o abriu na primeira página e passou o dedo pelas rígidas letras de fôrma. Não havia desenhinhos fofos ou rabiscos coloridos nele, porque, quando Chloe escrevera naquela página em particular, não estava de brincadeira. E ainda se sentia da mesma forma.

Aquela era sua lista para acordar pra vida. Ela a levava muito a sério.

O que provocava a pergunta: por que os itens ainda não tinham sido riscados?

Seu dedo seguiu para a primeira tarefa. Aquela, pelo menos, Chloe havia realizado. **1. Mudar de casa.** Ela morava sozinha — e de maneira totalmente independente, em termos de orçamento, comida e o que fosse — tinha cinco semanas, e ainda não havia entrado em combustão espontânea. Seus pais estavam impressionados, suas irmãs estavam adorando, Gigi cantarolava "Eu avisei!" para todo mundo etc. Estava tudo ótimo.

Menos ótimas eram as cinco resoluções não cumpridas logo abaixo.

2. Sair para encher a cara uma noite.
3. Andar de moto.
4. Acampar.
5. Ter uma ótima noite de sexo sem compromisso.
6. Viajar o mundo só com uma bagagem de mão.

E então vinha o último item, aquele que ela havia riscado com uma rapidez alarmante.

7. Fazer algo de errado.

Ah, Chloe havia feito algo de errado, e como. Não que pudesse contar para as irmãs a respeito *daquilo*. A mera ideia fazia suas bochechas esquentarem. Enquanto levava o caderno para a sala, a culpa arrastou seu olhar, esperneando e gritando, na direção da janela. O portal proibido para seu *algo de errado*. A cortina ainda estava fechada, como ela a havia deixado desde sua última transgressão — mas uma frestinha de luz conseguia entrar.

Talvez Chloe devesse fechar mais as cortinas, acabar com aquela fresta, só para garantir. Sim. Com certeza. Ela se aproximou da janela ampla da sala e ergueu uma mão para fazer exatamente aquilo... então algum tipo de mau funcionamento ocorreu e, antes que percebesse, ela puxara a cortina para o lado, aumentando a fresta em vez de diminuí--la. Um tímido feixe de luz se estendeu na direção dela através do pátio, se fundindo com os últimos suspiros do sol se pondo. Chloe pensou: *Não. Não. Isso é terrivelmente invasivo e meio bizarro demais, você só vai piorar tudo...*

Mas seus olhos continuavam atentos, focados do outro lado do pátio estreito, nos contornos de uma figura a uma janela não muito distante.

Redford Morgan dava duro no trabalho.

Me chame de Red, ele havia lhe dito meses antes. Mas ela não o chamava de Red. *Não conseguia*. Aquele apelido, assim como tudo sobre ele, era demais para Chloe. Ela não se sentia bem com pessoas como ele: confiantes, bonitas, que sorriam com facilidade, de quem todo mundo gostava, que pareciam à vontade consigo mesmas. Era o tipo de gente que a lembrava de todas as coisas que ela não era, de todo mundo de quem gostara que a havia deixado para trás. Pessoas como Redford Morgan faziam com que Chloe se sentisse irritadiça, tola, fria e leviana. Seu estômago se retorcia e ela acabava sendo ríspida ou gaguejando.

Em geral, Chloe preferia ser ríspida.

O problema com Redford era que ele sempre parecia pegá-la em seu pior momento. Por exemplo, quando uma jovem mãe bonitona havia encurralado Chloe no pátio e perguntado: "Isso é uma peruca?".

Perplexa, Chloe havia apalpado seu coque simples e castanho de sempre, se perguntando se por acaso havia colocado uma das perucas loiro platinado de Dani aquela manhã. "Hum... não?"

A jovem mãe bonitona não ficara convencida com a falta de firmeza da resposta e decidira resolver aquilo ela mesma. O que, no caso, envolvera agarrar o cabelo de Chloe como se ela fosse um animal de fazendinha para crianças.

E por acaso Redford havia testemunhado *aquela* parte? Claro que não. Nem havia ouvido o filho sujo de chocolate da mulher chamar Chloe de "mulher malvada e feia" por ter se defendido. Nãããão. Ele surgira em cena como um cavaleiro com sua armadura de tatuagens bem na hora em que Chloe chamara a mulher de "uma desgraça para a humanidade" e a criança de "bola de ranho nojenta". Embora ambas as coisas fossem claramente verdade.

Redford olhara feio para Chloe, como se ela fosse Cruela Cruel, e permitira que a jovem mãe bonitona chorasse em seu ombro.

Depois viera o infeliz incidente das correspondências. Era culpa de Chloe se uma velha maluca chamada *Charlotte* Brown morava bem acima dela, no 2D? Ou que aquela mesma velha maluca, por falta de óculos, tivesse aberto a caixa de correio de Chloe e a correspondência dentro dela? Não. Não, não era. Tampouco era culpa de Chloe que, inflamada pelo *crime literal* cometido contra sua pessoa, tivesse reagido no calor do momento despejando todo o chá de sua garrafa térmica pela fenda da caixa de correio da mulher. Como ela ia saber que Charlotte Brown estava para receber postais de feliz aniversário pelos setenta anos de seus netos que moravam nos Estados Unidos? Chloe não tinha como saber, claro. Ela não era vidente, pelo amor de Deus.

Chloe tentara explicar tudo aquilo a Redford, que parecera furioso e lhe dissera algo terrível — ele era bom naquilo, o canalha —, então ela desistira. Era muito mais fácil afetar um silêncio de superioridade, especialmente com ele. Redford a transformava em um completo desastre, de modo que Chloe evitava sua companhia durante o dia como se fosse a peste.

Mas, durante à noite, às vezes, ela ficava vendo Redford pintar.

Agora ele estava de pé diante da janela, sem camisa, o que Chloe imaginava que fazia dela uma pervertida, e não só bisbilhoteira. Mas não se tratava de algo sexual. Ela mal o achava atraente. Chloe não o via como um objeto nem nada do tipo. À distância, no escuro, com aquela língua afiada dele bem guardada, ela o via como poesia. Ele tinha algo de visceral, mesmo quando olhava feio para ela, mas principalmente quando pintava. Havia uma sinceridade, uma vulnerabilidade nele, que a cativava.

Chloe sabia que era uma pessoa de carne e osso, como Redford. Mas não estava viva como ele. Nem de perto.

Ele estava de perfil, focado na tela a sua frente. Às vezes, pintava de forma hesitante, quase cautelosa; outras vezes, mais encarava a tela que a tocava. Mas, aquela noite, Redford era como uma tempestade, golpeando e pintando com movimentos rápidos e fluidos. Chloe não conseguia ver no que ele estava trabalhando, tampouco queria. O que importava era o sutil sobe e desce de suas costelas conforme a respiração acelerava, os movimentos rápidos e minuciosos de sua cabeça, fascinantes, como os de um pássaro. O que importava era *ele*.

Seu cabelo comprido caía sobre o rosto, uma cortina de caramelo e cobre com mechas da mesma cor da luz da lareira. Ela sabia que aquele cabelo escondia sobrancelhas grossas e provavelmente franzidas em concentração; um nariz desarmônico e saliente; uma boca fina que vivia à beira de um sorriso, cercada por uma barba por fazer, mais clara. Chloe gostava de ver a ardente concentração em seu rosto enquanto Redford pintava, mas sabia que era melhor quando o cabelo desarrumado dele cobria tudo. Se ela não conseguia vê-lo, então ele não conseguiria vê-la. De qualquer modo, não precisava ver o rosto dele para se afogar em sua vitalidade. As mechas cor de cobre espalhadas sobre os ombros largos e a tinta das tatuagens sobre sua pele clara já eram o bastante.

Se alguém lhe perguntasse como eram as tatuagens de Redford, Chloe não seria capaz de descrever as imagens ou as palavras escritas. Ela falaria do preto denso, dos toques de cor. Daquelas mais desbotadas, que pareciam ligeiramente em relevo, e daquelas que o inundavam como tinta derramada na água. Falaria sobre como era estranho escolher sangrar por algo, por vontade própria. Sobre como a fazia se sentir e como queria desejar alguma coisa tão intensamente e por tempo bastante para construir o equivalente dela das inúmeras tatuagens dele.

Mas ninguém nunca lhe perguntaria, porque ela nem deveria saber daquilo.

Quando deparara com aquela visão pela primeira vez, Chloe se virara na hora e fechara os olhos, enquanto seu coração tentava pular para fora de sua gaiola. Fechara a cortina. Com tudo. Mas a imagem ficara com ela, e a curiosidade havia crescido. Chloe passara dias pensando a respeito. *Ele estava pelado? Na frente da janela? E o que era aquilo que segurava? O que ele estava fazendo?*

Ela aguentara três semanas antes de voltar a olhar.

Da segunda vez, estava hesitante e chocada com a própria audácia, considerando como se esgueirara até a janela no escuro e se escondera atrás das cortinas quase fechadas. Observara por tempo suficiente para obter respostas para suas próprias perguntas: ele estava de jeans e nada mais; segurava um pincel; pintava, claro. Então Chloe continuara olhando, hipnotizada pela visão. Mais tarde, riscara *Fazer algo de errado* de sua lista e tentara se sentir bem a respeito, e não culpada. Não funcionou.

Mas e aquela vez? A terceira vez? *A última vez*, Chloe disse a si mesma, com firmeza. Qual era sua desculpa então?

Ela não tinha nenhuma. Claramente, devia ser censurada.

Redford parou, se endireitou, deu um passo atrás. Chloe ficou olhando enquanto ele deixava o pincel de lado e alongava os dedos de um jeito que indicava que vinha trabalhando fazia horas. Ela tinha inveja de como ele era exigente consigo mesmo, do tempo que conseguia se manter no mesmo lugar sem que seu corpo reclamasse ou sofresse. Ou o punisse. Chloe abriu um pouco mais a cortina, suas mãos invejosas se movendo sozinhas, lançando mais luz sobre sua culpa ensombrecida.

Red se virou de repente. E olhou pela janela.

Bem na direção dela.

Mas Chloe já não estava ali. Tinha voltado a fechar a cortina, se virado e prensado o corpo contra a parede da sala. Seu coração batia tão forte e tão acelerado que quase doía. Sua respiração saía entrecortada, como se ela tivesse acabado de correr um quilômetro e meio.

Ele não a tinha visto. Não tinha. *Não tinha.*

No entanto, não podia deixar de se perguntar: o que ele faria, se a tivesse visto?

2

Por que uma mulher que detestava Red passaria a noite observando-o pela janela?

Ele não sabia dizer. Não havia um bom motivo. Havia motivos condenáveis, envolvendo fetiches, classes sociais e toda a merda que as pessoas consideravam degradante, mas Red não achava que era o caso de Chloe Brown. Não porque ela estivesse acima de desejar um homem que menosprezava, mas porque não parecia do tipo que desejava quem quer que fosse. Não havia desejo sem vulnerabilidade. Por baixo de sua bela aparência, Chloe devia ser tão vulnerável quanto um tubarão.

Então talvez os olhos de Red o tivessem enganado. Talvez ela não estivesse olhando para ele. Mas Red sabia o que tinha visto, não sabia? O cabelo escuro e grosso em um coque solto; o brilho da armação azul dos óculos; uma figura suntuosa em um pijama de botões com listras cor-de-rosa. Linda, arrumada e sempre usando roupas com botões. Ele sabia exatamente quem morava no apartamento em frente ao dele, do outro lado do pátio, e sabia — Red *sabia* — que a havia visto na noite anterior. Mas por quê?

"Red", a mãe dele resmungou. "Não precisa fazer tanto barulho para cortar. Você está acabando com meus nervos."

A distração, por mais ridícula que fosse, foi um alívio. Red estava cansado de seus pensamentos repetitivos, que eram como uma sombra sem graça em sua mente. Ele virou para encarar a mãe, que estava à mesa em um canto da cozinha apertada, ao lado da janela. "Vai mesmo reclamar do jeito que eu corto? Sendo que vim aqui fazer o almoço pra *você*?"

"Não banque o engraçadinho", ela disse, olhando feio para ele. Era cega de um olho, mas a falta de visão não impedia suas íris cortantes.

Red fez cara de inocente. Ela bufou audivelmente e voltou a se virar para a janela, abrindo mais a cortina de voile. Governava aquela rua sem saída com punho de ferro, passando a maior parte do tempo à espera de que alguém viesse lhe pedir alguma coisa.

Daquela vez, quem veio foi Shameeka Israel, uma médica do Queen's Medical Center. Aos domingos, quando ela ia almoçar com a tia-avó que morava três portas adiante, a dra. Israel se tornava Nossa Meeka, ou simplesmente Janelinha. Ela apareceu na janela com uma travessa de rabada com curry e disse: "Pra senhora. Minha tia fez mais, pensando no seu resfriado".

A carranca da sra. Morgan se abrandou ao ouvir a voz da médica. "Janelinha. Você é tão boa. Quando vai se casar com Redford?"

"Em breve, sra. Morgan. Não é, Red?"

Ele piscou para ela, do outro lado da janela. "Combinado."

Meeka sorriu, revelando a janela entre os dentes, então deixou a comida no peitoril da janela e se despediu. Assim que ela saiu com seu Lexus, Red afastou a travessa da mãe. Ela já tinha tirado a tampa, enfiado o dedo no molho e lambido.

"Ei", Red a repreendeu. "Vai perder o apetite. Estou fazendo *soupe au pistou*."

"E o que exatamente é isso?"

"Testículos de texugo. No vapor."

Ela resfolegou, e uma expressão de nojo tomou conta de seu rosto. "É o que parece mesmo." A sra. Conrad não era a única pessoa dramática na vida de Red. Com sua mãe e Vik, ele estava cercado por gente daquele tipo.

Red estava prestes a contar à mãe que ingredientes realmente iam na sopa quando ela se inclinou na direção da janela e elevou a voz à altura de um avião voando baixo. "Ô Mike! Estou vendo você, seu imprestável! Vem aqui."

Mike era basicamente o namorado inútil da sra. Morgan. Era assim que os dois flertavam. Red foi até o fogão e mexeu a sopa, fazendo questão de ignorar o que Mike gritava de volta. Ele devia ter seus setenta anos, bebia muito e apostava diariamente. Red não o aprovava.

Mas não era como se pudesse dizer alguma coisa. Não quando sua mãe o havia alertado sobre sua última namorada, Pippa, e ele a ignorara alegremente até o amargo, maldito fim. Red não era bem um especialista em relacionamentos. Mas não ia pensar em Pippa, ou em Londres, ou em seus inúmeros erros, porque aquilo só o deixava puto, e Red odiava ficar puto. Curtia mais ficar alegre e tranquilo.

Red já havia quase recuperado seu equilíbrio, limpando os pratos depois de um bom almoço, quando a mãe tocou no assunto mais delicado do mundo para ele, com a sutileza de um rinoceronte desenfreado.

"Já voltou a vender algum quadro?"

Ah, o assunto preferido dele. "Ainda não", Red disse, calmo. Um pouco calmo demais, mas a mãe pareceu não notar.

"Se mexe, amor. Faz anos que você está nessa."

Anos? "Faz só dezoito meses."

"Não corrija sua mãe."

Red não era reconhecido o suficiente por sua paciência sem limites. Talvez ele mesmo devesse se dar um prêmio. *A Redford Thomas Morgan, de quem muito abusam, em reconhecimento por sua resiliência diante de perguntas sem sentido sobre sua arte.* Ou algo do tipo.

"Você não pode deixar aquela riquinha maldita destruir sua carreira", a sra. Morgan prosseguiu.

Tarde demais. Red despejou uma quantidade enorme de detergente numa tigela.

"Não adianta me ignorar, Redford. Responde. O que você anda fazendo? Está trabalhando, não está?"

"Estou." Red suspirou, porque se não dissesse alguma coisa a mãe não ia parar de encher o saco dele. "Faço mais ilustrações como frila. E estou investindo no meu portfólio." *De novo.* "Acabei de fazer uns nanquins de um cérebro e uma garrafa de vinho do porto."

A mãe o olhou como se a cabeça dele tivesse acabado de cair do pescoço.

"Pra uma revista", ele explicou. "Era uma matéria sobre disfunção erétil."

Ela bufou e deu as costas para a janela, perfurando-o com o olho bom, que brilhava desconfiado por trás dos óculos cor de âmbar. "Você desenha para revistas desde que era pequeno. O que está esperando? Vende logo seus quadros. Você já tem alguns prontos, não é?"

Ah, sim, ele tinha alguns prontos. Vinha pintando com a mesma obsessão de sempre, e alguns quadros eram razoavelmente bons. Mas era *diferente*. Era diferente, e ele estava diferente, e ele sabia de coisas diferentes, e depois de todas as decisões ruins que havia tomado...

Bem, Red tinha muitos trabalhos para vender. Mas, até então, não tivera coragem de mostrá-los a ninguém. Toda vez que considerava a possibilidade, uma voz com um sotaque familiar e cortante o lembrava de algumas coisinhas. *Você se esforça tanto, Red, que chega a ser triste. Aceite quem você é, querido. Você não era nada antes de mim, e não vai ser nada depois.*

A fala cortante de Chloe Brown não chegava nem perto daquela de Pippa Aimes-Baxter.

E por que caralho ele estava pensando em Chloe de novo?

"Vai ser senhorio pra sempre?", a mãe dele perguntou.

Red sacudiu a cabeça com tudo, como um cachorro, para afastar os pensamentos indesejados. "Vik é o senhorio, mãe. Sou o zelador."

"Você devia aprender com Vikram, é o que eu acho. Quem consegue parar aquele garoto? Ninguém. Nada."

Era verdade. Além de ser o melhor amigo de Red, Vik Anand também era um pequeno magnata dos imóveis que havia dado a Red o cargo de zelador depois que... bem, depois de Pippa. Red era só mais ou menos qualificado, mas ainda não havia feito nenhuma cagada, e era bom encanador. Um eletricista razoável. Excelente decorador. E dava muito duro.

Era um merda na administração, mas fazia o seu melhor.

Eeeeee... ele já estava dando desculpas.

"Você tem razão", ele disse, esfregando uma frigideira e piscando quando uma mecha de cabelo caiu sobre os olhos. Era como ver o mundo através da grama alta e seca ao pôr do sol. Seus dedos estavam ficando vermelhos por causa da água quase fervendo, a palavra MÃE tatuada nos nós dos dedos nítida como sempre, cada letra logo acima dos anéis de prata do avô. Aquela tatuagem não havia sido a coisa mais inteligente que fizera na adolescência, mas o sentimento permanecia: ele amava muito a mãe. Por isso, olhou para ela e repetiu: "Você tem toda a razão. Amanhã de manhã vou começar a trabalhar sério nisso. Planejar. Pensar em um site novo".

Ela assentiu, voltou-se para a janela e mudou de assunto. Começou a fofocar sobre o sobrinho desajuizado da sra. Poplin, que havia engravidado a garota da loja da esquina, que não tinha um dente da frente, dava para acreditar?

Red fez "hummm" em todos os momentos certos e pensou em como poderia deixar Kirsty Morgan orgulhosa. Ele encerrou a visita com um beijo de cada lado do rosto dela e prometeu dar uma passada durante a semana, quando pudesse. Então vestiu o capacete e a jaqueta de couro, subiu na moto e voltou para o prédio residencial que era ao mesmo tempo uma bênção e uma desculpa.

Ele não estava preparado para o espetáculo que encontrou do lado de fora.

3

Caminhar fazia bem ao coração, reduzia significativamente as chances de câncer de mama e era considerado um esporte de impacto relativamente baixo. Apesar desse último ponto e apesar do New Balance para caminhadas que Chloe havia comprado especialmente para aquilo, seus joelhos a estavam matando.

"Você", ela resmungou para a calçada sob seus pés, "é uma canalha de marca maior."

A calçada se recusou a responder, o que pareceu a Chloe um tanto esnobe. Se tinha a coragem de incomodar seus ossos a cada passo, devia ser capaz de defender sua repreensível solidez.

Por outro lado, talvez a situação atual de Chloe *fosse* culpa sua. Ela não havia tomado os analgésicos aquela manhã, porque acordara disposta, então provavelmente não devia ter passado os últimos vinte e sete minutos farreando ao ar livre, inspirando o ar fresco do outono e se esforçando um pouco mais que o normal. Estava na cara que aquilo ia acontecer.

Chloe sentia aquela familiar sensibilidade nos pontos fracos de seu corpo, via o cinza maçante da exaustão nos limites da mente. Mas agora estava quase em casa. Atravessou o pequeno parque em frente ao prédio — *Grama! Graças a Deus!* —, já planejando se recompensar com uns remedinhos ótimos, um pijama fofinho e cookies com gotas de chocolate amargo. Chocolate amargo era uma escolha extremamente saudável, claro. Os antioxidantes compensavam quase todo o açúcar.

Ah. Havia um gato em uma árvore.

Ela parou na hora, com a mente dispersa. Um gato. Em uma árvore. Era como se tivesse entrado em um livro infantil. À direita, havia um carvalho que dominava a maior parte daquela área verde. Em meio aos galhos mais altos e finos havia um gato. Era ao mesmo tempo um conceito familiar e uma visão desconcertante. Com tudo o que já havia ouvido falar de gatos em árvores, nunca havia de fato se deparado com um.

Chloe cruzou os braços, apertou os olhos diante do céu claro e brilhante demais e ouviu os "miaus" da criatura se lamentando.

Depois de um momento, ela lhe disse: "Parece que você está preso".

O gato miou em confirmação, como se fosse a miniatura de uma vítima de assassinato. Ele era pequeno, mas muito gordo, o pelo tão cinza que era quase preto, enquanto seus olhos penetrantes pareciam dizer: *Você não vai me deixar aqui, né?*

Chloe suspirou. "Tem certeza de que não consegue descer sozinho? Não quero ser grosseira, mas você sabe como a coisa funciona. Alguém ingênuo e de coração mole sobe numa árvore por causa de um gato, só pro dito cujo pular maliciosamente para o chão no último segundo..."

Outro miado, muito indignado.

"Justo", Chloe concedeu. "Só porque você parece estar bem, não quer dizer que não precisa de ajuda. Sei disso mais do que ninguém. Vou chamar os bombeiros pra você."

O gato miou mais e olhou fixo para ela, um borrão de ceticismo contra o céu. Chloe tinha quase certeza de que ele dizia algo como: *Os bombeiros, sua esbanjadora? Não sabe que estamos em fase de contenção? Vai tirar os serviços públicos de crianças presas em banheiros e velhinhas que esqueceram o ferro ligado? Que vergonha!*

Aquele gato, como a maior parte dos animais de sua espécie, parecia pronto para julgar os outros. Chloe não se importava; gostava da franqueza em outras criaturas. E... bom, ele estava certo. Por que incomodar os bombeiros se seu corpo semifuncional estava ali, à disposição? Salvar o gato talvez não fosse a melhor maneira de encerrar sua caminhada, mas a antiga Chloe Brown, séria e sensata, estava morta. A nova Chloe era uma mulher imprudente e notável, que em momentos de crise não esperava pela assistência de profissionais treinados.

A ideia fez com que se sentisse como as cordas de uma harpa sendo tocada. Chloe vibrou, com sua boa mas insensata intenção. Ela dominaria aquela árvore.

De início, ia precisar de algum apoio para as mãos e os pés. Ela sabia daquilo porque havia visto Dani subir e descer de árvores durante anos quando eram pequenas. O tronco do carvalho pareceu ao mesmo tempo macio e duro sob as mãos dela; a casca era quebradiça e úmida, mas o núcleo se mostrava imóvel. Ela gostava do contraste, mesmo que arranhasse suas palmas e ameaçasse se prender na legging. Sua jaqueta impermeável fez um ruído estranho e escorregadio quando ela agarrou o primeiro galho. Seus dedos se fecharam em torno de um ramo mais robusto, e Chloe se impulsionou para cima enquanto seus pés pressionavam o tronco. Tudo lhe pareceu muito libertador.

Seus músculos continuavam cansados e suas juntas ainda doíam; a única diferença era que ela não se importava mais. Uma vozinha desagradável em sua cabeça avisava que ela pagaria por aquilo, que seu corpo exigiria algo em troca. Chloe vinha treinando mandar aquela voz se ferrar, e foi o que fez. Os miados do gato pareciam mais agudos conforme Chloe subia, e ela preferiu interpretá-los como um apoio entusiasmado. *É isso aí, humana! Você é durona! Devia acrescentar isso a sua lista para acordar pra vida, porque aí vai poder riscar imediatamente e se sentir super-realizada!*

Chloe considerou a generosa sugestão do gato, mas depois a descartou. A lista era como um documento histórico que ela não tinha coragem de alterar.

"Mas obrigada", Chloe disse, arfando, e então começou a se preocupar com o fato de que estava arfando. Seus pulmões faziam hora extra, e cada respiração a cortava como uma serra. Ela sentia um gosto metálico desagradável na boca, que a lembrava de sangue e da época em que era obrigada a correr na aula de educação física. A subida parecia estar esgotando Chloe — mas ela vinha caminhando irregularmente há anos, droga. Não deveria ser uma atleta semiprofissional àquela altura? Pelo visto não. O corpo humano era algo muito inconveniente e pouco razoável.

Ela continuou subindo mesmo assim, e criou um sistema. Se estendia para um galho mais robusto, se arrastava de bunda — o que não era muito digno, mas não tinha jeito —, se esticava para o próximo galho, se arrastava... e prosseguia. Funcionava bem, mas demorava uma eternidade, provavelmente devido às paradas frequentes para respirar. Então, de repente, ela se viu tão no alto que só havia galhos finos.

Ah, droga.

Chloe não era pequena. Era mais para alta, tinha ossos largos e tinha uma camada de proteção para o inverno. Como um coelho. Só que sua camada de proteção permanecia ali o tempo todo. O tamanho não era algo em que pensava com frequência, mas, ao chegar a um galho especialmente fino, de repente se tornou a única coisa que passava pela sua cabeça. Olhou para o galho, desconfiada. Suportaria cerca de noventa e cinco quilos de mulher? Ela duvidava.

"Gato", ela disse, com a respiração entrecortada. "Talvez você precise descer um pouquinho. Se joga nos meus braços." Ela soltou o galho que agarrava com força, deixou os braços juntos ao corpo para se equilibrar e depois os estendeu, de maneira encorajadora. "Vem. O salto da fé e tudo o mais."

O gato não pareceu impressionado.

"Não vou te deixar aqui", ela disse. "Prometo. Eu agarro bem. Joguei *netball* na seleção regional, sabia?"

O gato a olhou cético.

Chloe suspirou. "Sim, faz mais de uma década. Mas é indelicadeza da sua parte apontar isso."

Talvez o gato tivesse gostado da sinceridade dela, porque estendeu uma pata delicada e pareceu considerar a possibilidade de descer.

"Esse é o espírito. Vem pra cá."

Com uma agilidade alarmante, o gato de fato desceu. Chloe ficou surpresa, considerando tudo, que ele não tivesse pulado confortavelmente para o chão e a deixado para trás. A julgar por seus movimentos ágeis, provavelmente teria conseguido. No entanto, em vez de tentar escapar, ele pulou de um galho a outro até repousar nos braços de Chloe, como ela havia sugerido.

Chloe ficou olhando para a bola de pelos cinza que ronronava contra sua barriga. Depois de um momento de estupefação, ela conseguiu dizer: "Você não consegue me entender de verdade, né? Se puder, não se preocupe. Vou proteger seu segredo até a morte."

De baixo dela, uma voz áspera atravessou o silêncio do domingo. "Eu também."

Chloe quase caiu da árvore.

Depois daquele momento de disparar o coração, Chloe se agarrou a um galho próximo para se equilibrar e piscou para a fonte das palavras, lá embaixo. Encontrou Redford Morgan apertando os olhos para ela, com as mãos nos bolsos, a boca fina curvada no que devia ser um sorriso pretensioso.

Ah, não. Ah, não, não, não, não, não. De repente, Chloe estava desconfortavelmente consciente do suor frio e pegajoso cobrindo sua pele, dos fios elétricos escapando do coque, e... ah, sim, do fato de que estava sentada em uma árvore, conversando com um gato. Ridículo. Absolutamente ridículo. Suas defesas mais robustas foram incapazes de conter o constrangimento, que inundou as bochechas de um rubor indesejado. Ela buscou algo cortante o bastante para dizer, mas descobriu que todo e qualquer pensamento inteligente que pudesse lhe ocorrer havia evaporado.

Então a voz de Gigi chegou a ela, como uma mensagem divina. *Fique tranquila, querida. E, independentemente do que fizer, não caia.*

Era um bom conselho da Gigi Imaginária.

"Olá, sr. Morgan", ela grasnou, e se arrependeu imediatamente. *Sr. Morgan?!* Chloe estava regredindo. *Redford* já era ruim o bastante. Naquele ritmo, ela não o chamaria de "Red" antes de 2056.

O sorrisinho estranho dele se escancarou, e ela se deu conta de que Red estava segurando a risada. Seu deleite dançava no ar a sua volta, como uma corrente elétrica. O corpo largo dele praticamente vibrava junto. Chloe pensou em dizer a ele para seguir em frente — rir dela, já que tinha certeza de que devia ser uma visão hilária naquele momento. Mas, antes que conseguisse reunir as palavras, ele voltou a falar.

"Está presa, srta. Brown?"

A ênfase que Red colocara no nome dela não passou batida a Chloe, tão sarcástica quanto a sobrancelha levantada dele. Era melhor ele parar com aquilo. Olhá-lo já era distração suficiente. Se Red demonstrasse qualquer emoção, o cérebro dela entraria em curto-circuito. Seres humanos tão cheios de vida não deviam ter permissão para vagar pelas ruas sem supervisão. Alguém — no caso, Chloe — poderia morrer em virtude de uma inveja fascinada ou puro constrangimento.

"Não", Chloe disse, com muita dignidade. "Não estou presa." Não era necessariamente uma mentira, já que ela ainda não havia tentado descer.

"Tem certeza?", ele perguntou. "Porque eu não me importaria de dar uma mão."

Ela bufou. Como o cara *daria uma mão* para que ela descesse de uma árvore? "O senhor andou usando drogas?"

O sorriso dele se transformou em uma carranca. A expressão não combinava com seus olhos felinos ou sua boca levemente virada para cima, o que contribuiu ainda mais para o efeito geral. "Não", ele disse apenas. Então fez *tsc-tsc* e balançou a cabeça, como se ela o exasperasse. Na verdade, ela de fato o exasperava. Red havia deixado aquilo claro.

Por algum motivo, em vez de ignorá-lo para provar que não estava nem aí, Chloe se pegou dizendo: "Não foi uma crítica". O que era verdade. Tinha sido uma brincadeira, mas brincadeiras não eram o forte de Chloe. Tinha a ver com o jeito como ela falava. "É domingo, afinal. Nada de trabalho, menos obrigações. Um dia perfeitamente aceitável para o uso de drogas recreacionais."

Ele piscou para ela, e seu cenho franzido foi substituído por uma expressão perplexa. "Então você usa drogas aos domingos?", Red finalmente perguntou.

"Tomo drogas todos os dias", ela disse. Então se lembrou que ele era o zelador do prédio em que morava e acrescentou: "Drogas legais. Totalmente legais. Por ordens médicas."

Red ergueu as sobrancelhas. Eram do mesmo tom entre o âmbar e o cobre que o cabelo dele, de modo que se destacavam contra a pele clara. "É mesmo?"

Hora de mudar de assunto. Ou então ele começaria a fazer perguntas, ela responderia por pura educação e os dois acabariam discutindo seu histórico médico como se fosse um assunto tão corriqueiro quanto o clima.

"Sabe", ela começou a falar, enterrando os dedos gelados nos pelos do gato em apuros, "acho que no fim das contas eu posso estar presa, sim."

Red cruzou os braços. Considerando sua altura, a largura de seus ombros e a jaqueta de couro surrada que usava, o efeito geral era ligeiramente intimidador. "Achei que você tinha dito que não estava."

"Não seja chato", ela soltou, se arrependendo em seguida. O problema é que ela estava com dor, o que em geral a deixava de pavio curto.

Suas juntas estavam rígidas e doloridas, sua lombar gritava, e sua educação era sempre a primeira a falhar durante catástrofes físicas.

Mas, uma vez na vida, Red não retrucou. Só apertou os olhos para ela e perguntou, devagar: "Você está bem?".

Ela se enrijeceu. "Sim."

"Se machucou?"

Não, ela não tinha se machucado. Mas sentia dor? Sempre. "Vai me ajudar a descer ou não?", ela perguntou.

Red revirou os olhos. "Você sabe como encantar um cara", disse, mas então descruzou os braços e tirou a jaqueta, claramente se preparando para a ação. O couro aterrissou aos pés dele, como um animal morto, o que Chloe imaginou que tecnicamente era. A menos que fosse falso.

"É de verdade?", ela perguntou, apontando com a cabeça na direção da jaqueta.

Ele voltou a arquear uma sobrancelha, cheio de graça, e se aproximou da árvore só de jeans e camiseta. "É com isso que está preocupada no momento?"

"Sou o tipo de pessoa que sobe em árvores para resgatar gatos. Claramente me importo muito com os animais."

"Você é vegetariana?"

Hum. Ele a tinha pego ali. "Ainda não."

"Ainda não?"

"Estou trabalhando nisso." O consumo ético era mais fácil na casa de seus pais, que contavam com uma cozinheira.

Red sorriu para ela, agarrou um galho e começou a subir. "Tá. Você só come vitela aos domingos, ou coisa assim?"

"Tipo isso", ela gracejou. "Dá no mesmo que só usar drogas aos domingos."

"Chloe. Eu não uso drogas aos domingos."

Pronto. Ele tinha usado o nome dela. Agora era o momento perfeito de seguir seu exemplo e usar o nome dele. Ou o nome pelo qual todo o mundo o chamava, e não *Redford* ou *sr. Morgan*. Mas aquilo a deixou tão desconfortável que não conseguiu pensar em algo para dizer. No fim, depois de uma pausa tensa, ela...

Bom, ela disse apenas: "Red".

E nada mais.

Ele se projetou para outro galho — fazia aquilo com muito mais graça e agilidade do que ela havia feito, aquele homem horrível — e inclinou a cabeça. "Fala."

Ah. "Hum... você conhece esse gato?"

Ele continuou a subir. Ela tentou não olhar para suas mãos, seus braços e o modo como seu bíceps se pronunciava sob a camiseta conforme ele se movimentava. "Por que", ele perguntou, "eu conheceria esse gato?"

"Não sei. Você ocupa uma posição de autoridade na comunidade local."

Red olhou para ela, desconfiado. "Que troca lâmpadas para senhorinhas e envia avisos de vencimento do aluguel."

"Parece algo que uma autoridade faria."

O gato, que até então vinha ronronando baixo, escolheu aquele momento para miar. Chloe acariciou debaixo de suas orelhas. Ela gostara do apoio vocal.

"Você que sabe", Red resmungou, pondo-se diretamente embaixo dela. A proximidade dele a deixava mais e mais nervosa a cada vez que se encontravam. O que talvez tivesse algo a ver com a montanha de culpa que ela carregava desde que começou a espioná-lo.

Pelo menos agora Chloe tinha certeza de que ele não a havia visto na noite anterior. Porque, se tivesse, provavelmente a teria abandonado para morrer naquela árvore.

"E aí, é de verdade?", ela perguntou, mais para interromper aquela linha de pensamento.

"O quê?", ele gritou de volta, soando um pouco mais exasperado. Sua voz era grave, com uma cadência estranhamente musical, e suas palavras flutuavam juntas em elisões de consoantes e encurtamento de vogais. Red soava tão dinâmico quanto parecia.

"O couro."

"Não, Chloe. Não se preocupe. Não ando por aí o tempo todo com uma vaca morta nos ombros." Ele esticou o braço do galho debaixo dela e disse: "Consegue segurar minha mão?".

Ela provavelmente conseguiria, mas se faria aquilo era discutível. O toque poderia fazer seu coração parar, tal qual um choque elétrico. Por outro lado, ela não estava em posição de dizer não. "Vou só ajeitar o gato", ela murmurou.

"Foda-se o gato. Ele está te fazendo de boba."

Ela sentiu gosto de gelo e poluição ao arfar. "Como *ousa*? Este gato é um anjo. Olha só pra ele. Olha!"

Red olhou. Seus olhos eram verde-claros, como peras. Ele estudou o gato com cuidado antes de dizer, com toda a firmeza: "Esse bicho conseguiria descer a hora que quisesse. Ele está se aproveitando de você."

"Você não tem coração."

"Eu?", ele soltou, tão chocado quanto se ela o tivesse acusado de ser a rainha Vitória. "Sou *eu* que não tenho coração?"

Ela recuou, afrontada. "Está sugerindo que sou eu que não tenho?"

"Bom, você..."

"Por favor, não vem com a história da caixa de correio."

"Na verdade, eu ia falar de quando você fez o Frank Leonard do 4J chorar."

Chloe soltou o ar. "Eu não fiz Frank *chorar*. Os olhos dele já estavam cheios de lágrimas quando a conversa começou. Foi tudo um mal-entendido."

Red grunhiu, cético.

"Sinceramente, não vejo necessidade de remoer o passado quando estou trepada numa árvore, tentando salvar um gato."

"Se é assim, *eu estou* trepado numa árvore tentando salvar um gato e uma mulher", ele rebateu.

"Você não está me salvando nem um pouco, diga-se de passagem."

"Ah, é? Posso descer então?"

"Tá bom. Dá um chilique, se é o que você quer."

"Dar...?" A incredulidade de Red foi logo substituída por um resmungo. "Não vou entrar nessa com você."

Ela piscou algumas vezes olhando para ele. "Como assim?"

"Não vou discutir. Não tenho esse costume."

"Que chatice", ela murmurou.

"Só... anda logo antes que eu perca o controle, tá?"

"Achei que você já tivesse perdido."

"Juro por Deus, Chloe, você tem três segundos." Ele movimentou a mão que oferecia para dar ênfase. Tinha uma mancha de tinta magenta no dedão.

Chloe suspirou, então ergueu o gato para ver se ele permitia aquela familiaridade. Permitia. Reassegurada, desceu um pouco o zíper do casaco, enfiou o gato dentro e voltou a subir o zíper. A cabecinha peluda do gato descansava contra sua garganta, um corpinho quente se aninhava ao seu peito. A sensação era tão incrível que por um momento Chloe esqueceu a dor nublando seus sentidos.

Ela gostava daquele gato.

Depois de enrolar tanto quanto possível, ela criou coragem e pegou a mão que a esperava. Era a terceira vez na vida que encostava em Redford Morgan. Ela sabia daquilo porque, da primeira vez — no primeiro aperto de mão — um formigamento começara a subir por seu braço direito, tal qual milhares de dardos que se dissolviam em uma estranha e agradável sensação que não era muito diferente de um relaxante muscular, o que Chloe não aprovara. A segunda vez, quando os dois haviam se trombado no corredor alguns dias antes, só havia reforçado a resolução dela de evitar todo o contato físico com aquele homem.

No entanto, ali estava Chloe, sentindo a palma da mão cheia de calos de Red na dela, daquela vez não em um aperto de mão, e sim — ela admitiu para si mesma, relutante — em um *resgate*. A sensação dos dardos retornou. Red não parecia estar fazendo aquilo de propósito, então ela decidiu não culpá-lo por aquilo, para variar. Às vezes, quando o via vagando pelos corredores ou pelo pátio com um sorriso simpático no rosto para todo mundo que não fosse ela, Chloe desejava não poder culpá-lo por absolutamente nada.

Em geral, depois de haver tomado seus analgésicos mais fortes e de estar curtindo um barato.

"Posso ficar?", ela perguntou, mais para se distrair do que qualquer outra coisa.

"Como?" Ele franziu a testa enquanto a ajudava a descer. Sua pegada era firme, mas gentil. Sua outra mão estava apoiada no cotovelo de Chloe. Red sustentou quase todo o peso dela e a apoiou em um galho mais baixo.

"Com o gato", ela disse, e se concentrou em não cair e sofrer uma morte trágica.

"Por que está me pedindo isso? Põe o pé aqui, ó."

Ela pôs o pé onde ele mandou. Já estavam um metro mais perto do chão. Red desceu mais um pouco, então esticou o braço para ajudá-la.

"Porque você é o zelador", ela disse, enquanto Red a manobrava como se fosse uma boneca especialmente difícil de manusear, "e o prédio proíbe animais de estimação."

"Ah, é. Então não, né? Agora pra esquerda", ele acrescentou. "Eu disse *esquerda*. Chloe, você não sabe a diferença entre esquerda e direita?"

"Fica quieto", ela disse, e finalmente pôs o pé no lugar certo. "Não pode flexibilizar as regras dadas as circunstâncias atenuantes?"

"Circunstâncias atenuantes como o fato de você ser uma princesa extraespecial?"

"Exatamente. Sabia que você ia entender."

"Como você sabe que o gato não é de alguém?"

"Não tem coleira."

"Tá, mas... Santo Deus, o que é que você está fazendo, mulher? Este galho aqui. *Este*."

"Não seja mal-educado", ela resmungou.

"Você está tentando quebrar o pescoço?"

"Quanto drama. Quebraria no máximo um braço. É claro que dependendo de como caísse eu poderia quebrar o pescoço de qualquer altura. Ainda mais considerando que estou carregando um gato e ia tentar me virar pra não matar o pobrezinho esmagado." Ela fez uma pausa, reflexiva. "Mas isso no pior dos casos. Tenho certeza de que não precisamos nos preocupar com isso."

Red interrompeu sua descida constante para olhar para ela. Então, do nada, irrompeu em risos. O som era curto e vívido, e vinha acompanhado de um sorriso deslumbrante. Chloe desfrutou daquilo além da conta. Então decidiu ignorá-lo e focar nos galhos mais abaixo. Quando virou o pescoço com um pouco de vigor demais, seu corpo respondeu disparando uma pontada de dor em sua omoplata. Como o mala sem alça que era, Red notou quando ela estremeceu de leve e parou de rir na hora. Aqueles olhos afiados escrutinaram o rosto de Chloe. Ela já o tinha visto olhando para uma de suas telas daquele mesmo jeito, pouco antes de pegá-la e atirá-la contra a parede.

"Tem alguma coisa errada com você", Red disse.

Ela hesitou. Sentiu seu peito ser aberto à força. "O que isso quer dizer?"

"Tem certeza de que não se machucou? Parece que você está com dor."

Ah. Claro. Ela balançou a cabeça, evitando o olhar dele enquanto a tensão passava. "Não é nada."

Depois de uma breve pausa, ele voltou a descer. "Sabe", Red disse, puxando papo, "acho que temos mais ou menos a mesma idade. Eu também gostava de *Xena: A princesa guerreira* e da capitã Janeway, de *Star Trek: Voyager*."

"Ah, que bom para você."

"Não é porque estou resgatando você..."

"Você não está."

"... como um cavaleiro de armadura brilhante que significa que acho que vocês são todas... você sabe. Donzelas em apuros."

Chloe soltou o ar, e uma nuvenzinha de vapor se formou na hora. Ela era definitivamente mais dragão que donzela. "E...?"

"E, se você se machucou, não vou agir como um babaca."

"Ah, é?", ela perguntou, por entre os dentes cerrados.

"É. Tipo, não vou *insistir* que a gente dê uma passada na minha casa pra eu dar uma olhada em você."

"Que bom."

"Mas vou *sugerir* que você me deixe te acompanhar até sua casa para garantir que está tudo bem. E que me deixe fazer um chá. Para te esquentar." Antes que ela pudesse absorver aquilo totalmente, Red disse: "Chegamos". E pulou. As botas dele bateram contra o chão, e Chloe se deu conta de que haviam conseguido. Estava acabado. Bom, quase. Ela se encontrava agachada de um jeito meio esquisito naquele último galho.

Chloe tentou conjecturar quão dolorida seria a aterrissagem, considerando seus ossos já baleados.

Red sorriu para ela. Era o tipo de sorriso doce e sem esforço que os galãs usavam nas comédias românticas, e Chloe não confiava nem um pouco nele. "Quer que eu te pegue?"

"Prefiro morrer."

Ele deu de ombros, enfiou as mãos nos bolsos e começou a cantarolar "Devil Woman".

Chloe apertou o gato junto ao peito e pulou. Por ironia, a aterrissagem foi um pouco como morrer. Seu corpo havia se tornado um enorme hematoma. Ela reprimiu mil xingamentos, respirou fundo para controlar a vontade de vomitar e ficou se sentindo a mulher mais tola do mundo.

Por que havia feito aquilo consigo mesma? O gato lambeu seu pescoço, e a língua áspera aqueceu seu coração ressecado. *Ah, sim.* Ela havia feito aquilo porque era uma tonta.

Red não procurou esconder a preocupação. "Tudo bem?"

Pela primeira vez, o queridinho do prédio metia o bedelho na vida dela, como o bom moço que era. A sensação talvez fosse boa, se ela de fato quisesse a atenção dele.

Com grande esforço, ela se endireitou e tentou sorrir. Pareceu mais uma careta. Ele se encolheu diante daquilo, como se estivesse horrorizado. Ela desfez a expressão. "Estou bem. Tchau."

Com aquela mentira cem por cento à prova de dúvida, Chloe foi embora. Devagar e firme, com pouca dignidade, muita dor e uma dose ainda maior de determinação. Ela podia aceitar ser resgatada de uma árvore, mas não precisava que a resgatassem de si mesma.

4

Red deixou Chloe mancar até em casa com um gato enfiado dentro da jaqueta. Então foi até a moto que havia largado assim que a avistara, estacionou-a direito e se preparou para uma grande noite cuidando da porra da própria vida. Aguentou cerca de cinco minutos antes de pegar o molho de chaves do condomínio, ir até o apartamento dela e bater à porta.

Se Chloe não respondesse, Red ia assumir que ela tinha desmaiado ou algo do tipo e entraria.

Só ia conferir se Chloe estava bem porque se tratava de uma inquilina. Era parte do seu trabalho verificar se ela não tinha se machucado. O fato de que havia subido em uma árvore para salvar um gato e brincado com ele de um jeito meio esquisito e convencido de menina rica não significava absolutamente nada. Ela era uma esnobe convicta e talvez o tivesse espionado na noite anterior. Não dava a mínima para o senso de humor sarcástico dela, ou os casaquinhos fofos que usava, ou a porcaria daquele rosto incrível. Mas, como um ser humano preocupado com outro ser humano, gostaria muito que Chloe atendesse à porta.

Ele bateu outra vez, passou a mão pelo cabelo e começou a ficar realmente preocupado. Quando ela fora embora, sua boca estava tensa e a pele parecera acinzentada sob uma leve camada de suor. Suas palavras tinham saído mais apressadas, tensas, mais cortantes que o normal. Chloe havia se movido com rigidez, o corpo todo curvado, e não parecia ser só frio. Era óbvio que não queria admitir que de alguma maneira havia se machucado ao subir na árvore, e Red não se incomodaria de encher o saco dela até descobrir do que se tratava. Afinal, tinha muita prática em fazer o mesmo com a mãe.

Ele já estava pegando o molho de chaves quando a porta finalmente se entreabriu. Um único olho grande e escuro o mirava desconfiado.

Red arqueou uma sobrancelha. "Cadê seus óculos?"

"Você é bem intrometido", ela disse. "O que você quer?"

"Estão dizendo por aí que você tem um gato."

Ela olhou nos olhos dele e disse: "Sr. Morgan, eu nunca faria isso!".

Um sorriso se formou nos lábios dele contra sua vontade. "Vou ter que dar uma olhadinha, se não se importa."

"Eu me importo, e muito."

"Bom, mesmo assim."

Com um suspiro pesado, ela o deixou entrar.

Chloe era uma daquelas mulheres que sempre pareciam arrumadas. Mesmo no alto da árvore, ela usava roupa de academia combinando e parecendo muito apropriada para o que fazia. Por isso o estado de sua casa o deixou chocado.

Ela nem pareceu perceber. Estava ocupada demais desviando de garrafas vazias de água alinhadas no corredor como pinos de boliche e o que pareciam ser caixas infinitas de entregas da Amazon. Red fez seu caminho por aquele caos e a seguiu até a sala igualmente desarrumada, com seus móveis caros cobertos por almofadas, livros, canecas vazias e capinhas de jogos de videogame com PS4 escrito.

Ah, e ainda tinha o gato.

Ele estava deitado sobre a mesa de centro de vidro, cercado por remédios multicoloridos. Chloe pegou as caixas de remédio e perguntou, ignorando o gato: "Feliz?".

Red a encarou. "Ele está bem aí."

"Não tenho ideia do que está falando." Ela hesitou, aparentando nervosismo. Red se perguntou se não estaria prestes a confessar um assassinato. Mas o que Chloe disse foi: "Quer fazer um chá? Eu aceito de lavanda".

Ele só ficou olhando. Ela tinha acabado de...? Achava mesmo que ele...? Cacete. A ousadia daquela mulher. "Está acostumada a ser servida?"

"Ah, sim", ela disse.

Red precisou de três segundos para perceber que ela estava brincando, então abortou a cara feia que estava prestes a abrir. Chloe Brown havia feito outra piada com o rosto inexpressivo e daquele seu jeito estranhamente autodepreciativo. Ela precisava parar de fazer aquilo, porque Red estava começando a gostar.

Ela se virou para deixar a sala, enquanto ele questionava o que realmente estava acontecendo. "Se ouvir um barulho estranho", ela começou a dizer, "bate na porta. Se eu não responder, vem me salvar."

"Bater na porta?", ele repetiu, sem entender.

"Do banheiro", ela disse a Red, como se não houvesse motivo para dúvida. "Decidi aproveitar que está aqui para me supervisionar."

"Supervisionar?" Era tarde demais. Chloe havia desaparecido, com um monte de remédios na mão. "Então tá", Red disse para a sala vazia.

O gato miou.

"Fica quieto. Se acontecer alguma coisa, a culpa é sua."

O gato não demonstrou nenhum arrependimento.

Red foi fazer o chá.

Em comparação com a sala, a cozinha era razoavelmente arrumada e limpa. Tinha recebido alguns acréscimos ao padrão normal, o mais notável era uma lava-louça bonita e silenciosa, que ele *não* havia autorizado. Chloe também tinha uma cadeira baixa com assento de pelúcia, do tipo que se encontrava em bares refinados. Ficava ao lado do fogão, o que parecia estranho. Havia inúmeros chás exóticos, além de alguns mais comuns, ainda bem, no lugar onde deveriam estar. Não tinha leite na geladeira, só um exército de caixas de suco e uma tonelada de potes de plástico empilhados, cheios de salada, frango, atum, queijo fatiado e mais. Era como um bufê pré-preparado.

Alguém tomava conta de Chloe. Ou ela havia feito tudo aquilo sozinha, porque era obsessiva. Red olhou para a sala por onde parecia ter passado um furacão e decidiu que a primeira opção era mais provável. Mas por que alguém tomaria conta de Chloe Brown? Talvez ela só fosse mimada. Talvez às vezes precisasse de ajuda. Talvez ele devesse cuidar da própria vida e fazer a porra do chá.

Red fez e, como pagamento, abriu uma lata, experimentou o que parecia ser um biscoitinho de gengibre caseiro e em seguida pegou mais alguns. Na sala, identificou embalagens de chocolate fino em meio à bagunça. Se um dia fosse levar comida a Chloe Brown, coisa que nunca faria, seria um doce. Ela parecia o tipo de mulher que gostava de doce.

E ele parecia ter ficado maluco.

Red abriu espaço na mesa para o chá, entre o lixo e o gato, e se empoleirou no sofá, ao lado do controle do PlayStation e de alguns cartões de visita com brilho. O gato não parecia interessado no chá, mas Red procurou ficar de olho nele enquanto lia um cartão.

SUBLIME DESIGN ON-LINE

WEB DESIGN, SEO, BRANDING DE MÍDIAS SOCIAIS E MAIS

As informações de contato de Chloe estavam no verso.

Hum. Olha só. Red precisava de um site. Pelo visto, ela fazia sites. Não que ele fosse contratá-la. Preferia um web designer que ele não sentisse vontade de estrangular.

"Bisbilhoteiro", Chloe disse.

Red ergueu os olhos e a viu recostada ao batente da porta, não de um jeito casual e charmoso, mas de um jeito "não estou me aguentando em pé direito". Ele levantou na mesma hora. "Você está bem?"

"Claro. Você está comendo meus biscoitos?"

Ele enfiou o último na boca e murmurou: "Não".

"Eu vi isso."

"Eu vi o gato."

"Boa." Sua caminhada em direção a ele foi lenta e difícil de assistir. Chloe se movia como se tivesse levado uma surra. Se não tivesse sido ele mesmo quem a ajudara a descer em segurança daquela árvore, Red imaginaria que ela havia caído. Chloe estava de óculos agora. Usava um roupão pink enorme e pantufas com orelhas de coelho igualmente enormes. As pantufas o surpreenderam, então Red se recordou de que Chloe usava a fofura para esconder seu eu maligno. Como a professora Umbridge.

Só que ele não conseguia imaginar Umbridge salvando um gato de uma árvore. Mas não importava. Red pensaria naquilo depois.

Os olhos dela pareciam um pouco brilhantes demais e fora de foco. O cabelo estava solto, em ondas fofas em torno do rosto que lembravam nuvens de tempestade. Chloe o apalpou, pouco à vontade, e suas mãos pareceram... tremer? Puta que o pariu. Red teve que se esforçar para resistir à vontade de pegá-la no colo e levá-la até a cama. Não queria que

Chloe o entendesse mal. Tampouco queria se importar com os problemas dela, mas se conhecia bem o bastante para saber que se importaria com um tubarão-branco se a oportunidade se apresentasse. Ele ajudava. Sempre. Não conseguia evitar.

"Você não devia invadir a casa das pessoas", disse ela, "se não consegue lidar com um nível mínimo de nudez."

Ele se sentou, percebendo que olhava fixo para Chloe. O escrutínio parecia deixá-la desconfortável.

"Foi mal. Não tem problema. Sou um invasor de casas audacioso. Não precisa se preocupar comigo", Red disse.

"Eu não estava preocupada com você." Ela se jogou no enorme sofá como um saco de batatas, e uma nuvem de um suave aroma floral o cercou. "Pode me passar o chá, por favor?"

Ele o passou. Ela o segurou como se fosse um bebê e tomou um gole com um claro alívio. Red a observou tão de perto quanto possível, o que era perto pra caralho. E notou algumas coisas. Como o V entre suas sobrancelhas, a careta que ela não conseguia evitar. A umidade brilhando em seu pescoço e em seu colo, como se ela não tivesse se secado direito depois do banho. As curvas de suas panturrilhas, visíveis sob a barra do roupão. A última parte não era relevante para as suspeitas dele, então Red não compreendeu porque sua mente tinha se atentado àquilo. Mas não importava.

Finalmente, ele disse: "Vai finalmente admitir que se machucou?".

"Não me machuquei", ela disse. "Só estou com dor." Sua voz saiu vívida, de um jeito perigoso, como uma faca brilhando à luz do sol. Como se Chloe estivesse a dez segundos e a uma pergunta irritante de acabar com ele.

Red usou o tom de voz mais paciente e sem julgamentos de que era capaz. "E qual é a diferença?"

"Estou sempre com dor, sr. Morgan. Principalmente quando faço coisas ridículas como subir em árvores para salvar gatos ingratos."

"Red", ele a corrigiu, distraído, enquanto as peças se encaixam em sua cabeça. "Dor crônica?"

Ela olhou para ele, claramente surpresa.

"O que foi? Sou esperto."

Ela revirou os olhos de um jeito que só poderia ser descrito como épico. "Que bom pra você."

Aquilo, aparentemente, era o fim do papo. Chloe não parecia a fim de explicar mais, e se não estava escondendo nenhum ferimento grave Red não tinha nada a ver com aquilo. Ele disse aquilo a si mesmo, com firmeza: *Não tenho nada a ver com isso. Não tenho nada a ver com isso. Não tenho porra nenhuma a ver com isso.* Chloe devia ter para quem ligar quando precisasse, assim como a mãe ligava para ele quando tinha problemas com a insulina. Não havia motivo para ele se demorar ali.

Mas deveria pelo menos terminar o chá, não? Seria falta de educação não terminar.

Red se sentou e ficou olhando pela janela, tomando o chá quase frio. Chloe fazia o mesmo ao seu lado. De onde ele estava, conseguia ver a própria janela, do outro lado do pátio estreito. Conseguia ver o cavalete abandonado e até mesmo algumas telas em branco amontoadas pela sala. Aquela era uma bela posição para espionar.

Ele terminou o chá e percebeu que Chloe estava de olhos fechados e rosto relaxado.

"Quer que eu caia fora pra você poder dormir?"

"Não estou cansada", ela disse na mesma hora. "Só descansando os olhos."

Como aquilo era claramente uma mentira, era melhor Red ir embora. No entanto, ele ficou por ali, comentando coisas sem sentido como "Então você é web designer".

"Sou", ela murmurou.

Chloe estava tão quieta, tão distante de seu vigor habitual, que Red se viu desejando fazer o que fosse preciso para que seu antigo eu retornasse. Mesmo que para aquilo fosse preciso irritá-la. "Não achei que você trabalhasse. Sendo de família rica e tal."

Funcionou, mais ou menos. Ela abriu um olho, como um lagarto tomando sol, e de alguma forma conseguiu parecer altiva. "Você não sabe se minha família é rica."

Ele bufou. "Vai dizer que não é?"

Chloe fechou o olho.

"Então por que você trabalha?", ele perguntou, não porque estivesse mesmo curioso, mas porque queria manter o ânimo dela. E nada mais.

Chloe suspirou. "Vai ver que a mesada que recebo não é suficiente para manter minha dieta de chocolate com flor de sal e chá. Ou vai ver sou viciada em comprar bichinhos de pelúcia antigos por milhares de libras no eBay. Ou todas as minhas roupas têm diamantes minúsculos nas costuras."

Red não conseguiu evitar rir. "Você é tão..." Tão surpreendente. Como se não fosse a esnobe cruel que ele havia imaginado. Como se fosse só uma garota rabugenta e desajeitada, com quem ele devesse parar de perder a paciência.

Só que Red *nunca* perdia a paciência a não ser quando estava com ela. E ele tinha aprendido da pior maneira que deixar uma mulher afetar seu humor era o primeiro passo para um caminho totalmente fodido.

O que talvez tenha sido o motivo pelo qual ele disse: "Por coincidência, estou precisando de um site".

"Ah é?" O tom de voz dela era áspero como lixa, mas, de alguma forma, Red sabia que Chloe estava interessada naquilo.

Ou talvez ele só torcesse para que ela estivesse.

"Mas você deve ser daquelas designers finas, né? Que cobram caro pra caralho."

"É verdade." Ela abriu os olhos, e ele sentiu um arrepio subindo pelo corpo quando seus olhos se encontraram. Frio e quente ao mesmo tempo, inesperado e inexplicável. Red ainda estava tentando entender o que havia acontecido quando Chloe acrescentou: "Mas, como você foi legal com a história do gato, posso te dar um desconto".

Red arqueou uma sobrancelha. "Que gato?"

O movimento de lábios dela foi tão sutil que mal poderia ser chamado de sorriso. Mas, se Red fosse chamá-lo assim, bom... seria a primeira vez que ela lhe sorria. Não que ele estivesse contando.

"Mas só até a gente encontrar o dono, claro", ele acrescentou depressa.

O não sorriso dela se alargou como a lua crescente. "Ele não tem coleira."

"Não me parece um gato de rua. Deve ter um chip."

"Vou ver isso", ela disse.

"Ótimo. E mantém o bicho dentro de casa, está bem?"

"Vou ver se uma das minhas irmãs consegue ir atrás de uma caixa de areia de última hora."

Red suspirou, resignado às armadilhas de sua própria natureza. "Eu vou."

Ela olhou para ele daquele seu jeito de sempre, parecendo irritada e esnobe. Red tentava não se ofender quando Chloe respondeu com palavras, e palavras que ele não estava esperando. "Você é tão *legal*", ela disse, com a testa franzida. "Acho que não aguento isso."

Ele piscou, enquanto um calor incômodo subia por sua nuca. O que significava, graças a sua maldita pele, que ele devia estar corando como um adolescente. Red desviou os olhos e passou os dedos pelo cabelo. Sua voz saiu rude quando ele respondeu: "Não é nada".

Houve uma pausa antes que ela risse baixo, como quem não conseguia acreditar. "Ai, meu Deus. Você fica *vermelho*!"

"Não." Ele tinha total ciência de que seu rosto estava corado, mas mentiu mesmo assim.

"Fica, sim. Isso é ótimo. Vou te elogiar mais vezes."

"Não, por favor", Red disse, seco. Estava claro que ele não aguentaria aquilo.

"Tá. Prometo ser péssima sempre." Ela sorriu, sorriu de *verdade*. Seu sorriso era amplo, torto e absolutamente deslumbrante. Durou apenas um segundo, mas ficou impresso nas retinas dele, como fogos de artifício poderiam ter ficado. Chloe franziu a testa e levou os dedos aos lábios, como se estivesse perplexa diante da própria animação. O que, além de tudo o mais, era deprimente pra caralho. Chloe olhou para ele, com os olhos estreitos e reflexivos, como se Red fosse um rato de laboratório. "Viva", ela murmurou baixo. "Hum."

Ele ergueu as sobrancelhas. "Oi?"

Ela inclinou a cabeça. "Acho... acho que tenho uma proposta pra você."

Não havia nada de sedutor em seu tom, mas as palavras fizeram *algo* revirar no estômago dele. Red havia assistido a filmes de espionagem ruins demais, e neles propostas sempre acabavam em boquetes. "Manda."

"É uma história meio longa." Ela mordeu o lábio. "Na verdade, esquece a história. Você não precisa saber. O resumo é que preciso andar de moto."

Se fosse um boquete ele não teria ficado tão surpreso quanto ficou. Chloe Brown. De moto. Não parecia certo. Red revirou a mente atrás de uma resposta aceitável, até que acabou dizendo: "É?".

57

Ela assentiu. "E você *tem* uma moto, claro."

"Tenho..."

"Não quer uma consultoria grátis? Pro seu site?"

"Pode ser..."

"Então combinado." Ela voltou a fechar os olhos. "Eu entro com a consultoria e você entra com a moto. Tudo bem se a gente resolver os detalhes outra hora? Acho que estou *mesmo* cansada."

Ele abriu a boca como se fosse dizer: *Espera aí, porra*. Mas o que saiu foi só: "Hum".

"Eu entro em contato."

Foi o que ela disse. *Eu entro em contato*. Como se tivesse acabado de entrevistá-lo para o cargo de chofer de moto e no momento oportuno fosse comunicá-lo como havia se saído. Ela tinha a cabeça tão enfiada na própria bunda que era um milagre que conseguisse ver o sol.

"Tchau", Chloe acrescentou.

Ele estava entre dizer a ela para cair na real — embora fosse uma inquilina — e morrer de rir.

Então Chloe abriu uma pálpebra e disse, desconfiada: "Você não é um *daqueles* caras, né? Porque ficaria surpreso com quão alto sou capaz de gritar. Tenho anos de treinamento vocal."

Red se levantou. "Não. Não se preocupa. Já vou."

"Obrigada", ela murmurou.

E ele foi embora.

Dez minutos depois, estava em sua sala/ateliê, vendo Chloe "descansar os olhos" do outro lado do pátio. Ela parecia estar ferrada no sono, mas aquilo não era da conta dele. Red só queria garantir que o gato não tivesse deitado na cara dela, sufocando-a ou coisa do tipo. Gatos não eram dignos de confiança, era o que Vikram dizia ao telefone.

"São um pé no saco. Sempre mijam atrás do sofá, você sabe."

Red passou uma mão pelo cabelo e deu as costas para a janela. "Se você diz... Olha, é só até a gente achar o dono. A inquilina do 1D subiu em uma árvore pra pegar o bicho, não acho que ela vá querer mandar para a Sociedade Protetora dos Animais."

"Hum, 1D?", Vik perguntou. Red não devia ter entrado em detalhes. Vik era esperto e tinha uma ótima memória. "Não é aquela de quem você está sempre reclamando?"

Red olhou feio para o nada. "*Sempre?*"

"Sempre."

"Não."

"Alisha!", Vik gritou. "Red está falando de novo da riquinha do 1D."

À distância, Red ouviu a voz da esposa de Vik gritando de volta: "Ah, não. Fala pra ele parar com essa história."

"Viu?"

"Vai se foder."

Vik suspirou de maneira dramática. "Não precisa ter vergonha só porque você tem um tipo, cara. Nunca me interessei por riquinhas, mas..."

"Vik."

"... não se pode dizer que você tenha o melhor dos gostos."

"*Vik.*"

"Um mês, então o gato tem que ir embora", Vikram disse, mudando de assunto. *Ainda bem.* "E ele não pode sair de dentro do apartamento. Se alguém o vir, vai ser um inferno."

"Foi o que eu disse a ela. Vou levar uma caixa de areia depois."

"Ah, é? Ela não pode ir comprar sozinha?"

Bem, não, provavelmente não. "Sou o zelador."

"Certo", Vik desdenhou. "É por isso."

"É."

"Não que você seja bonzinho com ela."

De jeito nenhum. "Você me conhece. Sou bonzinho com todo mundo."

"Isso é verdade, cara. Isso é verdade."

Red desligou. Passou o resto do dia evitando a janela.

5

A irmã mais nova de Chloe tocava cinco instrumentos diferentes, mas seu maior recurso era a própria voz. Como Gigi diria, com um tom significativo, Eve Brown tinha *pulmões*. Por isso, quando ela irrompeu no apartamento de Chloe cantando "Defying Gravity", como Idina Menzel na Broadway, o gato reagiu como se fosse um terremoto.

Chloe observou seu plácido companheiro dar um pulo e atingir um estado de alerta total felino. Desde que o resgatara há alguns dias, ela havia aprendido que aquele gato em particular não era como a maioria: faltava-lhe toda a graça e noção espacial dos outros, como ficava evidente pela rota de fuga que havia escolhido. Ele conseguira bater no sofá, na base de uma luminária de chão e no batente da porta no caminho até o quarto. Chloe havia decidido que aquele desastre nervoso provava que os dois estavam destinados a ficar juntos. Em momentos de exaustão ou pânico, ela também era conhecida por bater inúmeras vezes em coisas pelo caminho.

Eve entrou na sala agora desprovida de gatos e vibrou: "Trouxemos comida!". Ao ver Chloe se encolher, ela tirou um de seus fones de ouvido onipresentes e sussurrou: "Ah, desculpa. Está com dor de cabeça?".

"Não."

"É mentira", Dani disse, aparecendo à porta com sacolas de compra demais. Usava um gorro cinza com pompom para proteger a cabeça raspada do frio. "Sempre sei quando você está mentindo, Chlo. Nem sei por que se dá ao trabalho. Quer chá?"

Chloe revirou os olhos e se aninhou ainda mais no sofá. "É chá mesmo? Ou uma daquelas suas misturas de mato?"

Dani movimentou as sobrancelhas de forma ameaçadora enquanto erguia as sacolas de compras. "Não se preocupe. Eve fez um bolo de chocolate para comer junto."

Dez minutos depois, Chloe estava armada com uma caneca com um líquido misterioso e fumegante e uma fatia grossa de bolo de chocolate recheado. Ela enfiou o bolo na boca com um entusiasmo desavergonhado e revirou os olhos de prazer, apesar da dor de cabeça. "Está divino."

"Fiz só pra você", Eve disse, dando tapinhas no joelho de Chloe como uma mãe preocupada. Fazia três dias desde a Grande Escalada, e Chloe se mantinha no sofá desde então, porque seu corpo estava dando um chilique. Intrometidas como eram, suas irmãs tinham finalmente descoberto o que havia acontecido e ido cuidar dela como se fosse um bebê. Era ligeiramente irritante e ao mesmo tempo fofo, porque envolvia tanto aqueles tapinhas quanto um bolo de chocolate delicioso.

"Obrigada. Você faz bolos deliciosos."

"Vou divulgar isso na janela da minha confeitaria um dia", disse Eve, animada. *"Faço bolos deliciosos. Foi minha irmã quem disse."*

Chloe ergueu as sobrancelhas. "Confeitaria?"

"É o plano mais recente", Dani gritou do corredor. "Mas nem pergunta a respeito, ou ela vai começar a choramingar por causa da tirania dos pais céticos que se recusam a emprestar dinheiro para os negócios das filhas, e você sabe que não aguento esse papo de menina mimada." Ignorando o suposto ultraje da irmã mais nova, Dani voltou à sala com o gato reclamando em seu colo. "É essa a criatura que você salvou?", ela perguntou, mostrando a bola de pelos se debatendo.

"Não", Chloe murmurou. "É um dos inúmeros outros gatos que arranjei há dois dias."

"Cala a boca." Dani apertou os olhos felinos estreitos com a expressão séria e a mandíbula cerrada. Ela tinha o hábito de ranger os dentes quando se concentrava em algo especialmente complicado. Finalmente, parou de encará-lo e anunciou: "Acho que esse gato é... macho".

"Excelente", Chloe disse, satisfeita. "O nome dele vai ser Smudge."

"Ah, Chloe", Eve disse, em reprovação. "Você tem que chamar ele de Gato, que nem a Holly Golightly."

Irmãs mais novas eram inacreditáveis. Todas umas mandonas. Com um olhar intimidante, Chloe disse: "Não vem me dizer como criar meus filhos. O nome dele é Smudge e ponto-final".

"Maravilha." Dani largou Smudge no chão, e ele disparou na mesma hora. Depois de uma breve colisão com a perna da mesa, tinha desaparecido. Dani riu e comentou, como se fosse a avó delas: "Ele tem medo da própria sombra".

"Ele tem medo de tudo", Chloe admitiu. "Acho que foi por isso que o encontrei no alto da árvore. Conseguiria descer sozinho, mas estava com medo."

O clima no cômodo mudou: sorrisinhos animados floresceram e todos os olhos se voltaram para Chloe. "Ah, éééé", Eve disse, se recostando contra as almofadas. "A *árvore*. Em que você *subiu*. Porque é toda *durona*. Não vai contar?"

Ah. Chloe abriu um sorriso tímido. "Foi bem impressionante", ela murmurou, com falsa modéstia.

"Conta", Dani pediu, de sua posição esticada no chão. Ela só podia ser alérgica a cadeiras. E era boa em farejar mentiras. Mas notaria uma mínima (ou seja, enorme e de cabelo castanho-avermelhado) omissão? Chloe esperava que não, porque não tinha a menor intenção de mencionar o papel de Red na história.

"Eu vi o gato e o peguei. Foi muito atlético. Subi na árvore como... como se fosse Lara Croft!"

"Com suor escorrendo pelo decote e soltando gemidinhos estranhamente sexuais o tempo todo?", brincou Dani.

"Com toda a experiência e tranquilidade", Chloe a corrigiu, embora aquilo não fosse verdade.

"Acho que você foi muito estoica", Eve disse.

Houve uma breve pausa antes que Chloe conseguisse decifrar aquilo. "Você quer dizer *heroica*?"

"Não."

Dani revirou os olhos. "De qualquer maneira, fico feliz que tenha feito isso. Subir na árvore, digo. Sinto muito pela sua indisposição, mas mesmo assim."

"É mesmo, Dani?" Chloe estreitou os olhos para ela, toda desconfiada. "Porque era parte do meu plano ser fabulosamente descuidada e extremamente animada, e um passarinho me contou que você apostou no meu fracasso."

"Ah, não fica assim, vai. Foram só cinquenta libras, é claro que prefiro perder. De qualquer modo, não me lembro de 'resgatar um gato' ou 'subir numa árvore' aparecerem na sua lista."

"Não", Chloe admitiu. "Foi uma atividade extracurricular."

"Muito bem então. Minhas cinquenta libras estão a salvo. Mas o que você vai fazer com o gato no longo prazo? É proibido ter animais no prédio, não é?"

"Fiz um acordo temporário com o zelador", Chloe disse, então se repreendeu mentalmente.

As irmãs, claro, deram início a um coro de suspiros e gritinhos luxuriosos. "*Red*", Eve disse, com tanto sentimento que se imaginaria que ela e o zelador eram a personificação de Romeu e Julieta.

"*Redford Morgan*", Dani ronronou, de um jeito malicioso que Chloe nunca havia dominado. Danika Brown era uma acadêmica de esquerda e espiritualista amadora que raspava a cabeça porque "cabelo dá trabalho demais", mas no fim das contas tinha puxado a Gigi. Se ela própria tivesse sido resgatada de uma árvore por um homem bonito, ou uma mulher bonita, se fosse o caso... bem, já teria garantido para si a afeição do herói ou da heroína antes que chegassem ao chão.

"Como foi que conseguiu isso?", Eve perguntou, piscando para bancar a inocente.

"Ela ofereceu o próprio corpo, claro", disse Dani, com um sorriso.

"Ah, fiquem quietas, vocês duas. Não estou assim desesperada."

"Porque dormir com aquele homem seria uma tortura...", Eve desdenhou. "Ele é muito gostoso, Chlo. E um *fofo*."

"Fofo?! Dá pra ver que você mal o conhece."

"Motivo pelo qual ainda não tive os filhos dele. E a sua desculpa, qual é?"

"Que o cara é tão lindo que o cérebro de robô dela entra em curto-circuito", disse Dani.

"Meu cérebro de robô é enorme, fique sabendo", disse Chloe, fungando. "E ele não causa curto-circuito nenhum."

Devagar, Dani abriu um sorriso, do tipo que ficara conhecido por motivar pedidos de casamento, brigas de mão por puro ciúme e, em uma ocasião especial, um acidente de carro leve. "Maravilha", ela ronronou. "Nesse caso, espero que durma com ele assim que possível. Não tem sexo na sua lista?"

Foi por pouco que Chloe conseguiu evitar engasgar até a morte de estupefação.

"Tem mesmo", Eve disse. "Ah, anda, Chlo. Dá pra ele. E conta tudo pra gente."

As irmãs dela eram um verdadeiro pesadelo. "Homens não são pra mim", Chloe disse, firme. *Muito menos* esse *homem. Eu nem saberia o que fazer com ele.* Mas sua mente fez inúmeras sugestões, e a deixou de boca seca.

Dani inclinou a cabeça. "Decidiu tentar com as mulheres então? Maravilha."

"Não estou tentando nada, muito obrigada." Parecia que o subconsciente de Chloe precisava ser avisado daquilo tanto quanto suas irmãs.

"Por que não?", Eve perguntou, sua natureza romântica tendo sido claramente ofendida.

"Você sabe por quê."

"Não sei, não."

Chloe suspirou. "É trabalho demais. Não posso com isso."

Dois pares de olhos escuros se voltaram para ela, nada impressionados.

Chloe insistiu. "É muito esquisito, sair com alguém quando se tem um problema de saúde crônico. As pessoas podem ser péssimas. E vocês sabem que não tenho muita energia pra gastar com a baboseira social."

"*Baboseira social*", Eve repetiu, desdenhando. "É sério, Chloe, você tem cada uma..."

Eve claramente não percebia que "baboseira social" era o jeito sucinto de dizer "decepção constante com a natureza humana". Chloe tinha aprendido da pior maneira que as pessoas estavam sempre atrás de um motivo para ir embora, que afeto, adoração ou promessas de devoção se transformavam em pó quando as coisas ficavam difíceis. A perda de Henry havia lhe ensinado aquilo. Acordar um dia e se dar conta de que seus amigos, cansados das listas, dos furos e dos cuidadosos mecanismos de enfrentamento, a haviam deixado para trás... aquela tinha sido uma ênfase desnecessária em uma lição dolorosa. A lealdade de sua família era incomum, e Chloe amava cada um de seus familiares por aquilo, mas eles não pareciam entender que não dava para confiar nas outras pessoas. Era melhor ficar sozinha que ser abandonada.

Ela se recusava a deixar que aquilo acontecesse de novo.

Mas, se explicasse os fatos, as irmãs insistiriam que ela só havia tido uma experiência ruim, depois começariam a insultar todo mundo que já a deixara. Então Chloe seria forçada a lembrar tudo o que havia perdido, e se perguntaria, pela milésima vez, o que era que ela tinha que tornava tão fácil deixá-la.

Era hora de mudar de assunto, e de pijama.

Deixar a manta de lado e se levantar lhe deu tontura por um momento, mas Chloe estava preparada para aquilo. Ela esperou. A escuridão indesejada passou. "Pronto." Chloe sorriu, satisfeita consigo mesma. "Tudo certo."

Dani pareceu alarmada. "Aonde você vai?"

"Só tomar uma ducha. Não vou demorar." Era uma mentira descarada. Ela ia demorar, e todo mundo ali sabia disso.

"Quer ajuda?", Eve perguntou.

"Não estou tão mal assim." Chloe revirou os olhos e deixou as irmãs na sala. Enquanto tirava o pijama usado e se acomodava no assento de plástico do chuveiro, agradeceu a Deus pelo fato de que todos os apartamentos de nível térreo vinham adaptados para pessoas com deficiência. Depois de pegar o xampu e o condicionador, ela ligou o chuveiro e inclinou a cabeça para baixo da água.

Seus dias vinham sendo frustrantes. Tinha dado início a um ciclo exasperador ao subir naquela árvore. A sobrecarga física levava à dor e a uma exaustão de entorpecer a mente. O que levava a remédios e insônia. O que levava a comprimidos para dormir e confusão mental. O que, resumindo, levava a sofrimento.

Quando Chloe se via presa naquele tipo de ciclo, era esperado que fizesse algumas coisas. Como socializar com os amigos que não tinha, apesar de sua incapacidade de escovar os dentes ou trocar de pijama. Como forçar seu corpo desgastado a assumir posições de pilates excruciantes, porque fazia *superbem* para os músculos. Como meditar, ao que parece para conseguir refletir mais profundamente sobre como se ressentia de suas terminações nervosas. Eram as recomendações de especialistas muito sábios, mas que não viviam em um corpo em crise constante.

O que Chloe de fato fazia para lidar com aquilo era tomar seus remédios religiosamente, formular listas fantásticas, jogar *The Sims* e viver com aquilo. Às vezes era difícil, mas ela dava um jeito.

Naquele momento, suas dores tinham se reduzido a um zumbido de fundo e sua mente estava mais clara do que estivera em muito tempo. Ela esfregou os três dias de suor febril do couro cabeludo, sorrindo ao tocar os cachinhos fofos na raiz. Era quase hora de fazer outro relaxamento químico; ela não tinha a energia necessária para a manutenção de seu cabelo natural, por mais bonito que fosse. Depois de passar o condicionador, Chloe ensaboou todo o corpo com o sabonete perfumado e ficou de pé por tempo bastante para enxaguar as partes necessárias. Ela ficou vendo a água fazer a espuma branca escorregar por sua pele, como nuvens se movendo sobre a terra. Quando se sentia cansada de tanto cansaço, Chloe se agarrava a momentos como aquele: o primeiro banho depois de uma crise.

Era preciso se agarrar a cada bênção com ambas as mãos.

Algum tempo depois, Chloe estava limpa, seca e arrumada, com um vestido leve e um suéter combinando — embora todos os seus suéteres tivessem botões, como se fossem casaquinhos. Ela gostava da aparência, mas seus dedos nem sempre davam conta de pôr os botões para dentro e para fora das casas. Seus óculos estavam limpos e seu cabelo estava preso em um coque brilhante. Chloe havia tomado os anti-inflamatórios, os analgésicos mais fracos e os comprimidos que protegiam seu estômago do estrago causado pelos outros remédios.

Então voltou à sala, onde foi amplamente ignorada pelas irmãs, que discutiam, e elaborou inúmeras listas: e-mails a escrever, trabalhos a retomar, diários de humor e de alimentação a preencher. Por último, fez uma anotação na agenda, sob a seção de afazeres da semana, com uma única palavra.

Red.

Ela não sabia muito bem o que mais registrar. O que escrever sobre um homem com cabelos como uma cascata de fogo e anéis de prata, um homem que sorria para todo mundo sem se sentir desconfortável com aquilo, um homem que era o exato oposto de Chloe Brown?

Pelo visto, apenas seu nome.

Ela voltou à realidade e ouviu as irmãs discutindo sobre Lady Gaga, porque eram aquele tipo de pessoa.

"Foi um trampolim. Todo mundo tropeça durante o período de crescimento."

"Foi um desastre, Eve. Estou falando sério!" Dani jogou as mãos para o alto. "Depois da maravilha que foi *Born This Way*..."

"Você só gosta de *Born This Way* porque é sombrio, perverso e coisa e tal."

"Não seja ridícula. Gosto porque é descaradamente sexual e ironicamente alemão."

"Ridícula é você."

"Diz a mulher que prefere 'Paper Gangsta' a 'Judas'."

"Ah, por favor", Eve bufou, muito incomodada. "Essa música é o maior desperdício de talento vocal da história."

Dani ergueu uma única sobrancelha. "Você age como se nunca tivesse ouvido uma música da Miley Cyrus."

A carranca de Eve hesitou, depois desapareceu. Ela deu uma risadinha. Dani riu também.

Chloe revirou os olhos. "Se as duas já tiverem terminado..."

Era verdade que elas nem deveriam estar ali. Dani tinha uma lista infinita de coisas do doutorado para fazer, e Eve estava sempre enrolada com um ou outro favor para um de seus muitos amigos. Mas elas viriam de qualquer maneira, porque eram as agentes dos pais na guerra secreta de Monitoramento da Saúde da Pobre Chloe — e porque queriam se certificar de que ela não desmaiaria no banheiro e abriria a cabeça. Chloe também queria se certificar daquilo, de modo que a presença das irmãs era bem-vinda em dias como aquele. Mas elas tinham outros lugares para estar, as próprias vidas para viver etc.

E Chloe precisava riscar mais um item de sua lista para acordar pra vida. Tudo o que precisava fazer agora era dar um impulso inicial.

Então mandou as irmãs embora, despedindo-se com beijos, marcou uma noite de filmes, prometeu ir visitar Gigi em breve — Eve ficou de passar o recado a ela — e encheu as duas de comentários sarcásticos, porque preferia morrer a de fato agradecer. Nem sempre fora daquele jeito, alguém que não dizia o que queria dizer, que escondia seus sentimentos em algum lugar. Mas ajuda e preocupação, mesmo por parte de pessoas que Chloe amava, mesmo quando ela precisava, podiam ser irritantes. Iam se acumulando, ou melhor, se desgastando. Embora fosse verdade, ela ainda se sentia culpada em admitir que, às vezes, a simples gratidão tinha gosto de ressentimento mal adoçado em sua boca. Então ela não a expressava.

Depois de elas irem embora, Chloe ficou se sentindo murcha e solitária, o que não era comum para ela, embora Smudge tivesse voltado de seu esconderijo. Ela ficou na sala vazia, agora um pouco mais arrumada, graças a Dani, e olhou pela janela, para o outro lado do pátio.

Ela havia procurado Redford no Google, claro. Tinha até feito isso no seu computador de verdade, o desktop com duas telas que ficava no quarto, ainda que usar seu laptop com touch screen apoiada em uma pequena montanha de almofadas fosse muito mais confortável. Isso porque precisava de tantos detalhes visuais quanto possível. Tratava-se de um exercício puramente profissional: ela queria saber se Redford já tinha uma presença on-line e se estava certa em presumir que o site de que dele precisava estava relacionado a arte. Chloe não sabia bem o que estava esperando, mas tudo o que encontrou foram imagens de trabalhos dele, bonitas o bastante para tirar seu fôlego, compartilhadas em diversos sites e contas de redes sociais de fãs, que se perguntavam onde estava Redford Morgan.

Ele está ocupado encantando os inquilinos de um prédio residencial em South Nottinghamshire. E, sim, respondendo às suas inúmeras perguntas, ele continua criando.

Chloe também encontrou algumas fotos em tabloides, que a surpreenderam muito mais do que o talento e a popularidade dele. Elas mostravam o corpulento e rústico Redford Morgan saindo de eventos deslumbrantes de braço dado com uma socialite de dentes enormes. Ela era bonita e se vestia bem, tinha cabelo loiro brilhante e usava sapatos de marca. Olhava para Red como um lobo para uma ovelha.

Fora então que Chloe interrompera sua pesquisa. Algo naquele olhar disparou um arrepio por sua espinha. Algo relacionado a *testemunhar* aquele olhar fez parecer que estava xeretando. O que ela havia jurado parar de fazer. Por esse mesmo motivo, decidira esquecer a busca e agir como se não soubesse nada da vida dele. Ia ser a própria imagem da ignorância e, portanto, inocente, quando conversassem sobre o site.

Ou era o que esperava.

6

Aos seis ou sete anos, Red tinha uma babá que se chamava Mandy. Ela própria tinha apenas uns treze anos, mas cuidava dele durante a noite em troca de dez libras por semana, o que naquela época era dinheiro suficiente para cobri-la de salgadinhos e um cigarrinho ocasional às escondidas. Mandy era uma verdadeira traça de livros, mas queria fazer um bom trabalho cuidando dele e tudo o mais. O meio-termo a que chegara consistia em colocá-lo na cama cedo e passar uma ou duas horas lendo em voz alta para Red o que quer que estivesse lendo no momento. Até hoje, ele a culpa por seus sonhos estranhos.

Graças aos exemplares de *Alice no País das Maravilhas* e *Peter Pan* de Mandy, as noites de Red eram um pouco vívidas demais. Ele tinha sonhos em tecnicolor, atravessando espelhos, caindo em tocas de coelho. Seus sonhos eram estrelas cadentes marcando de fúcsia o pôr do sol arroxeado; neles, mais do que se mover, as pessoas surgiam em um turbilhão direcionado a ele, e havia música sob sua pele. Não era exatamente normal, mas era com isso que Red estava acostumado. Motivo pelo qual o sonho da noite anterior o tinha perturbado tanto.

O sonho da noite anterior havia sido diferente.

Sombrio, primeiro, o breu completo, como se as luzes tivessem sido desligadas em sua mente. Quente, quente como uma noite de verão, cujo ar é sufocante e opulento. Red estivera com uma mulher. Ele a tocara, a beijara, então acordara com o próprio gozo sujando a barriga e o nome dela nos lábios.

Chloe.

Claro que ele não ficou muito feliz com as implicações daquilo. Seus sonhos eróticos eram poucos e espaçados porque já era um homem crescido. Quando aconteciam, eram em consequência de sonhos envolvendo mulheres agradáveis e sem rosto, que não se importavam que ele gozasse nos seus peitos. Talvez Chloe não se importasse que gozassem nos peitos dela também — a Chloe do sonho certamente não se importava —, mas definitivamente não era do tipo agradável ou sem rosto. Tampouco era à prova de orgasmo.

Ele não conseguia parar de reviver o sonho. A porra daquele sonho fantástico.

Depois de uma manhã cometendo erros de manutenção básica e uma tarde brigando com o aquecedor do 3B — o que era impressionante, já que deveria ser impossível falhar no ajuste da pressão de um aquecedor —, Red havia desistido e voltado para casa. Agora estava sentado no quarto sem fazer nada, como se retornar à cena do crime o fizesse recuperar o foco. Era muito improvável, mas ele tinha que tentar.

Red se recostou nos travesseiros e suspirou. Estava começando a achar que tinha um fetiche por mulheres que não eram para ele. Primeiro Pippa, e agora aquele interesse perturbador por Chloe. Não era só *atração física*, não poderia ser, porque Red só se sentia atraído por mulheres de quem gostava de verdade. Não, era diferente. Alguma coisa que sussurrava para ele naquele mesmo momento, que aquecia sua pele com memórias da noite anterior, devorava suas boas intenções e fazia seu pau crescer contra a coxa. Ele respirou fundo uma vez, depois outra. Fechou os olhos e tamborilou os dedos sobre o lençol. Resistiu à tentação repentina e distorcida pelo máximo que conseguiu.

O que foram exatos cinco segundos. Então se entregara, como um pervertido.

Ainda estava com o macacão do uniforme, então abriu os botões, enfiou a mão sob o elástico da cueca e pegou o pau. Quando sua mente foi prestativa a ponto de recuperar a imagem de três dias antes das panturrilhas nuas e do colo cintilando de Chloe, se viu entre a aversão a si mesmo e o alívio. Por um lado, era muito esquisito que aqueles lampejos fossem suficientes para ele. Por outro, aquilo era muito conveniente, já que nunca a havia visto sem roupa.

Mas Red podia imaginar. E imaginou. Em sua mente, Chloe Brown estava em sua cama, porque ali era o seu lugar. Ele não tinha ideia de *por que* aquele era seu lugar, e a Chloe dos Sonhos não se encontrava em um estado em que pudesse explicar aquilo, mas ela definitivamente pertencia àquele lugar. Red sentia a pele macia contra a sua, o hálito em sua orelha, as unhas se enterrando no bíceps. Um aroma-fantasma o assombrou, salgado como o mar em um dia de folga na praia — ou como o suor entre os corpos de duas pessoas buscando uma sensação.

Ele apertou a base do pau e sentiu um pulso elétrico de prazer. Com a outra mão, pegou o saco pesado, cheio, firme e teso ao toque. Red não sabia se devia se sentir aliviado ou preocupado com a constatação de que não ia demorar muito. Um minuto, no máximo. Ele bateu uma com força, torcendo um pouco o punho ao chegar à cabeça inchada, espalhando com o dedão o pré-gozo sobre a pele sensível.

Se afundar em Chloe era tentador, mas, em vez disso, Red desceu pelo corpo nu dela. De olhos fechados diante da verdade da própria fraqueza, ele sentiu o cheiro dela, se banhou em seu calor. Abaixou a cabeça. Passou a língua por ela, abrindo os lábios inchados para provocar o clitóris e provar seu centro úmido e ardente. No mundo real, ele estremeceu, como se fosse demais para seu corpo. Sua próxima respiração soou mais como uma arfada. Bateu mais rápido e pensou em como ela reagiria, em como suas coxas iam se enrijecer em volta dele e seus quadris iam se projetar em sua direção, então aquela voz perigosa ia fraquejar na hora de dizer o nome dele...

Alguém bateu na porta da frente.

Red pulou da cama e olhou para si mesmo. No macacão havia uma janelinha muito útil para a perversão que exibia seu pau despontando — também conhecida como a prova irrefutável do que quase havia feito. Ele disse a si mesmo, febril, que a noite anterior não contava porque havia sido um sonho, e que aquela não contava porque não chegara a gozar. *Não contava*. Estava tudo bem. Ele pigarreou, escondeu o pau traidor de vista, e foi para o banheiro. No caminho, gritou na direção da porta: "Só um segundo".

A última voz que ele queria ouvir respondeu: "Não precisa correr por minha causa, por favor". No tom nítido e inexpressivo que agora ele sabia que significava uma brincadeira.

Red congelou, perguntou a Deus o que havia feito para merecer aquilo e então se lembrou de suas atividades de cerca de sessenta segundos antes e encontrou a resposta. Torcendo para estar enganado, mas sabendo que não estava, ele conseguiu dizer: "Chloe?".

"Muito perspicaz, sr. Morgan."

Merda.

"Só... espera um pouco", Red disse, voltando à vida. Ele correu para o banheiro, com o coração à toda. Mãos foram lavadas, bochechas desconfortavelmente quentes foram esfriadas com água da torneira e o macacão foi abotoado. Por completo. Até lá em cima. Ele tinha a impressão de que sua virtude não estava em segurança perto dela, o que era o pensamento mais esquisito que já lhe havia ocorrido. Por fim, conseguiu se recompor e foi atender a porta. Quando a viu, entendeu por que não tinha conseguido tirá-la da cabeça.

Seus sonhos nunca poderiam recriá-la de fato. Alguma coisa nela era impactante demais para que pudesse recordar com precisão, como se o cérebro dele não tivesse as ferramentas corretas para isso. Chloe o observou com seus olhos intermináveis, cruzando os braços abaixo dos seios — para os quais ele não ia olhar — e arqueando as sobrancelhas. Como sempre, uma mais alta que a outra. Assim como um canto de sua boca luxuriosa se erguia um pouco mais, fazendo com que parecesse que sorria com malícia.

E ela estava mesmo. Chloe inclinou a cabeça e perguntou: "O que foi que aconteceu com você?".

Red olhou para baixo na hora, procurando o que poderia tê-lo entregado. O macacão largo escondia o fato de que, por algum motivo, seu pau continuava duro. Ele olhou para as próprias mãos e notou que não tinham manchas de tinta, o que era incomum, nem, o mais importante, qualquer sinal de porra. Isso porque ele não havia gozado. O que era muito importante. Red olhou nos olhos dela e disse, com toda a calma que conseguiu reunir: "Como assim?".

Ela o avaliou, desconfiada. "Você está todo vermelho. E despenteado. E..." Ela se inclinou para a frente, apertando os olhos para o peito dele. "Acho que abotoou o macacão errado."

Mas que caralho. Ela sabia. De alguma maneira — talvez porque fosse uma bruxa que assombrava seus sonhos — Chloe sabia. E agora usaria aquilo contra ele, como uma arma, porque era o que pessoas como ela faziam. Red sabia. Tinha aprendido bem aquilo. Ele...

"Redford Morgan", ela disse, severa, "você andou dormindo durante o expediente?"

Ele ficou tão aliviado que quase desmaiou. Agarrou o batente da porta e respirou profundamente, o cabelo caindo no rosto conforme a cabeça pendia para a frente. Então ele se lembrou de que estava tentando parecer normal, inocente, e não um homem que batia punheta pensando em mulheres — *inquilinas* — que mal conhecia. Red se endireitou e pigarreou, um movimento que só poderia ser descrito como o mais cheio de culpa de todos os tempos. Chloe olhava para ele, claramente confusa.

"Isso", ele mentiu. "Eu estava tirando uma soneca."

"Hum. Imagino que você seja uma daquelas pessoas que não respeitam a necessidade de dormir dez horas por noite."

"Não são oito?"

"Que nada. Certeza de que são dez."

O brilho nos olhos dela indicava que estava pronta para discutir. Red decidiu não insistir e procurou outro assunto. Seu olhar recaiu sobre a bolsa preta e robusta que ela tinha pendurada no ombro. "Tem alguma coisa aí pra mim?"

"Mais ou menos. É meu laptop. Pensei em dar uma passada para ver se você está livre para a consultoria." Chloe deu um passo à frente. Havia tanta autoridade naquele único passo que ele automaticamente recuou. De repente, ela estava dentro do apartamento. Como diabos aquilo tinha acontecido? E como diabos ele ia fazer pra tirá-la dali?

Red abriu a boca para dizer: *Por favor, vai embora.* Então se lembrou de que não era um cretino mal-educado e desistiu. Na verdade, ele não suportava homens que tratavam mulheres de forma diferente porque elas eram desejáveis. E o sonho não tinha sido nada de mais. Ele só precisava de uma boa transa, e não dava para negar que ela era maravilhosa, por isso seu subconsciente juntou as duas coisas. Aquilo era tudo.

Red fechou a porta e disse: "Tá. Pode ser agora".

"Ótimo." Seu sorrisinho pareceu impossivelmente ensolarado. Sua saia rodou em torno das pernas quando Chloe se virou para encará-lo. Era uma saia vintage meio armada, branca com flores de papoula vermelhas surgindo num gradiente perto da barra. Red gostou. Mas ele gostava de todas as merdas comportadas que ela usava. Contra sua vontade, ele deixou os olhos passearem por aquelas pernas. As panturrilhas dela estavam de novo à mostra assim como seus tornozelos, envoltos pelas tiras de couro dos sapatos envernizados. Ele absorveu cada detalhe como se fosse um vitoriano na seca.

"Está tudo bem?", ela perguntou.

"Tudo."

Ela estreitou os olhos, atrás da armação turquesa dos óculos. "Você não parece o mesmo de sempre."

"Você nem me conhece."

Houve uma pausa antes que ela admitisse: "Verdade". Seus ombros continuavam bem abertos e seu nariz permaneceu empinado, mas por um momento Chloe pareceu... vulnerável. Como se ele a tivesse magoado.

O primeiro instinto de Red foi se desculpar. Então ele se lembrou de que havia dito a verdade, que não gostava dela e que ela o tinha espionado no outro dia. Ele não devia se importar com os sentimentos dela. Estava determinado a não se importar com os sentimentos dela.

Chloe o seguia até a sala, mas no meio do corredor Red se lembrou de que não tinha uma sala de verdade, porque a transformara em estúdio. Ele pensou na cadeira da cozinha dela, acolchoada e revestida em pelúcia, com apoio para as costas. Então parou. Franzindo a testa para nada em particular, ou talvez para si mesmo, disse: "Imagino que você não vai ficar confortável em um banquinho de madeira vagabundo".

Ela se retraiu por um brevíssimo momento, muito de leve, mas, de alguma forma, ele viu aquilo. *Nota mental: parar de encarar Chloe.*

"Confortável, não", ela disse, sem jeito. A julgar pelo modo como evitava o olhar dele, não sabia muito bem como dizer: *Não posso sentar em um banquinho vagabundo de madeira de jeito nenhum.* Ele poderia atribuir aquilo à timidez, mas sabia que ela não era tímida. Então por que não estava simplesmente fazendo exigências, como três dias antes?

Talvez ela esteja desconfortável porque você está sendo um cretino antipático.

Ah, é. Talvez. Uma leve carranca tinha se insinuado em seu rosto sem que ele percebesse. O clima no corredor estava marcado por uma tensão que era toda dele. Red se sentiu culpado. Passando a mão pelo cabelo, disse: "Olha... Desculpa se estou sendo meio babaca. É que, hum... ainda estou meio cansado."

Chloe ofereceu um sorrisinho e deu de ombros. "Não tem problema se você mudou de ideia."

A resposta brilhante dele foi: "Quê?".

"Sobre o acordo. Consultoria em troca de montar na sua moto."

Montar *na moto*, ele repetiu firmemente para seu pau.

"Sei que meio que te forcei a isso", ela prosseguiu. "Tenho esse costume."

Ele nunca teria imaginado.

"Mas, se estiver arrependido, sinta-se livre para dizer. Não precisa se preocupar com meus sentimentos. Não tenho muitos."

Pelo tom de voz dela, Red sabia que aquela última parte era brincadeira. Quando Chloe brincava, parecia ligeiramente mais séria do que quando estava sendo séria de fato. Ainda assim, ele não conseguiu evitar contrariá-la. "Certeza que você tem."

Ela voltou a dar de ombros.

"Não mudei de ideia", Red disse a ela.

Chloe deu um sorrisinho, e o coração dele palpitou. Ela parecia tão discretamente, tão secretamente satisfeita, tão impossivelmente doce, e ele... não podia... *ah, cacete*.

"Então tá", Chloe disse, com um calor hesitante na voz.

Ah, caralho. Mesmo se ela fosse grosseira e o fizesse se sentir como um monstro, ele não conseguiria ser um cretino com Chloe Brown, não mais. Red aceitou aquele fato e se reassegurou de que aquilo não seria como da última vez. Ele não ia tropeçar e cair no buraco negro capaz de arruinar sua vida arranjando desculpas para uma mulher aparentemente perfeita. De jeito nenhum. Para começar, não achava que Chloe era perfeita. E os dois não só não estavam em um relacionamento como nunca estariam. Então pronto. Ele estava a salvo.

Ficaram ali por um momento, olhando um para o outro como dois idiotas. Então Red pigarreou e disse: "Mudança de planos. Você se importa de fazer isso no meu quarto?".

Os lábios dela não sorriam, mas seus olhos brilhavam como diamantes. "Não sei. Você pretende me desonrar?"

Ele quase engasgou com a própria língua.

"Minha nossa!" Ela riu, enquanto ele recuperava o fôlego e o autocontrole. "Não precisa parecer tão horrorizado!"

"Não estou... quer dizer, 'horrorizado' é um termo forte."

Ela balançou a cabeça. "É sério. Foi só uma brincadeira, Redford."

"Red", ele corrigiu, porque não tinha mais o que dizer.

"Foi só uma brincadeira, Red."

Ele pigarreou. "Só, hum, pra deixar claro, você não é... um horror."

"É claro que não", Chloe disse. "Sou extremamente atraente. Agora vamos nos sentar?"

Ele reprimiu um sorriso e a conduziu até o quarto. Então se perguntou em que porra estava pensando. O tesão diminuía a inteligência dele? Talvez. Era a única explicação possível para deixar Chloe à solta em seu quarto, também conhecido como o lugar onde quase havia chegado ao orgasmo. Ele nem conseguia olhar para ela. Muito menos conseguia olhar para a cama, mas sabia que a coberta estava desarrumada onde havia se deitado e...

Bom. Era melhor nem pensar nisso.

"Não é muito artístico", Chloe disse, seca, olhando para tudo. Ela avaliou demoradamente os livros de história da arte empilhados sobre a cômoda. Red quis poder checar se fechara a gaveta das cuecas direito.

"O que estava esperando? Pinturas a dedo nas paredes?"

"Essa é sua especialidade? Pinturas a dedo?" Chloe olhou para as mãos de Red. As palmas dele formigaram com a falsa lembrança do toque dela.

Red fechou as mãos em punho e balançou a cabeça. "Arte figurativa. Com tinta acrílica. Eu... esquece. Vou ter que mostrar, não é? Para o site?"

"Vai", ela disse, em um tom fraco. "Para o site."

Red empurrou a poltrona que mantinha no canto do quarto para mais perto da cama. Chloe mergulhou graciosamente nas esfarrapadas estampas em xadrez. Ela cruzou as pernas, o que provavelmente fez sua saia subir um pouco, mas Red não tinha como saber, porque fazia questão de não olhar. Dera instruções precisas a seus olhos para se manterem nas orelhas (que, embora bonitas, não eram muito sedutoras) ou no nariz (sobre o qual o mesmo poderia ser dito) de Chloe, ou ainda na parede atrás dela. Até então, as coisas estavam indo mais ou menos bem.

Depois que ela se acomodou, ele foi buscar um trabalho que havia finalizado na semana anterior para mostrar. Afinal, não adiantava mostrar a Chloe o que ele fazia *antes*, tudo muito lúcido, vívido e esperançoso. Red não era mais o mesmo, e fim da história.

Mas, quando ele chegou à porta com a tela, hesitou. Alguma coisa desconfortável se revirava em seu estômago, fazendo sua nuca se arrepiar. Nervosismo. De repente Red odiava aquela pintura, e era assim que se sentira nas últimas centenas de vezes em que tentara mostrar sua arte a outra pessoa. Desde que havia mudado, claro. Desde que fodeu com quase tudo, e que alguém fodeu com partes de sua vida em que ele mesmo não havia mexido. Mas aquela, Red decidiu, era a oportunidade perfeita de superar essa estranha ansiedade de desempenho, visto que não se importava com a opinião de Chloe.

A ideia ressoou em sua cabeça como uma mentira, mas ele entrou no quarto antes que pudesse descobrir o que aquilo significava.

"Aqui", ele disse, com aspereza, entregando a tela e sentando na beirada do colchão. Chloe a aceitou em silêncio, depois a avaliou por um longo momento, enquanto Red olhava para qualquer lugar que não para ela.

O silêncio se estendeu por tanto tempo que a tentativa dele de parecer tranquilo fraquejou, se abalou, fracassou. Red desistiu e olhou, precisava ver a reação de Chloe, ainda que não se importasse nem um pouco.

A expressão deslumbrada no rosto dela foi o maior choque da porra da vida de Red. De verdade. Uma onda quase violenta de energia percorreu seu sistema, fazendo o sangue bombear mais forte e deixando sua visão mais clara e aguçada. Um sorriso de surpresa lentamente se insinuou em seus lábios. Surpresa e um alívio vertiginoso que dificultavam sua respiração.

Chloe estava... encantada. Era a única palavra para descrever. Ela olhava para a paisagem lúgubre em tons de sangue, com as nuances impossíveis e as proporções fantásticas, como se soubesse exatamente como Red havia se sentido ao pintá-la. Como se cada emoção que ele tivesse posto na tela tivesse permanecido ali como um pequeno fragmento do que restava de sua alma, que agora dava um tapa na cara dela. Energia. Exuberância. Mistério. Força. Satisfação leviana com seu mau comportamento. Fora o que Red despejara sobre a tela na noite em que havia pintado aquele quadro, *Terra do Nunca*, e o que ele via refletido nos olhos de Chloe.

Finalmente, ela pigarreou, pareceu domar sua expressão e disse: "Você é muito talentoso. Não que eu saiba do que estou falando".

As palavras dela eram contidas e educadas, mas era tarde demais. Red havia visto. Red havia visto, e aquilo tocara em algo profundo e indomado nele, que provavelmente teria sido melhor deixar quieto. Algo que o fazia se sentir mais confortável na própria pele. Ele queria tocá-la, só para ver se pareceria diferente agora. Agora que Red sabia que Chloe via algo do mesmo jeito que ele.

Mas, se começasse a tocá-la por motivos que mal poderia explicar, Chloe provavelmente daria uma pancada na cabeça dele, e teria todo o direito. Por isso Red cerrou suas mãos de repente muito curiosas em punhos indefesos e disse a si mesmo que não havia nada de confiança, renascimento ou redenção no ar. Ele sempre fora dramático quando se tratava daquele tipo de coisa. Era um filhotinho, e qualquer um que gostava de seu trabalho era como um carinho atrás de suas orelhas. Era daquilo que se tratava, na verdade.

Chloe lhe passou a tela. Ele a jogou na cama e retornou à tática anterior de olhar para qualquer outro lugar que não o rosto dela. Não ajudou. Red quase conseguira esquecer que a queria, mas a emoção pura que havia acabado de presenciar trouxe o desejo de volta. Ele sabia que devia dizer alguma coisa, mas seu cérebro disperso não conseguia pensar em nada.

Ah, sim. Ela havia elogiado seu trabalho. Então aquele era o momento em que ele deveria dizer...

"Obrigado." Red tentou não fazer careta ao som da própria voz. Baixa demais, rouca demais, afetada de maneira óbvia demais.

Chloe apertou os lábios e baixou os olhos para os próprios joelhos, os cílios escuros batendo rápido por trás dos óculos. Ela não tinha sido amaldiçoada com uma pele translúcida como a dele, mas Red poderia jurar que estava corada. Talvez porque ele ficara descaradamente agradecido com o mais leve elogio.

Sentindo necessidade de se explicar, ele disse: "Faz um tempo que não mostro meus novos trabalhos a ninguém".

"Eu sei", ela disse, então levantou o rosto com os olhos arregalados e tapou a boca com a mão.

Ele arqueou uma sobrancelha e sorriu diante da cara de *ah, merda* dela. "É mesmo?"

"Pelo amor de Deus", Chloe resmungou.

"Oi?"

"Esquece o que eu falei."

"Não, obrigado." Ele se inclinou para a frente. "Explique-se, por favor."

Pareceu ser uma tortura para ela. O que era ótimo. "Eu... bom... tive um tempo livre nos últimos dias, então, como uma pesquisa preliminar e tudo mais, eu, hum, joguei seu nome no Google."

Ah. Por que ele não estava surpreso? "Sabe", ele começou a dizer, "para uma mulher que me chamou de bisbilhoteiro umas mil vezes no outro dia, você bem que gosta de espiar atrás da cortina."

Ela congelou. "Co-como assim?", gaguejou em seguida.

Ele abriu um sorriso tranquilo, sentindo-se maligno. "Modo de dizer."

"Ah." A tensão foi embora tão rápido que foi como se Chloe murchasse de puro alívio. Se antes ele tinha alguma dúvida de que ela o estivera espiando intencionalmente, em vez de ter surpreendido, por acaso, seu vizinho esquisitão sem camisa... bom, estava oficialmente resolvida. Chloe tinha espionado Red e se sentia culpada por isso. Ele se perguntou quando ela confessaria.

Porque Chloe ia confessar. Não tinha filtro, como a maioria dos moradores do prédio havia descoberto.

Ela se remexeu na poltrona, desconfortável, então disse, com força na voz: "Como artista, você deveria estar no Instagram".

"Não muda de assunto. Você xereta a vida de todo mundo ou só a minha?"

"Eu poderia criar um link do *feed* para o seu site", ela prosseguiu, desesperada. "É o que as pessoas fazem. Fica bom."

Instagram? Exibir seu trabalho, não apenas para que as pessoas vissem, mas em um aplicativo literalmente projetado para alardear a porra da sua taxa de aprovação? Todo o conceito de curtidas na internet sempre incomodara Red, mesmo quando ele tinha mais confiança em seu talento. "Vou pensar." *Mentira.* "Mas ainda estamos falando sobre você."

"Não estamos, não." Ela pareceu horrorizada, então ele teve que insistir.

"Você gosta de pesquisar tudo", Red arriscou. "Não. Você gosta de saber tudo. É uma dessas pessoas que acham que conhecimento é poder."

"Conhecimento *é* poder", ela retrucou.

"Aposto que você era a queridinha dos professores na escola." Ele estava sorrindo. Com vontade.

"Aposto que você era preguiçoso e não tinha objetivos", Chloe contra-atacou.

"Aposto que você sempre declara seus impostos dentro do prazo."

Ela ficou claramente escandalizada. "Quem não declara os impostos dentro do prazo?"

Ele irrompeu em risos. "Ah, Chloe. Você é fofa pra caralho, sabia?" Red não tinha ideia de como qualquer uma daquelas palavras lhe escapara, mas não tinha como voltar atrás. Nem se arrependia de tê-las dito.

"Fofa?" Ela franziu o nariz. "Não. Eu não sou fofa."

Ela não deveria ser. "É, sim."

Chloe se empertigou e voltou as palavras contra ele. "Você nem me conhece, Red."

Foi então que ele percebeu que tinha mesmo a chateado antes, quando havia dito exatamente a mesma coisa. Aquilo o chateou também. Muito. Red disse: "Mas gostaria de conhecer". Então se deu conta de que parecia a pior cantada do mundo e acrescentou depressa: "Se vou te deixar subir na minha moto, preciso saber se é gente boa".

"Bom, isso é fácil. Salvei um gato outro dia, lembra?"

Ele deu de ombros e inclinou o corpo para trás, apoiando o peso nas mãos. Devagar, com relutância, Red concluiu que se sentia confortável com ela — o que fazia tanto sentido quanto um tubarão sem dentes. "Eu lembro. Mas não sei se conta. Não sou muito fã de gatos."

"Por que não?"

"Eles julgam todo mundo."

"Não sabia que era algo tão condenável. Imagino que logo mais vou te ver nos jornais, protestando contra o judiciário."

Ele riu e tentou de novo. "Gatos são esnobes."

"Ou talvez", ela disse, seca, "você só esteja projetando as próprias expectativas neles."

"Talvez", Red respondeu, imitando seu jeito de falar, "eu só prefira animais de estimação que não têm medo de se sujar e não passam o dia à toa, com ares de superioridade, como se fossem a porra da rainha de Sabá."

"Na verdade, Smudge seria *o rei* de Sabá."

Red sorriu, involuntariamente. "Então deu um nome a ele?"

"Mas é claro."

"Já o levou ao veterinário?"

"Estava indisposta."

Para entender o vocabulário dela, ele ia ter que comprar a porra de um dicionário. Mas era capaz de ler nas entrelinhas. "Tá. Então o nome dele é Smudge. Ele foi...?" Red deixou a frase morrer no ar, por educação.

Chloe ergueu as sobrancelhas em interrogação, uma ligeiramente mais alta que a outra. Aquele arco delicado e desigual ressoou dentro de Red. Ela era mesmo linda.

E ele realmente se distraía fácil e se pegava encarando Chloe daquele jeito. Ele pigarreou, olhou para ela de modo significativo e disse: "Smudge. Eles já... Você sabe."

A julgar pela testa franzida dela, em confusão, Chloe não sabia.

Deus me dê a porra da força. De jeito nenhum ia dizer aquilo na cara de uma mulher como ela. Chloe ia acabar entendendo.

Só que ela não entendeu. Red ergueu as sobrancelhas. Inclinou a cabeça, estalou a língua e baixou os olhos. Nada funcionava. A expressão dela permaneceu inalterada. No fim, ele desistiu de ser sutil e soltou: "Alguém já capou o bicho?".

Ela piscou, não parecendo nem um pouco ofendida com a escolha de palavras dele — enquanto Red, por algum motivo, sentia um calor subindo pelo pescoço. Aquilo era irritante demais. Fria como sempre, Chloe disse a ele: "Não tenho ideia". Como se fosse ridículo imaginar que poderia ter.

"Não tem ideia?"

"Não olhei." Ela tampouco olhava para Red. Seus olhos perambulavam pelo quarto, com o tipo de interesse que alienígenas e androides demonstravam em filmes de ficção científica quando pisavam na Terra pela primeira vez. Red, por outro lado, não conseguia tirar os olhos dela. Ótimo.

Provavelmente soando mais irritado do que deveria durante uma conversa sobre as partes íntimas de um gato de rua, ele perguntou: "Então como é que sabe que é macho?".

Chloe ajeitou a saia sobre as pernas, movimento que ele reparou de canto de olho, mas em que se recusou a focar. Estava concentrado na orelha dela, e fim da história. Mas o som suave e convidativo que o tecido fizera, como se Chloe tivesse passado as mãos por ele, e pressionado levemente... Talvez ela soubesse que Red estava desenvolvendo certa obsessão por suas coxas e aquela fosse uma maneira sutil e engenhosa de torturá-lo. Sim. Parecia ser o caso.

Ele estava tão ocupado com aqueles pensamentos ridículos que quase deixou a explicação desconcertante dela passar despercebida. Com toda a calma, Chloe disse: "Sei que o Smudge é macho porque a Dani decidiu que era".

Red suspirou, passando uma mão pelo cabelo. Tinha quase medo de perguntar. "E como ela fez isso?"

"Sabe", Chloe começou a dizer, aparentemente confusa, "não sei se compreendo bem essa sua obsessão com genitais, Red."

Os olhos dele, que até então estavam se saindo muito bem, transitaram da zona segura da orelha esquerda dela para a zona *nada* segura de suas coxas cobertas pela saia. *Nem eu compreendo.*

"E por que a pergunta?"

Ele voltou a mirar o norte. "Se ele tiver sido castrado, provavelmente tem dono."

"Não precisa se preocupar. Eu *vou* levar Smudge ao veterinário. Odiaria pensar que roubei o gato de alguém."

"Tá, então talvez eu vá com você. Só para garantir."

Chloe o encarou. Red viu algo dançando em seus olhos, uma faísca brilhante que combinava com a estranha sensação no peito dele. "Você é um homem bem grosseiro", ela disse.

"*Eu?*" Ele deu uma risada, escarnecendo. "Pelo amor de Deus, isso é ótimo, vindo de você."

"E o que está querendo insinuar?"

"Desculpa, achei que fosse óbvio. Que você é grossa pra caralho."

Pelo visto, a informação a chocou de verdade. Chloe pareceu pasma, como se ele estivesse falando uma língua desconhecida, então deu uma fungadinha estranha. Por fim, disse: "De modo algum".

"Quê? Ninguém nunca te disse isso?"

"É claro que já disseram! Mas tenho me comportado da melhor maneira possível com você."

Ele não conseguia parar de sorrir. "Sério? Você está falando sério? *De verdade?*"

"Bom, pelo menos esta semana."

Red adoraria responder ao ultraje na voz dela, mas estava ocupado demais rindo.

"Para com isso", Chloe ordenou, com o sorriso mais largo que ele já tinha visto no rosto dela. Suas bochechas se projetavam e seus olhos dançavam, deixando-a ainda mais bonita que o normal. "Para! Não tem graça."

Mas, por algum motivo, tinha. Era engraçado pra caralho. Ele arfava, sentindo a barriga rígida, e suas risadas reverberavam pelo cômodo. Então Chloe o empurrou. Simplesmente o empurrou, pressionando a palma da mão aberta contra o peito de Red, espalhando um estranho calor por todo o corpo dele. Ele caiu na cama, sem conseguir parar de rir — mas pegou o pulso dela no processo. E o puxou.

Então ela caiu na cama com ele.

Pois é. Foi então que Red parou de rir, por completo.

Chloe aterrissou quase em cima dele. Seu pulso parecia estranhamente delicado, como se os ossos fossem feitos de porcelana. Uma palma ainda descansava sobre o peito dele; a outra mão estava na cama, suportando a maior parte do peso dela. Ainda assim, ela estava perto o bastante para que ele pudesse sentir os peitos dela contra suas costelas, a curvatura da barriga contra seu quadril, o peso das coxas sobre as suas. Red engoliu em seco com dificuldade, cerrou os dentes e torceu para que seu pau não o constrangesse, embora já estivesse constrangendo. Em uma última tentativa de manter o controle, ele fechou os olhos.

O que foi um erro.

"Eu... desculpa", ela murmurou. Ele sentiu o hálito de Chloe em seu pescoço quando ela falou e imediatamente se recordou da noite que eles não tiveram. *Caralho.*

"A culpa foi minha", Red respondeu. Sua voz saiu áspera, seus olhos se mantinham fechados, sua mão ainda pegava na cintura dela. Red sentiu o pulso acelerado de Chloe. E sentiu seu próprio bom senso sair voando pela janela. O diabinho sentado em seu ombro, que já lhe havia sussurrado grandes ideias como *Larga a faculdade*, *Deixa o cara te tatuar na cozinha dele* e *Siga seu coração*, segredou que não era hora de aceitar consultorias para sites. Agora, de acordo com o diabinho, era hora de rolar em cima dela, levantar sua saia e fazê-la implorar.

Por sorte, Red era velho e sábio o bastante para ignorar a sugestão. Ele soltou o pulso de Chloe, que saiu de cima dele. Red se sentou e os dois ficaram se olhando. Chloe ajeitou os óculos no rosto, puxou a manga do cardigã e deu uma risadinha nervosa.

A ideia de ver Chloe Brown, loquaz e arrogante como era, *nervosa* o incomodou. Não estava certo, não era natural. Ele precisava consertar aquilo. "Por que não adiamos a consultoria?"

A sutileza de suas expressões — o modo como as reprimia antes que pudessem se mostrar por completo — não bastava mais para enganá-lo. Pelo ligeiro cair de seus ombros e pela maneira como começou a piscar com força, Red percebeu que ela estava decepcionada.

"Não estou conseguindo me concentrar hoje", ele prosseguiu.

"Tudo bem", ela disse com vigor, já se inclinando para pegar o laptop. Ela nem o tirara da bolsa. "Compreendo totalmente. Vou só..."

Ele a ignorou. "Em geral, quando fico assim, saio para dar uma volta de moto."

Chloe virou para ele, com os olhos mais arregalados que o normal por trás dos óculos.

"Topa?"

Aquele sorriso dela... Era como o nascer do sol.

7

O pequeno e simpático estacionamento ficava nos fundos do prédio. O asfalto plano e as linhas brancas desbotadas eram abrilhantados por plantas posicionadas a intervalos irregulares, como se a pessoa que projetara o lugar precisasse respeitar certa cota de verde e decidira enfiar plantas ali no último minuto, só para cumprir com a exigência. A moto monstruosa de Red estava ao lado de uma daquelas plantas, o azul-elétrico do metal em forte contraste com os galhos pálidos e frágeis de uma bétula brotando.

Chloe pensou que, se estivessem em um filme americano para adolescentes, a moto seria o valentão enquanto a pobre árvore seria uma de suas vítimas. No último ano de educação obrigatória, a moto seria eleita a "com maiores chances de terminar na cadeia". Chloe não achava que daria conta de um valentão da escola que muito provavelmente acabaria preso. Tinha anotado aquilo na sua lista porque parecia a epítome da despreocupação inconsequente, mas agora que poderia *mesmo* acontecer ela não se sentia nem despreocupada nem inconsequente.

Chloe respirou fundo e disse a si mesma, com severidade, para aguentar firme e ir em frente. Ia se ater à lista, apesar do medo, porque ninguém mudava de vida simplesmente desistindo no primeiro obstáculo capaz de acelerar o coração. Ela estava pronta. Na verdade, não estava, mas ia fazer aquilo de qualquer jeito. Já tinha concordado. Havia até feito Red esperar enquanto passava em casa para deixar o laptop. Não podia voltar atrás agora, só porque uma quedinha resultaria no seu cérebro dizimado.

No entanto, ela precisava bastante daquele cérebro. Para as coisas. E tudo o mais.

"Chloe." A voz de Red ressoou alto no estacionamento vazio, tão profunda que ela quase perdeu a calcinha. Opa, não. A cabeça. Ela quase perdeu a cabeça.

"Sim?", ela respondeu, com a voz aguda, arrastando os olhos da enorme moto para o enorme homem ao seu lado.

Red ergueu as sobrancelhas, com os lábios ligeiramente inclinados. Aquela era a expressão neutra dele — o oposto da cara mal-humorada crônica dela —, feliz, curiosa, aberta, simpática. Por que Chloe gostava dele?

Um momentinho — ela gostava dele?

"Tudo bem?", Red perguntou.

"Tudo", ela disse, animada. "Só estava pensando na possibilidade de que meu cérebro seja dizimado."

O comentário fez o sorriso dele se alargar, devagar e firme, dolorosamente lindo. Aquele homem era ridículo. Um cérebro dizimado era coisa séria.

"Você tem algum dado sobre isso?", ele perguntou. "Probabilidades, porcentagens?"

Chloe franziu a testa. "Não, mas se me der um minuto acho que posso calcular." Aquilo com certeza ia desfazer aquela expressão dele de quem achava graça. Ela pegou o celular do bolso, porque *claro* que aquela saia rodada estilo vintage tinha bolsos. Havia um motivo pelo qual uma revolução no modo de se vestir não constava na lista de Chloe: suas roupas já eram as melhores do mundo. "Onde acha que devo encontrar as estatísticas mais confiáveis de acidentes? No site do governo?"

"Talvez", ele disse, reflexivo. "Ou talvez no Medrosa.com."

Ela levantou os olhos, ultrajada e com a testa franzida. "Como isso poderia...?"

Red ficou feliz em interrompê-la ao estender para ela um capacete enorme e pesadão. "Me dá seus óculos."

"De jeito nenhum", ela retrucou, arrancando o capacete das mãos dele. Chloe olhou para aquilo com desconfiança, depois avaliou o compartimento da moto de onde Red o havia tirado. O compartimento cuja tampa também era um assento. *Hum*. Aquilo não sugeria o tipo de integridade estrutural que ela costumava esperar de um veículo.

"Acho que os óculos não vão caber dentro do capacete", ele disse, calmo. "É fechado. Para reduzir as chances de dizimar seu cérebro e tudo o mais."

Ela desdenhou, depois ficou quieta por um momento, enquanto avaliava o capacete. Então, em um acesso de irritação, resmungou: "Não aja como se nunca tivesse passado pela sua cabeça".

Algo quente e incontrolável brilhou no olhar dele, uma espécie de provocação que lembrava um lobo caçando. Red se inclinou na direção dela por cima da moto e perguntou: "Como se *o que* não tivesse passado pela minha cabeça?".

Chloe estremeceu ligeiramente, apesar da segunda pele que usava por baixo da blusa e da jaqueta que havia pegado em casa. Ela pensou no que havia acontecido no quarto, quando caíra em cima de Red como uma tonta, e fagulhas de excitação tinham tomado conta de todo o seu corpo. Depois de um silêncio vergonhosamente longo, ela respondeu: "Ter o cérebro dizimado. Tenho certeza de que esse risco passou pela sua cabeça".

Ele abriu um sorriso torto para ela, que por um momento lhe pareceu estranhamente triunfante. Então se endireitou, deu de ombros e passou uma mão por todo aquele cabelo glorioso como o sol se pondo. "Não me preocupo com esse tipo de coisa. Se eu morrer, morri. Pode acontecer andando de moto, se não tomar cuidado ou tiver azar. Pode acontecer amanhã de manhã, se eu escorregar e cair no banho." Red pegou o seu capacete. "Ainda está dentro? Tudo bem se não estiver."

Ela engoliu uma resposta instintiva com as preocupações que nunca externava. Coisas como: *Eu poderia ser atropelada por uma motorista embriagada em plena luz do dia, atravessando a rua. Poderia cair no chuveiro não por acaso, mas porque é algo que acontece comigo. Eu às vezes caio. Poderia cair, bater a cabeça e morrer agora mesmo.*

Só que, se Chloe caísse naquele momento, tinha a estranha sensação de que Red não deixaria que chegasse ao chão.

Ela tirou os óculos, o que fez com que o rosto dele se transformasse em um belo borrão cor de creme e um vermelho dourado. "Estou dentro."

"Boa." Pela voz dele, ela soube que sorria. Enquanto vestia o capacete, Red guardou os óculos dela... em algum lugar. O fato de que Chloe não sabia exatamente onde, mas não se importava, era uma prova de sua recente atitude livre e despreocupada. Ela estivera certa quanto ao plano, quanto à lista: o processo de completar cada tarefa envolvia múltiplos ajustes de comportamento e inúmeros momentos de bravura, e tudo isso se somaria. Quando houvesse terminado, teria mais do que uma lista de itens riscados para mostrar e algumas histórias para contar.

Teria acordado pra vida.

O capacete fazia o mundo parecer estranho e isolado, e o fato de que Chloe não estava enxergando não ajudava, mas Red falou com ela. Como se soubesse que precisava de uma luz-guia, de segurança. Ele disse: "Vou tocar em você". E tocou mesmo. Red começou a mexer no capacete dela, ajustando-o até que estivesse mais confortável. Depois ele fechou a jaqueta dela. Foi algo rápido, que terminou em um segundo, mas parecera estranhamente íntimo, de um jeito que fez seu estômago se revirar.

O que era bobo. Muito, muito bobo. Quem se importava se ele fechasse o zíper da jaqueta dela? Era algo que pais faziam pelos filhos. Claramente, Red pensava em Chloe como uma filha. O que a irritava em todos os níveis, alguns dos quais ela não se sentia confortável em examinar naquele momento.

O debate mental dela não o abalava nem um pouco, claro. "Tudo o que você precisa fazer", Red disse, com sua típica mistura de tranquilidade e autoridade, "é manter os pés nos apoios e se segurar em mim. Vou subir primeiro e acelerar. É barulhento. Não se assusta."

Aparentemente, apesar de ter testemunhado Chloe subindo numa árvore como se fosse a própria Lara Croft no outro dia, Red ainda achava que ela era o tipo de mulher a quem era preciso alertar quanto a barulhos altos. E ele estava certo, o que era deprimente.

Red foi para cima da moto, e Chloe se perguntou, distraída, se poderia convencê-lo a ir para cima dela. Só para que pudesse riscar o item de número cinco de sua lista: sexo sem compromisso. Ela afastou a ideia indesejada no mesmo instante, porque Redford não era um candidato apropriado. Além do fato de seu corpo enorme ser vagamente assustador, ela não podia dormir com alguém que era seu cliente, ou com alguém que morava do outro lado do pátio, ou com alguém que já sabia algumas coisas sobre a saúde dela e portanto rejeitaria nervosamente qualquer avanço, como se o canal vaginal dela fosse de vidro.

A moto ganhou vida, como uma leoa furiosa. Chloe conseguiu não se sobressaltar e ficou muito orgulhosa de si mesma.

"Sobe", Red disse.

Chloe segurou a saia meio sem jeito ao passar uma perna por cima da criatura de metal. Então lá estava ela, casualmente sentada em uma moto. Ela vibrou entre suas coxas, enorme, quente e pesada. Bem à frente de Chloe estava Redford, cujas costas pareciam extraordinariamente largas envoltas em couro preto. Ela não sabia ao certo se se sentia intimidada ou excitada. Então verificou com suas partes baixas e descobriu que ambas. O.k. então.

Como se tivesse ouvido seus pensamentos, os dedos compridos e fortes de Red envolveram sua panturrilha. Chloe quase desmaiou. Ele a apertou, e algo dentro dela se contraiu. Bom, não "algo" — a boceta dela. Minha nossa. Então Chloe se deu conta de que Red tentava lhe dizer alguma coisa. Ah, sim, ela estava prestando atenção. Era uma moça comportada e estava levando aquilo *muito* a sério.

Nossa, como as mãos dele eram grandes.

"Bem aqui", Red gritou, então apertou a panturrilha dela e a soltou. *Droga.* Mas pelo menos Chloe compreendera o que ele quisera dizer: *Mantenha os pés onde estão, nesses apoiozinhos muito convenientes que eu mencionei.* Como se ela fosse esquecer aquilo. Seguiria cada mínima instrução vergonhosamente à risca, com toda a certeza.

Então ele esticou o braço para trás, agarrou uma mão dela e a puxou. A mensagem devia ser: *Se segura em mim.* Red tampouco precisava lembrá-la daquilo — Chloe havia assistido a filmes de romance adolescente o bastante para saber como se comportar na garupa da moto de um bonitão. Estava totalmente comprometida, por isso se arrastou para mais perto de Red, enlaçando a cintura dele e cruzando os dedos sobre o abdome chapado. Ela já tinha visto aquele abdome. Red provavelmente não daria uma volta de moto com ela se soubesse daquilo.

A culpa fez seu estômago se revirar. Chloe se sentiu meio nauseada e extremamente maligna. Era errado de sua parte deixar que ele a tratasse tão bem quando sabia que Red tinha motivos para menosprezá-la — motivos honestos, independente de mal-entendidos ou de sua falta de jeito. Chloe devia confessar. Tinha que fazer aquilo. Era a coisa certa a fazer.

"Pronta?", ele gritou.

Nem um pouco. "Pronta."

O motor roncou. O mundo começou a se mover. Chloe percebeu que seu acesso de culpa fora uma bênção disfarçada, porque a distraíra de preocupações muito razoáveis relacionadas a seu fim iminente. Seu estômago se revirou, mesmo ela sabendo que estavam apenas a oito quilômetros por hora, já que era o limite de velocidade do estacionamento, e Red era um bom zelador, que respeitava as regras. Dentro do capacete, que de repente parecia pequeno, escuro e quente demais, ela murmurava baixo: "Estamos só a oito quilômetros por hora, estamos só a oito quilômetros por hora, estamos só...".

Eles saíram do estacionamento e a moto disparou como uma bala.

"Ai, meu Deus", Chloe gritou a plenos pulmões. Não achava que conseguiria se aproximar ainda mais de Red, mas agora estava literalmente colada a ele. Sua pegada na cintura dele era férrea. Red devia estar se sentindo preso a uma cadeira elétrica. *Ela* se sentia presa a uma cadeira elétrica, porque qualquer coisa que fizesse seu corpo desprotegido se mover rápido daquele jeito era claramente uma sentença de morte, e Chloe não poderia escapar se jogando da moto.

Do nada, ela sentiu a luva de Red em sua mão. Ele a apertou uma vez, então Chloe se lembrou de que Red estava dirigindo e se esforçou para controlar a fera dentro de si. Não estavam apenas voando sem direção pelo mundo em uma máquina mortífera. Uma estranha calma tomou conta dela, recordando-a do que ele dissera antes. *Se eu morrer, morri.*

Se ela morresse, estaria na garupa da moto de um zelador extremamente sexy. Não era uma maneira ruim de partir, considerando tudo.

O borrão que era o mundo ficava ainda mais borrado conforme ganhavam velocidade. Chloe se sentia como informação perdida no fluxo. Carros e prédios passavam com tudo, como se os dois atravessassem o tempo e as dimensões, e não só o espaço. Aquilo a lembrava de como costumava ser muitos anos antes, correndo no ar fresco como se voasse, a ideia de dor e de uma fadiga transformadora nunca nem lhe passava pela cabeça.

A vibração e o calor do motor debaixo dela começaram a parecer reconfortantes, e então, de repente, uma provocação. Assim como o corpo a sua frente, embora ele não estivesse fazendo absolutamente nada para que Chloe se sentisse daquele jeito. Já passava da hora de aceitar que Redford Morgan mexia com ela, como Enrique Iglesias no clipe de "Hero", mas com muito menos esforço. Aquele era o motivo pelo qual ela se sentia tão estranha e desconfortável com ele. Red fazia seu motor funcionar como o da moto. Era como se ele tivesse a chave certa. Ficar perto dele sem derreter era outro pequeno passo corajoso, como qualquer outro item de sua lista para acordar pra vida.

Talvez ele pudesse ajudá-la a voltar à tona. Talvez pudesse ajudá-la com o restante da lista.

Chloe mordeu o lábio, e seus dentes pareceram afiados demais, como se tivesse se transformado em uma predadora. Não conseguia ver nada sem os óculos, mas de repente aquilo não importava — seus olhos eram rebeldes, só isso, rebeldes como o restante dela. Sua pele estava carregada de eletricidade, então Chloe podia fazer o que quisesse — incluindo outro acordo com o homem mais ousado que conhecia. Havia segurança em relações transacionais, afinal de contas. Se Red se recusasse a ajudá-la, ou se tentasse ajudá-la, se cansasse e acabasse a considerando uma causa perdida, aquilo não destruiria seu coração como todos os outros abandonos que sofrera.

Seria apenas o fim de um acordo.

Então Chloe se lembrou de que, quando o passeio terminasse, teria que confessar o que havia feito. Que invadira sua privacidade e praticamente o stalkeado. Duvidava que qualquer acordo pudesse se seguir a aquilo.

Ou estaria enganada?

Pippa tinha andado de moto com ele uma vez.

Não gostara, mas tudo bem. Red sabia muito bem que certas emoções não são para qualquer um. O fato de que sua namorada não tinha tatuagens não o incomodava — por que incomodaria? —, então não importava também que odiasse a moto dele. Ainda se lembrava de como Pippa desmontara daquela primeira vez, arrancando o capacete e do jeito como seu cabelo brilhante caíra como uma cascata. Ele sempre guardava imagens como aquela.

Ela declarara: "Nunca mais, Red!". Quando ele rira, ela perdera o controle e o chamara de imbecil com uma sensibilidade de merda. Por algum motivo, na época Red achara que era só uma briga com a namorada brava, e não um insulto que remoeria algo vital dentro dele. Talvez, em resumo, aquele fosse o problema: ele via a crueldade como um desafio. E se sentia recompensado quando Pippa o queria, grato quando ficava ao seu lado, com toda a sua confiança, com todo o seu refinamento, com sua *individualidade* tão facilmente reconhecida em galerias onde ele próprio mal se sentia humano.

Então, quando Pippa posava para fotos de Instagram com a moto de Red, aquela que ela tanto odiava, ele não se permitia estranhar. Já a tinha visto postar fotos com legendas que implicavam que era uma motoqueira durona, depois deixado a moto de lado e entrado com Pippa em seu carro com motorista, como ela gostava. Fora tudo uma questão de aparência. Red tinha sido um acessório, em mais de uma maneira.

Ele não tinha ideia de por que havia saído com Chloe aquele dia. De por que concordara com a proposta dela quando sabia muito bem que podia pagar pela consultoria em dinheiro. Aquilo devia ser um prazer pessoal para ele, nunca mais ser usado de novo. Talvez estivesse voltando aos velhos hábitos, vendo a crueldade como desafio. Mas tudo dentro de si rejeitava a ideia de que Chloe podia ser cruel de verdade. Além do mais, não a via como um desafio, e sim como um adorável pé no saco. Ela o irritava, mas o pior era como... despertava sua curiosidade. E o deixava estranhamente energizado, de um jeito que ele vinha desejando, de um jeito que era simplesmente *bom*.

E a sensação dela sentada atrás dele na moto, naquele mesmo instante, o deixava bastante satisfeito.

Suas pernas o apertaram quando ela gritou, algo que Red gostou mais do que deveria. Do grito porque era tão selvagem, tão inesperado, tão cheio de euforia. Do aperto porque ela era tão macia e quente, grudada nele como se os dois fossem as únicas pessoas no planeta. Como se sua fascinação física por ela precisasse de mais combustível... Red só pretendia dar uma volta rápida no quarteirão, mas estava preocupado com a possibilidade de fazer algo terrível se parasse agora, como dar um puta beijo em Chloe Brown. E, porra, não seria o fim do mundo?

Seria, ele disse a si mesmo. Com toda a porra de certeza.

Red passou os dez minutos seguintes mais concentrado no caminho do que em qualquer outra ocasião desde seu primeiro passeio de moto na vida, só para se acalmar. Quando eles pararam no mesmo estacionamento onde aquele fiasco tivera início, seu corpo já estava quase todo sob controle. Restava apenas aquele desejo secreto queimando-o por dentro, latejando por ela. Ainda bem que Chloe não tinha como ver aquilo. Red quase conseguia fingir que não existia.

Ele desligou o motor, ergueu o apoio, tirou o capacete e puxou o ar que já estava lhe fazendo falta. Atrás de si, sentiu Chloe se remexendo, como uma criança. Ele esticou a mão, em silêncio. Ela lhe passou o capacete e desceu da moto. Red ficou de pé. Em dúvida se, apesar daquele grito de empolgação, Chloe não tinha odiado o passeio. Em dúvida se ela realmente queria dar aquela volta, para começar. Então abriu a boca para perguntar.

E foi atingido lateralmente por um asteroide cuja forma parecia muito com a de Chloe, que o envolveu com seus braços.

"Foi incrível", o asteroide com a forma de Chloe murmurou. Mas não soava como ela, porque não havia nem um grama de sarcasmo naquelas palavras, nenhuma hesitação ou um distanciamento esnobe. Era apenas um intenso *sentimento*, como se ela estivesse plena daquela mesma excitação resplandecente que ele sempre buscava e saboreava, como se pudesse levar um choque ao tocá-la. E meio que deu — não por causa da energia palpável que ela emanava, e sim pelo modo como seus seios estavam pressionados contra o braço dele. Asteroides não deviam ter peitos incríveis.

Desconfortável, Red deu alguns tapinhas no ombro dela e procurou parecer desinteressado. Depois do jantar na sra. Conrad, Vik tinha deixado claro que não havia problema em fazer amizade com os inquilinos — mas a última coisa de que Red precisava era que alguém chegasse e o visse agarrado à mulher mais bonita do prédio. Com a sorte dele, iam investigar, descobrir sobre Smudge e concluir que Chloe oferecia favores sexuais para poder ter um animal de estimação. As disputas entre os inquilinos podiam ser implacáveis, e ela poderia terminar com a porra de uma letra escarlate pintada na porta, o que Red demoraria uma eternidade para limpar.

"Obrigada", ela disse.

"Hum", ele respondeu, tranquilo pra caralho. "Beleza." Red voltou a dar tapinhas no ombro dela, contribuindo para a atmosfera geral de charme e inteligência que emanava. Excelente. Simplesmente excelente.

Chloe se afastou abruptamente, como se tivesse acabado de perceber quem ela estava abraçando. De alguma forma, conseguiu colocar quase um metro de distância entre os dois em cerca de um segundo. Ela era rápida como uma bala quando estava envergonhada — e dava para ver que estava envergonhada, com os olhos focados no asfalto e os lábios pressionados, exalando desconforto em ondas. Red podia identificar isso agora, como se de repente a conhecesse.

Como se tivesse posto óculos 3-D no cinema e finalmente visse todos os lados dela.

Chloe mexia no cabelo, sem graça, alisando os fios rebeldes que voltavam a despontar logo em seguida. Era fofa pra caralho, aquela mulher. Ele desviou os olhos e abriu o compartimento da moto, tirando de lá a caixinha que costumava guardar seus óculos escuros, que agora continha os óculos de grau de Chloe. Os olhos dela pareciam brandos e desfocados sem eles. Por um momento, Red considerou se ela os tirava na hora do sexo, ou se não abria mão de cada grama de controle.

Então teve que dizer a si mesmo para deixar de ser a porra de um tarado e devolveu os óculos. "Aqui."

"Obrigada." Chloe pegou os óculos depressa e alerta, como um esquilo roubando uma castanha da mão dele. "Por que está sorrindo?"

Ele não conseguia evitar. Então disse, só para irritá-la: "Você me abraçou".

Chloe estreitou os olhos atrás da armação azul que já era familiar a ele, cerrou a mandíbula e cruzou os braços. "*E?*" Ela poderia silenciar mil homens com aquela única letra assustadora. Red se perguntou quantas pessoas deviam ter se chocado ao constatar que, apesar da entonação grã-fina e das roupas arrumadinhas, no fundo ela era durona pra caralho.

"Não imaginei que você fosse de abraçar", ele disse, deixando a moto e já voltando para o prédio.

"Espero que não tenha presumido nada sobre mim", ela disse com afetação, acompanhando a passada dele. "Sou uma mulher notavelmente imprevisível, como acabei de provar."

Ele teve dificuldade de segurar a risada e deu uma tossidinha para disfarçar.

Chloe olhou feio para ele e disse: "Sou mesmo".

Red teve que se apoiar na parede mais próxima. Dobrou o corpo para a frente na passagem estreita que levava para a porta dos fundos e riu tanto que corria o risco de quebrar algum osso.

Ela se colocou na frente dele, com as mãos na cintura e uma expressão rebelde que claramente escondia um sorriso. A boca dizia uma coisa — que estava terrivelmente irritada —, mas seus olhos brilhavam e rugas se formavam nos cantos deles, lembrando Red das bolhas do champanhe. Por isso ele se permitiu continuar rindo.

Quando ele finalmente conseguiu se acalmar, ela perguntou, afiada: "O que exatamente é tão divertido?".

Ele deixou a cabeça descansar contra a parede por um segundo, fechando os olhos enquanto desfrutava da dor em seu abdome. Fazia um século que não ria tanto, e a sensação era melhor que a de uma massagem de três horas. "Pra começar", Red disse, seco, "se você fosse tão imprevisível, provavelmente não me avisaria disso."

Ela fungou. "Talvez eu só não confie que você seja um grande observador."

"Justo. Observação é mais uma coisa sua, né?"

Chloe o encarou, mordendo o lábio. Sua irritação risível havia desaparecido, com quase todo o calor de sua pele negra. "Red, eu..." Ela parou, engoliu em seco e endireitou os ombros. "Preciso contar algo a você."

Ah, merda. Ele não tinha resistido a cutucar a consciência pesada dela, e agora Chloe ia confessar o que havia feito. Ela ia abrir a boca e revelar o segredo de que o tinha espionado, então ele teria que perguntar por que havia feito aquilo, e ela ia deixar claro que o via como um animal de zoológico, então ele teria que voltar a não gostar dela.

De repente, Red não queria não gostar dela. Tinha sido difícil. Aquele lance novo de rir e provocar era mais fácil.

"Vai me dizer por que queria tanto andar de moto?", ele perguntou, com descontração. "Porque, pra ser sincero, estou louco para saber." Red estava lhe oferecendo uma saída. Ela ia aceitar, não?

Não. Chloe apertou mais os lábios e balançou a cabeça. Red pensou: *Anda, gata, não precisa ser tão certinha.*

Atrás das costas, ele pressionou a palma contra a parede até que os tijolos machucassem sua pele. Não queria ouvi-la admitir como o desprezava logo depois de tê-lo feito se sentir tão... livre. Então Red fez a única coisa em que conseguiu pensar: continuou alfinetando Chloe. "É porque você tem uma tara por motoqueiros?"

Como ele esperava, Chloe abriu a boca em um O chocado. Seus olhos escuros se encheram de uma graça indignada em vez de uma ansiedade fria. "*Quê?* Não. Não, não tenho uma tara por motoqueiros." Ela franziu o nariz com aquelas palavras, como se a ideia a horrorizasse.

Por algum motivo, ele se sentiu obrigado a dizer: "Não sou exatamente um motoqueiro, na verdade".

Chloe piscou.

"Não que isso importe." Puta que o pariu, o que ele estava fazendo? Balançando a cabeça, Red voltou ao ponto. "Então me diz. Por quê?"

Ele conseguia identificar a indecisão no rosto dela, mesmo que na semana anterior não visse nada além de uma frieza inexpressiva. Ela estava tentando decidir se devia contar a ele, ou melhor: *o que* devia contar a ele. No fim, para alívio de Red, Chloe não tocou no assunto que mudaria tudo entre eles.

Em vez disso, disse: "Tenho uma lista".

Ele ergueu as sobrancelhas. "Uma lista?"

"Isso. Uma lista de coisas divertidas e empolgantes que pretendo fazer, porque... tenho meus motivos. E andar de moto estava nela."

Red sorriu. Então Chloe tinha algum tipo de lista para ser uma menina má... Era engraçado. "Você tem seus motivos, é? E quais são eles?"

"Não importa", ela disse depressa, o que só o deixou ainda mais curioso. "O que importa é que tenho uma proposta para você."

Droga, o pau dele era incapaz de não reagir àquela frase. "É?"

"É", ela confirmou, decidida. "Mas é melhor não discutirmos isso aqui. Vamos precisar marcar um horário para conversar ou algo do tipo. Reservar um tempo. Envolve muitos detalhes."

Os lábios dele se retorceram. Ela sabia como era encantadora? Estava *tentando* ser encantadora? Talvez ensinassem aquele tipo de coisa nas escolas particulares. Talvez ela o estivesse enrolando, e Red só cairia na real dali a um ano, com a vida destruída, o perfume dela impregnado nele, a sensação distinta de que tinha ficado maluco. Mas não, Red se lembrou. Ninguém mais o enrolava, a menos que ele quisesse.

"Fala logo", ele disse. "Me dá uma dica."

Ela revirou os olhos. "Cadê sua paciência?"

"No mesmo lugar onde deixei minha vergonha."

"Tenho dó da sua mãe. Você deve ter sido uma criança horrível."

"Sou o filho *preferido* dela", ele corrigiu.

"Você não deve ter irmãos então."

"Nossa. Isso dói, Chloe. Bem aqui." Ele bateu uma mão contra o peito, porque estava muito magoado.

Ela quase riu, sem dó. "Já que aparentemente você *precisa* saber, eu estava pensando que talvez... bom, talvez você pudesse me ajudar a riscar mais alguns itens da minha lista, como me ajudou hoje. E, em troca, posso fazer seu site todo de graça."

Ele fechou a cara na hora. "Talvez eu não seja cheio da grana, mas posso pagar pela porcaria de um site. Tenho minhas economias. Fora que é uma despesa de trabalho." Fazia um tempo que ele não tinha despesas de trabalho, mas já que estava prestes a voltar à ativa...

"Não. Se for me ajudar, preciso fazer algo pra você, pra gente ficar quite. Tem que ser justo. Um acordo, como esse. E o site é tudo o que posso oferecer. Seria uma troca."

Ele franziu a testa diante do tom insistente dela. "De quanta 'ajuda' exatamente você precisa? O que tem nessa lista?"

"Bom, como eu disse, é melhor discutirmos isso em outro lugar." Seus olhos varreram o lugar, como se espiões do governo pudessem estar à espreita nas pilhas de folhas secas. Como se sua lista fosse um segredo importante e perigoso.

"Quanto mais você hesita", Red disse, "mais fico pensando em algo terrível e ou pervertido."

"*Pervertido?*", ela repetiu, então levou uma mão à boca, como se tivesse acabado de gritar um palavrão. "Eu... não. Não é nada disso. É só uma lista de coisas que quero fazer. Coisas divertidas e empolgantes."

"Tipo sadomasoquismo?"

"Tipo *acampar*", ela retrucou.

Red achava que ela ficaria toda agitada e desistiria, mas não contava que seus desejos secretos incluiriam... acampar. "Sério? Você quer que eu te ajude a *acampar?*"

Ela assentiu, firme. "Você deve se virar muito melhor do que eu ao ar livre. Até porque não tem como se virar pior. Também preciso sair para beber. Tipo, para curtir. O que tenho certeza de que é muito mais seguro fazer com alguém com, hum... a sua aparência."

Bom, ele não tinha como rebater aquilo. "O que mais?"

"Não é o bastante?" Ela balançou a cabeça, arrependida. "Tem mais coisa na lista, mas nada com que você possa ajudar."

"O que mais?" Não que ele estivesse desesperado para saber nem nada do tipo. Era só curiosidade. Essa lista era... inesperada, como peças de quebra-cabeça que não se encaixavam muito bem, mas sugeriam uma imagem surpreendente. Red queria ver a imagem. Era só aquilo.

"Ah, bom, quero viajar pelo mundo só com uma mala de mão." As palavras saíam como o rangido de uma porta que é aberta com todo o cuidado, como se ela não estivesse muito segura quanto à ideia. Como se fosso bobo. Como se ele fosse rir.

A verdade simplesmente escapou dele: "Essa é uma meta boa pra caralho".

O rosto dela se iluminou, então se fechou quando Chloe recuperou o controle sobre ele. Afinal, ela era a rainha da inexpressão. "Acha mesmo?", perguntou em um tom que parecia dizer: *Estou cagando, mas fala aí.*

"Acho", ele disse, e ela cedeu e abriu um sorriso. Era como um golpe em sua dignidade, o modo como o corpo dele respondia à mera curvatura daqueles lábios cheios. Red sempre achara Chloe linda, mas parecia que ela ficava mais bonita a cada vez que se falavam, o que era bastante inconveniente. Ele pigarreou e disse: "Então... você quer minha ajuda com essa sua lista de aventuras".

Embora sair para beber não parecesse uma aventura, só uma sexta-feira à noite.

"Minha lista para acordar pra vida", ela corrigiu.

Red franziu a testa. "Oi?"

"Em troca", ela continuou, "eu faço seu site. É justo. Pode confiar em mim."

Confiar nela? Ele não podia. Ultimamente, mal confiava em si mesmo. E o modo como Chloe falava sobre a lista... ele não estava entendendo direito. Era melhor recusar. Ele abriu a boca para fazer aquilo, então uma pergunta lhe ocorreu. "Como algo tão simples quanto acampar acabou na mesma lista de viajar pelo mundo?"

Ela deu de ombros, indo para a parede oposta a que ele estava. Então se recostou também, do mesmo jeito que Red, como se fosse um espelho. "Experiências de vida tendem a começar pequenas e ir aumentando, não é assim? Você acampa quando criança e viaja aos vinte anos. Mas isso não aconteceu comigo, por uma série de motivos. Tenho experiências de diferentes níveis para viver. Escolhi as que pareciam mais importantes, e imagino que..." Ela deu de ombros de novo e deixou uma risadinha envergonhada escapar. "Bom, imagino que tenha enfiado tudo no mesmo saco. Isso é bobo?"

Diz que sim. "Não. Você precisa se sentar um pouco? Quer entrar?"

"Eu adoraria sentar", ela disse. "Porque fico mais feliz quando sentada em algo macio. Mas não *preciso* me sentar, ainda não. Posso exigir um pouquinho mais de mim."

Exigir. Parecia que Chloe exigia muito de si, de diferentes maneiras. Red devia descobrir por quê. Melhor ainda: devia evitar se envolver naquela lista misteriosa, porque ele se conhecia e sabia que ia acabar se envolvendo com *ela*.

Red estava tentando evitar envolvimentos em geral agora. Tinha nós demais na cabeça, que se formaram justamente porque já havia passado por aquilo. Porque já tinha se deixado levar pelo charme de uma moça bonita e refinada, e que não terminara nem um pouco bem. Ele preferiria vagar pelado pela Trinity Square a se deixar envolver em outra confusão. Preferiria comer uma pedra. Preferiria...

"Então", ela perguntou, com brandura, "você vai me ajudar?"

E ele, o Senhor Merda na Cabeça, disse: "Beleza".

8

Red ainda não sabia por que havia concordado. Por que pulara de cabeça nas águas nebulosas da maluquice de outra pessoa, quando deveria estar focado nas próprias questões. Estava tão puto consigo mesmo que aquilo o mantivera acordado a noite inteira, garantira que passasse a manhã seguinte distraído e consumira toda a sua concentração no caminho para a casa de Vik.

Por sorte, quando ele chegou, Vik estava ocupado demais comendo uma salada gourmet para notar que havia algo de errado. O cara costumava ser afiado como uma faca, seus olhos grandes e escuros mais pareciam câmeras de vigilância, mas era só colocar comida na frente dele que tudo ia pelos ares.

Depois que deixara Red entrar em seu sobrado luxuoso de três andares, Vik apontou com a cabeça cheia de cachos na direção da escada e disse, com a boca cheia de folhas frescas e queijo branco: "Ainda quer pintar a vista?".

"Não", disse Red, seco, suspendendo o material que carregava no ombro. "Só vim dar em cima da Alisha."

"Pois é, mas ela não está aqui. Eu sabia que você vinha."

Red riu, tirou os sapatos e seguiu escada acima. Vik o seguiu como uma sombra esguia, o rosto ainda enfiado na tigela de salada. De tempos em tempos no caminho até o sótão, Vik dava um gemidinho perturbadoramente parecido com um orgasmo e murmurava: "Você tem que experimentar isso".

"O que é?"

"Espinafre, semente de romã, queijo feta, vinagre balsâmico..."

"Vou pegar a receita pra minha mãe." Quando eles chegaram ao sótão, Red deu uma olhada na misteriosa tigela, surpreendentemente atraído pelas cores e texturas. O rosa profundo e brilhante o lembrava de beijos com mordidas. O branco cremoso e suave, de gemidos arfantes de prazer. O contraste o fazia pensar em outras sobreposições, como sapatos lustrados e pele aveludada.

Jesus, ele estava estranho aquele dia.

Red deu as costas para a salada surpreendentemente inspiradora para vistoriar o espaço vazio e ligeiramente empoeirado do sótão. Alisha odiava o que ela chamava de "tralha", por isso aquela casa era o lugar mais arrumado e enxuto que ele já havia visto, sem gavetas de bagunças, latas de biscoito guardando fios soltos, cômodos extras lotados de velhas vitrolas e livros que nunca seriam lidos. Eles não tinham nenhuma utilidade para o sótão lá em cima, que permanecia vazio, com as paredes brancas intocadas e lisas e o piso de madeira clara. Tudo aquilo fazia a luz que entrava pelas janelas do telhado parecer absolutamente deslumbrante em determinado horário do dia.

Naquele horário do dia.

Red amava luz. Ansiava por ela. Houvera uma época em que tudo o que ele criava consistia em espaço e brilho, arco-íris refratados pelo cristal. Mas, ultimamente, tudo o que conseguia produzir eram sonhos febris e vívidos de que às vezes gostava, até se recordar do que fora antes.

Aquilo significava que estava arruinado ou apenas mudara? Red ainda não havia decidido, mas fazia um tempo que sabia que o sótão seria o lugar perfeito para aquilo. Se ele não conseguisse recuperar seu antigo eu ali, era porque realmente tinha ido embora. Precisava confirmar aquilo para poder seguir em frente, mas quase tinha medo de fazê-lo.

Então mostrara a Chloe aquele quadro. Imaginava que o fato de seu trabalho ter sido visto por outros olhos o havia tornado mais real. Imaginava que o fato de que ela havia gostado tinha lhe dado mais coragem, o que dizia muito sobre sua personalidade, ou a falta dela — mas foda-se, ele precisava de todo o encorajamento disponível. Red focou na respiração enquanto organizava suas coisas ao lado das janelas. Quando estava pronto para começar a pintar, já se encontrava em um estado quase meditativo.

Que Vik imediatamente interrompeu, claro. "Então", ele disse, enquanto Red olhava para a mistura de azul e branco em sua paleta. "Você voltou a pintar. Isso é novidade."

"Não", Red murmurou, com metade da cabeça em outro lugar. Ele era capaz de falar enquanto trabalhava, mas em geral não era muito educado.

Por sorte, Vik tinha anos de experiência em interpretá-lo. "Não é novidade? Estava escondendo de mim?"

Red apertou os olhos para o céu com nuvens sólidas de algodão, que se moviam com lentidão. Aquele dia de outono estava cruelmente iluminado, em vez de cinza e sem graça. Era perfeito. Mas não seria perfeito se ele invertesse os tons, para captar o modo como todo aquele branco despertava a mais leve e suave dor em olhos mais sensíveis? Depois de um momento de reflexão, Red pegou outro tubo de tinta.

"Bom...", Vik prosseguiu, em meio a garfadas de salada. "Se você andou escondendo, isso é um progresso. Porque não está mais escondendo."

Red precisou de um momento para realmente ouvir aquelas palavras enquanto acrescentava cor à pequena tela. Sua nova rotina de trabalho — ficar de frente para a janela que dava para o pátio, seminu — não o fazia pensar que estava se escondendo. Mas notou agora que fazia meses que só pintava à noite. Embora tivesse escolhido aquele cômodo como estúdio, e a posição ao lado da janela, por causa da luz.

Se escondendo. De acordo com a pontada em seu peito, era o que vinha fazendo. Ele deu de ombros enquanto passava cerúleo por cima do violeta. "Estava juntando os cacos."

Pela voz de Vik, Red soube que ele sorria. "É? E anda se sentindo bem?"

Red desdenhou. "E você é meu terapeuta por acaso?"

"Ah, não vem com essa bobajada machista. Nessa casa a gente fala sobre os sentimentos, cara."

"Posso falar dos meus sentimentos pela sua mulher?"

"Essa tigela ficaria ótima na sua cabeça."

Red revirou os olhos e estudou o panorama da cidade. Na periferia, havia conjuntos habitacionais inóspitos, como obeliscos austeros beijando as nuvens. Como um monumento à enorme distância entre os ricos e os pobres do país, simbolizando uma verdade que os mais abastados preferiam evitar. Em geral, ele os deixaria de fora, substituindo-os por árvores no tom de cobre do outono ou um pôr do sol dourado — com sua beleza luminosa e brilhante. Mas, por algum motivo, naquele dia não era capaz. Sua mente alterada insistia em perguntar: *Por que eu faria isso?*

Por que ele deveria criar uma versão mais palatável da realidade? Por que deveria pintar para qualquer pessoa além de si mesmo?

Red havia crescido em apartamentos daquele tipo, em um lar que era uma lápide monstruosa em uma fileira de oito. Olhando para aquilo agora, ele *sentia* algo. Não era algo claro ou simples, mas poderoso, e valia a pena compartilhar. Red chegou a um rosa profundo, como sangue e amor, e se esforçou ao máximo para fazer justiça àquele sentimento.

A conversa de Vik diminuiu conforme Red trabalhava, até parar. Um silêncio se fez e aninhou Red como cobertas macias. Antes que ele percebesse, tinha parado de pensar. Não costumava valorizar aquilo, aquela ausência de pensamento, a habilidade de desligar o constante rebuliço de sua mente. Quando deu os toques finais no trabalho e retornou a si, ficou chocado ao perceber que havia ido para outro lugar. Que tinha escapado da autoconsciência constante por um momento. Nem sabia que ainda tinha aquilo em si.

Mas, pelo visto, Vik sabia. Ele deu tapinhas nas costas de Red ao se aproximar, os olhos presos nas carcaças carbonizadas engolidas pela natureza selvagem e espinhosa em que o amigo transformara os conjuntos habitacionais. Vik também crescera naquele tipo de lugar. Red prendeu o fôlego.

A tensão era como um elástico esticado, que então foi solto. A dor aguda foi do tipo que fazia a pessoa se sentir viva. Vik apertou o ombro dele e murmurou: "Estou orgulhoso de você, cara".

Por um segundo, Red também sentiu orgulho de si mesmo — de seu trabalho. Então veio a hesitação. O que produzira não era nada parecido com seus antigos quadros. Ele se esquecera de tentar. Diante dele havia uma paisagem que era uma mistura vívida de sonho e pesadelo, do tipo que fazia com que se sentisse ansioso, frenético e precipitado. Então ali estava sua resposta. Tinha se perdido. Red precisou de um momento para respirar, para absorver o caráter definitivo daquela constatação. Estranhamente, aquilo não o sufocou. Na verdade, resolver aquilo de uma vez por todas foi quase como tirar um peso de suas costas.

Red engoliu em seco e limpou as mãos manchadas de tinta na calça jeans antes de se virar e puxar Vik para um abraço. Os dois ficaram daquele jeito por um longo momento, até que Red conseguisse formular uma frase mais ou menos razoável. "Você está sempre comigo."

"Bom, nem sempre. Isso seria esquisito pra cacete."

Os dois riram. A risada de Red soou um pouco enferrujada, mas nem tanto assim. Ele havia rido com Chloe no dia anterior, primeiro um pouco, depois muito, e aquilo havia libertado algo nele.

Talvez aquele fosse o motivo pelo qual tinha concordado em ajudá-la. Tinha que ser.

Se Red não soubesse que era impossível, poderia achar que Chloe era capaz de ouvir seus pensamentos — que estivera esperando que ele se recompusesse e aceitasse de fato o acordo que propusera. Porque, quando pegou o celular no bolso para tirar uma foto de seu trabalho, para celebrá-lo em um momento nervoso e desvairado, *só para garantir*, viu que havia um e-mail dela na caixa de entrada. Ele devia ter deixado para lá, esperado para abrir depois, mas uma curiosidade subiu pela sua espinha e ele se pegou lendo o e-mail mais direto que já havia recebido.

Red,
Nossos esforços por uma consultoria cara a cara fracassaram terrivelmente graças à falta de foco de ambos. O e-mail parece ser uma opção mais eficiente para o futuro. Perguntas:

1. Você já tem um domínio? Caso tenha, onde foi registrado?
2. Tem ideias ou exemplos de sites que considera bonitos/funcionais?
3. Qual(is) é(são) o(s) principal(is) propósito(s) do site? Exposição, venda direta, portfólio...?
4. Você está nas redes sociais? Se sim, em quais?
5. Quais são seus horários disponíveis?

Att.,
Chloe

Att. ela tinha escrito, como se estivesse ocupada demais para digitar a palavra inteira. E, de qualquer modo, "atenciosamente" não era o equivalente no e-mail a "foda-se" na vida real? Mas era ela quem tinha escrito, falando em coisas como "falta de foco de ambos".

Aquela frase em particular o atormentava, assim como o velho e bom vira-lata do avô fazia quando mordiscava os nós dos dedos das visitas. Ambos, é? Ele se perguntava se a falta de foco dela tinha alguma coisa em comum com a dele. Se Chloe sentia como ele aquela atração insistente e vertiginosa por alguém de quem mal deveria gostar. A ideia fez com que Red sentisse algo dentro de si se enrolar, como uma mola. Fez com que se lembrasse do olhar arregalado dela para ele quando tinham caído juntos na cama no dia anterior.

Red devia ser bem convencido, porque esperava que a empertigada e respeitável Chloe tivesse perdido a cabeça por ele, tivesse passado a noite anterior acordada pensando nele, com cada centímetro de frustração que ele sentia por ela. Não... com o dobro da frustração, só porque ele queria.

Imaginá-la se enrolando nos lençóis enquanto se virava na cama, irritada, incapaz de tirar o nome dele da cabeça, fazia Red se sentir...

"Do que está rindo?", Vik perguntou, espichando o pescoço para ver a tela do telefone.

Red bloqueou a tela. "Um e-mail."

"Desde quando você fica felizinho assim vendo um e-mail? Detesto ser a pessoa que te diz isso, mas esses e-mails de princesas estrangeiras na verdade..."

"Ah, vai se foder."

"De quem era?", Vik perguntou, cutucando o ombro de Red. "Porque, com meus consideráveis talentos de *stalker*, vou descobrir quem é de qualquer jeito, então vai dar na mesma se me contar agora."

Red suspirou, torcendo para que fosse uma brincadeira. "Da web designer. Vou fazer um site."

"Sério? Olha só pra você, de repente voltando pro jogo. Tá com tudo."

Red devolveu o celular ao bolso, já preparando mentalmente uma resposta para Chloe. "É. Acho que estou."

* * *

Cara Chloe,

Não acho que a gente fracassou "terrivelmente". Você não parecia estar achando tudo terrível na garupa da minha moto, a menos que eu tenha compreendido mal os gritos.

E sobre ontem: eu já sabia da minha dificuldade de concentração, mas não tinha ideia da sua. O que te distraiu? Fiquei curioso.

Agora as respostas:

1. Não tenho nenhuma das merdas que você precisa pra fazer um site.
2. Copiar sites que eu gosto é uma boa ideia, então encontrei alguns pra te mandar. Fazer lição de casa é assim? Geralmente eu não fazia as minhas.
3. O site era para exposição, mas gostei da ideia de venda direta. Isso implica uma loja?
4. Não tenho redes sociais. Odeio essas merdas.
5. Quanto aos horários... não sou exigente. Afinal, você está me fazendo um favor. Me encaixa quando tiver uma janela.

Falando em favores, em que pé estamos com aquela sua lista?
Atenciosamente (viu como foi fácil?),
Red

Red,

Não, não achei terrível andar na garupa da sua máquina mortífera. Quanto a minha falta de foco: às vezes tenho dificuldade para me concentrar mesmo. Não que eu vá permitir que isso interfira no meu trabalho.

Quanto às vendas diretas, sim, colocaríamos uma loja no site, e você controlaria suas próprias vendas (via site, pelo menos) etc. Exemplos anexos.

O feed do Instagram daria dinâmica ao site, um elemento social. Como artista, acho útil abrir uma conta. Pense a respeito.

Não acho que devemos discutir minha lista até termos resolvido pelo menos esses detalhes. Você me ajudou a riscar um item ontem. Devo começar a cumprir minha parte do acordo antes de seguirmos em frente. Não quero que sinta que estou me aproveitando de você.

ATENCIOSAMENTE,
Chloe

CARA Chloe,
Se a experiência na minha máquina mortífera não foi terrível, como foi? Descreva para mim, só para que eu tenha certeza de que não traumatizei você.
Vou gostar de uma loja. A coisa da venda direta parece a minha cara, e se eu não vender algumas obras logo vou acabar me afogando em telas.
Mas não vou entrar no Instagram.
Não acho que você esteja se aproveitando de mim. Você é bem ligada nessa coisa do que é justo, né? Por quê?
(Já que você se saiu tão bem com o "atenciosamente", vamos forçar a barra mais um pouco.)
Abraços,
Red

A/C sr. Redford Morgan,
Você não me traumatizou. O passeio de moto só... me surpreendeu. Mas gostei. Não precisa ficar preocupado. É verdade. E mesmo que não tivesse gostado, pelo menos estaria progredindo com a lista.
A loja está aprovada então. Quanto ao Instagram, você devia superar essa relutância de quem se acha descolado demais para tudo e criar logo uma conta. É pura hipsteragem sua.
Não acho que uma pessoa precise de motivos específicos para evitar ficar em dívida demais com outra. Fizemos um acordo e eu o levo a sério. Fim da história.
Até,
Chloe

Cara sra. Chloe Botões Brown,
Fico feliz em saber que não ficou traumatizada. Mas tenho uma confissão a fazer: eu já sabia que você tinha gostado, porque depois você ficou me olhando como se eu tivesse acabado de sacudir seu mundo. Coisa que fica muito bem em você, aliás. Fique à vontade para me venerar como um herói com mais frequência.
Mas quero entender uma coisa: está me dizendo que completar a lista e curtir cada item são duas coisas diferentes? A lista não é de coisas que você *quer* fazer? Coisas que você fantasia, talvez?
E espero que você não tenha me chamado de hipster. Li a frase umas dez vezes, esperando que você não tivesse a audácia. Não sou a porra de um hipster. Não tenho nem bigode. Só acho que o Instagram é onde qualquer autoestima morre.

"Dívida" é uma palavra interessante, quando se está falando de duas pessoas se ajudando. Você tem medo de que eu te ajude um pouco demais, você não tenha como retribuir, e de repente eu bata na sua porta com um oficial de justiça exigindo seu laptop em troca? Porque tenho certeza de que isso não vai acontecer.
ABRAÇOS,
Red

Caro Red,
(Você escreve e-mails como se fossem cartas, o que é ridículo, e agora estou fazendo o mesmo. Que vergonha.)
"Botões"? Eu tenho um nome do meio, mas definitivamente não é esse. Quanto à ideia de que venero você como um herói, sinto muito em dizer que houve um mal-entendido. A verdade é que às vezes fico impressionada com o quão ruivo você é. Espero não ter ferido seus sentimentos.
A lista não tem nada a ver com "fantasias". Já te disse que é uma questão de acumular experiência de vida. Acho que devo contar que quase fui atropelada por um carro. Quando minha vida passou diante dos meus olhos, me pareceu tão sem graça que estou fazendo o necessário para corrigir isso. Simples assim.
Acho que sua ideia de hipster está pelo menos uma década desatualizada, o que, honestamente, te deixa ainda mais hipster. Preste toda a atenção no que vou te dizer agora: VOCÊ PRECISA DE UM PERFIL NO INSTAGRAM.
Que bom que já resolvemos isso.
E que bom saber que você não planeja ficar com meu laptop, porque, embora eu passe a maior parte do meu tempo dentro de casa, a pena por assassinato talvez seja um pouco longa demais, e camas de prisão acabariam com as minhas costas.
Abraços, acho,
Chloe

Cara Chloe,
(E-mails são cartas mandadas pela internet, então eu escrevo do jeito certo. De nada.)
O "Botões" foi por causa dessa sua obsessão por botões. Não sei de onde você tira tantas roupas de antigamente. Qual é o seu nome do meio de verdade? Aposto que é alguma coisa ridícula, tipo Fenella.

Você deve ficar muito orgulhosa de si mesma, aliás. É preciso muita coragem para admitir a um homem que o cabelo maravilhoso dele te deixa impressionada, obrigado pelo elogio. Prometo não tocar no assunto com muita frequência. Uma vez por dia, no máximo.

Que dureza essa história de ver a morte de perto. De verdade. Mas (e não estou tentando te dizer o que fazer) você não acha que se sua vida passar diante dos seus olhos de novo seria legal lembrar de coisas que você realmente curtiu? Em vez de coisas com que os outros estão preocupados? Sei lá, só uma ideia.

Quanto ao perfil do Instagram... você é uma mandona do caralho, né? Achei que podia ser só um lance de falar antes de pensar, mas você digita esses e-mails, dá uma lida depois e ainda assim é mandona pra caralho. É incrível. Tipo, não me entenda mal, não estou reclamando. Respeito isso.

Só que mesmo assim não vou criar um perfil no Instagram.
MUITOS ABRAÇOS,
Red

Caro Red,
Botões conferem dignidade a uma roupa, na minha opinião. E gostaria que soubesse que minhas peças na verdade são retrô e cheias de estilo.

Meu nome do meio é Sophia. Acho que até lembra um pouco Fenella, mas não é tão ridículo quanto. Desculpe em desapontar.

Talvez eu devesse ter sido mais clara no comentário do cabelo. "Impressionada" é uma palavra ambígua. O que eu queria dizer era: é verdade que ruivos não têm alma?

A lista não está aberta a debate, porque já foi imortalizada, eu me comprometi com ela e estou certa e você errado. Sei que vai entender.

Estou começando a achar que sua aversão ao Instagram esconde uma questão mais profunda. Você mencionou que é onde qualquer autoestima morre. Espero que saiba que não estou sugerindo que tire selfies ou coisa do tipo, embora não haja motivo para tanta timidez. Sua aparência geral é passável.

Abraços (isso é ridículo),
Chloe

Cara Chloe,

Só para você saber, gosto das suas roupas. Não que eu saia por aí comentando sobre as roupas de mulheres, como se alguém se importasse, mas percebi agora que pode ter parecido que *não gosto* delas, o que não seria correto. E sei que você gosta de tudo correto. Então... pronto.

Só que odeio te dizer isso, Botões, mas seus botões são mais fofos que dignos. Sinto muito.

Sophia não é nem um pouco ridículo, mas eu te perdoo. No que diz respeito a minha alma, os boatos são verdadeiros: não tenho uma. Então toma cuidado.

Se vamos falar sobre minha "questão" com o Instagram, também podemos falar sobre por que você é tão ligada a essa lista. Parece uma conversa divertida? Estou pronto quando você estiver.

Mas é bom saber que sou passável. Mesmo sendo um ruivo sem alma e tudo o mais.

Abraços (não é ridículo),
Red

Caro Red,

Ah, muito obrigada. Você está certo, claro: estou sempre bonita. Mas, se pretende mesmo começar a me chamar de Botões, vou acabar costurando um na sua língua.

Embora a ideia de ter andado na garupa da moto de um demônio sem alma seja empolgante, me sinto obrigada a comentar que seu comportamento sugere que você tem, sim, uma alma. Um exemplo disso é a atenção que você dá àquele chato do terceiro andar sempre que ele começa a choramingar sobre a lâmpada que vive queimando. Está óbvio que ele faz algo questionável com as lâmpadas. Mas você continua trocando.

Acho que você foi razoável e decidi esquecer a questão do Instagram. Por enquanto.

E, como parece que fui mal compreendida, devo dizer que não estava falando sério antes. Você tem uma aparência agradável. Até boa. E seu cabelo é bonito.

Abraços,
Chloe

Cara Botões,

Eu adoraria ver você tentar costurar algo na minha língua. De verdade. Preciso testemunhar uma coisa dessas. Certeza que você tem um plano detalhado. Envolve drogas, uma bela pancada na cabeça ou você só está pensando em me imobilizar de alguma forma?

Não posso comentar o comportamento dos inquilinos, mas posso confirmar que, considerando o número de vezes que fui ao apartamento de CERTO ALGUÉM trocar a mesma porra de lâmpada, eu devo ter uma alma mesmo. Uma superdourada e cintilante.

E não se preocupe, eu sabia que você estava brincando. Eu também estava. Mas talvez eu peça confete com mais frequência, porque você realmente caiu nessa.

Aliás, você passou o dia inteiro trocando e-mails comigo, um cliente. São muitas horas, hein? Então talvez a gente deva falar sobre a sua lista amanhã, só para garantir que o equilíbrio seja mantido.

Beijos,
Red

Caro Red,

Você logo verá meu plano violento em ação, já que ignorou minha ameaça e extorquiu elogios da minha parte. Venha amanhã depois do trabalho. Estarei pronta para o ataque. Ou pra te mostrar a lista. Vamos ter que esperar para ver.

Beijos,
Chloe

9

Por algum motivo, passar o dia trocando e-mails com Red deixara Chloe preocupantemente alegre. Então é claro que o universo deu um fim àquilo no momento em que ela foi para a cama, castigando-a com um pé direito dormente que a manteve acordada a noite toda.

Algumas pessoas (como fisioterapeutas inúteis em particular e claramente subqualificados, clínicos gerais antipáticos e primos de segundo grau irritantes que comiam todo o recheio do peru no Natal) presumiam que deixar de sentir certas partes do corpo não deveria alterar o sono de modo algum. Eles diziam que a insônia nessas situações era algo que poderia ser superado com facilidade. Chloe gostava de lembrar àquelas pessoas que o cérebro humano em geral controlava todas as partes do corpo e tendia a entrar em pânico quando uma delas saía do ar. Na verdade, o que Chloe gostava mesmo era de se imaginar golpeando aquelas pessoas com um tijolo. Mas se restringia a explicações mordazes e se distraía com suas fantasias envolvendo tijolos quando o sono se recusava a vir.

Depois de horas do inferno do pé adormecido, ela foi se arrastando alimentar Smudge, que havia passado a noite ao seu lado, dando apoio moral. Se Chloe pretendia trabalhar um pouco que fosse aquele dia, precisava se alimentar também. Devia fazer chá verde por causa dos antioxidantes e tomar um café da manhã saudável e rico em grãos, que tinham absorção lenta. No entanto, como aquilo parecia extremamente difícil e seu corpo doía como se um deus a tivesse pisoteado, Chloe teve que improvisar, comendo punhados de cereal com açúcar e bebendo suco de maçã, ambos direto da caixa.

Fortificada e envolta em seu macacão fofinho preferido, o cinza, ela se acomodou no sofá e abriu o laptop. Não ia conseguir se sentar à mesa naquele dia, não importava se os monitores oferecessem muito mais detalhes. No fim, o computador escolhido por Chloe não importou — depois de meio segundo olhando para a tela pixelada, uma dor de cabeça repentina surgiu. Ou talvez alguém tivesse atirado nela. A sensação era mais ou menos a mesma.

Chloe fechou os olhos e respirou fundo. "Não vou ser derrubada."

Smudge miou em apoio.

Ela abriu os olhos e começou a trabalhar.

Horas depois, alguém bateu à porta. Chloe se endireitou no sofá e percebeu três coisas em rápida sucessão:

1. Ela havia dormido. Opa.
2. O apartamento tinha esquentado consideravelmente desde a manhã, porque agora ela estava morrendo de calor naquele macacão.
3. Já passava das cinco e Redford Morgan tinha chegado.

"*Droga*", ela resmungou baixo, limpando a baba da bochecha. A julgar pelas linhas sob os dedos, devia ter um monte de marcas da almofada no rosto também. Maravilha.

Ela olhou feio para Smudge, que estava estirado sobre o PlayStation, demonstrando completo desrespeito pelas regras da casa. "Por que não me acordou?"

Ele balançou o rabo, em clara desobediência.

"Ah, você é um inútil. Aposto que não me acordaria nem no meio de um incêndio. Cai fora daí, vai."

Smudge bateu casualmente com a pata traseira na capinha de *Overwatch*, derrubando o jogo do móvel da TV.

"Juro que não tenho ideia do que fazer com esse seu comportamento", ela ralhou, se levantando e ajustando o velcro da munhequeira. "É seu último aviso."

Chloe tentara parecer severa, mas enquanto corria para atender a porta ouviu o eco do gato zombando dela pelas costas.

No entanto, não era hora de se preocupar com insubordinação felina. Ela estava ocupada demais com outras coisas, como o fato de estar completamente despreparada para a chegada de Redford. Não deveria ser daquele jeito. Ela tinha um *plano* — que envolvia parecer calma e composta, e não semiadormecida em um macacão que a fazia parecer um lêmure gigante. Chloe ficou parada sem jeito diante da própria porta, passando as mãos nervosas pelo cabelo, se perguntando se os e-mails cada vez mais íntimos que haviam trocado no dia anterior significavam que agora eram amigos de verdade, ou se ela vira coisa demais naquilo.

Bom, estava prestes a descobrir.

Com o coração batendo acelerado e subindo pela garganta, Chloe abriu a porta. E lá estava ele, o exato oposto dela: relaxado, calmo, com as mãos nos bolsos, um sorriso fácil se espalhando lentamente pelo rosto. Ela sentiu um friozinho na barriga, como se estivesse na montanha-russa que era a curvatura da boca dele, o lábio superior com um V marcado fazendo seu coração bater forte. Chloe ordenou que seus pulmões continuassem respirando normalmente, mas era tarde demais — eles já haviam decidido puxar o ar a toda a velocidade.

"Oi", Red disse.

"Hum", ela respondeu, porque a fala coerente não era para ela. Chloe desviou os olhos do sorriso perturbador dele, mas então se viu confrontada por seus olhos: calorosos, verde-claros, como a grama queimada pelo sol, com rugas finas nos cantos que poderiam muito bem ser um sorriso. As bochechas dela queimaram. Chloe desistiu de olhar para o rosto dele e focou no corpo. Ele usava uma camiseta cinza que ficava ligeiramente colada em seu peito amplo, e jeans preto que sugeria coxas grossas. Chloe poderia apenas *lambê-lo*. Ao sul do cinto.

"Chloe", ele disse.

Ela ergueu os olhos na hora.

Red arqueou uma sobrancelha, inclinando a cabeça até que seu cabelo deslizasse para o ombro, como seda. Ela havia dito a ele, durante aquela troca de e-mails engraçadinhos, levianos e amistosos, que seu cabelo era bonito? "Divino" seria mais preciso.

"Você está bem?", Red perguntou.

Ela... estava... bem...? Não. Ele era vergonhosa e fastidiosamente lindo, e a cabeça de Chloe ainda doía, ela continuava exausta e a dormência do pé voltou, com um formigamento incômodo. Mas aquilo não era desculpa para ficar secando o cara com a língua de fora, por isso Chloe procurou se recompor.

"Estou bem. Só cansada. Desculpa." Ela deu um passo para trás para deixá-lo entrar, correndo o dedão pelo ponto onde sua munhequeira acabava e sua pele começava. *O que quer que você tenha, Chloe Sophia Brown, é melhor exorcizar antes de fazer papel de boba.*

Ele olhou para ela da cabeça aos pés, simpático, o que a lembrou — como se pudesse ter esquecido — de quão patética devia estar sua aparência. "Estava dormindo?"

"Estava", ela admitiu, arriscando uma risada leve. Saiu um pouco tensa demais, mas Chloe seguiu em frente. "Agora nós dois já pegamos um ao outro dormindo."

Ela achara que o comentário deixaria as coisas menos desconfortáveis, mas Red corou na hora, e bastante. Um calor escarlate se espalhou por todo o rosto dele, a partir da garganta.

"É", Red disse, depois de uma estranha pausa. "Dormindo." Ele pigarreou e acenou com a cabeça na direção do corredor. "Então... vamos?"

Claro. Ele estava ali por causa da lista, e Chloe havia decidido enquanto não conseguia dormir na noite anterior — entre conversar com Smudge e imaginar atos violentos acontecendo contra todo mundo que fora injusto com ela — que trataria aquilo como um empreendimento profissional. A falta de preparo dela naquele dia não era o modo ideal de começar, claro, mas, enquanto conduzia Red à sala, ela se sentiu confiante de que poderia pôr tudo de volta nos trilhos.

"Belo rabo", ele disse de trás dela.

Chloe havia esquecido que o macacão tinha rabo. Pelo amor de Deus, como ela podia ter esquecido aquilo?

"Obrigada", Chloe disse com formalidade. Estava decidida a recuperar o controle da situação. Chegou até mesmo a ajeitar o rabo com cuidado ao se sentar no sofá, só para provar que ele não a incomodava nem um pouco.

Os cantos dos lábios de Red se ergueram em um meio sorriso vago enquanto ele observava. Red pairava sobre ela como uma nave alienígena, parecendo ainda maior que o normal daquele ângulo, o cabelo caindo para a frente e emoldurando as maçãs do rosto pronunciadas. Ele não fez mais comentários sobre o rabo, apesar de seu sorrisinho. Apenas perguntou: "Posso sentar?".

Ah. Não havia mais espaço no sofá. Ela tirou alguns cadernos largados da frente, dois estojos de lápis, um extrato do banco que ainda não fora aberto e uma barra de chocolate com flor de sal.

Ele riu e se sentou. Seu peso fez o sofá afundar no meio, como um marshmallow sendo cutucado. O tecido felpudo do macacão começou a escorregar rumo à inclinação, levando-a para mais perto dele. Chloe se agarrou ao braço do sofá como se fosse salvar sua vida. Então se deu conta de que devia estar parecendo tola e soltou.

"Então", disse, animada. "A lista! Vamos conversar sobre isso."

Ele se recostou, apoiando o tornozelo direito no joelho esquerdo do modo como as pessoas faziam quando não se importavam em ocupar espaço. Chloe nunca havia pegado o jeito daquilo.

"É por isso que estou aqui?", ele perguntou, brincalhão. "Por causa da lista? Achei que você fosse me imobilizar e costurar um botão na minha língua."

Pelo amor de Deus, Chloe havia mesmo escrito aquilo no dia anterior? O que tinha dado nela? Costumava deixar aquele tipo de maluquice para as irmãs. "Depois de refletir, decidi que imobilizar você está além das minhas capacidades físicas."

"Não sei, não", Red disse. "Você é mais baixa que eu, mas é bem durona."

Por algum motivo, o fato de ele achar Chloe durona fez com que os lábios dela se curvassem em um sorriso satisfeito. Contudo, ele se extinguiu no mesmo instante, porque aquilo era ridículo. Ela era mesmo durona. O reconhecimento de fatos básicos não deveria deixar seu peito mais leve e formigando.

Ela encontrou o caderno certo — azul-escuro cintilante com as bordas das folhas pretas — e se virou para ele. "Como você não me chamou daquele nome ridículo hoje, acho que posso adiar seu castigo."

Os olhos dele encontraram os dela, e Red sorriu, em um lampejo de lábios macios e dentes brancos. "Muito obrigado, Botões."

Ela bateu o caderno contra o peito dele, mordendo o lábio com tanta força que ficou surpresa por não sentir gosto de sangue. "Cala a boca. Foco. Temos uma lista a discutir."

Para sua surpresa, ele de fato obedeceu, e o divertimento em seus olhos foi substituído por algo mais tranquilo, curioso. Red pegou o caderno, e por um segundo de tirar o fôlego seu dedão roçou a lateral da mão dela, logo acima da munhequeira. Então ele abriu o caderno e se concentrou nas palavras que Chloe havia escrito, enquanto ela ficava olhando para a própria mão, como uma boba, pensando em por que parecia formigar.

"É só isso?", ele perguntou, estudando a primeira página do caderno, a única que ela havia usado. "É meio curta."

"Essa não é a versão original", Chloe lhe disse, mexendo no zíper do macacão. Nossa, como ela estava com calor. "Escrevi uma nova apenas com as coisas com que você vai me ajudar."

Porque ela preferia morrer a entregar a ele a lista completa, com o item número cinco (sexo sem compromisso) e o item número sete riscado (fazer algo de errado, como *espionar Red*). Naquela versão censurada e segura constavam apenas três itens: andar de moto — que Chloe incluíra só para poder riscar e servir de encorajamento —, sair para encher a cara e acampar.

"Viu?", ela disse, acenando com a cabeça por cima do ombro dele. "Como eu tinha dito."

"E a viagem?", Red perguntou, ainda estudando a lista. Ele franzia a testa em concentração de um jeito muito charmoso, com três linhas verticais se formando entre as sobrancelhas, a do meio mais larga e as outras duas mais curtas nas laterais, como um abraço.

Chloe piscou. Estava ficando louca.

Ela pigarreou e disse: "Você não pode me ajudar com a viagem, por isso não incluí nessa lista".

"Não sei." Ele deu de ombros. "Acho que a gente devia falar sobre isso. Você sabe que viajar pelo mundo só com a bagagem de mão é basicamente fazer mochilão, né?"

Ela deu de ombros também, descendo de leve o zíper do macacão. Uma gota de suor começou a escorrer pelas suas costas. "Bom, eu tinha visualizado uma mochila com um amplo estoque de calcinhas limpas, analgésicos e chocolate, e uma escova de dente. Se mochilão é isso..."

"É mais ou menos isso", ele a interrompeu, seco.

"Então vou fazer um mochilão." Chloe tinha a ideia desvairada de que pareceria mais com uma aventura se não tivesse em mãos as coisas de que mais precisava para sobreviver. De que seria uma intrépida versão feminina de Indiana Jones.

Red olhou para Chloe, e ela engoliu em seco. Aparentemente a testa franzida em concentração dele era ainda mais interessante quando estava voltada para ela. "É que não parece muito a sua cara. Só isso."

"Não é. Esse é o ponto." Ela *queria* mesmo viajar, mas o desafio devia ser aquela história de "só bagagem de mão". "Quando eu tiver completado o restante da lista", Chloe disse a ele, "vou estar tão acostumada a façanhas audazes que fazer um mochilão vai parecer algo perfeitamente possível."

Red riu e então percebeu que ela estava falando sério. "Ah. Tá. Mas não está preocupada com sua...?"

"Se mencionar minha saúde vou estrangular você."

Ele reprimiu outra risada e assentiu, sério. "Justo. Você sabe o que está fazendo."

Era discutível, mas Chloe estava trabalhando naquilo.

"Então tá", Red disse, com a firmeza abrupta que costumava indicar que a pessoa estava pronta para entrar em ação. "Tem uma caneta?"

Sua mente se esvaziou em confusão por um momento — Chloe realmente não estava no seu melhor aquele dia —, então assentiu e encontrou uma em meio à bagunça. Em algum momento, Smudge havia passado do PlayStation para a mesa de centro, também proibida para ele. Chloe lançou um olhar de alerta para o gato, que a ignorou com toda a altivez, então passou a caneta a Red. Era dourada, com uma bolinha transparente no topo cheia de glitter e estrelinhas pink.

Red ergueu a caneta contra a luz por um momento, olhando para ela com uma estranha expressão no rosto — uma espécie de prazer profundo e silencioso — e um sorriso leve e terno. Então perguntou: "Onde arranjou isso?".

De todos os interesses que os dois poderiam compartilhar, Chloe não esperava que canetas bonitas fosse ser um deles. Mas imaginou que artistas gostavam de coisas bonitas. "Em uma loja no Etsy. Posso te mandar o link por e-mail."

"Tá", ele disse, chacoalhando a caneta e observando o glitter dançar. "Valeu. Posso escrever nisso?" Ele deu uma batidinha no caderno.

"Pode." Embora ela não estivesse contando que ele fosse fazê-lo.

"Então tá. Vamos ver..." Ele abriu o caderno em uma página em branco e escreveu alguma coisa, com os olhos afiados estreitos, a mãozorra endurecida pelo trabalho e salpicada de tinta fazendo a caneta dourada encolher. "Está livre amanhã à noite?"

"Não. Prometi a minha irmã que veria *Minha bela dama* com ela, para compensar minha falta de comprometimento com o caraoquê."

Red ergueu os olhos, sua expressão uma mistura de confusão e um estranho divertimento. "Hum... quê?"

"Nada", ela murmurou, com um gesto de mão. Aparentemente ela agora dava detalhes demais. Maravilha. Aquilo era ótimo, superprofissional, tudo corria muito bem. Ela podia morrer.

"Tá", ele disse devagar, com um brilho de quem tinha entendido nos olhos. "Você vai cuidar de Eve. Entendido. Sábado?"

Ela não perguntou como Red sabia que a irmã em questão era Eve. "Sábado estou livre."

"Ótimo. Vou te levar para beber então."

Por algum motivo, foi só quando ele disse aquelas palavras que ela se deu conta de aonde ele queria chegar com as perguntas. Ou melhor: aonde já tinha chegado. A boca de Chloe secou como se ela já estivesse de ressaca, e o macacão pareceu ainda mais quente, como uma sala de tortura peluda. "Sábado à noite." Ela riu de nervoso. "Está tão... perto."

Ele olhou para ela de novo, com as três linhas de expressão de volta à testa. "Tudo bem pra você?"

"Ah, sim. Por que não?", ela respondeu, com a voz aguda. No sábado à noite ela ia beber e dançar, como tinha planejado. Era ótimo. Perfeito. Um verdadeiro sonho.

"Porque", Red começou a dizer, devagar, "se você não quiser..."

Ela fungou. "Não seja ridículo."

Ele a ignorou. "Você poderia só... não ir."

"Que absurdo."

"Já que a lista é *sua* e tal", ele finalizou, atencioso.

Ela olhou furiosa para ele. "A lista não está aberta a discussão. Mal posso esperar pelo sábado. Quando iremos a inúmeros estabelecimentos duvidosos e consumiremos bebidas alcoólicas demais."

"Isso", ele disse, seco, enquanto escrevia algo na página. "Vai ser exatamente assim. Tem algum lugar específico que você queira ir?"

Chloe vasculhou a mente, tentando se lembrar dos lugares aonde costumava ir com seus amigos — na época em que tinha amigos. Mas naquele tempo estava na faculdade, e morava em outra cidade. Não tinha ideia de quais lugares eram legais por ali, de onde poderiam se divertir. Ela se endireitou no sofá, pigarreou e disse, com toda a calma: "Vou deixar esse tipo de escolha com você. Só tem que ser... sabe... *extremo*."

Ele arqueou as sobrancelhas e fez mais algumas anotações. "*Extremo*. Entendido, capitã Botões."

"Ah, cala a boca."

"Depois", ele disse, "vem acampar. Quer que eu cuide disso também?"

Visto que Red estava se mostrando surpreendentemente organizado, não foi difícil para ela dizer "sim". Afinal de contas, a ideia era que ele a ajudasse. E, como ele era normal de todas as maneiras que Chloe e sua família não eram, era provável que tivesse muito mais experiência no contato com o mundo exterior do que ela.

"Beleza", Red disse, então pareceu refletir por um segundo, fazendo aquela sua vitalidade rodopiante parar junto com as mãos. Chloe reconheceu aquela quietude reflexiva das noites em que o observara pintando.

Mas ela não queria pensar no fato de tê-lo espionado. Já sentia calor suficiente sem que a culpa contribuísse para aquilo, e um dos muitos problemas causados pela fibromialgia era a incapacidade de se manter em homeostase. Se ela sentisse calor *demais*, simplesmente desmaiaria. Então decidiu abrir a janela enquanto Red estava distraído demais para perguntar o motivo. Ele olhava para algo além dela, correndo os nós dos dedos sobre o lábio inferior, de um lado para o outro.

Chloe nunca o havia visto fazer aquele movimento. Que sorte a dela testemunhar aquilo pela primeira vez quando havia uma montanha de tecido fofinho para esconder a reação de seus mamilos.

Ela abriu a janela — ar, doce ar — e voltou ao sofá quando Red voltava a escrever. Com a voz distante, ele perguntou: "Quanto tempo você quer passar acampando?".

O mínimo possível. "Ah, uma noite já está bom", ela disse, sem jeito. "Sei que você é muito ocupado."

"Posso de sábado pra domingo da semana que vem."

Ela não precisava conferir a agenda para saber que não tinha nada programado aquela noite, e na maioria das noites, por toda a eternidade, o que era deprimente.

Não, não por toda a eternidade. Você está mudando, lembra?

"Funciona pra mim", ela disse, animada.

"Legal. Tenho um lugar em mente, mas vou confirmar e te aviso." Red finalmente parou de escrever. Chloe notou com surpresa que a letra dele era legível. Havia algo de rebelde nela, mas ao mesmo tempo era cuidadosamente controlada. De quando em quando, evoluía da descida rápida de um "g" ou "y" para o estouro de um "I". Antes que pudesse analisá-la mais, Red fechou o caderno e o deixou na mesa de centro, junto com a caneta. "Preciso te perguntar uma coisa."

O modo lento e deliberado com que as palavras foram ditas, como se ele estivesse planejando o caminho através de uma sala cheia de armadilhas, a fez levantar a guarda. "O quê?", ela perguntou, seca.

Ele virou o corpo todo na direção de Chloe, deixando seu joelho direito perturbadoramente perto da coxa dela. Chloe sentia o calor e a vida de seu corpo, além de algo mais, que fazia seu estômago se revirar, algo que irradiava dele e afundava profunda e perigosamente nela. Chloe ficou tensa e olhou para a frente.

"Poxa, Chlo", Red disse, com a voz suave. "Não faz isso. Somos amigos, não somos?"

Ela não sabia o que a surpreendia mais — a abreviação casual de seu nome, o tipo de intimidade fácil que há anos ela não tinha com ninguém além de suas irmãs... ou o fato de que Red achava que eram amigos. "Uma semana atrás você nem gostava de mim."

A maioria das pessoas negaria aquilo, mas ele só deu de ombros, sorrindo de leve. "Você também não gostava de mim. Mas, agora que te conheço melhor, te acho engraçada e até fofa, e gosto de você. Espero que goste de mim também."

Um calor leve e formigante se espalhou por ela enquanto lutava para impedir um sorriso amplo e tolo de se abrir. No dia anterior, Chloe quase conseguira se convencer de que o tom vertiginoso dos e-mails era só por causa do charme natural de Red, que ela já o tinha visto ostentar várias vezes para impressionar as pessoas, como notas de cinquenta libras. Mas não parecia ser o caso. Parecia que as piadinhas e a doçura eram sinceras.

O que era um alívio, já que eram sinceras da parte dela também.

Mas seu prazer com as palavras dele, com o modo como a descrevera, era entusiasmado demais, então Chloe procurou se controlar. Ela mudou de assunto. Se lembrou de que ele gostava de fazer perguntas difíceis. "Tá. Somos amigos. Agora o que você queria saber?"

O sorriso dele, tão gentil quanto suas palavras, não se abalou. "Sei que você tem uma doença", Red disse. "Não quero todos os detalhes nem nada do tipo. Mas, se foi por causa da sua saúde que você nunca fez nada disso, preciso saber quais são os riscos. O que fazer se você precisar de ajuda. Esse tipo de merda."

Ela suspirou. "Tenho fibromialgia. Dor crônica, fadiga crônica, enxaqueca, períodos aleatórios de fraqueza muscular. A exaustão física pode desencadear tudo isso, mas conheço meus limites."

Ele arqueou uma sobrancelha. "A não ser quando sobe em árvores para salvar gatos."

"Eu sabia dos meus limites quando fiz aquilo", ela respondeu, relaxando um pouco e se inclinando para mais perto dele. Jesus, por que ela estava se inclinando para mais perto dele? "Simplesmente decidi que resgatar Smudge era mais importante do que ser sensata. Mas não faria isso com você", ela acrescentou depressa. "Nem vou precisar fazer. Não sou fisicamente incapaz de cumprir essas tarefas, embora talvez vá precisar de acomodações que outros poderiam dispensar. Não preciso de sua ajuda por causa da minha doença. Essa lista... tem a ver com outra coisa."

Red assentiu lentamente, os olhos nela como um laser. Havia um calor inesperado naquele olhar, que a fez continuar falando quando deveria ficar quieta.

"Eu não costumava ser, você sabe..." Ela fez um gesto de dispensa com a mão. "Tão louca por controle e socialmente inadequada."

Os lábios dele se curvaram. "Não é bem assim que eu definiria você."

"Tenho certeza de que você seria mais direto."

"Não", ele disse, mas não prosseguiu. Agora Chloe queria saber no que Red estava pensando. Mas era tarde demais, ele seguiu em frente com a conversa. "E o que mudou? O que te fez começar a dividir a vida em 'antes' e 'depois'?"

O coração dela fraquejou por um momento perigoso. "Eu... como você...?"

"Também tenho experiência com essa sensação", Red disse, passando uma mão pelo pôr do sol sedoso que era seu cabelo. Soava vagamente triste. "Acho que reconheci isso em você."

"É", ela murmurou, porque fazia sentido. "Vejo isso nos seus quadros."

Ele arregalou os olhos por um momento, e suas maçãs do rosto pronunciadas coraram. "Ah."

Chloe ficou vermelha também. Não pretendia deixá-lo com vergonha. Certamente não pretendia admitir que conhecia a arte dele tanto assim. Ela tinha se sentido à vontade demais com ele, e as coisas tomaram um rumo que não deveriam. "Só quis dizer... Eu estava fazendo uma pesquisa para o site e encontrei alguns de seus trabalhos antigos. Tem uma diferença..."

Com uma delicadeza que Chloe não merecia, ele a cortou. "Sei o que quer dizer. Não tem problema." Red a avaliou por um momento, como se a pele dela fosse translúcida e ele conseguisse ver dentro de sua cabeça se estivesse sob a iluminação certa. Ela se sentiu desconfortável, como se estivesse sob essa iluminação certa. "Sabe, para alguém que não se importa em admitir que é grossa, você parece se importar bastante em magoar meus sentimentos."

Chloe ridicularizou aquilo bufando automaticamente, recorrendo a um escudo que lhe era familiar. "Não fica se achando. Eu me importo com os sentimentos de todo mundo."

"É mesmo? E com os seus?"

Ela puxou o ar para dizer algo cortante, espertinho ou capaz de distraí--lo de outra maneira, só que as palavras ficaram presas na garganta.

"Me conta o que aconteceu", ele disse, e sua proximidade transformou a pulsação dela em uma tempestade. "Me conta como era antes."

10

Red não sabia por que insistia, por que sentia tanta necessidade de qualquer fragmento da mulher sentada a sua frente. Quando Chloe recolheu as pernas e se sentou sobre elas, encarando-o de frente, quando aqueles olhos carregados encontraram os dele e aquela voz de veludo envolveu seu corpo, pareceu certo. Pareceu exatamente o que ele desejara.

Muito embora as palavras ditas em voz baixa o destroçassem.

"Eu tinha amigos. Tinha até um noivo", ela disse, com um sorriso torto e erguendo uma das sobrancelhas arqueadas, como se achasse que aquilo poderia surpreendê-lo. Surpreendia e não ao mesmo tempo. Chloe não era bem sociável, mas com certeza era hipnótica. Claro que tinha amigos. No entanto, aparentemente os tinha perdido.

"Acho que o princípio do fim foi quando peguei pneumonia", ela disse, abraçando uma almofada próxima contra o peito. "Dizem que quase morri. Só me lembro de como era a sensação." Red se perguntou se Chloe notava que estava esmagando a almofada, o tipo de gesto vulnerável que ela costumava evitar como se fosse a peste. Provavelmente não. No decorrer de alguns segundos, de alguma forma ela tinha se distanciado.

"Meus ossos pareciam casca de ovo. Eu sentia um peso úmido e frio pressionando o peito, tão pesado e vítreo para que conseguisse respirar direito." Ela falava sem hesitar, mas Red viu a recordação do pânico passar por seus olhos. "Eu me lembro de sentir tanta raiva de mim mesma, porque tinha ficado doente de um jeito muito idiota. Eu jogava *netball*, e fiquei nervosa por causa de um jogo em particular. Então fiquei na chuva com algumas amigas, treinando. Ganhamos o jogo, mas alguns dias depois fui para o hospital. Sobrevivi, claro", ela gracejou, como se ele precisasse de um lembrete de sua existência.

Red não riu. "Mas...?"

"Mas", ela prosseguiu, rígida, "meu corpo tinha mudado. O peso no meu peito, o frio... isso logo passou, e eu melhorei. Mas meus ossos continuaram frágeis. E isso nunca foi embora. Com o passar dos meses, fui notando mais e mais problemas. Eu me sentia exausta o tempo todo. Tinha dores de cabeça horríveis, sem motivo. Fora a dor no corpo, constante, e muito forte. Eu saía para dar uma volta e sentia que tinha forçado todos os meus músculos a ponto de se romperem. Se passasse tempo demais no laptop, minhas mãos doíam tanto que eu chegava a chorar. Comecei a ter medo do meu próprio corpo, como se fosse uma sala de tortura na qual eu estava presa.

"Quando pedi ajuda, ninguém me levou a sério. Por sorte, minha família acreditou em mim, mas durante anos eles foram os únicos. Lembro que um médico pediu para falar com meu pai, embora eu já fosse adulta. Ele disse ao meu pai que eu estava fisicamente bem, mas que deveriam tratar minha saúde mental." Chloe riu, mas a risada saiu alta demais, tensa demais, áspera contra a pele de Red.

Ele fechou as mãos em punho sobre as pernas, inutilmente, para lutar contra a vontade de tocá-la. De passar a mão em seu cabelo ou puxá-la para um abraço, como faria se ela fosse outra pessoa, qualquer outra pessoa. Em geral, Red procurava reconfortar e ajudar os outros. Mas Chloe parecia tão determinada e frágil naquele momento, com os olhos faiscantes, a mandíbula cerrada e o queixo erguido, que ele sabia que não era de conforto que ela precisava. Por isso Red só estaria fazendo aquilo por si mesmo, porque sabia como ela se sentiria presa, porque aquilo o fazia se sentir vazio por dentro.

"Não me entenda mal", ela voltou a falar, seca, "minha saúde mental estava mesmo uma bagunça àquela altura. E o fato de que os médicos ignoravam o que eu dizia não ajudava, então..." Ela manteve os olhos fechados por um momento.

"É claro que não", Red disse, com a voz rouca, quase enferrujada por causa da raiva que não queria demonstrar. "Se você sente algo ruim vindo do corpo ou da mente não faz diferença. É uma merda de qualquer jeito, né? Dói de qualquer jeito. Precisa ser resolvido de qualquer jeito. Não deveriam ter ignorado você, mesmo que fosse coisa da sua cabeça. No fim das contas, tudo o que sentimos está na nossa cabeça."

Ela abriu os olhos. Umedeceu os lábios. Assentiu devagar, parecendo sofrer um pouco menos. Quando voltou a falar, seu tom era suave, astuto e familiar. "Odeio admitir quando você está certo, mas esse seu chute acabou se saindo uma opinião bem sensata, hein?"

De algum jeito, por ela, Red conseguiu sorrir. "Deve ser lua cheia. Mas continua."

Ele notou que ela engoliu em seco. "Tá. Claro. Bom. No fim, fui diagnosticada. Minha médica acha que traumas físicos importantes podem levar a condições como a minha. Ela acha que no meu caso foi a pneumonia. Mas não importa. O que importa é que, por anos, eu não tinha ideia do que estava acontecendo com meu corpo. Sem analgésicos, fisioterapia ou qualquer acompanhamento médico, eu fiz o que tinha que fazer: desenvolvi mecanismos de enfrentamento próprios. O problema foi que eles não eram muito saudáveis."

Red se perguntou como devia ser, sempre ter que lutar. Provavelmente cansativo. Com certeza estressante. Fazer tudo aquilo sozinha não parecia nada saudável.

"Eu evitava tudo que poderia fazer com que me sentisse pior", Chloe prosseguiu. "Tinha medo." Ela disse aquilo sem nenhuma alteração na voz, sem qualquer emoção. Como se estivesse lendo a história de outra pessoa numa folha de papel. "Larguei o *netball*. Larguei a pós. Parei de sair com meus amigos. Nunca ficava acordada até tarde, porque meu sono era precioso. Me recusava a fazer planos, porque nunca sabia quando meu corpo ia me forçar a mudar tudo. Meus amigos desapareceram, um a um. Imagino que meus problemas fizessem com que se sentissem culpados."

"E seu noivo?", Red perguntou, baixo.

"Ah, Henry." Ela riu. "Ele perdeu a paciência quase na mesma hora. Não acreditava em mim."

"*Quê?*" Red vinha tentando manter a calma durante toda a história, evitando demonstrar o que fosse para o caso de suas reações alterarem o que ela escolhia compartilhar. Mas ele não conseguiria esconder uma aversão fodida naquele momento, nem mesmo se arrancasse a própria língua.

Chloe deu de ombros, mas um sorrisinho se insinuou nos cantos de sua boca, como se ela considerasse o óbvio ultraje dele divertido. "Nenhum exame de sangue, raio X ou machucado provava a dor que eu sentia. Ele era um cara bastante lógico, sabe? Precisava de provas, e eu não tinha nenhuma."

"Sua palavra não bastava? Ou o que você sentia?", Red perguntou, em um tom de voz mais duro do que pretendia. Não conseguia evitar. Tinha visto como Chloe mudava quando a dor era forte demais para suportar. Porra, via agora mesmo que ela tentava fingir que estava tudo bem, mas claramente se sentia exausta. As sombras escuras sob seus lindos olhos, o cansaço agarrado a ela como uma sombra. Como diabos alguém que planejava se casar com ela podia ter ignorado tudo aquilo?

"Henry achava que era tudo fingimento", Chloe contou. "Que eu estava sendo patética, dava trabalho demais, exigia apoio demais." Os lábios dela se curvaram, em um lampejo de raiva até então ausente, mas que Red ficava aliviado em identificar. "Ele desapareceu sem demonstrar remorso, mas acho que foi melhor pra mim."

Red também achava. "Não parece um cara pra casar mesmo."

Os olhos dela o procuraram, iluminados pelo divertimento. "Não."

"Parece o tipo de cara que descobre que a esposa tem câncer e começa a trepar com a secretária pra aliviar o estresse."

"Pois é", ela disse, agora sorrindo.

"Ele que se foda."

"Tenho pena da garota que tiver ficado com ele", Chloe comentou. Então fez um gesto com a mão e a camaradagem entre os dois passou. "Agora aprendi a lidar com meus sintomas, claro. Tomo remédios, faço fisioterapia, terapia cognitiva. Estou bem, de verdade. Mas sinto que uma parte de mim ainda não se deu conta disso. É como se ainda tivesse medo de mim mesma. A lista é pra isso. Pra me ajudar a recuperar a coragem."

Chloe começara aquele discurso com seu tom de voz normal, mas perto do fim começou a murmurar, baixando cada vez mais e desviando os olhos dos dele. Como se tivesse vergonha de dizer a coisa mais foda que Red já tinha ouvido.

Ele não podia deixar aquilo passar. "Ei."

Ela pressionou os lábios e olhou para ele, sem muita emoção. "O que foi?"

"Se a ideia dessa lista é te deixar mais corajosa, você vai ser a porra da Mulher-Maravilha quando tivermos terminado."

Chloe desdenhou, revirando os olhos, mas ele sabia que ela tinha gostado. Aquilo escapava dela como geleia de um bolo recheado, e ele se deliciava com aquela doçura, desesperado por mais.

"E só para deixar claro", ele acrescentou, "o cuzão do seu noivo agiu como uma reverendíssima besta em te deixar."

Red gostou do jeito como Chloe reagiu àquilo, não com sua risada baixa de sempre, mas dando risadinhas e chegando a perder o ar, de um jeito que ela claramente não desejava que ele visse. Chloe levou as mãos às bochechas cheias como se pudesse forçar a risada de volta para dentro, mas não funcionou. Ela continuou rindo, e o sorriso dele se alargou cada vez mais.

"Seus amigos eram uns inúteis do caralho também", ele prosseguiu. "Uns filhos da puta, todos eles."

Ela levou uma mão ao peito, por cima daquele macacão ridículo e peludo que usava. "É verdade", Chloe conseguiu dizer, entre as risadinhas. "É a pura verdade. Mas não sei por que te contei isso. Não tem a ver. É um detalhe."

Seria possível que Chloe realmente acreditasse naquilo, quando ele podia identificar sua dor a mais de um quilômetro de distância? Quando seus olhos tinham se enchido de tristeza enquanto ela falava sobre as pessoas que não ficaram ao seu lado? "Você devia fazer novos amigos agora", Red disse, com a voz mais branda. "Não precisa ficar sozinha."

Aquilo varreu o sorriso da cara dela, embora não de seus olhos. Chloe olhou feio para ele, tentando parecer ultrajada. Por algum motivo bizarro, Red gostou. "Não preciso de novos amigos", ela disse, "e não estou sozinha."

"Está, sim", ele insistiu, em parte porque era verdade, mas principalmente porque gostava de encher o saco dela quase tanto quanto gostava de fazê-la rir.

Teimosa para caralho, ela retrucou: "Não estou, não".

"Está, sim."

"Redford Morgan, vou te expulsar do meu apartamento."

Ele sorriu. "Eu tenho a chave."

"Mas não usaria sem um motivo válido", ela retrucou, "porque é um bom zelador."

Red identificou aquele lampejo de doçura vertiginosa com a qual ela sempre o provocava. Aquele que fazia o sorriso dele se tornar malicioso e sua voz ficar mais grave, ainda que seu cérebro gritasse que ficar dando em cima dela era uma péssima ideia. "Ah, é? Quão bom?"

Chloe piscou rapidamente, e Red poderia jurar que ela estava ficando vermelha. "Bom, eu... não sei", ela resmungou, sem graça. "Na verdade, não tenho muita experiência com zeladores."

"Então sou seu primeiro. Bom saber."

Ela estava claramente vermelha agora. "*Red*."

"Só estou brincando, Botões." Só brincando, né? Só provocando, mas gostava *demais* daquilo. "Não vai ter um troço por causa disso."

"Ah, claro", ela disse, seca. "Vou só dar uma desmaiadinha aqui."

Chloe parecia estar com calor com aquela roupa. O pijama cinza e fofo a engolia inteira, e, ainda que ela tivesse aberto uma janela antes, dava para ver que uma gota de suor escorria por seu pescoço. Seus olhos seguiram o caminho que ela traçava como um lobo fazia com o almoço. Agora que Red a havia notado, não conseguia desviar os olhos. Não conseguia pensar em outra coisa. Não conseguia lembrar do que exatamente estavam falando antes — só que ele a fizera corar e tinha gostado daquilo.

A gota chegou ao espaço entre suas clavículas, exposto devido ao zíper ligeiramente aberto. Ele queria enxugá-la com a língua.

Opa... Não, ele não queria. Não queria, não.

Ah, que diabos. Ele queria, sim.

"Red?", ela o chamou, com a voz ligeiramente trêmula, mas não como antes. Daquela vez, tremulava como os músculos dele quando fazia musculação na academia. Como se carregada de adrenalina.

"Você devia tirar isso", ele disse, com a garganta seca, a boca se movendo como se fosse de outra pessoa.

Chloe botou a língua para fora, para umedecer os lábios, então apalpou o cabelo com nervosismo. "Tirar o quê?"

"Sua roupa", ele disse, porque estava preocupado com a saúde dela, claro. "Esse negócio que está usando. Você devia tirar."

Chloe respondeu, bem inteligente: "Ah".

"Você está suando", Red insistiu, com os olhos muito fixos na base do pescoço dela. Provavelmente observando um pouco repugnado sua pele suada.

Pelo que deve ter sido a milésima vez no dia, ela xingou o pé adormecido, a noite sem dormir e tudo o que havia implicado. Ali estava ele, sentado, devastadoramente bonito, enquanto ela usava uma fantasia de lêmure, como uma criança que não sabia se vestir sozinha.

Chloe enganchou os dedos no tecido, reunindo o que restava de sua dignidade, e disse, firme: "Estou bem".

"Você não parece bem." Os olhos dele subiram do pescoço para o rosto dela, avaliando-a com uma intensidade de revirar o estômago, que fazia o sangue de Chloe bombar à toda dentro das veias.

O jeito como Red a olhava fazia com que ela se sentisse tão... presente. Visível. Tocada, e não emocionalmente. Sua pele formigava em antecipação de um contato que nunca acontecia. De repente, ela estava muito consciente do fato perturbador de que usava muito pouca coisa sob o macacão. *Pouca mesmo*, o que significava que ele poderia descer aquele zíper e encontrá-la só de calcinha.

Aquela estranha atração que sentia por ele estava saindo do controle. Chloe continuava ouvindo um toque selvagem na voz dele que não podia estar ali, sentindo um calor em seu olhar que só podia ser cem por cento fruto de sua imaginação. Ela tentou controlar a própria respiração e parecer inocente, e não a confusão depravada que na verdade era. Não funcionou.

"Chloe?", Red a chamou, com a testa franzida de novo. Ela queria alisá-la com os próprios dedos.

"Oi?", Chloe perguntou, fraca.

Gigi, muito prestativa, apareceu por cima do ombro dela e disse: "*Não murmure, meu bem. Emposte a voz. Repita depois de mim: 'Quero montar em você como num garanhão'*".

Dani apareceu sobre o outro ombro de Chloe e disse: "*Não esquece de pedir por favor*".

Uma Eve pequena e fantasmagórica surgiu também, dizendo: "*Não ouve essas duas. Ações falam mais alto que palavras. Ataca o cara*".

"Você está passando calor", Red disse.

"Não estou, não."

Ele pressionou as costas da mão contra a bochecha de Chloe. O contato fez uma onda de tesão se espalhar pelo corpo dela. Chloe não pretendia reagir, mas expirou com vontade — tanta vontade que soltou um suave ruído voraz. Que Red notou. Opa. Depois de uma pausa, ele pegou o queixo dela e virou seu rosto para encará-lo, o que era injusto, porque ficar olhando para a frente era sua única estratégia até então. Os olhos de Red a desvendaram, como especialistas, em cerca de 2,3 segundos. Chloe identificou o momento exato em que ele se deu conta de que ela era uma safada sem fôlego e cheia de tesão com um interesse ridículo por ele. Os olhos de Red se arregalaram na hora, como se não conseguisse reagir de tão chocado.

Então aquelas íris verdes como a primavera pareceram pegar fogo e ser lentamente devoradas pelas pupilas escuras. Red soltou um suspiro quase trêmulo. Ele se aproximou um pouco e inclinou a cabeça até que sua testa descansasse contra a têmpora dela, pele contra pele, embora tecnicamente tudo permanecesse casto. E, no entanto, tão temerário, tão carregado, tão absurdamente íntimo. Seu cabelo era uma cortina que isolava ambos da realidade, uma seda roçando levemente na bochecha de Chloe. O cheiro dele, quente, terroso e reconfortante, se impregnou na mente dela, e ficaria associado para sempre àquele momento. Aquele momento trêmulo e tão próximo que doía de quando respiraram em sincronia, profunda e desesperadamente.

Chloe se recordou de que, no passado, adorara sexo.

"Então é assim", Red murmurou, as palavras quase delicadas, mergulhando na pele dela.

"Não." A voz de Chloe era um sussurro esfarrapado, interrompido pela respiração brusca. Ela sugava sua presença antes que ele pudesse ir embora.

Red deu uma risada suave, cada golpe de ar um beijo no pescoço sensível dela. "Você mente mal pra caralho."

"Verdade." Ela fechou os olhos. O modo como ele a atraía, desde seu sorriso a sua confiança e seu charme sincero... aquilo era forte e inesperado, um turbilhão à espera sob a superfície calma de sua própria mente. Mas agora Chloe havia ido fundo demais e fora puxada para baixo.

Ela nem tinha mais certeza onde ficava a superfície.

Red encontrou os dedos com que ela vinha remexendo no tecido fofo e os abriu com cuidado, o que foi um alívio para Chloe, que corria o risco de cerrar os punhos com tanta força a ponto de se machucar. Ela precisou de um segundo para se dar conta de que ele segurava sua mão. Sentia a palma fria e seca contra a sua, suada, até o ponto onde a munhequeira cobria a pele. *Eles estavam de mãos dadas*. Ele tinha entrelaçado os dedos de ambos com cuidado, como se para conectá-los. Por quê?

Chloe não sabia como externar aquela pergunta, e como estava gostando, ela lhe pareceu boba. Talvez Red caísse em si e a soltasse. *Chloe poderia cair em si e se afastar*. Era melhor ficar quietinha.

Ele beijou a mandíbula dela. Foi um beijo suave, muito suave, mas ainda assim ela gemeu.

Red vinha sendo muito lento e lânguido, mas ao som daquele gemido tudo nele pareceu se contrair. Ele murmurou, com a voz rouca: "Gostei disso". E roçou os lábios contra a pele dela de novo, como se para provocar outros ruídos. Seus mamilos enrijeceram, mas Chloe reprimiu um suspiro pesado. Então ele se esforçou mais, embora a sensação fosse ainda mais leve. Sua língua brincou com o lóbulo da orelha dela, e traçou todo o contorno. Chloe gemeu. Red soltou um ruído baixo e gutural de satisfação, então apertou sua mão com mais força, como se também estivesse afundando e precisasse de algo a que se agarrar.

Chloe se dissolvia como açúcar na água quente. Sua respiração estava rasa, sua temperatura subia de um jeito que não tinha nada a ver com o macacão, e seu desejo se refletia na pulsação rápida entre suas pernas. Seu sexo já tinha inchado tanto que era como um punho cerrado entre suas coxas. Ela estava no limite. Por sorte, tudo o que ele havia feito até então fora provocá-la, porque se Red realmente a mordesse do jeito que Chloe queria ela podia de fato desmaiar.

Se Red realmente a mordesse do jeito que ela queria, Chloe poderia morder de volta.

Mas e depois? Ele ia tirar a roupa de Chloe, trepar com ela até estourar os miolos e eles iam se ver no sábado à noite para prosseguir com a lista? Ela não sabia. Não sabia. O que significava quando um homem com quem você tinha um acordo e trocava e-mails flertandinho lambia sua orelha e segurava sua mão? O que aquilo queria dizer? Certamente não era profissional, transacional ou simples. Não no caso dela, pelo menos. Chloe estava certa daquilo.

Red deslizou uma mão até a nuca de Chloe, quente, sólida, deliciosamente firme. Ela sentiu uma pontada entre as pernas. "Chloe", ele disse, com a voz grossa. "Quero te beijar. Posso te beijar?"

Ela ficou com tanto tesão que se sentiu até tonta. Não conseguia olhar para ele, porque sabia o que veria: sexo puro, vivo, um homem que poderia facilmente mexer com sua cabeça. Chloe já se derretia por ele mesmo mal o conhecendo. Ela queria extravasar seu prazer, mas ele quase não tinha feito nada para provocá-lo. Chloe estava perdendo o controle.

Ela se obrigou a sussurrar: "Para".

Red obedeceu do mesmo modo que fazia tudo: com calma, tranquilidade e como se tivesse sido ideia sua. Sua boca deixou a pele de Chloe antes que ela tivesse acabado de dizer aquilo. O calor de sua proximidade arrefeceu, e ela sabia que era ele se contendo. Red ainda apertou sua mão uma vez antes de soltar.

Sua expressão era inescrutável, mas suas bochechas estavam vermelhas. A mente de Chloe se fixou naquilo, porque ele parecia impossivelmente vulnerável. Ou simplesmente impossível. Por que Red estava vermelho? Ele era tão tranquilo e confiante, é provável que deixasse mulheres molhadas só de segurar a mão delas de um jeito muito sexy algumas vezes por semana, apenas para não perder o jeito. Mas, a julgar pelo vermelho que pintava suas maçãs do rosto pronunciadas, talvez não fosse verdade.

A visão de Red corado — do olhar ligeiramente vidrado em seus olhos, dos lábios macios e entreabertos dele — a encheu de um arrependimento temerário. Chloe queria agarrá-lo pelo cabelo e o puxar de volta para si. Queria seus dedos entrelaçados de novo e mergulhar nele. Estava na lista, afinal de contas — sexo sem compromisso. Mas um sábio instinto de proteção, bem escondido na parte pré-histórica de seu cérebro, a alertou de que, com alguém como Red, "sem compromisso" não era algo possível. E ela não estava interessada em compromisso. Quando se tratava de sentimentos, de relacionamentos, de *algo mais*, Chloe não queria saber dos homens.

Red fechou os olhos por um longo momento, e quando voltou a abri-los parecia um pouco mais consigo mesmo e um pouco menos com uma criatura enviada do Planeta Tesão para transar com ela até a morte. O que era bom. Muito, muito bom.

"Você está bem?", Red perguntou baixo, claramente preocupado. "Eu...?"

Meu Deus, como ele era fofo. Ela precisava tirá-lo dali antes que se entregasse por completo.

"Estou bem", Chloe respondeu, animada. Talvez um pouco animada *demais*, só que agora era tarde — tinha que seguir com aquilo. "Te vejo no sábado, para prosseguir com a lista." Ela falava como um esquilo que tinha inalado hélio.

Red hesitou, então disse, baixo: "Você ainda quer fazer isso? Comigo, digo. Tudo bem se não quiser".

Ah, eu quero fazer muito mais com você.

Ela ia ter que começar a bater no próprio nariz com um rolo de jornal. Sua mente estava totalmente descontrolada e precisava de treinamento.

"Sim, ainda quero fazer isso. Com você. Prometo que está tudo bem." Ela se levantou e fez um movimento vago de dispensa na direção dele. "Agora vai."

Ele também se levantou, sorrindo. "Escrevi os detalhes no seu caderninho. Sei que gosta de planejamento."

"Ótimo. Maravilha. Muito obrigada." Ela já o tocava para fora da sala.

O sorriso de Red se alargou. "Imagino que não queira falar sobre...?"

"Até mais, Redford!" Ela o conduziu para o corredor.

"Sobre eu ter beijado sua..."

"Opa, opa!" Chloe passou adiante dele para destrancar a porta e depois a segurou aberta. "Chega de papo. Sou uma pobre moça doente que não quer ser perturbada com conversas desnecessárias."

Ele começou a rir.

Ela o empurrou para fora.

11

O sábado à noite nunca parecera tão tenso.

Dois dias — e devaneios embaraçantes e proibidos demais — depois da Reunião Extremamente Profissional com Red, Chloe estava sentada com o laptop apoiado nas pernas e o caderninho azul cintilante em uma mão. Ele havia mesmo anotado os detalhes para ela, incluindo os bares e as casas noturnas que iam visitar. Enquanto matava o tempo até ele chegar, pesquisando aqueles estabelecimentos na internet, não conseguia deixar de notar que todos ficavam próximos um do outro.

Próximos o bastante para que ir de um a outro provavelmente não a cansasse.

Chloe fechou a janela do navegador com um *tsc-tsc*, ainda sem saber se a descoberta a agradava ou se considerava o comportamento de Red insolente. Ela desconfiava da primeira opção, mas queria acreditar na segunda, porque facilitaria resistir a qualquer sentimento esquisito que nutrisse por ele. E, como ficar alheia a sua presença intoxicante e se recordar de que os homens conseguiam ser menos leais que a mosca média, causando mais desconforto emocional do que valia a pena, Chloe decidiu que deveria mesmo resistir.

Não que ela tivesse presumido que ele tentaria agarrar a chance de se tornar o próximo noivo a abandoná-la. Mas, independentemente do relacionamento que estabelecessem, ele acabaria por deixá-la — como todo mundo fazia no fim —, e seria mais fácil vê-lo ir embora se mantivesse os beijos a um nível mínimo. Provavelmente seria mais fácil se mantivessem os e-mails flertandinho a um nível mínimo também, mas ele continuou a mandá-los, e... bom. Ignorá-lo seria grosseria. Fora que ele a distraía de certas coisas. Mais ou menos.

Na mesa de centro, Smudge lambia delicadamente a própria bunda em flagrante desrespeito às regras da casa — um sinal que, de modo bizarro, despertava algo triste dentro de Chloe. Ao lado do gato estava o celular dela, de cujos alto-falantes saía uma voz familiar. Na verdade, não parara de sair nos últimos dez minutos.

"Você está muito rabugenta hoje, querida", Gigi disse. "Está com dor?"

"Não", Chloe disse, sem emoção e honesta. Estava razoável fisicamente. Sua tristeza era cem por cento emocional naquele dia. A tristeza a deixava irritada. Ainda mais irritada que uma bela dor nas costas.

"Bem, então qual é o problema?", Gigi perguntou.

Deixando a confusão relacionada com Redford e a ansiedade de sábado à noite de lado, o problema era Smudge. Chloe finalmente o levara ao veterinário no dia anterior, e o que havia descoberto? Que ele tinha uma dona, claro. Uma dona que havia posto um chip no gato, como se ele fosse um computador ou algo assim. O veterinário garantira a Chloe que chips não machucavam e eram seguros para os animais, mas, como o chip de Smudge significava que ela não poderia ficar com ele, Chloe sentia que era radicalmente contra aquele conceito.

"Meu bem", Gigi murmurou, "você está rosnando?"

Chloe deu uma sacudida no próprio corpo. "De jeito nenhum. Por que eu faria uma coisa dessas?"

Gigi suspirou, carinhosa. "Tenho netas tão excêntricas. Me orgulho disso. Seu pai é tão comum que me deprime."

O pai de Chloe era um analista de finanças sem nenhuma inclinação para o excesso, o que era uma decepção eterna para Gigi. Ele andava sempre com o mesmo casaco, marchava para onde quer que fosse e dizia coisas como "Aguarde só um momentinho, por favor". Ele havia passado todo os anos de estudo de Chloe deixando bilhetinhos encorajadores em sua mochila, porque sabia que ela odiava as aulas de inglês. Se Martin Brown era comum, Chloe desejava que todo mundo fosse também. Mas nem se dava ao trabalho de dizer aquilo a Gigi, porque ela reviraria os olhos e diria que as escolhas de gravata dele não eram *nem um pouco inspiradas*.

"Não sou excêntrica."

"É claro que é, querida. Não tanto quanto Danika, claro, mas ainda assim excêntrica. Mas o que você fez hoje, minha cebolinha?"

"Cebolinha" não era a coisa mais estranha de que a avó já a havia chamado. "Levei meu gato de rua ao veterinário, que descobriu que ele pertence a uma controladora que não respeita a santidade do corpo felino. O nome dela é Annie."

"*Annie?* Que ultraje! Já a desprezo."

"Ela está de férias, dá pra acreditar?", Chloe comentou, ácida. "O gato desaparece e ela vai viajar!"

"É um despautério", murmurou Gigi, que uma vez embarcara em um cruzeiro pelo Mediterrâneo enquanto seu terceiro marido ficava em casa, com uma fratura no fêmur. Tudo o que ela dizia quando alguém questionava sua decisão era: *Não tenho culpa se o tolo arranjou uma fratura no fêmur em pleno verão.*

"Ela vai me telefonar quando voltar", Chloe resmungou, "então vou ter que devolver o gato para ela na mesma hora. Mas não sei se ela deveria ter um gato. Encontrei Smudge em perigo mortal!"

Uma pessoa razoável talvez apontasse que nunca um gato havia morrido caindo de uma árvore e que gatos são criaturas incontroláveis, mas por sorte Gigi não era razoável. Em um tom calmante, ela disse: "Essa mulher não serve para ser mãe. Estou certa disso".

"Eu também! Sabe..." Chloe foi cortada pela batida à porta. Ela se desfez por dentro. Não percebera como a hora avançara. Era Red. A pele de seu colo formigou, como se ele a tivesse marcado com o ardor de seu olhar.

"Está aí, querida?", Gigi chamou.

Chloe pigarrou e trancou os pensamentos inapropriados. *De volta para o cofre!* "Tenho que ir. Tem alguém na porta."

"*Alguém*, é?", Gigi comentou, animada. "Nossa, meu bem. Quem poderia ser? Você parece agitada."

"Não estou agitada. Não sei quem é."

"Pela sua voz", Gigi murmurou, "eu diria que não está sendo sincera."

Como ela sabia? Gigi sempre sabia. Devia ser algum superpoder de vó. "Falamos depois", Chloe disse. "Tenho que ir, te amo, tchau!" Ela desligou, soltou o ar e apalpou o robe, pouco à vontade. Entre a preocupação com aquela noite e a preocupação com Smudge, Chloe havia perdido a noção do tempo. Agora Red estava ali, ela mal estava vestida e, ai meu Deus, já estava dando tudo errado. Chloe pegou Smudge como se ele fosse um amuleto de boa sorte e foi até a porta.

Estranhamente, ao fazer aquilo ela sentia que quase flutuava — ao ponto da vertigem.

Lá estava Red, alto e largo, no capacho diante do apartamento dela, com o sorriso quase hesitante, o cabelo descendo pelos ombros como fogo líquido. Ele usava jeans e uma camisa de flanela com as mangas dobradas para expor os antebraços marcados por veias finas e tendões grossos, salpicados de pelos dourados, quase imperceptíveis. Não que ela o estivesse secando nem nada do tipo.

"Tarde", ele disse, com a voz baixa e carregada. E tranquila. Sempre tranquila. Red claramente não se importava com o fato de que, da última vez que haviam se visto, passara a *língua* pela *orelha* dela.

Bom, se ele não se incomodava não era ela que ia se incomodar. "Desculpa", Chloe disse, segurando Smudge contra o peito. "Acho que vou fazer a gente se atrasar."

O e-mail de Chloe aquela tarde tinha ido direto ao ponto, mas Red devia ter aprendido a linguagem dela nos dias anteriores, porque soube na hora que ela estava chateada.

Levei Smudge ao veterinário. Ele tem chip. E dona.

Ah, sim. Ela estava chateada. Mas claramente não queria falar a respeito, por isso ele não ia tocar no assunto.

Então Chloe atendera a porta com aquele rosto pesaroso e os dentes cravados no lábio, segurando Smudge contra o peito. Ele não conseguiria ficar de bico calado nem por todo o dinheiro do mundo. "Você está bem?", Red perguntou, ignorando o que ela havia acabado de dizer, porque aparentemente ele era aquele tipo de cara agora.

Chloe ergueu as sobrancelhas, seu rosto divino e rococó impressionante como sempre. "Estou meio irritada, mas isso não é novidade. Por quê?"

"Recebi sua mensagem sobre Smudge e..."

"Não quero falar dele", ela disse, com a voz cortante.

Pouco tempo antes, aquilo o teria ferido como um espinho. Agora, estourava seu coração como uma bexiga, porque ele sabia que significa que Chloe estava magoada e escondia, para lidar com seus sentimentos sozinha.

Mulheres que salvavam gatos, elaboravam listas ridículas e levavam acordos a sério demais não deveriam ter que lidar com seus sentimentos sozinhas. Ninguém deveria.

Mas, antes que Red pudesse lhe dizer aquilo, algo em Chloe pareceu se abrandar, e ela logo disse: "Vamos nos divertir esta noite. Vai ser um sucesso e vou avançar na lista. É nisso que quero focar. Não em Smudge".

Ele passou uma mão pelo cabelo e assentiu, encarando-a de volta. Os olhos de Chloe pareciam grandes, escuros e um pouco brilhantes demais por trás dos óculos. Red queria tocá-la, mas, considerando tudo, era provavelmente uma má ideia. Então ele manteve as mãos desajeitadas para si mesmo, e jurou em silêncio que a faria sorrir aquela noite. De um jeito ou de outro. "Tá bom", Red disse.

A tensão entre os dois se dissolveu, ou talvez estivesse apenas desfeita por um tempo. "Entra", Chloe disse, animada, recuando para lhe dar espaço. Foi então que ele notou a roupa dela — ou a falta de. Chloe estava usando um tipo de roupão de seda, que terminava acima dos joelhos. Fazia semanas que os *tornozelos* dela o faziam babar. Agora, enquanto secava aqueles centímetros de coxa, ele soube que devia ter batido uma antes de ir para lá. Ou duas. De repente três. Seu saco doía só de olhar para ela. Aquilo era normal? Não podia ser.

Chloe passou o gato para ele, se virou em um movimento perigoso para um robe curto de seda e avançou pelo corredor.

Red ficou olhando para Smudge. Smudge ficou olhando para ele. Se fosse o tipo de homem que realmente entendia os animais, talvez acreditasse que aquele gato em particular estava lhe mandando uma mensagem telepática cujo conteúdo era algo como: *Tira os olhos da minha mãe, seu pervertido*.

"Foi mal, cara", ele murmurou, então fechou a porta da frente e rumou para a sala também.

Chloe estava inclinada sobre a TV, desligando tudo. A barra do robe levantou um pouco, e por uma fração de segundo Red viu um lampejo de pele negra nua, antes de desviar o olhar. Todas as suas terminações nervosas ganharam vida, embora ele implorasse para que sossegassem o facho.

Tudo nele pareceu quente e líquido, com exceção do pau, que estava duro pra caralho, claro. Red se sentou e segurou Smudge sobre as pernas.

E, porque Deus estava se divertindo muito à custa de Red naquele dia, Chloe se virou e avaliou a cena com um sorriso. "Achei que você não gostasse de gatos."

"Pois é." Ele pigarreou. "Acho que julguei antes de realmente conhecer um. Eles não são tão esnobes quanto parecem. Foi mal."

Red notou a surpresa passando pelo rosto de Chloe. "Ah." Ela abriu um sorriso rápido e tímido para ele, que fez seu coração explodir como fogos de artifício. "Então tá. Hum... Vou só me trocar. Volto em cinco minutos."

"Não tem pressa. Não tem problema se formos mais tarde que o planejado."

Ela assentiu para ele do modo indulgente como mães assentem para a fala sem sentido dos bebês e correu para o quarto, provavelmente com a intenção de ignorá-lo.

Enquanto Chloe não voltava, Red decidiu se ocupar listando as muitas, muitas razões pelas quais ele não deveria sentir tesão por Chloe, não importava quão desesperadamente já sentisse, o quanto gostava daquilo e o fato de que não tinha certeza de que poderia parar.

1. Ele já tinha tentado e ela veemente recusou seu avanço. Não importava o quanto pensasse no cheiro de sua pele ou no som de seus gemidos, não ia acontecer. Então era melhor parar de se torturar o quanto antes.
2. Se ele não parasse, ela talvez notasse e ficasse desconfortável. Ele era o zelador, além de tudo — algo em que talvez devesse ter pensado antes de pôr as mãos nela. Não podia deixar Chloe desconfortável. Não era certo.
2.5. Vik ia matá-lo. Depois Alisha ia bater em seu cadáver com uma escova de cabelo.
3. Pensar nela o estava distraindo durante o expediente.
4. Ele não se masturbava tanto desde que era adolescente, e estava preocupado que suas bolas fossem enrugar permanentemente, tipo nozes.

Red já ia listar a quinta razão quando Chloe reapareceu e estragou tudo. Ele já estava tendo dificuldade com o robe, mas agora... Agora, ela usava um vestido com um brilho dourado da cor do luar, cujo tecido se esticava sobre suas curvas de montanha-russa, que deveriam vir com placas de perigo. A roupa tocava cada centímetro de Chloe, como Red queria fazer com as próprias mãos. O decote era tão profundo que ela poderia simplesmente desistir e ir com os peitos de fora. Red se consolava com o fato de que o vestido era mais comprido do que o robe, mas então ela se moveu e uma fenda na coxa se revelou. Caralho...

Também não era fácil olhar para o rosto de Chloe. Os olhos dela o atraíam como dois buracos negros, e seus lábios luxuriosos brilhavam por causa da maquiagem. O cabelo dela estava diferente, puxado para trás em uma trança grossa e refinada cujo nome ele não sabia, uma trança que Red gostaria de enrolar no pulso enquanto beijava aquela boca linda.

Ele estava fodido. Completamente fodido.

Chloe se colocou diante dele, agarrada a uma bolsinha dourada. "Está bom assim?"

Se estava *bom*? Ele pigarreou. *Não fode com tudo. Não fode com tudo. Não fode com tudo.* "Não tem botões, mas serve."

Ela riu e bateu no ombro dele com a bolsa. Red se perguntou, distraído, se ia sobreviver àquela noite.

12

    Seguir em direção à entrada da casa noturna era como voltar no tempo. Só que, entre a adolescência e os vinte e poucos anos, Chloe nunca sentia frio, enquanto agora tremia, seus seios mal sustentados quase pulando para fora da roupa.

    A noite se constituía de camadas de sombras e placas de neon piscando, a chuva, uma ameaça gelada no ar que beijava sua pele superaquecida e entorpecia seus nervos. Chloe estava ocupada demais se arrependendo da falta de roupa para questionar se deveria estar ali. O que ela imaginava que fosse o lado positivo da coisa toda.

    Red estava a sua frente, o corpo largo formava uma barreira contra o vento atrás da qual ela se escondia, sem a menor vergonha. Ele segurava sua mão, trazendo Chloe a reboque como se fosse um barco. Ela sabia que o motivo era para que não se separassem na noite movimentada, só que não conseguia evitar recordar a última vez em que ele havia segurado sua mão. Seu coração batia tão forte agora quanto antes. Red fora tão delicado, tocando-a daquele jeito enquanto a desarmava com seus beijos. Chloe ainda não conseguia decidir o que aquilo significava. Seu cérebro dizia: *Que ele gosta de você, óbvio!*

    E talvez fosse verdade — provavelmente era. Mas não podia ser tão simples, ou tão bom. Para Chloe, nunca era.

    A primeira parada da noite seria no lugar com as bebidas mais baratas, o que era estratégico, conforme Red explicara no táxi. Chloe tentara dizer que não se importava em pagar caro para beber, mas ele resmungara alguma coisa sobre desperdício de dinheiro e pediu que ela entrasse no espírito da coisa. Então ali estavam eles, seguindo na direção de uma casa noturna de aparência ligeiramente suspeita, com um pequeno campo de bitucas de cigarro espalhadas no chão em volta da porta. Uma placa da cor dos óculos de Chloe dizia BLUEBELL. As batidas da música do Bluebell pegavam as batidas da música de todas as outras casas noturnas pela garganta e as apertava. Quanto mais perto chegavam, mais Chloe se perguntava se devia ter levado tampões de ouvido.

Red acenou com a cabeça para os enormes seguranças vestidos de preto, arrastou Chloe pelas portas e então estavam lá dentro. Tudo era escuridão, lampejos e suor. Ela não estava gostando.

Não, não era aquilo. Chloe só não estava acostumada, ou bêbada o bastante para se divertir. Uma vozinha em sua mente murmurou que a dor de cabeça que se seguiria à ingestão de bebida alcoólica suficiente para tornar aquele lugar palatável provavelmente a manteria na cama por uma semana. Mas ela ignorou aquela vozinha. Ia estragar a festa, e pertencia à antiga Chloe, à Chloe chata, não à Chloe que resgatava gatos.

Opa. Ela não queria pensar em Smudge.

De alguma forma, Red abriu espaço para eles no bar. Chloe se viu presa entre o peitoral dele e a superfície grudenta do balcão, com cada braço dele esticado ao lado de seu corpo. Red inclinou a cabeça para falar na sua orelha, e a sensação do hálito dele contra a lateral do pescoço dela fez tudo entre as pernas de Chloe formigar. Ela pressionou uma coxa contra a outra enquanto Red gritava por cima da música: "O que você quer?".

Por sorte, ela já havia decidido o que ia beber, ou seu pobre e confuso cérebro não teria sido capaz de produzir uma resposta. "Licor de cereja." Costumava ser seu preferido.

Pelo visto, Red não aprovou, porque ela sentiu o ar quente contra sua pele quando ele bufou. Ainda assim, chamou o atendente e, antes que ela percebesse, havia três doses de um líquido cor-de-rosa vívido alinhados a sua frente, além de um copo com uma bebida escura. Ela deveria pagar por tudo aquela noite, mas Red entregou uma nota antes que tivesse a chance de fazê-lo. Chloe inclinou a cabeça para trás para olhar feio para ele. Red piscou para ela e pegou o copo. Algum drinque com coca, Chloe concluiu, ou só coca mesmo.

Red levou o copo aos lábios e Chloe sentiu um aroma pronunciado enquanto acompanhava o movimento da garganta dele a cada longo gole.

Era algum drinque com coca, agora ela tinha certeza. Assim como tinha certeza da umidade crescente entre suas pernas.

Fazia mesmo tempo demais, se o mero calor do corpo de Red e a visão dele engolindo eram o bastante para deixá-la daquele jeito. Chloe olhou para a frente e pegou um *shot*. Desceu fácil, mas ela se viu fazendo uma careta. Era mais doce do que recordava. E, já que era para recordar, parecia-lhe muito menos divertido do que quando compartilhava uma fileira de doses com as amigas, bebendo uma depois da outra e gritando como tolas em seguida, como se tivessem feito algo completamente maluco. Mas Beth não estava ali, nem Sarah, nem Catie, nem nenhuma delas, e Chloe não tinha voltado dez anos no tempo. Ela mordeu o lábio e virou o segundo *shot*.

Então sentiu o hálito quente de Red contra sua pele de novo, além do cheiro forte de álcool quando falou: "Tudo bem aí, Botões?".

Ela pegou a última dose de licor de cereja e gritou: "Bebe esse?".

"Você não quer?" Red estreitou os olhos.

Estranhamente, ela disse a ele: "Quero que você beba".

Ele assentiu como se aquilo fizesse algum sentido, pegou o copo e o virou. Chloe, por sua vez, pegou o copo dele e deu um gole, fingindo que não achava o máximo os dois estarem compartilhando um copo agora. Red havia pedido cuba-libre. Ela passou a língua pela bebida dele que restava em seus lábios, mas tentou não gostar tanto daquilo.

"Ei." Red pegou o copo de volta, passando a mão livre pelo braço dela em um movimento que provavelmente tinha a intenção de tranquilizá-la, mas a deixou acesa. "Devagar", ele disse. "Dá um tempinho."

Ela se eriçou, e todo — ou quase todo — o tesão ficou para trás. Estava a segundos de fazer um comentário mordaz sobre homens que achavam que podiam dizer o que as mulheres deviam beber quando Red se inclinou para ela e voltou a falar.

"Encher a cara é uma arte", ele disse, em um tom quase acadêmico. "Se quiser evitar os piores efeitos colaterais, claro." Enquanto ela absorvia aquilo, Red voltou a chamar o atendente. Chloe não sabia como ele conseguia fazer aquilo. Devia ser um dos benefícios de ser um gigante ruivo: era impossível não o notar.

O atendente chegou com duas garrafas de água — *buu!* — e outros quatro *shots*. Red passou uma água para Chloe e pagou de novo. Então virou a cuba-libre em dois goles impressionantes e bebeu de sua própria garrafa de água, o que a fez se sentir menos indignada.

"Beleza", ele disse, finalmente, separando dois *shots* para cada um. "Você e eu. Vamos nessa."

Chloe foi tomada de surpresa, e depois de puro prazer. Virou sua cota com facilidade daquela vez, quase não tremulando com o gosto. Quando Red fez o mesmo, ela se sentiu mais leve por dentro. Mais quente. Chloe deu uma risadinha sem motivo e deixou a cabeça cair para trás, no ombro dele. Por um segundo perigoso, o braço de Red enlaçou sua cintura e a apertou. O cabelo de Red caiu sobre a pele dela quando ele inclinou a cabeça para mais perto.

Então a soltou, como se nada tivesse acontecido. Red pegou a mão de Chloe e se afastou do balcão, e os dois estavam em movimento de novo, as mãos dadas eram sua única conexão. Chloe cambaleava atrás dele, como se andasse em pernas de pau. Não tinha se dado conta de como o peitoral de Red fora importante para sua estabilidade estrutural nos últimos dez minutos. Cambalear depois de quatro *shots* era constrangedor. Mas divertido também.

Isso até ela perceber para onde Red a estava levando. Para a pista de dança. Porque era aquilo que Chloe queria. Ela dissera a ele no táxi: queria sair, se embebedar e dançar. Só que agora que seguiam naquela direção, avançando em meio à massa de corpos, Chloe não queria dançar nem um pouco. De repente voltou a sua mente o quanto ela odiava aquela parte das noitadas. Com suas amigas, cambaleando desconfortável atrás do grupo, se sentindo uma tonta.

Não era como Chloe queria se sentir naquela noite.

Ela puxou a mão de Red, que virou para olhar para ela, erguendo as sobrancelhas em indagação. Quando Chloe olhou para a pista de dança e fez que não com a cabeça, ele mudou de rumo sem dizer nada, puxando-a com delicadeza na direção das mesas grudentas no fundo. Eles se sentaram em uma no canto, e por um milagre da arquitetura o som pareceu diminuir o bastante para que ela fosse capaz de ouvir os próprios pensamentos. Graças a Deus. Aquelas batidas todas já estavam tornando-a vagamente homicida.

"O que foi?", Red perguntou, com os joelhos roçando nos dela. Chloe olhou para as pernas de ambos sob a mesa imunda e uma ideia dançou desvairada em sua mente: ele podia tocá-la. Podia enfiar sua mão por baixo da saia dela naquele instante e ninguém naquele buraco ficaria sabendo.

Quando ela ergueu o rosto e olhou em seus olhos infinitos, poderia jurar que Red estivera pensando exatamente a mesma coisa. Cada lampejo da luz estroboscópica no salão iluminava outra faceta da voracidade em seu rosto. Mas ele não se moveu. Só ficou sentado ali, esperando paciente até ouvir que Chloe estava bem.

De repente, ela se cansou de mentir para ele. Devia ser o álcool. "Não gostei daqui", Chloe gritou.

Ele olhou para ela como quem dizia: *Jura?* Mas não pareceu se regozijar ao dizer: "Quer que eu te leve pra um lugar mais tranquilo?".

"Sim. Não. Eu..." Chloe hesitou, com a mente girando. Aquilo, aquela noite... Não era o que queria de verdade. Porque ela não sabia o que realmente queria quando fizera a lista. Estivera atrás de uma emoção indescritível, uma sensação que recordava de quando saía com as amigas, mas tinha se enganado quanto a de onde vinha aquela sensação. Não tinha a ver com beber e se divertir em uma casa noturna escura.

Tinha a ver com as pessoas. Com as risadas constantes que compartilhavam, com curtir demais umas às outras para se importarem se estavam sendo desagradáveis com os outros. Com as idas em grupo ao banheiro, como uma pequena unidade do exército com a missão de ajudar umas às outras a se agacharem sobre as privadas nojentas sem que os vestidos tocassem o assento.

Tinha a ver com pertencimento.

Talvez a lista não fosse tão perfeita, ou tão clínica, quanto Chloe havia imaginado. Porque aquele era o primeiro item que não estava sendo divertido riscar, e Chloe não podia negar que estava decepcionada.

Mas ela podia consertar aquilo, não? Planos mudavam, certo? Aquele não era o motivo pelo qual havia elaborado a lista — para se tornar o tipo de mulher que subvertia decepções, que era capaz de ser flexível, que fazia o que queria fazer?

Sim, Chloe decidiu. Sim. O motivo era exatamente aquele.

Ela voltou a olhar para Red e o encontrou à espera, com aquelas três marcas entre as sobrancelhas de quando estava concentrado. "Quero ir pra outro lugar", Chloe gritou.

Ele assentiu. "Podemos fazer isso."

Mas ela ainda não tinha terminado. "Quero saber o que você costuma fazer para se divertir."

O cenho franzido dele foi substituído por uma expressão de prazer hesitante e surpresa. "É?"

"É. Mostra pra mim."

Quando eles saíram, Red colocou sua jaqueta sobre os ombros trêmulos de Chloe. Não ia sentir falta dela — quando estavam juntos, era como se ele queimasse por dentro. Ela devia estar alta pra caralho, porque não o impediu nem fez um comentário espertinho, só abriu um sorriso bonito e segurou a mão dele enquanto atravessavam a noite fria e úmida.

Depois que decidira abandonar o plano, Chloe ficara elétrica. Cintilava, seu andar se tornara lento e solto, e todas as suas barreiras e hesitações com que Red estava acostumado pareceram esvanecer. Era como se tivesse perdido o medo.

Ele estava gostando. Estava gostando de vê-la tão feliz que seus lábios cheios e macios ficavam permanentemente inclinados, que seus olhos brilhavam e suas bochechas saltavam. Gotículas de chuva salpicavam as lentes dos óculos dela, se acumulavam nos fios arrepiados que escapavam da trança, escorriam por sua pele até que Chloe brilhasse como uma joia sob a iluminação de rua. Red passou um braço sobre seus ombros e ela deixou. Assim juntos, eles atravessaram a passos largos ruas familiares e agitadas.

Ter trocado essa cidade por Londres tinha sido o primeiro de muitos erros que Red cometera. Ele achara que precisava fazer as coisas de certa maneira, tão rígido na época quanto Chloe era agora em relação a sua lista. Mas passar o tempo com ela deixava claro quão errado ele estivera: não havia um jeito único de atingir um objetivo. Ele devia ter sido flexível, devia ter ficado na cidade que amava e tentado ser bem-sucedido como era, em vez de ir para outro lugar para ser alguém diferente ao lado de uma mulher que nunca se importara de verdade com ele.

Red ainda não tinha certeza de como voltar ao início, de como construir a vida que queria em seus próprios termos — mas, aquela noite, olhava para as estrelas e sabia, sabia pra caralho, que ia descobrir. Que *já estava* descobrindo.

O engraçado com Chloe era que, quando Red não estava ocupado babando por ela... ela deixava a mente dele muito mais clara.

"Acho que você vai se arrepender de ter me pedido para fazer isso", ele admitiu, com a voz acima do barulho do tráfego, da música distante e dos gritos dos estudantes bêbados esperando no ponto de ônibus ali perto.

"Por quê?" Os sapatos dela produziam um som agudo contra a calçada molhada. "Seus hobbies são tão depravados assim?" A voz dela estava carregada de um flerte em que Red não confiava. Se soava assim sem reservas em relação a ele, era porque estava um pouco bêbada.

"Acho que você gostaria que meus hobbies fossem depravados", ele disse, com leveza na voz. "Mas não são. São só chatos."

"Eu que devo ser a chata aqui. Você deveria me curar."

Era aquilo que ela pensava? O peito dele se apertou e sua testa se franziu automaticamente. Chloe Brown era o que havia de mais distante de "chato" no planeta. Mas Red não disse nada, porque ela não ia escutar. "Isso definitivamente não vai curar você."

"Ah." Chloe fez um beicinho. Red contraiu cada músculo do corpo para se impedir de abaixar e morder aquele lábio inferior carnudo. Então ela parou de andar, inclinou a cabeça e murmurou: "Me deixa adivinhar: chegamos?".

Red ergueu os olhos, assustado. Ela estava certa, merda. Ele nem tinha notado. Chloe fazia com que o tempo fosse algo infinito e maravilhoso, como um cristal dividindo a luz em arco-íris. Ou talvez ele estivesse tão louco por ela que perdia lentamente toda a noção da realidade. Era uma daquelas opções.

"É", ele confirmou. "Chegamos."

Em uma parte tranquila da cidade, do tipo onde ficavam lojas enfileiradas que só os ricos visitavam, havia um beco. Era o tipo de beco que pareceria suspeito e talvez até perigoso em qualquer outro lugar, mas ali era apenas misterioso. Ajudava o fato de que dava para ver que havia luz no outro extremo e ouvir o agito da vida noturna algumas ruas adiante. Também ajudava o fato de que tinha uma série de obras de arte alinhadas no beco, com luzinhas penduradas nos cavaletes.

O primeiro quadro era abstrato, uma impressão em vinil que olhando direito parecia a enorme pétala de uma flor clara. E que olhando errado parecia pele morta. O segundo quadro era uma pintura a óleo estilizada de um panda curtindo um barato de ácido. A terceira tela, a última migalha de pão deixada de rastro, parecia uma mistura de Roy Lichtenstein e Klimt. Red não chegava a odiá-la.

"Arte aleatória no beco", Chloe disse. "É isso que você faz para se divertir?"

Red ficou um pouco tenso, se perguntando se ela diria alguma coisa que acabaria com ele, como Pippa faria. Então se lembrou de que Chloe não tinha nada a ver com Pippa, motivo pelo qual ele a levara até ali. Porque vê-la correndo atrás do que queria o tinha feito perceber que já era hora. Porque seria mais fácil fazer aquilo com ela do que sozinho. Porque Chloe havia pedido a Red que lhe mostrasse algo verdadeiro, soubesse ela daquilo ou não, e aquilo era tão verdadeiro quanto poderia ser para ele.

E porque ela era cuidadosa, doce e amorosa demais para destroçar o coração de alguém só para se divertir.

"É", ele disse, finalmente. "É isso que eu faço para me divertir."

Eles estavam a poucos passos da porta aberta que era seu objetivo. Acima dela, uma placa dizia: GALERIA DE ARTE JULIAN BISHOP.

"Que bonitinho", Chloe murmurou.

Parecia que ela estava falando dele, mas não podia ser. Red olhou para Chloe. Ela estava falando dele. Red começou a falar, mas sua voz saiu um pouco rouca demais, então ele parou, pigarreou e voltou a tentar. "Você está me chamando de fofo, Chlo?"

"Estou. Seu grande nerd das artes que ainda fica vermelho."

Se ele não estava vermelho antes, certamente estava agora.

Atravessar a soleira depois de evitar aquele mundo por tanto tempo era como fazer um piercing. Red fizera um no nariz aos vinte e um anos, o que fora um erro num rosto como o seu, e agora se recordava do puxão repentino e agudo e dos olhos lacrimejando. Ele sentiu meio segundo de pânico antes de decidir que não ia ser idiota a ponto de levar aquilo a sério demais, nem mesmo na própria cabeça. Estava ali. E pronto.

Por causa de Chloe. O que era estranho.

A entrada apertada da galeria dava para uma escada em espiral. "É tranquilo pra você subir?", ele perguntou.

"Se eu dissesse que não, você me levaria de cavalinho?"

Os lábios dele se retorceram. "Claro."

"É bom saber", ela murmurou, irônica. "Mas não se preocupa. Eu consigo." Chloe se virou, estudando o espaço a sua volta. Parecia escasso e pretensioso, o que era divertido. A tinta branca nas paredes estava descascando e o piso provavelmente encheria um pé descalço de farpas, mas o preço das obras deixadas na rua estava na casa dos milhares. O que havia no andar de cima seria ainda mais caro.

Artistas eram todos uma causa perdida, incluindo ele mesmo, Red pensou.

A única coisa interessante naquele espaço apertado era a cadeira de jardim pintada de rosa jogada a um canto. Uma placa amarrada ao assento com seda vermelha dizia: NÃO SENTE EM MIM, SOU FAMOSA.

Chloe ergueu uma sobrancelha. "Nossa. Uma cadeira que me lembra da minha avó. Me sinto em casa."

Ali estava algo que Red ainda não havia considerado: como o sarcasmo de Chloe seria em um lugar daqueles.

"Sempre me perguntei por que essa cadeira ficou famosa", ele disse.

Ela olhou para ele. "Você *não sabe?*" Seu rosto assumiu a vaga expressão entediada e ligeiramente entretida que ele vira em inúmeras mulheres de classe alta em galerias mais refinadas que aquela. Red nunca entendia muito bem as piadas, mesmo quando era a namorada dele quem as iniciava, mas não seria o caso com Chloe. "A família de Madame Cadeira é rica, claro."

"Ah, é claro. Agora lembrei. Ela apareceu no *Big Brother Celebridades.*"

Chloe arqueou uma sobrancelha, tentando reprimir um sorriso cada vez mais amplo. Quase dava para ver a risada presa em sua garganta, mas ela se recusava a deixá-la sair. "É mesmo? E como ela se saiu?"

"Não muito bem." Red suspirou. "Resumindo a história, Madame Cadeira entrou em uma discussão com uma atriz de novela sobre fast--food. E acabou enfiando um nugget congelado goela abaixo da pobre garota em rede nacional."

Chloe engasgou, tossiu, ofegou. Red, prestativo, deu alguns tapinhas em suas costas. Pelo visto, aquilo fez com que Chloe perdesse o controle de vez, porque ela se entregou ao riso. Red ficou ali, vendo enquanto ela dobrava o corpo agarrada à jaqueta dele, tentando respirar, sem nenhuma preocupação ou restrição. Observá-la aqueceu seu coração e fez com que ele parecesse... em brasa. Como se Red pudesse ficar ali para sempre, absorvendo a felicidade dela.

O que parecia um pouquinho como o paraíso.

Depois de um longo momento de diversão, Chloe se endireitou, enxugando os olhos por trás dos óculos. Com a voz ligeiramente rouca, ela disse: "E aí? Vamos subir ou você só queria que eu visse a cadeira?".

13

Apesar do corredor apertado no andar de baixo, Chloe não ficou surpresa ao descobrir que a galeria em si ficava em uma área espaçosa com teto alto, luz clara e forte, e paredes brancas com ranhuras que davam ao local uma quietude às antigas. Pessoas com taças de champanhe perambulavam em meio à exposição, fazendo comentários sérios e em voz baixa umas para as outras. Red ignorou os olhares curiosos ou de censura direcionados a ele e a conduziu inexoravelmente até seu destino.

Porque sempre houvera um destino. Chloe se deu conta daquilo quando ele parou diante de um trio de quadros e fez um aceno de cabeça para a plaquinha ao lado, que indicava: JOANNA HEX-RILEY, CORTESIA DO INSTITUTO DE ARTE DE WRATHFORD. "Joanie", ele disse ao expirar feliz.

"Você a conhece?"

"Nos conhecemos em Londres. Éramos amigos. Faz um tempo que ouvi dizer que estavam aqui."

"Londres?", ela perguntou, e o rosto dele se apagou como se tivesse sido desligado da tomada. Chloe umedeceu os lábios e tentou de novo. "O que aconteceu com a sua amiga?"

Red deu de ombros, voltando à vida. Um toque de divertimento se insinuava no canto de seus lábios. "Nada. Eu fui embora e não mantive contato."

"Por que não?"

"Por muitos motivos. Mas ultimamente andei pensando se eram bons motivos. Não, não é verdade." Ele sorriu, irônico. "Sei que não eram bons motivos. Então vou trabalhar nisso."

Ele ficou em silêncio, ensimesmado, o que era um comportamento muito incomum em um homem que distribuía sorrisos como guardas de trânsito distribuem multas. Por sorte, os quadros de Joanna Hex-Riley eram fascinantes o bastante para impedir Chloe de fazer algo idiota, como abraçá-lo até que Red voltasse a relaxar.

Ela não fazia a menor ideia de como a artista havia feito aquilo, mas a mulher pálida e nua que ocupava cada tela parecia quase transparente em determinados pontos, como se partes suas se transformassem em nada. O efeito era interessante. Fazia com que ela sentisse... coisas interessantes. Não totalmente agradáveis, mas ainda assim Chloe estava impressionada.

Levou um tempo para que Red voltasse a falar. "Podemos ir a outro lugar, se quiser."

"Estou bem aqui. Me diz uma coisa..."

"Depende."

"Quando você soube que queria fazer isso?"

Red não se deu ao trabalho de perguntar o que era "isso". "Foi num passeio com a escola. Eu tinha nove anos. Quase não fui por causa da grana. Mas, no último minuto, meu avô tirou sei lá de onde."

Ela sorriu. "Ele parece um homem muito prático."

"É." Red esticou uma mão, e seus anéis grossos de prata brilharam sob as luzes fortes. "Ele sempre usava isso."

"E agora quem sempre usa é você."

"É."

"Meus sentimentos."

Seu rosto se contraiu de leve, dolorosamente. "Faz muitos anos. Ele estava velho. Só sinto saudades de vez em quando."

"Minha avó morreu quando eu tinha vinte e seis. A mãe da minha mãe. Entendo o que quer dizer."

Ele pôs uma mão no ombro dela e as pontas de seus dedos roçaram sua pele nua, perto do pescoço. Um arrepio pareceu percorrer o corpo dela e passar para o dele, como se ele tivesse sido puxado para a corrente dela e agora os dois estivessem conectados. Seus olhos se encontraram. Os dele estavam mais escuros e calorosos, secretos como uma selva, enquanto sua boca se mantinha levemente entreaberta em surpresa, ou algo diferente. Chloe se perguntou que gosto teria. Naquele instante, provavelmente de álcool.

Ela gostaria de se embebedar naquela boca. Gostaria de um monte de coisas. Era estranho e um pouco preocupante perceber que, embora estivesse recuperando a sobriedade depressa, não ficava mais fácil controlar seus pensamentos. Pelo menos não quando se tratava dele.

"Você estava contando sobre o passeio", ela o lembrou. "Continua." *E, por favor, tira a mão de mim antes que meu útero exploda de desejo. Úteros sentiam desejo? Eu devia aprender mais sobre meus genitais depois.*

"Fomos à Galeria Nacional. Antes do passeio, eu nunca tinha me dado conta de que arte podia ser um trabalho. No meu mundo, trabalhos eram um saco. Acabavam com a pessoa e a deixavam infeliz, lá no fundo, onde nenhum calor conseguia alcançar. Só que era preciso trabalhar, uma pessoa morreria de fome se parasse. Mas aquele passeio..." Ele balançou a cabeça, e ela viu os ecos da admiração em seu rosto. "Mudou tudo para mim."

Red ficou quieto por um momento, e ela o observou com um novo tipo de desejo. Um desejo que vinha de um lugar que ela não conhecia, que não tinha nada a ver com a vitalidade ou a beleza de Red, mas com as coisas comuns nele, que começavam a parecer como oxigênio para ela. Aquele desejo a incitava a entrar na cabeça dele e a devorar tudo o que encontrasse. Mas aquilo seria um pouco assustador, talvez até violento e provavelmente ilegal, então Chloe se contentou em continuar perguntando.

"Tem alguma coisa que você gostaria de fazer e nunca fez, algo que te afetaria tanto quanto aquele passeio?" *Algo parecido com minha lista?*

"Por quê?", ele perguntou, provocando. "Você vai fazer virar realidade? Meu aniversário é só em junho."

"Tenho uma política estrita de só dar meias de presente de aniversário."

Ele ergueu as sobrancelhas. "O que isso quer dizer?"

"Que o único presente de aniversário que dou às pessoas são meias, ué."

Red riu. "É a sua cara." Então, quando ela já começava a pensar que ele ia evitar responder, Red disse: "Vou visitar o MoMA um dia. Em Nova York".

O Museu de Arte Moderna? Ela não estava surpresa. Tampouco a surpreendeu o fato de que ele tivesse dito aquilo de modo tão decisivo. *Vou.* Não era um sonho: era uma realidade que ele ainda não havia concretizado.

Motivada, ela disse, com ousadia: "Também vou a Nova York. Não pra ver o museu. Só quero ir. É parte da minha lista".

"Você vai adorar." Red parecia manter "sinceramente, dolorosamente" animado por ela, sem nem uma gota de dúvida em sua expressão. Achava que ela ia fazer aquilo. Ele lhe emprestava um pouco de sua confiança, assim como lhe havia emprestado sua jaqueta. "É tudo urgente", Red disse, a voz uma mistura de reverência, carinho e perplexidade. "Rápido. Doido pra caralho."

"Você já foi?"

"Ah, sim." Quando Red assentiu, seu cabelo caiu diante dos olhos, e ela sentiu uma vontade tão forte de tirá-lo dali que precisou fechar o punho.

É claro que, se fosse corajosa, ela teria simplesmente feito aquilo. Red a tocava o tempo todo. Mas ele era confiante a sua maneira, e Chloe estava aprendendo a ser confiante à maneira dela. Então fez outra pergunta. "Você foi pra Nova York, mas não visitou o MoMA?"

O sorriso fácil dele se desfez. "Fui com minha ex. Não deu tempo de ver."

Chloe se perguntou se a tal ex era a loira das fotos na internet, aquela com olhos de tubarão. Antes que conseguisse pensar em uma maneira educada de perguntar, ou em uma maneira sutil de arrancar os segredos mais profundos e sombrios da cabeça de Red, eles foram interrompidos. O que provavelmente foi bom, já que Chloe passara a vislumbrar scanners de cérebro futurísticos, como uma vilã de filme de super-herói.

Havia um homem alto e magro, usando uma blusa preta de gola alta, a alguns metros deles, bufando alto e lançando olhares cortantes como facas. Chloe notara que um número considerável de pessoas parecia olhar para eles com desconfiança ou reprovação, mas aquele homem não era tão fácil de ignorar. Red virou a cabeça muito lentamente na direção dele. Chloe não conseguia ver a expressão no rosto de Red, só a longa extensão de seu cabelo. E a reação do homem, claro. O modo como ele ficara branco e se apressara a ir embora, como se tivesse visto um lobo se aproximando.

Red voltou para Chloe, revirando os olhos. "As coisas não mudam."

"Não?"

"Sabe", ele começou, rindo, "antes eu te achava esnobe. Mas, quando se trata desse tipo de coisa, você só é desatenta, né?"

"Você achava o *quê*?" Ela tentou parecer horrorizada. "Estou *estupefata*. Não acredito que você me achava esnobe."

"Nem eu. Você é só uma ermitãzinha fofa que se incomoda até com a luz do sol."

Chloe riu, porque aquilo era engraçado, e sentiu um calor por dentro, porque era carinhoso. Mas, em seguida, não pôde evitar fazer um comentário. Ou melhor, não *quis* deixar de fazer um comentário. "Não sou totalmente desatenta. Eu sou negra, né?"

Ele arregalou os olhos, de maneira teatral. "Sério, porra? Não tinha ideia."

Ela riu.

"É claro que eu sei, Chlo. E imagino que você deve..." Ele deixou a frase morrer no ar, como se não estivesse certo de como terminá-la.

O que por Chloe tudo bem, já que *ela* sabia exatamente o que queria dizer. "A questão, Red, é que alguns de nós são tão marginalizados que acabariam se afogando caso se deixassem afetar por cada magoazinha. Então alguns, como eu, desenvolvem um filtro. Você deve ter notado que filtro bastante as coisas. Não é um escudo inerente ao dinheiro. É algo que sou forçada a fazer." Ela deu de ombros. "E com isso não quero desculpar as diferenças entre nós no que sou favorecida. É só uma explicação." O fato de que ela tinha se dado ao trabalho de dizer aquilo a ele era perigoso. Indicava que se importava com Red. Mas, com sorte, ele não ia perceber.

Red voltou a apoiar a mão no ombro dela e a manteve ali até que Chloe o olhasse nos olhos. Sua expressão era... inesperada. Arrependida, gentil, ligeiramente divertida. Ela entendeu a última parte quando ele disse: "Sou um babaca, né?".

"Não especialmente, mas sinto que devo aproveitar todas as oportunidades de te chamar assim."

Ele deu uma risada fraca. "Justo. Chloe, você não precisa explicar porra nenhuma para mim. É mais o contrário, na verdade. Embora eu fique feliz que você tenha se aberto. Olha..." A voz dele se alterou, parecendo meio incerta. "Eu tenho, hum, minhas questões, sabe? Em termos de classe. E, na minha cabeça, relaciono tudo com você. Desculpa por isso. Vou parar."

Desculpa. Ele mal havia feito algo de errado. Só fizera com que ela tivesse uma sensação vagamente negativa por causa de uma série de implicações baseadas em quase nada. O que não queria dizer que aquela sensação não *importava*; só que era raro que alguém a levasse a sério. No entanto, ali estava ele, olhando para ela com um remorso sincero. Algo dentro de Chloe derreteu como manteiga.

Ela ergueu o queixo e falou da maneira mais seca que pôde: "Acho que perdoo você, então".

Ele riu. "Não é culpa sua ter nascido princesa, afinal."

"E não é culpa sua se vive embasbacado pela minha sofisticação constante."

Red gaguejou, engasgou e então os dois começaram a rir juntos, como duas crianças travessas. Chloe quase se esqueceu de que estavam no meio de uma galeria, até que um barítono refinado interrompeu as risadas.

"Red. Vejo que continua encantando as moças."

Gola Alta estava de volta, acompanhado por um homem que devia estar na faixa dos quarenta ou cinquenta anos e que era quem havia falado. Tinha pele negra, uma beleza clássica e usava um terno muito refinado. Seu sorriso revelava dentes brancos e seus olhos brilhavam. Seu visível deleite em ver Red parecia levar Gola Alta à beira de um ataque de nervos.

"Julian", Gola Alta estrilou, indignado. "Esses são os *sujeitos* de quem falei. Tenho certeza de que não são convidados de..."

"Pode ir, Tom."

Tom Gola Alta piscou. "*Bem*", ele começou a dizer, agourento e tremendo de indignação. Ninguém se importou, e ele foi embora.

"Redford Morgan." Julian sorriu — Julian Bishop, dono da galeria, Chloe concluiu. Interessante. "Você não mudou nada. Sei que na verdade gosta de deixar meus convidados nervosos."

"Ah, vai se foder", Red disse, animado, e puxou Julian para um abraço. Todo mundo na sala prendeu o fôlego por um momento, esperando que Red esfaqueasse Julian, desse um tiro nele ou rasgasse sua garganta com os dentes. Quando nada do tipo aconteceu, e Julian só riu e retribuiu o abraço de Red, a multidão começou lentamente a perder o interesse.

Os dois homens trocaram tapinhas nas costas e insultos. "Ouvi dizer que estava de volta. Na verdade, *ouvi* você pisando duro por aí com essas suas botas, como um gigante."

"Sinto muito se nem todos podem ser tamanho de bolso. Queria ser pequeno como você, mas..."

Julian, que era uns cinco centímetros mais baixo, revirou os olhos. "Como sua mãe está?"

"Como sempre. Não posso fazer porra nenhuma com ela." A voz de Red, sempre calorosa, se tornou um cobertor diante da lareira no inverno. Ele amava a mãe. Chloe já devia ter imaginado aquilo, com a tatuagem nos nós dos dedos dele, mas agora que o ouvira falar dela, tinha certeza. "E o seu pai?"

"Como sempre. Incorrigível. Por onde você andou?"

"Evitando você."

"É o que parece." Julian ficou sério quando eles se separaram.

"Não, deixa disso", Red disse. "Andei ocupado." Seu charme fácil funcionava na potência máxima, seu sorriso lento permanecia confiante como sempre, seu corpo largo estava relaxado, porque ele se sentia confortável consigo mesmo. Só que, dessa vez, Chloe não estava acreditando em nada daquilo. Dessa vez, ele parecia estar fingindo. Ela tinha certeza de que Red estava muito desconfortável. Recordou como ele parecera quieto e à flor da pele quando pusera um de seus quadros nas mãos dela e tentara fingir que aquele momento, no apartamento dele, não o estava dilacerando.

Chloe sabia que Red havia desaparecido daquele mundo cerca de dezoito meses antes. A pergunta que ressoava em sua cabeça, como sinos de igreja lentos e pesados, era: *O que aconteceu dezoito meses atrás, para que ele se sentisse assim?*

"Hum... não vai me apresentar pra sua amiga?", Julian perguntou, piscando para ela. Alguém devia cobrir aqueles olhos lindos dele. Poderiam acabar causando um acidente.

"Esta é Chloe", Red disse. "Este é Julian."

Ela assentiu. "Olá."

"Olá para você também", Julian murmurou, pegando a mão dela. Em vez de apertá-la, ele a beijou. Seus lábios se mantiveram firmes, mas foi um beijo leve. Chloe não quis bater nele por causa daquilo, tampouco precisou lutar contra o desejo de subir nele como se fosse uma árvore. Portanto não recolheu a mão.

Red não pareceu aprovar, e estreitou os olhos para o amigo.

"Deixa a Chloe em paz", ele disse, e passou um braço sobre os ombros dela.

"Por quê?", Julian perguntou, sorrindo.

"Ela é uma dama. Não gosta de marchands trambiqueiros. Não é, Chloe?"

"Procuro não julgar as pessoas", ela disse, muito séria.

"Para com isso", Red disse. "Ela só está sendo educada. Ela acha que você é desagradável e que seus olhos são pequenos demais. Diz pra ele, Chloe."

"Seus olhos são lindos", ela disse a Julian, com toda a sinceridade.

"Já falei que ela é uma dama. Não consegue te insultar na sua cara, mas é o que está pensando. Bom, estamos com pressa. Só demos uma passada. Temos que ir."

Julian desdenhou. "Tão cedo?"

"Temos hora marcada no McDonald's. Não queremos perder. Ela fica irritada se não ingerir carboidratos de tempos em tempos."

Bom, aquilo tecnicamente era verdade.

"Só um minuto", Julian disse, e pegou um cartão, suave como seda. "Como pelo visto perdeu meu número..."

Red pareceu um pouco culpado ao enfiar o retângulo brilhante no bolso do jeans. "É, foi mal, cara. Te ligo."

"Não precisa ser pra falar de trabalho. Quero saber como você anda."

Red fez uma pausa, depois repetiu: "Te ligo". Porque da primeira vez não estava sendo sincero. Ele deu outro abraço em Julian, com um braço só, depois pegou a mão de Chloe e a conduziu para fora do salão da mesma forma que a conduzira para dentro: com determinação demais para que ela pudesse resistir. Os dois passaram por Tom Gola Alta no caminho, e Red literalmente rosnou para o pobre homem. Rosnou! Chloe tentou não achar graça, mas não conseguiu evitar.

Os dois saíram para a noite fresca, e Red não soltou a mão dela.

"Então", Chloe começou a dizer, "você conhece o dono."

Red ergueu os ombros maciços e falou com tranquilidade, mas uma energia contida que ela não conseguia identificar marcava cada palavra: "Eu costumava passar bastante tempo aqui, dando uma olhada, me perguntando como a coisa toda funcionava. Não tinha ninguém para me explicar. Então um dia o pai dele, o primeiro Julian Bishop, esse que você conheceu é o segundo, me perguntou se eu tinha alguma dúvida. Ele me ajudou bastante".

"Que bonzinho", ela murmurou, enquanto os dois avançavam pelo beco de paralelepípedos. À frente, Chloe vislumbrou as luzes da cidade brilhando como joias na escuridão. A chuva tinha se tornado uma umidade pendendo no ar, e seu aroma fresco e molhado desanuviava a cabeça. Mas, mesmo sem a influência do álcool, ela se sentia corajosa. Aquilo era engraçado. "Julian Júnior parece legal."

"Ele é um cretino", Red murmurou. "Beijou a porra da sua mão."

"E qual é o problema disso?", Chloe perguntou, porque era uma monstrinha procurando por atenção, caçando alegremente qualquer prova de ciúme.

Ele bufou, e seu hálito se transformou em uma nuvenzinha branca no ar frio. "Da primeira vez que apertei sua mão", Red disse, "você agiu como se eu tivesse te eletrocutado."

Ah. Ele havia notado. Bom, sutileza nunca havia sido o forte dela. "Senti como se fosse isso mesmo", Chloe admitiu.

Ele se virou para olhar para ela. Estava à sombra, seu cabelo refletindo a maior parte da luz fraca, seus olhos difíceis de ver. Mas Chloe sentiu que a queimavam, inescapáveis. "E agora, qual é a sensação?"

"Não me leve a mal", Chloe disse a ele, na mesma hora.

Quando se tratava de *levá-la*, Red só queria levá-la para a cama. Uma energia faiscante crepitara entre os dois a noite toda, poderosa demais para ser ignorada — desejo e química embriagantes graças a uma delicada confiança recente.

Red tinha quase certeza de que Chloe o desejava do mesmo modo que ele a desejava, o que não significava que ela pretendia fazer o que quer que fosse a respeito daquilo. Na verdade, Chloe definitivamente não faria nada, e insistia em deixar aquilo claro. E ele não ia forçar. Não ia ser aquele cara. Então deixou o comentário passar, e mudou de assunto, resistindo à isca que não tinha sido intenção dela lançar.

"Você está bêbada?", Red perguntou depois de pigarrear, porque ela não estava mais cambaleando, e porque aquele era o assunto menos sexy em que conseguia pensar.

Ela lhe abriu um sorriso ao mesmo tempo grata e constrangida, então inclinou a cabeça como se estivesse se testando. "Acho que não."

"Boa." Quando eles saíram do beco, Red a puxou na direção do Day Cross, um monumento de pedra aleatório que ninguém sabia a que se referia e que ficava ao lado da antiga catedral. "Quer sentar um pouco antes de voltar?" Ele não tinha ideia de por quanto tempo Chloe era capaz de ficar de pé sem desconforto, mas queria conversar um pouco, e a imagem da cadeirinha na cozinha dela ficava voltando à sua mente. Ela parecia bem, mas na verdade parecia bem o tempo todo, embora sentisse dor o tempo todo. Quando se tratava de garantir o bem-estar de Chloe, não dava para confiar naquele rosto bonito.

Chloe pareceu desconfiada, como se o fato de Red ter sugerido sentar em um monumento local fosse parte de algum plano maligno. "Nos degraus?"

"Ah, foi mal. Por um segundo esqueci que você é fina pra caralho." Ele não estava sendo sarcástico.

"Na verdade, superei minha aversão a sentar no chão há alguns anos, depois que fiquei doente. Por pura necessidade. Mas, hum... você não se importa?"

Ele reprimiu um franzir de testa que não era para ela, mas para quem quer a tivesse feito sentir que se sentar na rua com um amigo era um grande sacrifício, e não algo que as pessoas faziam. "Não, Chloe. Não me importo." Então ele pensou em como os antigos amigos dela tinham sido cretinos. Em como um monte de gente devia ser cretina com ela, por causa do modo como às vezes agia. Red se lembrou de como a mãe era tratada, sendo diabética. Era como se não estar bem fosse um crime, um golpe ou puro comodismo.

Admitindo ou não, o que Chloe realmente precisava era da porra de um amigo decente. E o que Red realmente queria, com tanta intensidade que até o surpreendia, era dar aquilo a ela. Tratá-la com a gentileza com que ela deveria ter sido acostumada. Fazê-la sorrir, rir e sentir que podia ser ela mesma.

Como Chloe fazia com ele.

Os dois se sentaram e tudo em volta pareceu desacelerar, tranquilizar, esvanecer. Aquele lado do monumento dava para outra ruazinha estreita de paralelepípedos que não era exatamente um beco, mas era mal iluminada. O pátio da igreja estava atrás deles, e mais adiante estavam as antigas Galerias da Justiça. Durante o dia, a rua costumava ficar cheia de crianças em excursão com a escola e turistas interessados em história, mas no momento estava deserta. Eles estavam sozinhos no centro da cidade, como um coração que não sabia por quem batia.

Chloe comentou, em voz baixa: "Acho que Julian ia querer expor seu trabalho".

Red deu de ombros. Tirou o cabelo da frente dos olhos. Tamborilou os dedos sobre a coxa. O jeans estava desgastado na altura do joelho.

"Você discorda?", ela perguntou.

"Não." A resposta saiu tão direta que pareceu um tiro. Ele suspirou para si mesmo e tentou ser um pouco menos um otário na defensiva e deprimido. "Eu só... acho que não quero isso."

Os sapatos envernizados dela eram amarrados com tiras na altura do tornozelo. Red ficou olhando para os laços subirem e descerem conforme Chloe batia os pés, reflexiva. "Você não quer que ninguém exponha suas obras." As palavras saíram devagar, mas firmes. "Você não quer estar em galerias ou museus, é isso?"

Era um alívio, como expirar depois de meses prendendo o fôlego, ouvir o modo como ela dizia aquilo. Sem nenhuma incredulidade na voz, como ele mesmo não seria capaz de fazer. Apenas um interesse tranquilo, como se ela confiasse em Red para fazer as merdas dele à sua maneira.

Red confiava em si mesmo para fazer as próprias merdas à sua maneira também. Aquela era uma constatação vertiginosa.

"Sou um artista independente", ele disse, com um sorriso fraco. "Você está fazendo minha loja on-line. Vou trabalhar com coletivos e tudo o mais. Não preciso de lugares como a galeria de Julian."

"Não mais", ela completou.

Se Chloe perguntasse sobre o passado dele naquele momento, Red contaria tudo. Estava na ponta da língua. Chloe já havia contado sobre o passado dela, sobre a lista, o noivo, o filtro. Agora era a vez dele. Red não se importava, porque ela parecia ser o tipo de pessoa a quem se podia dizer qualquer coisa.

Ele queria que Chloe parasse de se achar uma chata.

"Você desapareceu", ela murmurou. "Você desapareceu, seu trabalho mudou e você já não quer as mesmas coisas."

Ele assentiu.

"E aparentemente você só pinta à noite."

O corpo dele enrijeceu antes do dela. Ao se dar conta antes de Chloe do que ela havia acabado de admitir. Foi só um momento depois que Chloe congelou, olhou nervosa para ele, gaguejou: "Hum... ah...".

Aquela era a parte em que Red deveria dizer: *Como é que você sabe que eu só pinto à noite?* Afinal, ele estava perigosamente perto de revelar cada uma de suas cicatrizes secretas. Deveria estar louco por uma oportunidade de mudar de assunto. No entanto, estava louco era por...

Chloe respirou fundo, endireitou o corpo e disse: "Tenho uma confissão a fazer".

A voz dela saiu suave e hesitante. Red encontrou sua mão, apoiada sobre a pedra fria, e entrelaçou os dedos deles. Ele nunca fora muito de ficar de mãos dadas, mas aquilo lhe parecia natural — ou necessário — quando se tratava de Chloe. Funcionava como uma âncora.

"Tudo bem", ele disse, como se não soubesse do que se tratava. "Pode confessar."

"Não sei se deveria. Não, não. Preciso fazer isso. Ainda mais agora que somos amigos. Você disse que somos, não é, Red?"

"Claro. Somos amigos." Embora ele nunca tivesse sentido vontade de beijar a parte interna do punho de seus outros amigos só para sentir sua pulsação sob os lábios. Por exemplo. Mas, ainda assim, eles eram amigos.

"Tá." Chloe sorriu, mas de nervoso. "Bom, você sabe que a lista que te mostrei é... censurada, vamos dizer. E tem um item que você não viu, mas que, hum, já me ajudou a riscar."

Red ergueu as sobrancelhas. Aquilo não estava tomando o rumo que ele esperava. "É?"

"Eu queria fazer algo errado." Ela soava angustiada.

Red se pegou sorrindo. "Sei..."

"Então eu... bom, eu... ai, meu Deus."

"Desembucha, Chlo. Vai me matar assim."

Ela desembuchou, de uma vez só. "Achoqueandeiteespiandoumpoucotipopelajanela."

Ele piscou. "Quê?"

"Eu te *espiei*." A voz dela saiu mais clara daquela vez, embora ainda fosse um lamento estridente. "Como uma *esquisitona*. Da primeira vez foi um acidente, na verdade, e eu só fiz de novo outras duas vezes, mas não devia ter feito, e você estava praticamente pelado, mas não foi por isso que fiquei espiando..."

"Então por que foi?"

Ela mordeu o lábio, arregalando os olhos ligeiramente. Talvez porque ele tivesse perguntado aquilo como se fosse uma porra de questão de vida ou morte. Red prendeu o fôlego, se perguntando se a resposta dela ia estragar aquilo. Se ia estragar tudo.

Não estragou.

"Fiquei olhando porque... quando você pinta", ela disse, baixo, "parece vital. E foi viciante. A sensação era de que eu ganhava vida."

Algo dentro do peito dele meio que... pulou. O prazer percorreu seu corpo como uma fogueira esquentava mãos geladas: devagar e intensamente, com tanta agudez que não se podia ter certeza se doía ou não, mas não importava. Red não percebeu que a encarava em silêncio até que Chloe implorou: "Pelo amor de Deus, diz alguma coisa".

O nervoso na voz dela fez com que ele sentisse um aperto no coração. "Tudo bem", ele disse, depressa. "Eu já sabia."

O queixo dela caiu. "Oi?"

"Que você ficava me espiando, digo", ele explicou. "Não a parte de, hum... ganhar vida." Red sorrira ao dizer aquilo.

Chloe ficou olhando para os próprios joelhos, parecendo firme. "Eu não devia ter falado essa parte. E como você já sabia?" Ela tinha a audácia de soar irritada com ele, e por algum motivo Red ainda gostava daquilo. Na verdade, ele gostava de muitas coisas nela, com a intensidade de um céu azul de verão que quase o fazia querer desviar os olhos.

"É meio sabido que se você está vendo alguém a pessoa provavelmente consegue te ver também", ele disse.

"Mas...", ela estralou, impotente. "Estava escuro lá fora!"

"Mas sua luz estava acesa. Minha luz estava acesa. Você sabe como janelas funcionam?"

"Ah, cala a boca." A indignação dela desapareceu de uma vez só. "Desculpa. Sinto muito, muito *mesmo*. Você deveria me odiar."

Ele achou que odiaria. Achou que a explicação dela ia arrastá-lo de volta a lugares sombrios — que ela o vinha consumindo para o próprio divertimento, que talvez o observasse como um animal no zoológico. Mas não era o caso. A explicação de Chloe não era nem um pouco o que ele esperava. Era... doce, como se ela tivesse tocado seu coração por um momento. E, na verdade, Red não se importava com quem o via pintando — visto que o fazia diante da janela.

Mas, considerando tudo, Red achou que ela o estava enrolando um pouco. "Não que eu não acredite na sua explicação muito lisonjeira, mas tem certeza de que não ficou olhando pelo menos *em parte* porque eu estava seminu?"

Ela arfou. "É claro que não. Que absurdo. Eu nunca faria isso. Não sou uma tarada!"

"Então por que se sente culpada?"

A linda boca carnuda dela formou um O perfeito. Estava ficando tão escuro que Red mal conseguia ver, mas feixes da iluminação laranja dos postes cortavam a mandíbula dela, refletiam em seus óculos, iluminavam suas pernas cobertas pela saia cintilante. Talvez ele devesse tomar aquilo como um sinal. Talvez o universo estivesse lhe dizendo para beijá-la, para tirar os óculos dela, para subir sua saia.

Ah, tá. O que eles tinham *acabado* de dizer? Que eram amigos. A.M.I.G.O.S.

Mas então Chloe comprimiu os lábios e suspirou. "Acho que você está certo", ela disse, com um ar de confissão.

Ele ficou imóvel. Só pigarreou porque de repente sua garganta parecia mais áspera que lixa. "Sobre o quê?"

Chloe olhou feio para Red, como se ele estivesse dificultando as coisas. "Você sabe da sua aparência."

Você sabe da sua aparência. Vindo de Chloe, aquilo era a porra de uma ode ao seu poder de atração. Ela estreitou os olhos para ele, com o queixo erguido, como se o desafiasse a ter um problema com aquilo.

Na verdade, só havia um problema: o fato de que os dois não estavam se tocando. Então Red parou de se segurar, e sua mão livre tocou a bochecha dela, aninhando aquele rosto lindo pra caralho. Chloe inspirou bruscamente e fincou os dentes no lábio inferior, enquanto Red se via à beira de um possível erro. Ela ia se ressentir dele, passada aquela noite? Ia vê-lo como um plano fracassado, algo que não conseguiu controlar e com quem não queria ter mais nada a ver? Ia deixá-lo para trás e tudo de maravilhoso que florescia entre eles?

Red não podia deixar que aquilo acontecesse. Mas também não podia deixar aquele momento passar.

"Vou te fazer uma pergunta", ele disse, baixo, avaliando o rosto dela — o V entre as sobrancelhas, o fogo nos olhos, o lampejo vulnerável de cor-de-rosa do interior de sua boca, revelado pelos lábios entreabertos. Red queria aquela boca. Queria aquela vulnerabilidade. "Vou te fazer uma pergunta, mas não quero que você se preocupe com nada. Com porra nenhuma, Chlo. Somos amigos. Não precisa ser complicado. Não vou complicar as coisas. Tá?"

Ele notou que a respiração de Chloe acelerava levemente enquanto ela fazia que sim com a cabeça. "Tá", Chloe respondeu, baixo. "Tudo bem. Pode perguntar."

"Quer que eu te faça gemer de novo?"

A resposta dela foi deliciosa pra caralho. "Por favor."

14

Ela achou que Red ia beijá-la. Em vez disso, ele a mordeu.

A ponta do nariz dele esbarrou na dela, a mãozorra dele segurou seu rosto, os dentes dele roçaram seu lábio inferior. Devagar e de leve. Puxando um pouquinho. Chloe sentiu aquele puxão bem entre as coxas, se derretendo com a sensação. Ele voltou a mordê-la, mais forte, e o tesão fez a pele dela se arrepiar. Seus mamilos se enrijeceram como se tentassem chamar a atenção de Red, como duas atrevidas sem-vergonha. Chloe aprovou. Mais mordidas, em toda parte. Telepatia claramente não era o ponto forte dele, porque Red não arrancou suas roupas para devorá-la, um seio por vez — no lugar, ele lambeu seu lábio. Sua língua passeava como se quisesse acalmar o formigamento deixado pelas mordidas, mas não funcionou. A umidade transformara o formigamento em uma faísca, em uma corrente, em um raio. Ela gemeu.

Ele recuou, devagar, muito devagar. "Pronto", Red sussurrou.

"Mais", ela disse a ele.

"Sabe o que eu faria com você, se estivéssemos na minha cama?" A voz dele estava rouca e parecia marcada por um desejo agridoce. "Ia te beijar até não sentir mais meu próprio gosto. Só de chá de frutas e de boca. Passaria as mãos por cada centímetro seu. Você é tão macia, Chlo." Ele correu o dedão pela pele dela. "Como faz isso?" Sua voz falhava como se ela tivesse arruinado sua vida ao passar hidratante depois do banho. Red balançou a cabeça e riu, aparentemente para si mesmo. "Quero te fazer chorar. Aposto que você gosta disso. De chorar porque é demais. Porque é gostoso demais."

Ela estivera errada quanto à fraqueza telepática dele. Red era ótimo lendo mentes. "Talvez. Às vezes."

Ele gemeu. O dedão que acariciava a pele dela desceu um pouco, abrindo seus lábios. Ela o mordeu também. Red precisou fazer tanta força para engolir em seco que deu até para ouvir. Chloe chupou o dedão dele. Red gemeu de novo. Então estragou tudo. "Me diz por que você me parou. Da outra vez."

Ela hesitou, e a incerteza drenou a maior parte do prazer. Não podia contar a ele, não sem revelar demais sobre si mesma. O que deveria dizer? Que já gostava dele além da conta? Que ele facilitava demais a intimidade, a sinceridade, a vulnerabilidade de um jeito cuja sensação era ótima, mas que a deixava exposta a muita dor?

Chloe não queria ter aquela conversa, não queria admitir o que a preocupara antes, ou o fato de que o queria tanto que não queria se preocupar naquele momento. Ela conseguia ver como seria fácil se apaixonar por aquele homem. Conseguia ver o fantasma de todos os sentimentos que teria por ele, como premonições. E conseguia vê-lo jogando tudo aquilo na cara dela, como as pessoas costumavam fazer.

Seu corpo já era vulnerável o bastante sem que seu coração entrasse no jogo.

Então ela o lembrou, com toda a delicadeza: "Você disse que não ia complicar as coisas". *Por favor, não complica isso. Preciso muito colocar minha boca na sua.*

Ele abriu um sorriso pesaroso e murmurou: "Eu disse isso, né?".

"São as suas regras, sr. Morgan. Por favor, respeite-as."

Como Chloe esperava, seu tom de voz altivo e zombeteiro fez o sorriso dele se alargar. "Cala a boca. Vem aqui." Ela sentiu um friozinho no estômago quando ele a levantou e a colocou entre suas pernas abertas. As costas de Chloe estavam contra o peito dele. Red se recostou no pilar de pedra do monumento que eles não estavam de modo algum prestes a corromper. De sua posição atrás de Chloe, ele murmurou em seu ouvido: "Confortável?". Seu hálito fez a pele dela se arrepiar. Chloe sentiu a voz de Red retumbando no peito dele, e uma onda de prazer desceu por sua coluna.

"Sim", ela disse, baixo.

"Está com frio?"

"Não." Porque ele a havia envolvido com os braços, protegendo-a do ar noturno com seu corpanzil quente. E porque tudo o que ela conseguia sentir no momento era uma mistura dolorosa de prazer e frustração.

"Ótimo", Red disse. Os lábios dele roçaram sua pulsação frenética. "Vamos brincar de 'Eu quero'."

Ela se acomodou sobre Red, apoiando as mãos nos antebraços grossos dele, como se assim pudesse impedi-lo de soltá-la. "'Eu quero'? Tipo, eu quero traçar as tatuagens do seu peito com minha língua?"

Ele soltou o ar devagar e de forma trêmula. "É. Tipo isso."

O fato de que algo tão simples quanto aquelas palavras o deixavam com tesão fez com que Chloe se sentisse corajosa. Ousada. Selvagem, para uma mulher como ela. "Tipo..." Ela pensou por um momento, passando por fantasias que nem se permitira reconhecer totalmente. "Eu quero ficar deitada nua com você só para sentir a sensação da sua pele contra a minha?"

"Você é boa nisso." Ele se ajeitou embaixo dela. Seu pau duro tocou a base da coluna dela.

"Eu quero ver seu pau", ela soltou, então mordeu o lábio.

Ele gemeu. Pressionou o rosto contra a nuca dela. "Minha vez."

"Fala."

"Quero *ver* você. Agora mesmo, na luz. Quero ver como você fica quando sente tanto tesão que fica trêmula."

Ele estava certo, Chloe constatou — ela estava tremendo. "Ah."

"Quero enfiar a mão debaixo da sua saia e sentir sua boceta quente. Mas aposto que você não me deixaria fazer isso em público."

Ela engoliu um pouco de ar gelado para se impedir de queimar por dentro. "De jeito nenhum", Chloe mentiu.

"Quero sentir quão molhada você está agora."

"Muito", ela sussurrou.

Red pôs uma mão sobre a dela, entrelaçando os dedos deles. "Se eu não posso te tocar, então faz você. *Isso* você topa fazer em público?"

Quando ela enfiou a mão por baixo da saia, a dele a acompanhou. Mas Chloe não o conduziu por muito tempo. Red assumiu, como se não pudesse evitar, com vigor, firmeza e facilidade. Devagar, ele passou as pontas dos dedos entremeados deles na parte interna de sua coxa. Chloe evitou arfar. "Você está roubando", ela soltou.

"Não", ele disse, baixo. "Isso não é o que chamam de solução criativa de problemas?"

Ela não conseguia falar. Não lhe restava oxigênio. Os círculos hipnóticos que Red traçava, as sensações que ele disparava em sua pele haviam roubado todo o ar dos pulmões dela. Havia sangue demais nas veias de Chloe, desejo demais fazendo seu clitóris pulsar. Sua barriga estava tensa e trêmula ao mesmo tempo, seu corpo rígido, cada músculo teso. Ela estava à beira do limite, do melhor jeito possível.

O bater irregular de saltos cambaleantes chegou aos seus ouvidos. Gritos animados, uma conversa alta demais: um grupo de mulheres bêbadas passava logo acima na rua. Provavelmente amigas se divertindo. Em qualquer outro dia, Chloe sentiria uma pontada de inveja, irritação consigo mesma por não participar daquilo, revolta contra o mundo por se afastar dela. Naquele dia, porém, tudo o que sentia era frustração, porque os círculos lentos e viciantes de Red sobre sua coxa tinham sido interrompidos.

Ela tentou fazer a mão dele voltar ao movimento, e Red riu. "Você sempre me surpreende, Chloe."

"Elas não estão vendo a gente."

"Você está bem safada esta noite." A voz dele era só rouquidão. "Não sei por que estou tentando me comportar."

"Sinta-se livre para deixar de tentar." Ela tinha desistido de se fazer de recatada.

Red pegou o lóbulo da orelha dela entre os dentes e uma sensação atravessou o corpo de Chloe como uma flecha. "Então tá." As palavras saíram diretas e maliciosas. Um interruptor havia sido acionado. Por baixo da saia, a mão dele se desvencilhou da dela. Red foi mais corajoso sozinho. Apertou a coxa de Chloe e sussurrou contra a bochecha dela, soltando um hálito quente: "Eu quero te manter assim aberta quando meter meu pau".

Quando ela fechou os olhos, visualizou aquilo: Red ajoelhado sobre ela, abrindo suas pernas, entrando mais e mais fundo. Chloe gemeu e o som pareceu incentivá-lo. Red pressionou a palma contra a boceta dela, agarrando-a possessivamente sobre a calcinha. Ambos soltaram o mesmo gemido trêmulo, juntos.

"Você está ensopada. Você está... caralho, Chloe..."

"Por favor", ela arfou, projetando o quadril para a frente. "Por favor."

A base da palma dele estava deliciosamente pressionada contra seu clitóris inchado. Como ele sabia onde tocar, como tocar? O que ele fazia era mágico. Quando enganchou um dedo grosso sob o elástico da calcinha, Chloe quis gritar. Ela mordeu o lábio com força. Tremeu com o esforço para ficar quieta.

Ao que parece, Chloe sentia mais do que as outras pessoas. A dor crônica literalmente reprogramava o cérebro para que a pessoa tivesse uma consciência maior do próprio corpo do que deveria, até que sentisse dor com mais intensidade do que era saudável. Era um ciclo inescapável. Só que agora ela via a possibilidade de um lado positivo: talvez sentisse mais prazer que o normal também. *Devia* sentir. Porque aquilo não podia ser comum. Os pulmões tensos, os ouvidos zumbindo, o coração sacudindo em vez de batendo, a boceta escorregadia e inchada — aquilo não podia ser comum.

Mas ele também tremia, com a respiração pesada e o corpo tenso atrás dela. Então talvez aquilo fosse o normal com Red. Talvez fosse só como as coisas eram entre os dois.

Red apertou um braço forte em volta de Chloe, como se pudesse mantê-la imóvel, mantê-la a salvo da onda de desejo que ameaçava iniciar um curto-circuito no sistema dela. Mas não conseguiu, porque *ele* era a causa daquilo. Seus dedos a abriram com uma certeza de parar o coração, expondo-a como se ela pertencesse a ele. Red mergulhou em sua umidade e gemeu: "Caralho, estou ficando louco. Me beija. Não. Não beija. Vou perder o controle".

Ela se retorceu, inclinando a cabeça para trás e chupou o lábio inferior dele. Queria devorá-lo. Não era exatamente um beijo, era? Red gemeu e encontrou o clitóris pulsante, seus dedos lubrificados pelo tesão dela. Seu toque era um deslize fácil, quase sem pressão, só uma sensação elétrica. Chloe projetou os quadris na direção dele, mas Red resistiu, circulando o clitóris inchado de leve até que ela se sentisse inebriada de prazer, esbaforida de necessidade.

Ele afastou sua boca da dela e chupou seu queixo, seu pescoço. Sua calma usual tinha se estilhaçado, e agora suas pontas afiadas brilhavam perigosamente sob a luz fraca. "Vira pra mim. Me mostra seus peitos. Por favor."

Chloe queria. E muito. Quem era ela? Pelo visto, o tipo de mulher que se entusiasmava com ordens rudes como aquela, que fraquejava um pouco quando eram seguidas por modos brutos. Então se virou e ficou de joelhos entre as pernas de Red. De alguma forma, ele continuou acariciando Chloe, manteve aquela tortura maravilhosa. As mãos dela tremiam enquanto ela abria a jaqueta emprestada dele e abaixava a frente do vestido. Red rosnou, então inclinou a cabeça e usou os dentes para mover um lado do sutiã fino dela.

Chloe sentiu o ar frio no mamilo direito apenas por um momento antes que a boca úmida e quente dele o envolvesse. A mudança foi um doce choque, uma quase dor, que a deixava querendo mais. Não era estranho, desejar dor? Mas era uma dor diferente. Era uma dor boa.

Então passou, se transformando em espirais de puro prazer, que se enrolavam em torno de seus membros, apertando mais a cada lambida preguiçosa. Red chupava seu seio e traçava círculos sobre seu clitóris, fazendo Chloe sentir aquela agitação profunda e frenética que indicava que ia gozar. Ela enfiou os dedos nos cabelos dele, que pareciam fogo, mas eram como seda fria. "Continua..." Ela não conseguiu dizer mais nada, tampouco precisava. Ele continuou. E continuou.

Para a sorte de ambos, Chloe gozava em silêncio. Não tinha nem oxigênio suficiente para gritar, e os gritos que tinham se acumulado em seu peito saíram em arquejos desesperados. A cabeça dela caiu para trás quando a satisfação pura inundou seu corpo. Red mordeu seu mamilo delicadamente e circulou seu clitóris uma última vez, então riu diante do som estrangulado que ela produziu em protesto. Quando o coração de Chloe parou de bater com tudo contra as costelas, ele já estava colocando a calcinha dela de volta no lugar e cobrindo o seio com o sutiã.

"Vamos", ele disse, baixo, enquanto ajeitava o vestido dela. "Você está com frio." Red fechou a jaqueta para ela, tocou seu nariz com um dedo e a ajudou a se levantar.

Ela estava com frio? Não havia notado, mas imaginava que deveria estar. Não estava de luva. Não era bom deixar que seus dedos ficassem tão rígidos.

Quando eles deixaram o monumento e entraram na luz, os olhos de Chloe rumaram para o volume duro sob o jeans de Red. Aquilo não devia ser confortável para ele. O tesão de antes do orgasmo havia lhe dado coragem, mas agora ela precisou se forçar para conseguir falar. "Hum, Red... Acho que você não... bom, é claro que não... e se você..."

"Chloe, por favor, não diz que vai dar um jeito nisso. Estou me esforçando muito para não te comer em um beco por aqui."

Ela mordeu o lábio e deixou que ele pegasse sua mão e a conduzisse até o ponto de táxi mais próximo. A névoa no ar esfriou suas bochechas coradas e embaçou as lentes de seus óculos. As passadas de Red eram largas, e ela já começava a se sentir exausta, mas não disse nada, porque estava ocupada pensando em tudo aquilo. Recordando. Sentindo a pulsação do prazer dentro dela como um eco. Se preocupando, como sempre, porque se sentia dolorosamente próxima de Red, mas não achava que ele sentia o mesmo. Afinal de contas, fora ele quem dissera que não ia complicar as coisas.

Quando Red sussurrara aquelas palavras, Chloe pensara mesmo que por ela tudo bem. Mas é claro que aquela era a diabinha excitada dentro dela contando mentiras para conseguir o que queria. Mas agora ela havia gozado, e de repente tudo parecia complicado — complicado e evoluindo para um apego perigoso.

Tsc-tsc, diaba safada. Nada justo.

Eles estavam quase lá quando Red se deu conta de que Chloe tinha dificuldade de acompanhá-lo. Ele parou na mesma hora, apertando sua mão. "Desculpa."

"Tudo bem."

"Está cansada? Posso..."

"*Estou bem*", Chloe soltou. Ela não estava bem, mas aquilo não tinha nada a ver com ele andar rápido demais.

Red olhou para ela, desconfiado. Ele era lindo. Chloe queria beijá-lo. Eles ainda não haviam feito aquilo de verdade, e Chloe sabia por que tinha evitado: por causa do medo de que transmitisse seus sentimentos com a língua. Porque estava mergulhando de cabeça numa relação que provavelmente não tinha a mesma profundidade do lado dele.

Ela se perguntou por que ele ainda não a havia beijado.

Red deu um passo para mais perto dela, levando as mãos a seu rosto. "Ei, Botões", ele disse, baixo. "O que foi?"

Chloe respirava com dificuldade, como se fosse chorar, o que não faria de jeito nenhum. Em vez disso, ia respirar fundo e dizer a ele com toda a tranquilidade que deviam esquecer aquela noite, porque já estava mexendo com a cabeça dela. Que ele devia parar de segurá-la como se fosse algo precioso. Que ele era simplesmente maravilhoso, de verdade, e aquele era o exato motivo pelo qual nunca deveria voltar a tocá-la, ou chamá-la de Botões, ou sorrir para ela que fosse. Que seu sorriso era lindo, lindo o bastante para levá-la a sentir coisas desaconselháveis que não tinham como terminar bem. Era melhor prevenir que remediar.

Era sempre melhor prevenir que remediar. E melhor ficar sozinha que ficar para trás.

Mas, antes que Chloe pudesse falar, tudo foi para o espaço.

"É a minha Chloe?" A pergunta ressoou no ar, ligeiramente inarticulada e mais do que um pouco incrédula.

Ela congelou. Ah, pelo amor de Deus, não podia ser.

"*Chloe!*", a voz repetiu, agora inequívoca.

Era um desastre. O fim estava próximo. Chloe queria afundar até o chão. Ela se afastou de Red até que as mãos dele não tocassem mais sua bochecha, o que não ajudava a situação em absolutamente nada. O homem que aparentemente estava tentando ter um caso sem compromisso com ela estava prestes a se sujeitar a um de seus familiares malucos. Porque homens adoravam conhecer parentes de mulheres que tinham feito gozar em monumentos públicos. Simplesmente *amavam*. Era um fato conhecido.

"Querida! Sou eu!"

Chloe virou para ela. "Sim, tia Mary. Eu sei."

"Não seja tão *sorumbática*!" Tia Mary sorria. "Estou muito feliz de ver você por aí, querida, absolutamente radiante."

Se não fosse pelo batom roxo, pelos saltos altos finos e, hum, pelo volume, Chloe poderia pensar que estava diante da própria mãe. Mary era irmã gêmea de Joy Matalon-Brown, e talvez o motivo pelo qual Chloe havia nascido. Ela guardava para si a teoria de que seus pais haviam se aproximado devido à experiência surreal de ter crescido com uma mãe como Gigi e com uma irmã como Mary. De que seu pobre pai, um homem comum, e sua mãe sensata e bastante tensa tinham se unido com base em uma experiência compartilhada de estresse e constantes suspiros sofridos.

"Fico feliz em te ver também, tia Mary." Não era exatamente mentira: Chloe amava passar tempo com a tia. Em um ambiente controlado. Sob circunstâncias bastante particulares. "Você está bonita."

Tia Mary ergueu uma bota fúcsia do chão. "Imita pele de crocodilo, querida. Não é absolutamente horrível?" Ela era uma mulher inteligente e linda, sócia bem-sucedida do escritório de advocacia da família, por isso tinha grande prazer em se vestir da maneira que desejava.

"Impressionante", Chloe confirmou.

"Você é um amor. E quem é esse, querida? Ele é bem quietão. Adoro homens quietos."

Ah, meu Deus. O brilho nos olhos cor de avelã de tia Mary não era um bom presságio. A última coisa que Red devia querer era encarar toda a força inquisitiva de seu brilho e do que ele ameaçava. O que Chloe poderia dizer para evitar aquilo? *É meu amigo?* Pareceria um eufemismo. *É um cara com quem adoro passar o tempo e que também curto beijar, e gostaria de me envolver com ele, mas não tenho coragem?* Parecia uma verdade inapropriada e inconveniente.

"Ninguém", Chloe disse rápido.

Tia Mary ergueu uma sobrancelha perfeitamente delineada. "Que nome interessante."

Com uma pontada de pânico, Chloe se deu conta de que a situação escapava rapidamente de seu controle.

Ela sentia a presença de Red ao seu lado, um pouco atrás, o que em geral seria um conforto. Mas, depois do que haviam feito naquela noite, de como fizera com que se sentisse incerta, de quão desconfortável era a situação — bom, a presença dele já não a tranquilizava tanto quanto antes. Chloe não suportaria encará-lo. Ela direcionou seu olhar frenético além do ombro da tia, onde localizou um grupo de mulheres exuberantes de cinquenta e poucos anos cambaleando sobre os saltos altos. "Não quero te prender, tia. Suas amigas estão esperando."

A tia revirou os olhos. "Ah, por favor. Elas estão tão bêbadas que o tempo perdeu o sentido." A voz de Mary se alterou de uma buzina no nevoeiro a um trem à toda. "Estou falando de você, Sheila! A louca do gim!"

"Tia Mary..."

"Desculpe, meu bem, desculpe. Vamos voltar ao seu amigo. Quero ser apresentada."

"Ele trabalha como zelador no meu prédio." Chloe estava ficando sem opções. Com sorte, a menção ao apartamento novo serviria de distração.

"Ah", tia Mary disse, franzindo o nariz. "No seu... Olha, querida, eu superentendo o desejo de sair da casa dos pais. Eu disse a sua mãe que estavam sufocando você. Mas, francamente, essa situação..."

"É uma experiência de vida", Chloe a interrompeu. "Bom, desculpa, mas estamos atrasados para uma reunião do prédio, então temos que correr."

Tia Mary pareceu desconfiada. "Uma reunião do prédio...?"

"É algo que as pessoas fazem quando moram em prédio", Chloe disse, sábia. Tia Mary havia vivido em protótipos de mansão a vida toda, tanto na Inglaterra quanto na infância na Jamaica. Com sorte, não fazia ideia de como era a rotina de um prédio.

"Que horror", ela disse, baixo. "Vou deixar vocês irem então, meu bem." Ela se inclinou para beijar Chloe e sussurrou: "Espero que você tenha pedido a seu novo amigo um exame de sangue. Seu sistema imunológico é fraco, e acidentes acontecem não importam as precauções..."

"*Tia Mary!*", Chloe vociferou. "Vai embora!"

"Já vou! Estou indo!"

Enquanto a tia corria de volta para as amigas, Chloe soltou um suspiro de alívio. "Bom... até que foi relativamente indolor." Ela enfim se virou para Red.

Ele estava com as mãos enfiadas nos bolsos, os olhos fixos em algum ponto acima da cabeça dela, e assentiu devagar.

Ela engoliu em seco. "Desculpa. Minha tia me deixa um pouco tensa."

"Então foi isso que aconteceu?", ele perguntou, brando. "Você ficou nervosa?"

Chloe retorceu com os dedos a jaqueta que continuava fechada sobre seu vestido. Uma sensação horrível de condenação a corroía por dentro. Uma certeza perturbadora de que Red estava chateado. Mas ela havia feito a coisa certa, mantendo-o à distância, protegendo-o de mal-entendidos que só constrangeriam os dois. Não havia? "Mary só... fica um pouco empolgada demais com as coisas, e não queria dar a ideia errada a ela. É a irmã gêmea da minha mãe. As duas... contam tudo uma à outra."

Red se virou e voltou a andar. Foi fácil acompanhar seu ritmo daquela vez, mas ele não pegou a mão dela. "Tá. E qual seria a ideia errada? Que a gente se conhece?"

Ele estava mesmo chateado. Tinha compreendido mal os motivos dela. Um impulso de pedir desculpas surgiu, tão forte que se assemelhava a uma vontade de vomitar. Ela sentiu um gosto ácido ao engolir em seco. De repente, sabia que devia tê-lo apresentado com educação e lidado com as suposições errôneas depois. Mas entrara em pânico. Quanto tempo fazia que não se permitia se importar com alguém novo, um pouco que fosse? Chloe não fazia ideia de como lidar com aquele tipo de coisa, não fazia ideia de quais eram os parâmetros — mal compreendia o significado de "descomplicado" quando se tratava de duas pessoas se tocando.

Precisava consertar aquilo, mas sem escorregar e falar demais, sem revelar demais. Sua mente funcionava acelerada. Ela sentiu a garganta fechando.

Em silêncio, eles chegaram à fileira de táxis esperando sob as luzes duras da rua, que iluminavam implacavelmente o esplendor de Red, os erros de Chloe e provavelmente cada poro da zona T dela. Antes que ele pudesse entrar em um carro, Chloe soltou: "O que eu deveria ter dito?". Ela tentou manter a voz leve e provocadora. "Que você está me ajudando a mudar de vida e em troca estou fazendo seu site?"

Ele relaxou um pouco e deu uma risada simpática. "Não. Não, acho que você não poderia ter dito isso."

Ela riu também, ou tentou, mas pareceu errado. Sua respiração estava estranha, a sensação de que puxava o ar com os pulmões já cheios, de que exalava com mais força do que era confortável. "Você é meu... tutor *bad boy*", ela prosseguiu. Era ridículo. Ela era ridícula. Ele ia odiar aquilo.

O sorriso dele se comprimiu. "Eu não diria que..."

"E seus serviços incluem orgasmos ilícitos, mas não se limitam a isso." *Serviços?* Por que ela havia dito aquilo? Por quê, por quê, por que ela havia dito aquilo?

Parecia que Chloe tinha dado um soco no estômago dele. Mas só por um segundo. A boca dele era uma linha fina e reta quando Red lhe deu as costas. "Tá. Certo."

Foi a culpa que extinguiu o pânico dela. A sensação de Chloe era de que não estivera em seu corpo nos últimos dez minutos. Ela piscou forte e passou as mãos inutilmente pelo cabelo. "Ah, Red. Eu não quis..."

"Não, não adianta voltar atrás agora", ele disse, calmo. "Você já me deixou confuso pra caralho."

"Desculpa."

"E bem puto. Valeu pela conversa." Ele se afastou na direção de um carro e se inclinou para falar com o taxista, com a voz baixa e tensa. A raiva parecia envolvê-lo como pontas afiadas. Ou como facas que ela tivesse enfiado em suas costas. Chloe era uma triste confusão, uma completa traidora. Red nunca a chamaria de "ninguém" com ela bem ao seu lado, não importava quão desconfortável fosse a situação. O isolamento autoimposto tinha erodido muitas de suas habilidades sociais, mas, pelo amor de Deus, será que dava para ser mais... babaca que aquilo?

Dava, pelo visto. Porque Chloe sabia que precisava dizer alguma coisa, qualquer coisa, para consertar a bagunça que havia feito e desfazer a rigidez com que ele agora se segurava. Mas permaneceu dolorosamente em silêncio durante todo o caminho para casa.

E então eles estavam de volta, e Red a acompanhou até sua porta, e ela lhe devolveu sua jaqueta. Ele assentiu e foi embora.

E ela não disse nem uma palavra.

15

Red estava sentado no chão do estúdio, e a luz da tarde refletia nos botões prateados do macacão. Era segunda-feira e ele estava em horário de trabalho, mas se mostrara incapaz de se concentrar desde a manhã do dia anterior — quando havia acordado com uma mensagem de desculpas de Chloe que não sabia como responder. Desde então, dois cartões diferentes vinham pesando em sua carteira.

O de Julian, claro. E o da dra. Maddox.

O que estava em sua mão naquele momento, novinho, branco e pesado como um tijolo, era o da médica.

A mãe lhe dera aquele cartão seis meses atrás, pedindo que ele se consultasse com um terapeuta. Red prometera ligar, mas não disse *quando*, e as informações de contato da dra. Maddox o fitavam desde então por trás do cartão da biblioteca, sussurrando que ele estava sendo um covarde e um bebê chorão, e que precisava se tratar logo. Mas Red sentia que estava se virando bem sem aquilo. Pintar era sua terapia, sempre tinha sido.

Ele virou para a direita e seus olhos recaíram sobre as telas que havia basicamente destruído na noite anterior, o verde-amarelado doentio passado com tanta força pela superfície que chegara a rasgá-la.

Talvez pintar não estivesse mais dando conta do recado.

Red passou as mãos pelo cabelo e soltou uma risada amarga. Tudo aquilo, dias de confusão e tons raivosos de tinta acrílica, porque ele não conseguia decidir o que fazer em relação à porra da Chloe Brown. Eles deveriam se encontrar aquela semana, para ver como o site estava avançando. Tinham combinado uma reunião na semana anterior, antes de toda a merda acontecer. Mas então... bom, toda a merda acontecera. E agora ele estava preso em um redemoinho de passado e presente que lhe era muito familiar, e do qual já estava começando a ficar de saco cheio.

Era assim: primeiro, Red se lembrava do que Chloe havia feito. De como o havia tratado como se fosse um segredo sujo, como um facilitador de orgasmos ilícitos — podia muito bem usar suas palavras, já que ela havia expressado aquilo tão perfeitamente. E se sentia enojado.

Mas então ele se lembrava de que ela não parecera feliz com a própria frase cortante. De que parecera culpada. E infeliz. Tinha pedido desculpas na mesma hora, sem reservas, e quando Red pensava naquilo era inundado por uma vontade de lhe dar uma chance para se explicar.

Até que Pippa desse um jeito de surgir em sua cabeça, com suas lágrimas, suas palavras precisas e seus próprios pedidos de desculpas, chorosos e soluçantes, aqueles que de alguma forma o haviam transformado no bruto que havia começado tudo. Aqueles que sempre faziam com que Red se desculpasse por tudo o que ela havia feito. Seu cérebro lhe dizia: *Não é a mesma coisa. Elas não são a mesma pessoa. Isso não é nem remotamente parecido com o que Chloe fez.* Mas Red permanecia com um aperto no coração e suas mãos ainda congelavam quando tentava pegar o celular para ligar para ela.

Tudo aquilo sugeria que era hora de pegar o telefone, só que para ligar para a dra. Maddox.

Ele olhou para o cartão, desconfiado. O primeiro nome da dra. Maddox era Lucinda. Red já tinha morado na mesma rua de uma mulher chamada Lucinda, que tinha um vira-lata caolho. Ele adorava o cachorro. Talvez aquilo fosse o que chamavam de sinal; talvez Red só estivesse sendo bobo.

Ele soltou um suspiro e deixou o cartão de lado, então foi pegar a tela que havia destruído e passou os dedos pelo rasgo. Estava pensando demais de novo, o que o irritava. Era hora de mudar de tática. Red tinha outro problema com que lidar, um que ainda não tinha se permitido reconhecer por completo: Vik havia dado sinal verde para Red jantar com senhorinhas, mas não para dedar uma inquilina no meio da rua. Ou em qualquer lugar, na verdade. Uma cama não teria tornado o que aconteceu profissional. Red devia estar na casa de Vik naquele instante, confessando tudo e entregando sua carta de demissão.

Por algum motivo, a ideia não o incomodava tanto quanto deveria.

Red parou por um momento e olhou de modo inexpressivo para a tela em sua mão. Pensou naquilo de novo, em se demitir, de forma deliberada. Em sair daquele esconderijozinho seguro que Vik havia lhe providenciado. Nenhum alarme de pânico disparou em sua cabeça.

Muito bem. Aquilo era interessante. Aquilo era bom. Ele testou a descoberta como se fosse um dente solto.

Aquele trabalho deveria ser temporário, mas a marca de dois anos já se aproximava, e ele sabia que Vik estava preocupado. Assim como a sua mãe. Talvez, quando finalmente chegasse naquele ponto, em vez de se sentir culpado, pressionado e preso a suas próprias inseguranças, Red poderia ir embora. De repente, não pareceu impossível. Estava mais confiante agora, pronto para mostrar seu trabalho, e vinha pesquisando táticas de venda, marketing, o que quer que fosse. Ele devia tentar. Arranjaria um serviço de meio período, se precisasse de dinheiro. Red voltaria a lutar pelos seus sonhos, não importa o que fosse preciso. A única questão era se seu material era bom o bastante para ser vendido — mas aquilo ele ia descobrir logo, quando Chloe concluísse o site.

E ali estava ele, de volta a Chloe — pensando, sem hesitar por nem um momento, que ela manteria sua parte do acordo. Red refletiu sobre aquilo por um segundo. Não era o tipo de coisa que ele esperaria de Pippa; não, no lugar dela, Pippa tiraria de Red o que ele mais queria, só para puni-lo por estar bravo, ou para manipulá-lo a perdoá-la. Mas Chloe não ia fazer aquilo. Claro que não. Nunca faria.

Red deixou a tela de lado e voltou ao cartão. Pegou o celular. Digitou o número. Depois de três longos toques e três mil batidas de coração aceleradas, uma voz tranquila disse em seu ouvido: "Consultório da dra. Maddox, Jonathon falando. Como posso ajudar?".

"Oi", Red disse, então pigarreou, desconfortável. "Oi. Hum... acho que quero marcar uma consulta."

Em nome de sua própria paz de espírito, Chloe havia decidido parar de pensar em Redford Morgan. O que ela assumia que era difícil, já que suas irmãs andavam dedicando todo o tempo que passavam acordadas a importuná-la quanto a Redford Morgan.

Ele a estava evitando, com toda a certeza. Chloe nunca havia passado mais de um dia sem notá-lo no pátio ou nos corredores, e a troca de e-mails havia sido flagrantemente interrompida. Ele havia respondido o pedido de desculpa dela dois dias antes, mas só com um Tudo bem. Era óbvio que não estava tudo bem. Ela não sabia como responder. Red já sabia que Chloe sentia muito, então ela deveria lhe dar espaço, todo o espaço de que precisasse, mesmo se ele precisasse de um espaço eterno. Ainda que a mera ideia fizesse seu estômago revirar.

Ela estava péssima, e a interferência de sua família não ajudava.

Como esperado, tia Mary informou à irmã gêmea que Chloe fora *vista* com um *homem*. A mãe de Chloe contou ao marido, que contou a Gigi, que ligou na mesma hora para recomendar a lingerie da La Perla, porque "Sei que você gosta de gastar bem seu dinheiro, querida". Ela também passara adiante a fofoca, para Dani e Eve, e as duas tinham inundado o grupo de mensagens das irmãs com GIFs encorajadores, ainda que inapropriados, e perguntas profundamente irritantes. Elas não demoraram muito para concluir que o *homem misterioso, bastante grande e com um cabelo lindo* era Red.

Chloe havia desativado a notificação do grupo depois de dois dias de bobagens. As irmãs então tinham começado a mandar e-mails. Chloe não os abria, claro, mas só os assuntos já a deprimiam. O último de Dani dizia: RECEITA DE POÇÃO DO AMOR COM UM (1) CACHO DE CABELO RUIVO.

Mas, naquele dia, suas irmãs irritantes eram a última das preocupações de Chloe. Porque aquele era o dia em que ela devolveria Smudge.

Chloe estava diante do prédio, com a caixa de transporte na mão, sabendo que Red estaria ali para lhe dar apoio moral se ela não o tivesse insultado horrivelmente. Não que estivesse se autoflagelando por conta daquilo. Tinha recebido uma mensagem da relaxada, tranquilona e claramente irresponsável *Annie* no dia anterior, e agora a mulher queria o gato "dela" de volta. Rá. *Dela*... A mulher podia tê-lo comprado, criado e alimentado por um tempo, mas aquilo não queria dizer que Smudge era dela. Chloe tinha ficado aconchegada com ele por inúmeras horas e também o resgatara de uma árvore. Era claro que ela tinha mais motivos para reivindicá-lo.

No entanto... era incapaz de roubar, principalmente um animal de estimação, por isso se encontrava de pé diante da entrada do prédio, esperando que Annie chegasse. Chloe havia sugerido aquele ponto de encontro porque a mulher talvez tivesse dificuldade de chegar a seu apartamento sozinha, e porque não queria ter que convidá-la para entrar e ficar de papo furado. Já era difícil o bastante estar ali, ignorando os miados inquiridores de Smudge. Chloe sabia exatamente o que ele estava perguntando, claro: *Por que diabos você me colocou numa caixa, sua maluca?*

Ela era incapaz de responder.

A mulher estava três minutos atrasada, o que só reforçava a má opinião de Chloe sobre ela. Então, às 11h04, Chloe ouviu o som de sapatos baixos batendo contra a calçada e o chacoalhar do que parecia ser um molho de chaves. Um momento depois, uma mulher alta e magra com cachos cor de mel surgiu em seu campo de visão, coberta até o queixo por uma jaqueta camuflada enorme. Apesar da roupa estranha, ela era bonita. Tinha traços suaves, a pele alguns tons mais escura que o cabelo e os olhos tão claros que Chloe conseguiu vê-los a metros de distância.

"Oi", a mulher disse, apressando o passo na direção dela. "Chloe, né? É um pesadelo estacionar por aqui. Sou a Annie, aliás. Ah, é a Perdy? É a Perdy, sim! Oi, Perdy! Oi! Oi, meu amor!" Ela se inclinou para enfiar um dedo dentro da caixa, então se endireitou. "Seu nome é Chloe, né? Não estou falando errado, estou? Sempre esqueço nomes. Gostei dos seus óculos."

Chloe queria dizer: *Sim, sou eu, oi e tchau*. O que saiu da boca dela, no entanto, em um tom claramente desdenhoso, foi: "Perdy?".

"De Perdita", Annie disse, com carinho. "Do *101 dálmatas*."

"Mas ele não é um dálmata."

"Ela", Annie disse, e estendeu a mão para pegar a caixa de transporte. Por um momento tenso, Chloe ficou preocupada que seus dedos não fossem soltar a alça de plástico. Mas seu subconsciente se comportou — pra variar —, e ela não começou uma briga por um gato no meio da rua.

E, mesmo se tivesse começado, não teria sido a coisa mais escandalosa que havia feito na rua recentemente.

"Ele nem tem manchas", Chloe insistiu, ignorando a alegação insana e infundada de que Smudge era, entre todas as coisas, fêmea.

Annie olhou para Chloe de um jeito estranho e disse: "Você é engraçada. Quer tomar um café?".

"Eu... hum... oi?"

"Você é engraçada. Meio excêntrica. Quer tomar um café? Você chama mesmo Chloe, né? Obrigada por cuidar da Perdy. Minha tia-avó supostamente cuidaria das meninas enquanto eu estava em Malmö. É um lugar maravilhoso, você já foi? Mas ela se atrapalhou, minha tia-avó, porque eu tenho vários gatos, e acho que ela é meio velha. E ainda tem uma raposa. Pois é, dá para entender por que ela se atrapalhou, se for parar para pensar."

De algum modo, através da névoa de perplexidade tão densa que poderia muito bem ser uma parede de tijolos, Chloe conseguiu dizer: "Como?".

Annie lhe ofereceu um sorriso indulgente, como se ela fosse boba, então enfiou a mão no bolso cavernoso do casaco. "Hum, cadê meu... ah." A mulher tirou um punhado de lixo de lá. Uma embalagem vazia de Lindt, um molho enorme de chaves, o que pareciam ser moedas estrangeiras, um recibo apagando e... "Pega meu cartão. Aqui. Está vendo?"

Ele não tinha como passar despercebido. Era rosa-schocking e cintilante. Chloe o pegou pela pontinha, hesitante.

"Me liga e a gente vai tomar um café. Eu pago! Já que você encontrou Perdy."

"Não tomo café", Chloe murmurou, e estava sendo sincera, enquanto avaliava o cartão. Dizia: ANNIE AMANDE, RAINHA DA CALCINHA.

O que era aquilo?

"Chá, então", Annie disse, animada. "Tenho que correr. Estou atrasada. Vamos, Perdy, pra casa, sua tolinha fujona. Vamos, vamos, vamos." Ela se virou e voltou a subir a rua com pressa.

Chloe ficou olhando, se sentindo ligeiramente tonta. Quando a figura alta de Annie desapareceu na esquina, ela voltou a olhar para o cartão que tinha na mão. RAINHA DA CALCINHA? O que aquilo significava? Tinha um site, além de inúmeros perfis de redes sociais que provavelmente explicariam tudo, mas Chloe não queria ficar fuçando. Não queria perder mais tempo com aquela mulher e seu estranho convite, porque aquilo só a lembraria de uma coisa: de que Smudge tinha ido embora.

Chloe enfiou o cartão no bolso e voltou para o prédio a passos largos, motivada por uma necessidade urgente de estar em casa. Ela precisou de um momento para perceber que a estranha umidade que descia por sua bochecha era uma lágrima. Ah, que horror. Ela estava chorando por causa de um gato que só tivera por algumas semanas, e em público, ainda por cima. O pior era que realmente se sentia... triste. Mais que aquilo. Devastada. Como se alguém tivesse aberto um buraco em seu peito.

A única coisa que poderia piorar a situação seria se deparar com Red. Ela odiaria aquilo. Seria péssimo, horrível, o fim do mundo, então ficou contente quando conseguiu chegar ao apartamento sem tê-lo visto.

Muito contente.

Quando alguém bateu na porta no dia seguinte, nem ocorreu a Chloe que poderia ser Red. Ela havia se acostumado ao peso da ausência dele. Fechara a cortina porque se recusava a espioná-lo por acidente. Estava dando espaço a ele, afinal de contas.

Mas ali estava Red, na soleira da sua porta, apenas quatro dias depois que ela estragara tudo.

"Oi", ele disse.

Ela engoliu em seco, o que doeu. Naquele momento, tudo doía. Red não poderia ter aparecido em uma hora pior nem se tivesse tentado. Chloe se sentia um cocô de passarinho e estava *indisposta*, um termo que sua terapeuta cognitiva havia sugerido que ela usasse em vez de "horrível". Mas, na verdade, as pessoas às vezes simplesmente estavam horríveis. Não havia motivo para se envergonhar. Ou pelo menos não haveria, se Red não parecesse delicioso à porta.

Ela abriu a boca para responder com um "oi" assustado, mas ele ergueu uma mão para impedi-la. Red não sorria, o que era incomum para ele, e parecia sério e duro de um jeito que a deixava nervosa — não porque estivesse chateado com ela, mas simplesmente porque estava chateado.

Redford Morgan deveria estar sempre sorrindo.

Ele passou uma mão pelo cabelo e disse: "Só quero deixar claro que estou muito puto com você. Mas...". Red pigarreou, parecendo ligeiramente incerto. "Mas não acho que fosse sua intenção... dizer o que você disse. Só que ainda estou puto. E vou ficar puto até estar pronto para não estar mais puto."

Ela assentiu devagar, sem entender muito bem por que Red estava lhe explicando a mecânica da raiva humana, mas certa de que aquilo era importante para ele. "Tá."

Por um momento, Red quase pareceu dolorosamente aliviado. Então seus olhos se estreitaram diante da voz fraca e áspera dela, e ele disse, de forma acusadora: "Você está mal".

Chloe imaginou que deveria se sentir lisonjeada que ele não tivesse percebido aquilo só de olhar para ela. Mas algo no discurso que Red havia acabado de fazer, e na expressão no rosto dele, a incomodava. "Não é nada. Você sabe que tem o direito de ficar bravo, né? Em geral, digo. E comigo. Você tem o direito de ficar bravo comigo."

Ele fraquejou por um momento. "É claro que eu sei. Acabei de dizer isso, não foi?"

De repente, ela percebeu o que a incomodava. Red tinha mesmo *acabado* de dizer aquilo — mas o fizera como se tentasse algo novo e não soubesse muito bem se ia dar certo.

"Você precisa deitar", ele disse, interrompendo os pensamentos dela.

"Não seja bobo. Isso acontece o tempo todo", Chloe disse, embora fosse mesmo *amar* voltar para a cama. Na verdade, talvez devesse... se sentar. Red não ia fazer com que se sentisse uma aberração porque seu corpo estava falhando e ela não tivesse mais recursos. Chloe se recostou contra a parede, então começou a escorregar o corpo, só um pouco.

Red franziu a testa. "Você está desmaiando?"

"Desmaios costumam ser bem mais repentinos", ela disse, distraída. "Vou só sentar um pouquinho aqui..."

"Ou a gente pode fazer isso." Red entrou no apartamento e a pegou no colo.

"Ah. Hum. O que está fazendo?"

"Estou te carregando. Me ajuda aqui." Ele devia estar pedindo que ela parasse de dar pontapés desajeitados no ar. Como Chloe estava muito, muito cansada, e como andar se assemelhava a uma punhalada na lombar, ela parou. Red fechou a porta com um empurrão e disse: "Pra onde você quer ir?"

"Tenho ficado na sala. Red, sinto muito, muito, muito mesmo pelo que..."

"É melhor você parar de falar. Você está com amigdalite ou coisa do tipo?"

"Coisa do tipo. Mas vai passar logo. Isso acontece quando fico cansada demais ou não me alimento direito..."

"Ou quando pisa numa rachadura no asfalto." Ele a posicionou com cuidado no ninho que Chloe havia feito no sofá, então se ajoelhou no chão ao lado dela. "Sabe, para uma palavra tão divertida, fibromialgia é..."

"Uma merda."

"*Chloe!* Você acabou de falar um palavrão? Você nunca fala palavrão." Ele fez uma pausa. "Foi legal. Faz de novo."

"Não", ela disse, séria.

Red riu e balançou a cabeça. Chloe sentiu tanta saudade dele que seu coração se partiu como um ovo. A emoção pegajosa escorreu. Os resquícios de sua casca protetora se espalharam em pedacinhos.

"Desculpa", Chloe sussurrou. Uma explicação, uma explicação de verdade, se fazia necessária, mas ela não seria capaz de olhar para ele enquanto falava. Se focasse nos próprios joelhos, Chloe decidiu, sensata, Red não conseguiria ver em seus olhos o que ela realmente sentia. "Aquela noite..." Ela suspirou. "Sei que você disse que não seria complicado, mas complicou as coisas para mim. Acho que é assim que eu sou. Assim que você parou de me tocar, a realidade veio com tudo, e comecei a entrar em pânico sobre o que aquilo significava e o que você queria, ou não queria, e... bom. Em resumo, pensei demais e cometi um monte de erros colossais. Sinto muito."

"Chloe. Olha pra mim."

O primeiro instinto dela foi desobedecer, como uma criança que se recusa a comer os legumes. Mas não seria muito maduro, e sua imaturidade tinha provocado a maior confusão na semana anterior, então Chloe se forçou a olhar para ele.

Red passava os nós dos dedos pelos lábios, pensativo, com aquelas três linhas entre suas sobrancelhas enquanto a avaliava. Como se não soubesse o que pensar a seu respeito. Por fim, ele disse: "Então aquilo complicou as coisas pra você".

Ela engoliu em seco com dificuldade, congelada pelo olhar pálido dele. Red era infinitamente hipnótico. A voz de Chloe saiu como um sussurro fraco quando ela confirmou: "Sim".

"Complicou para mim também", ele disse, baixo. "Engraçado... você é tão inteligente. E eu sinto que sou óbvio pra caralho. Mas parece que você não sabe o que quero de você."

Ela balançou a cabeça. "Não. Não sei." *Ou talvez saiba, mas tenha medo de encarar.*

Como se tivesse ouvido o eco dos pensamentos de Chloe, Red se inclinou para mais perto e levou uma mão à bochecha dela. "É melhor eu mostrar." As pontas dos dedos de Red traçaram as curvas do rosto dela, sua mandíbula, seu pescoço, enquanto os olhos dele seguiam cada movimento como se a estivesse mapeando. Seu foco era tão formidável que fazia a terra se acalmar e o tempo parar. Fazia Chloe sentir...

Era aquilo. Era só aquilo. O foco de Red fazia Chloe simplesmente *sentir*.

Sua expiração saiu trêmula. Seu coração bateu forte em um ritmo dolorido dentro do peito. Chloe imaginou que ele ia beijá-la e ela sucumbiria a seu ataque sexual, ou algo do tipo — então se deu conta, estremecendo, de que não estava com vontade. Ficar sentada tão perto dele fazia sua pele parecer uma seda trêmula, mas o tesão pareceu vir num tom mais baixo que os gritos de dor de seu corpo, sua pura exaustão. De repente, Chloe recordou as noites com Henry, noites em que ele se afastara dela resmungando aborrecido, depois de tentativas de sedução fracassadas que só constrangiam os dois. *Se não queria, era só ter falado.*

Mas ela *falava*. Ela dizia: *Henry, estou mal.* E ele pensara que o poder de seu pênis resolveria tudo.

Bom, Chloe não estava disposta a passar por tudo aquilo de novo — nem mesmo com Red, não importava o quanto gostasse dele. Chloe se enrijeceu sob seu toque suave como uma pena, e ele hesitou. A preocupação abrandou seu olhar. Não havia raiva ali. Só preocupação. Aquilo era bom. Talvez ele não fosse reagir mal. A respiração de Chloe passou a fluir um pouco mais fácil.

Então ela disse a ele, firme: "Quero você, mas hoje não me sinto muito...".

"Chloe", ele a interrompeu, com suavidade, voltando a franzir a testa. "Linda. Você não sabe *mesmo* o que eu quero, né?" Red pegou a mão dela e pressionou os lábios contra o trecho da palma que era emoldurado pelas tiras de velcro da munhequeira. Depois de um momento, ele disse, com todo o cuidado: "Quero ficar um pouco aqui. De boa. Pode ser?".

O alívio a deixou até tonta. Ele não ia dificultar as coisas, não ia obrigá-la a afastá-lo. Ainda bem, porque, pela primeira vez, Chloe não tinha vontade de afastar ninguém. "Ah. Tá. Claro. Tudo bem." Aparentemente, ela havia perdido a habilidade de elaborar frases complexas.

Ele sorriu, e rugas se formaram nos cantos de seus olhos. "Mas é bom saber que você me quer."

"Ai, meu Deus." Um calor se espalhou por suas bochechas enquanto um sorriso arrependido curvava seus lábios. "Não seja malvado."

"Não consigo evitar. E, só pra você saber, é mútuo." Os olhos dele pareceram escurecer. "Mas outra hora falamos disso."

Por um segundo, a promessa daquela outra hora — daquela conversa e de tudo o que poderia significar — pairou entre os dois, quente e pesada. Mais ou menos como Chloe imaginava que devia ser a sensação do corpo dele cobrindo o dela.

Então Chloe lembrou por que uma conversa como aquela podia ser difícil — porque se Red queria mais do que apenas toques no escuro, se ele queria o que ela queria... Chloe talvez tivesse medo demais de aceitar. A promessa de mais com ele brilhava como vidro quebrado — linda, mas potencialmente mortal. Coisas boas costumam levar a dor.

Mas ela estava muito chorona, e apressando as coisas, e pensando demais — o que não tinha funcionado bem da última vez. Deixando o fantasma de seus erros de lado, Chloe se endireitou no sofá — ignorando as pontadas de dor entre suas vértebras — e perguntou: "Você me perdoa, né?".

"Perdoo." Red se aproximou de novo, e o coração dela praticamente parou de bater. Chloe se lembrou do calor de seu toque e da frieza dos anéis de prata com um desespero nebuloso, como se aquela outra vez tivesse sido um sonho febril. Mas tudo o que ele fez foi bater em um dos botões do pijama dela e dizer: "Você é boa nessa coisa de pedir desculpas, Botões. Fico feliz em te perdoar".

Aquilo, pelo menos, era um alívio.

16

Chloe o queria. Era o que ela havia dito, em alto e bom som, de um jeito que Red nunca esperara ouvir — pelo menos, não fora do quarto. Ele achara que ela era o tipo de mulher que só revelava seus desejos quando já estava a meio caminho do orgasmo. Que sussurrava ordens safadas e doces confissões no escuro. Mas ela o queria, e havia dito aquilo em voz alta.

E Chloe não sabia o que ele queria — o que, Red imaginava, era compreensível. Porque só agora seu desejo mais puro — sua *necessidade* — tinha ficado totalmente claro para ele. Quando se tratava de Chloe, aparentemente o objetivo final de Red era deixá-la feliz. E só. Era tudo. A constatação o atingiu como mil volts direto no coração. Ele sentia...

Ele sentia algo que talvez Chloe não quisesse que ele sentisse. Algo de que ela quase parecia ter medo. Os olhos dela devaneavam sempre que Red usava palavras intensas demais, ou se sua voz ficasse terna demais — ele sabia daquilo. Havia notado. Então deixou de lado o calor que sentia dentro do peito; ia examiná-lo depois.

Os olhos de Chloe se fecharam por um momento, e Red absorveu a visão. Ela usava um pijama listrado cor-de-rosa com botões na frente, do tipo que velhos rabugentos usavam. Na verdade, Chloe tinha muito em comum com velhos rabugentos, tirando a parte de que Red queria desesperadamente beijá-la.

Em vez do coque arrumado e brilhante de sempre, parecia que ela havia pegado as ondas escuras, passado um elástico por elas e torcido para que desse certo. Era o que Red fazia com o próprio cabelo quando ia se exercitar. A julgar pela pequena montanha de cobertas e pela bagunça espalhada pela mesa de centro, era o que Chloe fazia quando estava se sentindo péssima. Ele devia ser o pior tipo de monstro, porque Chloe estava doente e ainda assim ele a achava inacreditavelmente sexy. Então Red se lembrou de que ela estava sempre doente, então talvez saúde fraca não fosse algo que diminuísse o quanto uma pessoa era atraente.

Definitivamente não diminuía o quanto Chloe era.

Red pigarreou e se levantou, olhando em volta. As garrafas de água e caixas vazias que ela deixava à porta da frente haviam se reproduzido como coelhos, e se espalhavam pelo corredor, dando para vê-las de onde estavam. "Liga pra mim quando precisar levar o lixo reciclável."

"Talvez eu ligue", ela murmurou, se afundando nas cobertas.

"Liga. É o meu trabalho." Uma voz animada mas cautelosa na cabeça dele sussurrou: *Mas não por muito tempo*. Aquela ideia de encontrar um lugar para morar, de dar outra chance ao trabalho de artista... não o abandonara. Red a experimentava na cabeça como se fosse uísque na boca enquanto recolhia as xícaras de chá vazias e os copos de suco de Chloe.

"Não precisa arrumar", ela disse. "Eu consigo me virar, sabe."

"E eu me viraria se ficasse sem luz em casa, mas por que caralho ia querer isso?"

Ela fez um *tsc-tsc*. "Você deve ter coisas melhores para fazer esta noite."

Nada que eu gostaria tanto quanto ficar com você. As palavras surgiram na cabeça dele sem permissão, mas por sorte Red controlava a boca com mais facilidade que seus pensamentos. "Você não vai se livrar de mim, Botões. Você é minha esta noite. Reservei o horário."

"Reservou meu...?" Ela arregalou os olhos. "Ai, meu Deus. Esqueci completamente. O site."

Ele pareceu achar graça. "Você esqueceu? Quer dizer que seu cérebro é pura massa cinzenta mesmo, e não um computador? Eu não tinha certeza."

Chloe não retribuiu o sorriso dele. "Eu fiz algumas coisas. Posso te mostrar o design da home, e queria repassar as funcionalidades da loja, mas vamos ter que ir até a mesa..." Ela se sentou e fez uma careta. Foi só uma leve contração das feições, mas para Red pareceu que alguém tinha arrancado seu coração do peito.

"Senta essa bunda. Relaxa. Não tem importância."

"Você não quer..."

"Não", ele disse, firme. Então, quando ela pareceu genuinamente decepcionada, acrescentou: "Me manda o link amanhã. Eu..."

Ela não deixou passar a hesitação, já erguendo as sobrancelhas. "Você...?"

Ávida. "Estou começando a me animar com o trabalho de novo. Só isso." Ele deu de ombros, como se aquilo não o fizesse se sentir elétrico. "Então amanhã dou uma olhada. Se você estiver se sentindo melhor."

Ela abriu um sorriso encantado, ainda que meio exausto, para ele. "Isso é maravilhoso. Fantástico."

"Hum, valeu. Bom, quer mais suco ou não?"

Ela deixou de sorrir e estreitou os olhos. "Posso pegar meu próprio suco."

"Mas por que faria isso quando tem um criado à disposição?"

Ela revirou os olhos. Ele sabia por que ela hesitava. Considerando o modo como seus supostos amigos e o noivo a haviam abandonado, deixar as pessoas se aproximarem era algo difícil para Chloe. Quando ela finalmente fechou os olhos e disse: "Vá em frente, se precisar", Red sentiu como se tivesse escalado a porra de uma montanha.

Quando ele voltou à sala, ela se sentou sem fazer careta para tomar o suco. "Sou eu", Red começou a dizer, "ou você parece melhor do que dez minutos atrás?"

"É verdade." Ela tomou um gole. "O poder da sua companhia me curou. Os médicos estavam certos o tempo todo, com aquela história de endorfinas naturais."

"Sei..."

"É que o emplastro de buprenorfina que eu coloquei finalmente começou a fazer efeito. Estou totalmente dopada. É uma delícia."

"Ah. Que bom."

"Eu devia ter suportado a dor", ela contou a ele, "porque é o analgésico mais forte que eu tenho e eu não devia reduzir minha imunidade a opiáceos quando ainda estou na faixa dos trinta, mas estava cansada de sentir minhas juntas raspando dentro de mim, como se fossem facas, e não me arrependo."

Ele só ficou olhando. "Você é bem foda."

Ela chacoalhou as pantufas de coelhinho. "Sou."

"Você comeu?"

Chloe deu de ombros, tomou mais um pouco de suco e disse, em um tom casual suspeito: "Ainda não".

Ah. Ela era daquelas. Ele deveria saber. "Vou mudar minha pergunta: quando foi a última vez que você comeu?"

A expressão no rosto de Chloe se alterou da maneira mais brusca já vista em um ser humano em toda a história. Ela escondia a culpa tão bem quanto o cachorro domesticado. "Não sei." Como se aproveitasse a deixa, seu estômago roncou. Chloe olhou para baixo, irritada, e murmurou: "Até tu, Brutus?".

"Hoje?", Red insistiu.

Ela deu de ombros.

Ah, pelo amor de Deus. "Você não comeu o dia inteiro? Está falando sério?"

"Dá muito trabalho", ela retrucou.

"Ah, claro. Você é preguiçosa demais para se alimentar. Não foi porque está se sentindo péssima nem nada do tipo."

"Ah, fica quieto."

Red se levantou e ela o encarou, com tristeza e resignação nos olhos. Um segundo antes que Chloe escondesse sua expressão, Red se deu conta de que ela achava que ele estava indo embora. Sentiu um aperto no coração. Queria encontrar cada amigo que havia dado mancada com ela, em especial o filho da puta daquele noivo dela, e forçá-los a andar descalços por um caminho de peças de Lego pelo resto da vida. Não que pensasse exageradamente em punições.

"O que você quer comer?", ele perguntou, animado, esperando que ela não conseguisse identificar a emoção retumbando sob a voz.

Chloe abriu a boca, então fechou e abriu de novo. "Você... eu não..."

"Você gosta de comida chinesa?"

Ela lhe lançou um olhar cético, como se ele tivesse dito que ia mijar no PlayStation ou coisa do tipo. "Red..."

"Quem é que não gosta de comida chinesa? Gente fresca, essa é a resposta." Ele foi direto para a cozinha.

Chloe levou um ou dois segundos para cambalear atrás dele, com uma manta envolvendo o corpo como se fosse uma capa. O Batman mais fofo e certinho que ele já havia visto. Quando ela disse: "Red, você não vai cozinhar para mim", ele sorriu sozinho, de leve.

A cozinha apertada do apartamento, toda de azulejo e inox, sempre parecera fria para Chloe — mas, naquela noite, o ar vibrava com um calor sufocante antes mesmo que o fogão fosse ligado. Aquilo era culpa de Red. Ele estava na frente da geladeira, terrivelmente sedutor como sempre na camiseta com calça jeans de sempre, inclinado em um ângulo que deveria ser proibido para homens com uma bunda daquelas. Chloe se sentou na cadeirinha confortável que ficava ali e ficou mexendo na gola do pijama. Talvez seu estado atual, entre a fadiga febril e as drogas do emplastro sendo absorvidas por sua pele, fosse uma bênção disfarçada. Se ela não estivesse se sentindo tão arrasada, seria muito mais difícil ignorar quão bonito Red era.

"Quem deixa toda essa comida preparada?", ele perguntou, emergindo da geladeira com potes demais nas mãos. O que ele ia fazer, um yakisoba gourmet?

"Eve."

"A irmã divertida? Sério? Ela é..." Ele deixou os potes de lado para fazer um gesto que representava perfeitamente a atmosfera caótica que Eve emanava. "Se eu tivesse que chutar uma das suas irmãs, teria dito... como ela chama, Danielle?"

"Danika", Chloe o corrigiu, automaticamente. Passar o tempo com ele era tão fácil que ela às vezes esquecia como a relação deles era esquisita. Como Red não sabia coisas básicas a respeito dela, tipo o nome de sua irmã, ao mesmo tempo que sabia que ela amava Smudge, tinha problemas de confiança e queria ser mais corajosa?

Chloe queria que ele soubesse mais. Queria que ele soubesse tudo. Queria poder compartilhar qualquer coisa com ele. Não era um desejo que ela sentisse com frequência, ou que já tivesse sentido, mas Red fazia com que se sentisse...

Segura.

"Jesus, mulher", ele soltou, interrompendo os pensamentos dela e levando um sorriso aos seus lábios. "Por que sua gaveta da cozinha está cheia de canetas frescas?" Red fechou aquela gaveta ofensiva, horrorizado, e se dirigiu a outra. "Cadê as colheres?"

"Red. Não. Não quero que cozinhe pra mim. E isso não..."

Era tarde demais. Ele já havia aberto a gaveta seguinte, que tinha um estoque de remédios. Mas Red não ficou boquiaberto diante das inúmeras caixinhas coloridas, de analgésicos antigos que ela havia parado de tomar porque deixavam sua boca tão seca que não conseguia falar, ou porque tinha se acostumado a eles e precisado de outros mais fortes, como uma viciada que se acostumava com certa dose de droga. Red tampouco perguntou a respeito ou bateu a gaveta e ficou olhando para ela com a mistura de pena e preocupação que Chloe esperaria da mãe. Ele só balançou a cabeça e disse: "Você tem tudo nessa cozinha, mas não talheres". Então se voltou à gaveta seguinte, achou as colheres e seguiu em frente como se nada tivesse acontecido.

Era engraçado. Chloe estava acostumada a ver sua vida e sua doença como normais, mas não a outras pessoas agindo igual.

"Agora", ele disse, abrindo a tampa de um dos potes e pegando o pimentão cortadinho. "Se não quer mesmo comida chinesa, porque, vamos encarar, você é fresca, essa é sua última chance de dizer."

"Você não vai cozinhar para mim." Pronto. Chloe soara firme, razoável e madura. Mais ou menos.

"Por que não?", ele perguntou de forma igualmente razoável enquanto revirava os armários dela.

"Porque você não é a droga de um empregado!"

Red se virou e olhou para ela. "Chloe. *Modos.*"

"Ah, pelo..."

Ele a interrompeu, falando sério e baixo. "Para de se preocupar, tá?" Com a busca pelos armários interrompida, ele cruzou os braços diante do peitoral amplo. Os olhos dela de modo algum notaram o movimento dos bíceps ou as veias saltadas de seus antebraços fortes. Ou talvez tenham notado, mas só por um segundo. "Se te parece que isso é além da conta, é só porque, sem querer ofender, bastante gente na sua vida que dizia que se importava com você acabou agindo como se não importasse. Mas eu não sou assim. Sei cozinhar, e no momento você não vai conseguir. Então posso fazer isso por você, porque é como as pessoas deveriam agir, elas deveriam ajudar umas às outras quando preciso. Não precisa pensar demais a respeito."

Chloe assentiu lentamente, olhando por um minuto para as próprias mãos entrelaçadas, enquanto emoções melosas e inconvenientes a inundavam. Ela soltou o ar de forma lenta e trêmula, e por fim disse o que queria dizer já havia um tempo, mas não fora capaz de forçar por entre os dentes cerrados. "Obrigada."

"Não é problema nenhum", ele disse, tranquilo. E ela nem ficou pensando se ele estava sendo sincero. Não tinha nenhuma dúvida de que estava.

Red encontrou uma frigideira tipo *wok* e abriu mais potes; despejou óleo nela e separou o que pelo visto eram todos os temperos que existia. Então passou a mão pelo cabelo, revirou os olhos para si mesmo e disse: "Você tem um elástico de cabelo?".

"Nunca sei onde eles estão", Chloe admitiu. A não ser por aquele que estava usando, então Chloe o tirou e entregou para Red.

"Valeu." Havia manchas de tinta azul em algumas das unhas dele. As pontas de seus dedos roçaram nas de Chloe. O corpo dela se acendeu por dentro, reagindo como se Red tivesse se oferecido para arrancar suas roupas e fazer sexo com ela na bancada — não que ela quisesse que ele fizesse aquilo, porque realmente não estava se sentindo muito bem e seria terrível para sua lombar. Chloe foi severa ao transmitir aqueles fatos pertinentes aos seus mamilos, mas eles só fizeram gestos muito mal-educados para ela e continuaram a formigar como os safados que eram.

Naquele meio-tempo, Red continuava maravilhoso, agora com um coque no cabelo.

Quando a cozinha se encheu do chiado acentuado da comida salteando, Chloe voltou a falar. "Então você gosta de cozinhar?"

"Gosto de cozinhar para os outros", ele disse. "Não ligo de cozinhar para mim, mas não é exatamente a mesma coisa."

Algo naquela revelação a deixou ao mesmo tempo aliviada e decepcionada. "Entendi."

Embora Red estivesse focado na comida, ele arqueou uma sobrancelha, e o divertimento se espalhou pela sua expressão. "O que você entendeu, Botões?"

"Você sai por aí fazendo o jantar para todo mundo." Ela falou aquilo brincando, mas saiu meio... como se não estivesse.

O sorriso de Red se alargou enquanto ele a olhava. "Está com ciúme?"

Ela bufou. "Como? É claro que não estou com ciúme." Quando ela virou aquela mentirosa descarada? Seu pai ficaria decepcionado com aquele novo hábito de mentira deslavada.

"Ótimo. Seria esquisito se você tivesse ciúme da minha mãe."

E agora Chloe estava mortificada. Ela apertou mais a manta em torno do corpo, como se pudesse desaparecer dentro dela. Era naquilo que dava gostar de um cara: bobeira desenfreada. Chloe abriu a boca e procurou um jeito de se tirar daquele buraco em particular.

Mas Red não parecia achar que era necessário. Quando voltou a olhar para ela, o divertimento óbvio havia sido substituído por curiosidade. "Ei", ele perguntou, como se aquilo tivesse acabado de lhe ocorrer. "E o Smudge?"

Ela sentiu um aperto no coração. Estava torcendo para que ele não notasse. "Foi embora."

Red parou na hora. "Embora?"

"Annie voltou faz alguns dias. Estava em Malmö." Chloe estreitou os olhos. "E ela chama Smudge de *Perdita*, o que seria um nome excelente, porque eu amo *101 dálmatas*, só que Smudge não é um dálmata, então é ridículo."

Por algum motivo, Red não concordou com ela na questão do nome. Na verdade, não fez nenhum comentário a respeito. Só abandonou seu posto ao fogão e, antes que Chloe percebesse, já estava a sua frente. Ele levou as mãos ao emaranhado confuso dos cabelos dela. Então beijou sua cabeça, e Chloe quase desmaiou. Depois disse, sério: "Sinto muito, Botões".

"Não me importo", ela resmungou, respirando fundo. Não porque ele cheirasse a lençol limpo, calor e xampu de mirtilo — ela só estava respirando. "Smudge nem era meu."

"Eu te arranjaria um gato novo, mas você sabe das regras."

"Não quero um gato novo."

Ele sorriu para ela. "Você chorou?"

"Eu..." *Diz que não. Diz que não. Diz que não.* "Só um pouquinho."

Red pareceu satisfeito. "Se você chorou, vai ficar bem. É o que minha mãe sempre diz." Ele voltou à frigideira, e a cabeça de Chloe pareceu fria sem os dedos dele ali.

Como ela já estava dizendo coisas que não deveria aquela noite, murmurou: "Eu gostaria de conhecer sua mãe". Então acrescentou, depressa: "Quer dizer, seria interessante saber como ela é, já que você é assim...".

Ele arqueou uma sobrancelha. "Assim como?"

"Irritante."

"Verdade. Não sei como você me aguenta." Ele riu. Então olhou para Chloe de um jeito sabido que fez suas bochechas queimarem mais que o sol.

"Ela me deu o cartão dela", Chloe soltou. "Annie, digo. Sabe o que está escrito?"

"Alguma merda", ele adivinhou, "porque a gente odeia a Annie."

"Diz: RAINHA DA CALCINHA."

Os lábios de Red se retorceram. "Isso é... interessante. Digo, esquisito. Muito esquisito."

"Sei que é engraçado." Chloe suspirou. "É ótimo. Singular, intrigante, atraente, e o design do cartão é lindo, e aposto que se eu entrar no site misterioso da rainha da calcinha vai ser incrível também." Ela bufou e ficou olhando feio para nada em particular. "Qual é o *jogo* daquela mulher? O que ela está *querendo*?"

"Por que ela te deu um cartão?"

"Ela disse que a gente devia ir tomar um café. Não acreditei. Vou aparecer lá e ela vai me mandar uma mensagem de texto dizendo 'desculpa, estou em Veneza'."

Red ignorou quase tudo o que ela havia dito, embora fosse ao mesmo tempo irritante e muito engraçado. "Então ela quer ser sua amiga?"

Chloe o encarou. "Não sei por que ia querer. A gente falou por uns cinco minutos."

"Ela chamou sua atenção."

"Ela *levou* meu *gato*." Red claramente não estava batendo bem.

Ele continuou falando, como se Chloe não tivesse dito nada. "Vai ver você chamou a atenção dela também."

"O que em mim poderia ter chamado a atenção dela?", Chloe quis saber.

Red a encarou por um pouco de tempo demais. Ela mordeu o lábio. Ele sorriu. "Olha, tudo o que estou dizendo é que talvez Annie tenha gostado de você. E talvez você gostasse dela também, se lhe desse uma chance. As duas têm o mesmo gosto para gatos."

"Não tem graça."

"Quero que você faça uma amiga."

"Já fiz um amigo: você", ela retrucou. "Novo assunto. Quando vai abrir uma conta no Instagram?"

"Não sei." Red tentou passar a mão pelo cabelo, mas não conseguiu, porque ele estava preso, então só fez *tsc-tsc*.

Foi a vez dos lábios *dela* se curvarem em um sorriso lento. "Posso abrir por você, se estiver ocupado." Era verdade mesmo que ele estava sempre ocupado, atendendo a chamados de senhorinhas, alimentando os necessitados e pintando obras-primas mágicas como um santo patrono da bondade e das artes. Mas Chloe não achava que o problema era aquele.

"Não precisa fazer isso", Red disse. "Vou..." Chloe podia apostar que ele estava tentando dizer *Vou abrir*, mas não conseguia.

"Engraçado", ela murmurou. "Eu não tinha notado."

Red olhou para ela, desconfiado. "Notado o quê?"

"Que você tem medo de redes sociais."

"*Medo?*" Ele fez cara feia e virou para ela. "Chloe. Eu não... é que... você só está me provocando de novo, né?"

"Só estou apontando sua óbvia aversão a..."

Ele apontou para ela com o dedo rígido. "Para de tentar me confundir. Não vou falar nada." Red estava corando, a vermelhidão subindo até as maçãs do rosto e as orelhas, coisa que ela ainda não tinha visto, já que o cabelo dele costumava ficar por cima.

Algo no peito de Chloe amoleceu como marshmallow, o que não podia ser saudável. "Estou falando sério", ela falou. "Posso fazer isso por você. Posso administrar o perfil. Você nem teria que ver, a menos que quisesse." Chloe não sabia por que ele se sentia daquele jeito, quando no passado seu trabalho estivera em toda parte. Tampouco precisava saber. Ia cuidar daquilo, dar a ele espaço para cuidar de si mesmo.

Red olhou para ela por um longo momento antes de tirar o celular do bolso. Chloe ficou observando com a testa franzida enquanto ele tocava a tela, o vermelho da vergonha foi diminuindo aos poucos, o lábio inferior entre os dentes. Então, quando começou a compreender, ele se aproximou e lhe entregou o celular.

"Pronto", Red disse, mostrando a ela a tela do login. "Já baixei o Instagram."

Chloe o encarou. "Eu... Red... eu não quis te pressionar."

"E não pressionou. Eu disse que ia fazer, e era verdade. Estou levando isso a sério. Então, se sua opinião profissional é de que preciso de Instagram..."

"Não sou especialista nisso", ela acrescentou depressa, de repente pouco à vontade.

Os olhos dele encontraram os dela, e pareceram tão confiantes que toda a hesitação de Chloe se extinguiu. "Você é uma microempresária de sucesso", Red disse. "E sabe dessas merdas de computador."

Ela riu. "Dessas merdas de computador?"

"Quieta. Estou concentrado." Ele digitou alguma coisa e, antes que ela se desse conta, já estava lhe mostrando outra tela — uma conta vazia com o nome dele. "Pronto", Red disse, parecendo ligeiramente surpreso consigo mesmo. Então piscou, pigarreou e ficou ainda mais vermelho. "O lance é que não sei muito sobre esse tipo de coisa. Então talvez você pudesse, hum... talvez pudesse me ajudar."

Ele era tão doce que ela corria o risco de perder um dente. Um calor confortável a inundou ao ver aquele homem enorme de bochechas rosadas e mandíbula cerrada. Então veio a admiração, porque ele tinha conseguido derrubar o muro da falta de confiança como se não fosse nada. O mesmo muro do qual ela mesma tinha dificuldade até de se aproximar.

"No que precisar", Chloe disse, e nunca havia sido tão sincera.

"Valeu", Red disse, sem jeito. Ele pegou a mão dela por um momento de tirar o fôlego e apertou. Então lhe deu as costas, voltando à frigideira. "Agora vamos te alimentar."

Pelo visto, comer deixava Chloe com sono. Com muito, muito sono. Red havia lavado a louça enquanto ela descansava no sofá, então abriu a lata dela procurando mais daqueles biscoitinhos caseiros de gengibre.

Se deu bem, e comeu alguns enquanto fazia chá. Seria Eve quem os fazia também, além de deixar toda a comida pré-preparada? Se fosse o caso, da próxima vez que ela desse em cima dele, talvez Red devesse dar em cima dela também. Seria um ótimo plano, se a irmã dela já não o tivesse fisgado.

Mas ela tinha.

Red voltou à sala e se sentou ao lado de Chloe com toda a delicadeza possível. Como era grande, seu peso movimentou as almofadas um pouco além da conta, e Chloe se mexeu.

Seus cílios bateram. Seus olhos abriram. Ela havia tirado os óculos, e olhava para ele sem foco quando lhe deu um sorrisinho. Talvez cada átomo do corpo dele tivesse implodido, se reconstituído e *ex*plodido com a visão daquele sorriso. Talvez. Mas Red tentou guardar aquilo para si.

"Você deveria ir para a cama", ele disse a ela.

"Não vou conseguir dormir. Eu sei."

"Não estava dormindo agora mesmo?"

"Nada tão satisfatório, posso garantir", ela murmurou, segurando a xícara de chá com ambas as mãos. "Imagino que você não vá gostar de ver algo exagerado e um pouco ridículo... Tô a fim de algo com cowboys. Ah, cowboys espaciais. Você gosta de cowboys espaciais? Provavelmente não." As ondas emaranhadas de seu cabelo eram como uma nuvem escura emoldurando seu rosto. Chloe olhou de lado para ele, através das mechas castanhas indomadas, com as sobrancelhas erguidas e os lábios torcidos na borda da caneca.

"Adoro cowboys espaciais", ele respondeu, sincero.

Mas eles não viram nem vinte minutos de um episódio de *Killjoys* antes que as pálpebras de Chloe se fechassem. Red desligou a tv, colocou os óculos dela em segurança em sua própria cabeça e a pegou nos braços. Seu coração bateu mais forte do que nunca. Ela fazia tudo parecer cor-de-rosa — rosa como sua saia rodada, seu pijama listrado e a ponta da sua língua quando a batia contra os dentes. Rosa como o que ele sentia por ela. Rosa como as almofadinhas decorativas da cama dela. Red as tirou do caminho e a deitou. "Red?", Chloe murmurou.

"Fala, Botões."

"Vem aqui. Você cheira a sono."

Ele não sabia o que aquilo significava, mas decidiu que era uma coisa boa. Depois de um momento de hesitação, cobriu-a e foi para o outro do lado da cama, onde deitou em cima da coberta.

Fazia pouco tempo que Red estava ali quando ela voltou a pegar no sono. Ele havia testado algumas das técnicas que a dra. Maddox mencionara em sua primeira consulta, mais cedo, naquele dia — levar o tempo que fosse preciso para organizar seus pensamentos e sentimentos, aproveitar os momentos bons. Ele deveria anotar aquelas merdas, mas Red preferia visualizá-las, e a doutora dissera que tudo bem.

Então ele ficou deitado de costas, fechou os olhos e pensou no sorriso de Chloe. Em comida chinesa e cowboys espaciais. Em se sentir ele mesmo. Contou os momentos de clareza que havia arrancado de sua mente turbulenta aquele dia, e estava orgulhoso. Permitiu-se sentir-se bem, bem, bem.

Era surpreendentemente fácil.

17

Quando ele acordou, o quarto estava claro. O canto dos pássaros e o ar frio entravam pela janela aberta. Chloe estava de pé ao lado da cômoda, enrolada na toalha.

Aquele era um modo excelente de acordar. "Oi, Chlo."

Ela gritou, então levou uma mão à boca. "Você está acordado!"

O cabelo dela pingava, sua pele cintilava com as gotículas de água e a toalha que envolvia seu corpo só ia até o meio das coxas. "É", ele disse, rouco. "Acordei."

Chloe soltou um ruído meio estrangulado e agarrou qualquer coisa na cômoda. Red tirou os olhos de suas coxas por tempo o bastante para perceber que ela segurava uma pilha de roupas. Então voltou a focar nas coxas.

"Seja gentil e feche os olhos, por favor", ela pediu.

"Preciso mesmo?"

"Não precisa, já estou indo." Ela apertou as roupas contra o peito coberto pela toalha e se apressou para o banheiro. Sob as mechas molhadas de cabelo, Red notou algo na parte superior de suas costas, um retângulo claro que parecia esparadrapo. Não, parecia mais um adesivo gigante de nicotina. Talvez fosse algum tipo de remédio. Então ela bateu a porta.

Red se levantou, passou a mão pelo cabelo e se perguntou como era que tinha conseguido pegar no sono.

De repente, a porta do banheiro voltou a se abrir, mas só uma fresta. Chloe disse: "Você está com meu elástico de cabelo? Não consigo achar nenhum outro".

Ele o tirou do pulso e o entregou através da frestinha da porta. "Está se sentindo melhor?"

"Sim."

"Detalhes", Red insistiu, embora achasse que ela fosse mandá-lo cuidar da própria vida.

No entanto, ela só fez uma pausa e disse: "Continuo exausta. Mas não estou *cansada*. Isso ajuda." Chloe fechou a porta. A palavra seguinte foi abafada pela madeira. "Obrigada."

Você cheira a sono. "Estou sempre à disposição."

Quando Chloe voltou a sair, ele estava sentado na cama, tentando não parecer alguém que mal resistira à vontade de bisbilhotar tudo o que ela tinha. Foi difícil, porque aquele quarto era a cara dela, do computador com duas telas sobre a escrivaninha, que parecia tirado de uma ficção científica, à fileira ordenada de sapatos enfiados debaixo da cama. Havia objetos por toda a parte: velas que ela nunca tinha acendido, vidros de perfume chiques que claramente nunca usara, pilhas de cadernos tão altas que ficava evidente que ela não os usava também, e milhares de fotos de sua família. Era muito charmoso.

"Desculpa por isso", Chloe disse, alisando a saia com a mão. Era amarelo-ovo, com uma faixa grossa embaixo. Fazia sua pele brilhar. Fazia Red querer ir até ela de joelhos. Seu cabelo estava preso no alto e muito elegante, as lentes dos óculos muito limpas. "Eu devia ter levado as roupas comigo para o banheiro, mas esqueci."

"Eu não ligo." Aquilo era dizer pouco.

Chloe olhou para ele. "Tenho uma escova de dente extra, se quiser. Apesar de que você pode simplesmente ir para casa. Mas pensei em te fazer um café da manhã, para agradecer pelo jantar."

Aquilo tirou a atenção dele das pernas dela, o que não era pouca coisa. "Você quer me fazer o café da manhã?"

"Não precisa parecer tão surpreso. Se você gostar de ovos e torrada, sou mais do que capaz."

"Não, é que..." Red não estava acostumado a mulheres fazendo coisas para ele. Era ele quem fazia coisas para as mulheres, e pronto. As coisas funcionavam daquele jeito. Ele passou a mão pelo cabelo e percebeu que, aparentemente, não era mais o caso. "Tá bom. Gosto de ovos. Valeu."

Red encontrou a escova de dente extra. A prateleira do banheiro de Chloe era cheia de produtos combinando — ela comprava xampu, condicionador, sabonete líquido e hidratante da mesma marca e do mesmo tipo, porque aquilo era a cara dela. Gostava de flores e de morango. Red acrescentou aquilo a sua lista do que sabia sobre Chloe Brown, uma lista que já era mais longa do que esperava, mas ainda não o bastante. Talvez nunca chegasse a ser o bastante.

Ainda assim, era agradável fazer mais e mais acréscimos àquela lista conforme a manhã passava. Primeiro, foi: *Chloe faz ovos mexidos ótimos*. Depois, foi: *É gostoso lavar a louça enquanto Chloe a seca*. Até que ele finalmente percebeu: *Começar o dia com Chloe parece bastante com começar o dia diante de uma tela*.

Quando os dois terminaram a louça, Red tinha um sorriso no rosto que já sabia que ia durar até a hora de ir para a cama aquela noite. Então, de uma vez só, ele se virou para a esquerda e Chloe para a direita no mesmo momento errado. Ou, talvez, no momento certo. Pareceu certo, quando ela trombou com ele. Pareceu certo, segurá-la pela cintura para que não se desequilibrasse. Pareceu certo, sentir as mãos dela pressionando seu peito.

Tão certo que Red não se afastou.

Chloe devia estar conseguindo sentir o coração acelerado dele. Red ficou surpreso que as batidas não fossem visíveis através da roupa. Chloe inclinou a cabeça para trás para olhar para ele, e os lábios dela se entreabriram. Aquela era a cara dela logo antes de ser beijada? Red queria saber para acrescentar à lista.

Então ela disse, com a voz ainda um pouco rouca: "Desculpa. Nossa, desculpa. Nem olhei". Mas também não se moveu.

Red apertou a pegada na cintura dela por um momento antes de se forçar a soltá-la. Foi um processo longo e demorado, relaxar cada músculo tenso de seu corpo, lembrar a parte dele que não pensava que não podia simplesmente levar sua boca à dela. Red pretendia soltá-la por completo, pretendia recuar um passo, pretendia dizer alguma coisa.

Mas só foi capaz de atingir o último de seus objetivos. E o que ele disse não chegou a ser sensato. Na verdade, nem sabia como aquilo tinha passado despercebido pelos seguranças e chegado até sua língua. "Você já sabe o que eu quero, Chlo?"

Com o sussurro rouco dele, Chloe congelou. Não estava exatamente se movendo antes, mas agora tudo nela ficara imóvel de uma maneira pouco natural, como se nem estivesse respirando.

Red fechou os olhos e se xingou mentalmente. Era demais. Era...

"Sei", Chloe disse, fraco. "Eu sei. E acho que tenho medo."

Quando ele abriu os olhos, ela raspava os dentes contra o lábio inferior, parecendo agoniada. A expressão em seu rosto quase dilacerou o coração dele. Red engoliu em seco. E continuou insistindo, porque foda-se. "Por quê? Acha que vou magoar você?" Ele não acrescentou: *Como todos os outros.*

Ela pareceu ouvir aquilo mesmo assim. "Talvez." Sua testa se franziu ainda mais, e ela balançou a cabeça, irritada. Contra o peito dele, suas mãos se fecharam em punhos, os dedos puxando a camiseta. "Não. Sim. Eu só... Tenho sempre medo de que..." Chloe ergueu os olhos para ele, com a compreensão se assentando em seu rosto. "Red. Acho que estou sendo uma covarde."

"Tem uma grande diferença entre ser uma covarde e pôr sua segurança emocional em primeiro lugar", ele disse. Porque sabia daquilo em primeira mão.

Mas ela também sabia. Chloe assentia devagar, mas seus olhos continuavam estreitos atrás das lentes. "Tem uma diferença. Eu penso na minha segurança o tempo todo. Constantemente. E não é o que está acontecendo. A necessidade que tenho de evitar isso", ela murmurou, quase para si mesma, "é como... é como ir para a cama às nove em ponto toda noite. Como me recusar a fazer planos, mesmo com minhas irmãs. Como me manter dentro de casa por um ano, por achar que não suportaria pegar um resfriado."

Ele piscou, distraído por um segundo. "Você fez isso?"

O sorriso dela foi um lampejo. "Os primeiros anos não foram bons, Red. Eu não estava bem. A lista não é o primeiro desafio que tive que me impor." Ela umedeceu os lábios e afastou os olhos do rosto dele enquanto mergulhava em pensamentos. "Mas sempre consegui. De um jeito ou de outro. Sempre dei o próximo passo, não importa o tempo que levou."

"É claro que sim", ele sussurrou. "Você é muito foda, lembra?"

Ela voltou a olhar para Red, com o sorriso mais largo agora, mais certo, como se não fosse a lugar nenhum. Algo brilhou em seus olhos, fazendo o coração dele ficar mais leve dentro do peito. "É verdade. Eu sou. E eu quero... você. Você inteiro. Faz um tempo que não faço esse tipo de coisa, entende? Mas quero tentar. Você quer?" Seus olhos, escuros e sérios, pareciam carregar um peso — mas de um jeito bom, como o peso da expectativa que significava que alguém quase confiava que você não ia ferrar com tudo. O corpo inteiro dele se enrijeceu em antecipação, a vertigem nervosa do tipo "puta que o pariu" que Red costumava sentir antes da abertura de uma exposição.

"Quero", ele soltou. "Chloe. Quero."

Ela sorriu. E então o beijou.

Foi o mais leve roçar dos lábios dela nos dele, uma vez, duas vezes, três vezes. Tão suave, tão delicado, que Red sentiu um aperto no coração. Ele prendeu o fôlego, fechou os olhos e se abaixou na direção dela, porque não queria que se machucasse. Seus dedos afundaram nas curvas luxuriosas dos quadris dela por um momento desesperado antes que Red se forçasse a relaxar, a não a tratar como um homem das cavernas. Pelo menos não até que Chloe pedisse aquilo a ele.

Os dedos dela passaram pelo maxilar dele, como se ela quisesse tocá-lo mas não estivesse certa de como fazer aquilo. Red queria lhe dizer que qualquer que fosse o modo como ela o tocasse seria o certo, mas preferiria pisar na porra de um prego enferrujado a interromper aquele beijo tão sutil. Os lábios de Chloe roçaram os dele de novo, e a sensação disparou pelo corpo de Red como uma estrela-cadente, do tipo que ainda marcava o céu por longos momentos depois de ter passado. Chloe tinha gosto de pasta de dente de hortelã, sarcasmo, língua afiada, hesitação surpreendente. Ela estava acabando com ele. Estava simplesmente acabando com ele.

Red deslizou uma mão pelo maxilar de Chloe e inclinou a cabeça dela para trás. Chloe suspirou enquanto ele deitava sua boca sobre a dela e lhe dava o beijo mais doce de que era capaz, porque era o que ela havia acabado de lhe dar. Devagar, com cuidado, ele mergulhou na boca com que havia sonhado. Quando sentiu os óculos dela contra a bochecha, se afastou para que Chloe pudesse tirá-los — mas a isso se seguiu um ruído de protesto dela. A mão indecisa dela finalmente deixou de hesitar; enfiou os dedos no cabelo de Red e puxou, trazendo-o para mais perto, prendendo-o. Pelo visto, não se importava com os óculos.

A mão dele passou do maxilar para o pescoço dela, só porque queria sentir mais pele. Chloe gemeu baixo e voltou a puxar o cabelo dele, disparando lampejos de prazer como o flash de uma câmera por trás das pálpebras de Red. Chloe lambeu timidamente a língua dele, e o tesão subiu pela coluna de Red, em um branco brilhante e um vermelho urgente. Ela pressionou o corpo contra o dele, os seios grandes e a barriga macia, arfando em sua boca. Puxou a camiseta com uma mão antes de enfiá-la por baixo da barra. O deslizar das pontas dos dedos pelo abdome de Red o fez gemer tanto quanto se ela o estivesse chupando. *Me toca. Me deseja. Seja minha.*

Red estava gostando de deixá-la conduzir, mas, nossa, muito em breve ele ia tocá-la também. Em qualquer lugar. Em todos os lugares. Ele queria sentir a barriga dela tremer sob seus lábios enquanto Chloe prendia o fôlego, queria ouvi-la implorar por mais enquanto ele pegava seus peitos, queria sentir a boceta quente dela derretendo em sua boca. Mas não fazia ideia se ela já estava preparada, e a última coisa que queria fazer era perder o controle e apressá-la. Chloe havia acabado de decidir oficialmente fazer o que quer que fosse.

Ele se afastou um pouco, só o bastante para respirar. "Vai com calma, Chlo."

Ela parou por completo, soltou-o e recuou um passo, evitando os olhos dele, sem jeito. Em um instante, ficou rígida e desconfortável. Que não era de modo algum o que Red queria. Era tão pouco o que Red queria que ele teve que resistir à vontade de choramingar como um cachorro. Ele pegou a mão dela e a colocou de volta em seu braço. "Não faz isso", Red disse contra o cabelo dela. "Aqui é o seu lugar agora. Tá?"

Chloe não sabia que era possível passar de meio constrangida a derretendo como manteiga, mas aparentemente só era preciso algumas poucas palavras. *Aqui é o seu lugar agora.*

Sua voz saiu abafada, já que no momento Chloe estava prensada contra o peitoral maravilhoso de Red, quando ela disse: "Ah".

"E quando eu disse 'Vai com calma', queria dizer 'Me dá um segundo antes que eu goze'. E não 'vai embora'."

"Ah." Chloe ergueu os olhos.

Red endireitou os óculos de Chloe e deu uma batidinha no nariz dela. "É. Só estou vendo se está tudo bem. Sei que você ainda não está se sentindo cem por cento."

Chloe não sabia como ele notava coisas daquele tipo. Ela estava de pé, estava vestida, estava medicada e sorrindo. Red não deveria nem desconfiar da leve e persistente dor de cabeça, ou da dor que o emplastro não conseguia alcançar, insistente o bastante para que Chloe já se sentisse frustrada.

Ela imaginou que o que quer que ele tivesse que fazia com que notasse aquilo deve ser a mesma coisa que a fazia confiar nele.

"Mas não estou me sentindo mal", ela murmurou, sendo sincera. Em sua escala pessoal de um — *maravilhoso* — a dez — *excruciante* —, estava no seis. Seis era razoável. Um ponto acima da média. Nas raras ocasiões em que se via no quatro, Chloe costumava se perguntar onde estariam os pés do universo, para poder beijá-los.

No entanto, Red parecia não estar impressionado com a Chloe Seis, porque bufou àquilo. Mas não a soltou. Quando afundou ainda mais em seus braços, Chloe sentiu sua rigidez através do jeans, pressionando a barriga dela e fazendo seu sangue correr mais forte. Então tá. Aquilo ela não ia largar. Não quando tinha decidido ser ousada.

"Acho que você devia me beijar de novo", Chloe disse. "E, dessa vez, sem fazer nenhuma bobagem. Tipo parar."

Ele sorriu, mas seus olhos se mantiveram sérios. "Você não está bem."

"Nunca estou. E os médicos vivem falando que endorfinas são analgésicos naturais, então..."

"Sério? Seus *médicos* dizem isso?"

"Dizem, mas em geral no sentido de *Chloe, você precisa sair e se divertir*. E não: *Chloe, você devia seduzir desastrosamente alguém enquanto discute o seu nível de dor.*"

Red envolveu a cintura dela, trazendo seu corpo para mais perto do dele. Não havia como evitar o pau duro agora. Ela tentou manter certa dignidade. Foi bem-sucedida por meio segundo, então se desfez como queijo feta e movimentou os quadris contra os dele. O gemido estrangulado que Red soltou foi... bom. O modo como ele fechou os olhos e deixou a cabeça cair para trás, expondo sua garganta vulnerável, foi inebriante.

"Orgasmos produzem endorfinas, né?", ele perguntou, com a voz sofrida.

"Sim."

"Quer ter um?"

Ela piscou para seu lindo pescoço corado por um momento. Aquilo estava mesmo funcionando? Parecia que sim, mas Chloe não tinha certeza, porque de repente não conseguia pensar direito. Então seu cérebro backup pareceu entrar em funcionamento — uma seção menor de sua mente que assumia sempre que algo cortava a energia do cérebro principal, como um gerador. "Algo" como a oferta casual de um orgasmo.

O backup disse a Red: "Ainda estou usando o emplastro de buprenorfina. O que dificulta um pouco, hum, conseguir isso."

"Quer tentar?"

Ela soltou o ar com força. "Sim, por favor."

Chloe não podia ser responsabilizada pelas ações de seu backup.

Quando Red abriu os olhos, ela viu luxúria pura ali, como se alguém tivesse ligado holofotes no escuro. Aqueles olhos verdes e atentos recaíram sobre ela como uma tonelada de tijolos. Uma tonelada de tijolos sexy. Pelo visto, tijolos podiam ser sexy quando vinham dos raios laser disparados pelos olhos de Red Morgan. Talvez Chloe estivesse delirando de tesão. O backup continuava no controle. Mas não importava.

Red pegou o rosto de Chloe nas mãos como se ela fosse algo delicado e a beijou como se tivesse passado uma vida inteira separado dela. Seus dedões calejados passearam pelas bochechas dela enquanto os corpos deles se mantinham colados do peito às coxas, o pau dele duro contra a barriga dela. Os lábios de Red reivindicaram os dela vorazmente, cada passada quente e deslizante de sua língua despertando uma sensação deliciosa entre as coxas de Chloe. Ela gemeu, e ele se afastou como se aquilo fosse o que estava esperando. O tamanho de suas pupilas pretas como azeviche deixava seus olhos claros com uma aparência estranha, como se fossem de outro mundo.

"Quarto", Red disse.

Chloe logo estava sentada toda empertigada na beira da cama, com um homem que era uma tempestade controlada ajoelhado entre suas coxas. Ele envolveu seus tornozelos nus e murmurou: "Você sempre usa esses sapatos... e essas saias. Me deixa maluco". Red soltou, mexeu em um botão da malha dela e franziu a testa, então insistiu por um momento. "Chloe... esses botões são de mentira?"

"É claro que sim", ela disse. "Botões de verdade desperdiçariam minhas capacidades limitadas."

Ele riu como se ela estivesse fazendo *stand-up* em um grande teatro.

Risadas não eram exatamente o que Chloe queria dele no momento, mas foi tão fofo que ela deixou passar. Red descansou a cabeça nas pernas dela enquanto ria, e Chloe enfiou os dedos no fogo dourado que era o cabelo dele até que ele se acalmasse. Quando Red voltou a olhar para ela, seu sorriso reluzia mais que seus olhos. "Você e a porra dos seus casaquinhos. A porra dos seus casaquinhos falsos."

"Você gosta de casaquinhos?", ela perguntou, atrevida.

Toda a graça pareceu passar, substituída por algo bruto e animalesco. "Gosto dos seus."

Chloe nunca estivera mais feliz com sua estranha obsessão por botões que não podia usar. Antes que perdesse a coragem, tirou a malha por cima da cabeça. "Viu quanta eficiência?"

Red não respondeu. Parecia que estava ocupado demais olhando para o peito dela. Sua testa se franziu como se sentisse dor e seus olhos se fecharam por um segundo antes que ele os forçasse a abrir de novo, como se não quisesse perder nada. E então, meu Deus, Red mordeu o próprio lábio. Como se quisesse morder Chloe. Como se ela o deixasse faminto.

Bom, o sentimento era mútuo.

Chloe baixou do ombro as alças do sutiã, então Red finalmente reencontrou sua voz. "Não tira isso a menos que você queira que eu morra aqui."

Ela revirou os olhos. "Tão dramático..."

"Você não faz ideia do quanto eu te quero", ele sussurrou, devorando com os olhos a pele nua dela. "Nem consigo te explicar essa porra. Não sei como."

Talvez fosse verdade, mas, no momento, Chloe achava que ouvia aquilo em sua voz, que via aquilo em seus olhos — e que sentia aquilo quando ele passou a mão da saia para os quadris, para a cintura, e então para suas costelas. Red brincou com o lacinho do sutiã dela, se inclinou e beijou sua barriga. Chloe se segurou para não arfar com o toque áspero de sua barba por fazer e o calor de sua língua. Uma necessidade lânguida transformou o sangue em suas veias em vinho.

Ela inclinou a cabeça para trás e murmurou: "Por acaso você não tiraria a camisa pra mim, né?".

"Acho que posso dar um jeito." Ele tirou a camisa por cima da cabeça. O desejo entre as coxas dela só piorou ao ver aquilo. Red era divino. Assim de perto, ela finalmente percebeu que as tatuagens cobrindo seus ombros, seu peitoral, a lateral direita do corpo seguiam o estilo clássico e antigo que costumava contar com cores, mas que no caso dele se restringia ao preto e ao cinza. Uma águia, um veado, uma mulher com rosas no cabelo chorando — os olhos de Chloe traçaram cada trecho intricadamente matizado.

Red subiu a saia dela até as coxas e disse, com a voz rouca: "Gosto de como você olha para mim".

"Eu..."

O telefone dele soou — não era uma ligação, só um alarme ou lembrete. Red o tirou do bolso de trás, pressionou um botão e o jogou — literalmente *jogou* — porta do quarto afora.

Chloe piscou. Ela vinha sendo muito imprudente aquela manhã. "Ah, Red. Você tem que trabalhar..."

"Estou ocupado. Quieta."

"Não acho que você queira que eu fique quieta", ela disse sem pensar, e foi recompensada com um sorriso travesso.

"Não quero mesmo." Ele se ergueu sobre os joelhos e voltou a beijá-la, lambendo sua boca com uma voracidade e uma obscenidade que a fez ficar muito molhada, muito rápido. Red ergueu a saia dela de novo, mas em vez de tocar a boceta desesperada voltou a levar a mão às costelas de Chloe. Um pouco mais alto. Ele chegou ao sutiã e sentiu o peso de seus seios, apertando, massageando, desfrutando sem nenhuma vergonha. Chloe estremeceu, gemendo contra a boca dele. Red mordeu o lábio inferior dela, então chupou aquele ponto. Cada puxão lento dava início a uma fagulha de prazer em seu clitóris. Se ele não fizesse nada logo, Chloe ia ter que começar a se tocar sozinha.

"Tem uma coisa que não te contei", Red murmurou contra os lábios dela. "Adoro seus peitos." Os dedões dele passearam pelos mamilos, circularam as aréolas sensíveis. Quando Chloe protestou, Red voltou a beijá-la, depressa e com intensidade, como se quisesse sugar o prazer dela para seu corpo. Então ele continuou. "Adoro seus peitos, mas não tanto quanto suas pernas. Não me pergunte por quê. Sempre fantasio com suas pernas." As mãos dele voltaram a descer pelo corpo dela, passando pelos quadris e pela barriga, até apertarem as coxas. "São tão macias, grossas e gostosas." Red gemeu e plantou beijos quentes de boca aberta na mandíbula, na garganta e no colo dela.

Chloe puxou o ar quando a boca dele chegou à beira dos seios e seguiu em frente. Red tinha lhe dito para ficar de sutiã, mas então resmungou "Foda-se" e baixou uma taça para que o seio se derramasse para fora. Então a ponta de sua língua, impossivelmente leve e dolorosamente delicada, provocou o mamilo. Com o contato, um gemido escapou dos lábios dela. Seu corpo se arqueou sem permissão, seus quadris se movimentaram para a frente. Red pegou o mamilo com a boca, chupando forte, e Chloe perdeu os últimos resquícios de controle. Era como se ela tivesse estado nos limites da consciência, agarrada à lucidez pelas pontas dos dedos, mas agora cambaleava no mundo dos sonhos. Era puro tesão.

"Red", Chloe arfou, enfiando os dedos no cabelo dele. "Ai, meu Deus. Red. Mais." Ela pegou uma mão dele e enfiou entre as próprias coxas, movimentando o clitóris inchado contra a palma. Red soltou o mamilo dela com uma última lambida doce, e a pele sensível de Chloe formigou com a barba por fazer. Ela se perguntava como seria sentir aquilo na parte interna de suas coxas.

Ah, Chloe queria muito aquilo.

"Quer saber do que eu mais gosto?", Red perguntou, como se conversassem, como se aquela fosse uma interação supernormal. Como se ela não se esfregasse freneticamente contra a mão dele.

"Do quê?", ela soltou, mal se importando, mal ouvindo.

"Disso", ele murmurou. "De você. Meu anjinho desesperado. Ficando louca por mim." Red recolheu a mão, e Chloe se queixou. O som se transformou em um gemido quando ele finalmente desceu a calcinha dela. "Ah", ele disse. "E disso." Sem aviso, os dedos grossos dele deslizaram para dentro dela. O suspiro de Chloe foi entrecortado, arrancado de algum lugar bem do fundo dela. O modo como Red a tocava era tão íntimo que deveria ser obsceno. Ele abriu bem as pernas dela e disse: "Dessa boceta gostosa e molhada. Ah, Chloe". Seu dedão circulava o clitóris dela do jeito certo, tão certo que Chloe achou que ia explodir, desaparecer em uma chuva de faíscas, em uma onda fugaz de energia perigosa. "Você está toda inchada e escorregadia, e eu..." Red se interrompeu, fechou os olhos com a expressão agoniada e mordeu o próprio punho. "Não", ele murmurou. "Hoje, não."

"Hoje, sim", ela ordenou, abrindo ainda mais as pernas, arqueando as costas, mostrando a ele tudo de que dizia gostar tanto.

Red sustentou o olhar dela, ainda provocando seu clitóris com o dedão. "Não vou apressar as coisas. E imagino que você não tenha camisinha."

Ah. É. Aquele era um bom ponto. "Você não tem uma na carteira ou coisa do tipo?"

Ele riu. "Acho que você não entendeu muito bem como anda minha vida sexual. Não, não tenho uma camisinha na carteira. E, mesmo se tivesse, não ia dar o que você quer. Tenho que ir devagar. E gosto de te ouvir implorar."

"Você é malvado."

"E você gosta disso." Red segurou o rosto dela e a beijou com delicadeza. Sempre a tocava com cuidado, mas Chloe não sentia que tinha medo de quebrá-la. Era mais como se a venerasse mesmo enquanto a devassava. Mais como se ela fosse dele, e fosse preciosa, mas Red planejasse gozar nela toda mesmo assim.

Hum... Por favor.

Ele enfiou a língua na boca de Chloe e dois dedos dentro dela — não muito fundo, não com força, só provocando. Acariciando. Explorando. Quando tocou o ponto G, ela parou de respirar por um momento. Quando sua respiração voltou, ela expirou com uma torrente de "*Ah, isso, aí, aí*".

"É?", ele sussurrou contra os lábios dela. "Tem certeza de que não quer que eu...?" Red tirou os dedos, e ela protestou. Então ele circulou o clitóris, com os dedos úmidos da excitação dela, o toque tão certeiro que Chloe gritou.

E então ele voltou ao ponto G.

Chloe agarrou os ombros dele, porque sentia que ia desmaiar. "Red, por favor, por favor..."

"Tudo bem, linda", ele murmurou, movendo os dedos mais rápido, seu calor esvanecendo conforme ele se afastava. Suas palavras seguintes vieram com um hálito quente contra as coxas de Chloe. "Você é tão linda. Tão linda. Quanto mais eu olho, melhor fica."

Como ele podia dizer aquilo quando estava sem camisa e deslumbrante, de joelhos diante dela, torturando-a, Chloe não fazia ideia. Então ele baixou a cabeça e bateu a língua contra a carne inchada dela, e aquilo deixou de importar, porque nada mais importava além da sensação. De sentir aquilo. De sentir Red. Sua boca quente, úmida e lenta, muito lenta, enquanto lambia e chupava seu clitóris. Sua língua esfregava cada centímetro dela com uma intensidade desavergonhada, escorregadia, meticulosa, vertiginosamente boa. Chloe gemeu, disse o nome dele e puxou seu cabelo, mas nada daquilo aliviou a pressão divina e impossível que se acumulava logo abaixo de sua pele. Quem fez aquilo foi ele. Red a amou com firmeza, por inteiro, os dedos entrando fundo enquanto ele provocava, chupava, plantava beijos profundos nos lábios dela, do mesmo jeito que possuíra sua boca. Chloe se derreteu, e ele lambeu sua umidade como néctar.

O orgasmo foi tão poderoso que Chloe achou que fosse desmaiar. Ela soltou um som agudo, desesperado e arquejante que talvez fosse o nome dele, talvez não significasse nada, talvez fosse um *Ai-meu-deus-isso-é-fantástico-obrigada*. Quem poderia saber? Certamente não ela, porque o prazer tomou conta de seu corpo de tal forma que precisou tirar a consciência do caminho para abrir espaço. Chloe gozou até não restar nada além de uma mulher esgotada com o corpo mole e lágrimas quentes escorrendo pela bochecha.

Red a abraçou firme e a beijou com força, e Chloe sentiu seu próprio gosto na língua dele. Então ele roçou os lábios sobre as lágrimas e murmurou: "Sabia que você ia chorar".

Ela não estava certa de como sua voz ainda funcionava, mas conseguiu perguntar: "Por quê?".

"Você sente demais", Red disse apenas.

Ah, se ele soubesse. Se Red soubesse tudo o que ela sentia por ele.

18

Chloe não achava que era despropositado dizer que um orgasmo por cortesia da boca safada de Red era agora seu modo preferido de começar o dia. E, já que estava naquele assunto, um orgasmo por cortesia das mãos safadas de Red era seu modo preferido de ir para a cama. Chloe podia assegurar aquilo, porque na quinta à noite ele foi ao apartamento dela depois do expediente, fez o jantar e aprovou o que ela havia feito até então para o site. Depois a levou para a cama e enfiou os dedos nela até que Chloe se desfizesse.

Red não estava mais lá quando ela acordou na sexta pela manhã, mas havia deixado algo na escrivaninha, bem ao lado do computador: uma mensagem rabiscada com sua letra familiar em um dos post-its cor-de-rosa dela.

Me liga se precisar. Te vejo amanhã. (VAMOS ACAMPAR.)

Embaixo, desenhara uma arvorezinha fofa. Chloe não sabia dizer o que exatamente tornava o desenho fofo, a não ser o fato de que Red o tinha feito.

Então ele estaria ocupado até o dia seguinte? Chloe se viu sorrindo ao pensar em todas as coisas que Red devia estar preparando. Para alguém que no passado parecera sua antítese, ele tinha um gosto secreto pelo planejamento que fazia com que Chloe quisesse beijar suas lindas bochechas coradas. Ela passou o dedo pelo desenho da árvore e suspirou. Acampar. Credo. Não era exatamente o forte dela, mas Chloe tinha a estranha impressão de que ia gostar mesmo assim. Sentia um friozinho excitante no estômago, como alguém que sorria e gritava ao mesmo tempo ao andar em uma montanha-russa.

Aquela, Chloe decidiu, devia ser a sensação da aventura. Não uma provação, como tinha sido quando saiu para beber e dançar, mas um risco bem-vindo. Quando ela e Red tinham deixado aquela casa noturna horrorosa, uma semente de possibilidade começara a crescer em Chloe, ousada e elétrica: talvez a lista devesse ser mais do que um exercício envolvendo riscar itens. Talvez devesse *significar* mais. Talvez modificá-la não fosse o fim do mundo.

Agora aquela semente já tinha se tornado um broto, e Chloe estava pronta para fazer alterações. Um pouco apreensiva, mas ainda assim pronta.

Ela encontrou o caderninho azul-cintilante e se sentou com ele à escrivaninha, o post-it de Red ao seu lado, sentindo um peso significativo no ar. Depois de um momento de hesitação, Chloe riscou o segundo item, "sair para encher a cara uma noite", com um traço rápido e decidido da caneta. Ao lado daquilo, escreveu, meio sem jeito, com uma cara de quem não sabia muito bem o que estava fazendo: *Ligar para Annie. Ser simpática. Fazer amigos.*

Dani sempre dizia que escrever os próprios desejos, mesmo o mais vagamente possível, era um passo vital para manifestar seu ideal de futuro. Chloe sempre dizia que aquilo não fazia sentido, mas a verdade era que acreditava nela. Ela ficou olhando para a lista alterada, cada vez mais satisfeita, como um poste de rua acendendo devagar conforme o sol se punha atrás dele. Ela riscou o item 5, que envolvia sexo sem compromisso, com gosto.

Então escreveu mais alguma coisa, um item novo, porque ele a fazia sentir coisas totalmente novas. Outro desejo, outra manifestação, um ponto de partida para um futuro ideal que Chloe só ousava espiar pelos dedos entreabertos. Um que ela estava determinada a conquistar.

8. Ficar com Red.

Ligar para Annie se provou o item da lista mais fácil de riscar. Quando Chloe se forçou a procurar o misterioso cartão rosa-schocking e digitar o número que havia nele no celular, ainda curtia o barato de editar a lista e se sentia totalmente ousada. Talvez aquele fosse o motivo pelo qual, quando Annie sugeriu tomar um café aquela tarde, Chloe concordou sem nem olhar a agenda antes.

Ela era espontânea, afinal de contas. Era flexível. Estava comprometida com sua nova e melhorada lista.

Horas depois, também estava nervosa. Chloe esperava sentada à mesa de um café cheio, barulhento demais e talvez pouco higiênico de Harebell, que só poderia ser descrito como o bairro hipster da cidade. Claro que Annie, com suas roupas estranhas e seus cartões de visita excelentes, ia querer encontrá-la num lugar como aquele. No entanto, *não estava* ali, por isso Chloe teve que se sentar sozinha junto à janela fria, tremendo.

Maravilha.

Mas esperar não era tão ruim. Dava-lhe tempo de mandar mensagens para seu novo contato preferido.

CHLOE: Adivinha onde estou?
RED: Escalando o Kilimanjaro?
CHLOE: Ainda não.
RED: Espero que não tenha ido pra Nova York sem mim.

Ela ficou olhando para aquela mensagem, feliz, por alguns momentos, enquanto milhares de implicações maravilhosas se desencadeavam em sua mente, como uma guirlanda sem fim de margaridas. Talvez eles fossem a Nova York juntos. Porque eles estavam juntos. Compartilhavam objetivos e faziam planos para o futuro. E coisas do tipo.

CHLOE: Eu não iria sem você. Estou em um café esperando por Annie.
RED: Oi?
RED: AQUELA Annie?
RED: Na verdade, tanto faz qual Annie. Você está esperando por alguém? Pra tomar um café? Não pra jogar um café na cara da pessoa nem nada? Pra tomar um café de verdade?

Ela riu, levando a mão à boca.

CHLOE: ISSO. E que tipo de pessoa você acha que eu sou?
RED: Do tipo interessante, mas de pavio curto.
CHLOE: Você é um homem difícil.
RED: Isso me faz perfeito pra você. ☺

Ela ainda estava sorrindo quando Annie chegou.

"Chloe!" Annie se jogou no assento à frente da mesa com o som de uma bolha ao estourar. "Aí está você!"

Chloe só ficou olhando. *Ali estava ela?* Ali estava ela fazia trinta minutos, pelo amor de Deus. "Sim", Chloe disse, seca. "Aqui estou eu."

"Desculpa pelo atraso. Tive um acidente com a vitamina."

"Ah. Isso parece..."

"Saudável? Muito." Os cachos dourados de Annie estavam quase colados à cabeça graças ao que pareciam ser milhares de fivelinhas pretas. Ela usava aquele casaco camuflado enorme de novo, mas quando o abriu revelou um figurino surpreendentemente comum, que consistia em calça jeans e uma malha pink. "Café?", ela perguntou, animada.

Por educação, Chloe a tinha esperado para pedir, ignorando os olhares mortais da mulher do outro lado do balcão por meia hora, de modo que ela assentiu ávida até perceber com o que estava concordando. "Ah. Só que eu não tomo café. Vou pegar um chá."

"Deixa comigo!" Annie já tinha ido antes que Chloe pudesse dizer qualquer outra coisa. Ela era tão... *vivaz*. Energética. Talvez totalmente aberta, talvez a rainha do sarcasmo. Chloe não sabia muito bem qual dos dois, e desconfiava que sua irritação talvez viesse de um desejo urgente de descobrir, e de uma preocupação de que nunca chegasse a tal. Fazia quanto tempo que ela não tinha um amigo e o mantinha? Tanto que ela devia ter perdido aquela capacidade, tal qual um músculo que atrofiava. Devia ter feito exercícios sociais em conjunto com a fisioterapia por todos aqueles anos. Ela deparou com seu reflexo distorcido no açucareiro de inox brilhante que ficava no meio da mesa e olhou com severidade para si mesma. "Se recomponha", disse à Chloe de metal cuja cabeça tinha o formato de uma berinjela. "Pense em vitória. Pense em triunfo. Pense como uma mulher que é bem-sucedida em todas as suas empreitadas."

"Que excelente filosofia!", Annie disse.

Opa. Chloe forçou um sorriso e tentou parecer um pouco menos como alguém que encorajava seu próprio reflexo no meio de cafés descolados.

Annie pôs na mesa a bandeja com as bebidas, voltou a se sentar e disse: "E aí? Ainda está brava comigo por causa da Perdita?".

"Eu... hum... ah, eu não estava *brava* com você..."

"Sei que estava. Eu estaria também, no seu lugar. Perdy é uma *boneca*." Annie fez uma pausa. "Bom, pra uma gata. Não gosto muito de gatos, na verdade."

Chloe a encarou. "Não gosta?"

"Nossa, não. Prefiro cachorros. Mas o lance é que tenho que cuidar deles. Faz parte do acordo."

"Acordo?"

"Com a deusa do submundo", Annie disse, com a voz grave.

Ai, meu Deus.

Annie prosseguiu, com a voz ainda mais grave: "Minha mãe".

Ah. Aquilo era bem menos maluco.

"Você fez um acordo com sua mãe que envolve cuidar de gatos?"

"De onze. Ainda bem que a maior parte passa o dia fora de casa. Tenho que manter todos em segurança e atender suas necessidades pessoalmente tanto quanto possível."

Chloe a encarou, horrorizada. "E o que é que você recebe em troca nesse acordo?"

"Posso morar na casa da minha mãe enquanto ela veleja pelo mundo em um barquinho qualquer com o terceiro marido, Lee. Sei o que você deve estar pensando: só três maridos? Mas minha mãe era bem jovem quando me teve, então ainda não é tão velha quanto você deve estar achando. Com sorte, quando chegar aos sessenta vai ter pegado o jeito e chegado pelo menos no quinto."

"Claro", Chloe concordou. "Não tem nada de errado em demorar para engrenar."

"Não tem mesmo. Já eu sou uma causa perdida", Annie disse. "Trinta e quatro anos e nem um único marido falecido ou de quem eu tenha me divorciado ou me livrado de algum jeito."

"Nem eu. Culpo a modernidade por essa lacuna ultrajante na minha formação. As escolas simplesmente não fornecem às meninas as ferramentas de que elas precisam para arranjar e dispensar maridos."

"Concordo plenamente. Mas se você, como eu, sofre dessa falta de um cheque do seguro de vida ou pensão, o que faz para se suprir de biscoitos de chocolate e coisas do tipo?"

"Sou web designer", Chloe disse. "Tenho que te dar meu cartão. Não é tão bonito quanto o seu."

"Para com isso", Annie disse, mas na verdade parecia contente com aquilo. Ela tinha uma boca meio Julia Roberts, então era impossível não notar o sorriso que tentava esconder.

Chloe se viu abrindo um sorriso ainda mais largo em troca. "E você, o que faz?" Porque ela estava morrendo de curiosidade, e ainda não havia se permitido fuçar.

"Sou designer de lingerie", Annie disse.

"Nossa. Isso..."

"Você não está usando o sutiã certo, por sinal."

Chloe piscou e baixou os olhos para o próprio peito. "Como?"

"Desculpa. Minha tia sempre me diz para não falar esse tipo de coisa. Mas você parece o tipo de pessoa que gosta de saber qual é a real."

"Eu sou. Como você sabe que não é o sutiã certo?"

"Ah, dá pra notar, mas, por favor, não se preocupa, você está ótima."

Chloe assentiu. "Não parece que eu tenho um único peitão no meio do corpo nem nada do tipo?"

"Não mesmo", Annie disse, imediatamente. "Nem um pouco."

"Que bom. Mas acho que agora eu preciso comprar um sutiã novo então." Uma ideia lhe ocorreu, do tipo que em geral ela dispensaria de cara. Do tipo que ela teria medo de dizer em voz alta, para não se sentir rejeitada ou constrangida. Mas Chloe andava sendo ousada, de modo que reuniu forças e soltou: "Talvez, em algum momento, você, hum, aceite me dar uns conselhos sobre..."

"Eu vou com você", Annie disse imediatamente. "Comprar. Vamos passear um pouco."

Chloe sorriu. Tinha sido fácil. Tinha sido mais do que fácil. "Ótimo. Isso. Vamos."

* * *

    Passar o dia sem Chloe tinha sido como ter o cabelo raspado. Ou talvez Red pudesse culpar a consulta com a dra. Maddox por aquilo. Depois de duas sessões relativamente seguidas, Red não estava bem desfrutando da terapia, mas gostava do fato de que compreendia muito mais a própria cabeça. E, meio como Chloe, que riscava os itens de sua lista, ele se sentia melhor toda vez que ia a uma consulta.
    Dava para dizer o mesmo sobre a conversa por telefone que tivera com Vik, muito embora tivesse sido tão fácil quanto a terapia. Dizer ao melhor amigo que estava pronto para seguir em frente, para voltar ao mundo real, mas de maneira independente, deixando sua rede de segurança para trás, tinha sido uma coisa. Mas admitir para o chefe que vinha dormindo com uma inquilina, literalmente, não tinha gerado o mesmo momento de amor fraternal entre eles. Mas, pelo menos, Vik não tinha pegado o carro para dar um chute no saco dele em pessoa. Aquilo tornaria os planos de Red para o fim de semana muito mais difíceis de concretizar.
    Agora era sábado à tarde e ele estava à porta de Chloe com duas malas, já sorrindo. Tinha batido, o que significava que estava a cinco segundos de revê-la. De ouvir sua voz, em vez de imaginá-la enquanto lia suas mensagens. De tocá-la...
    Chloe abriu a porta.
    A primeira coisa que Red notou foram os olhos dela, brilhantes e animados por trás das lentes dos óculos. Talvez porque ela também estivesse ansiosa para vê-lo. Ou talvez porque estivesse inesperadamente animada com a ideia de acampar. Chloe parecia muito preparada: seu cabelo estava preso em uma daquelas tranças chiques dela que ele não sabia o nome, e ela vestia roupa de caminhada, com as cores combinando. Em geral, ele sentiria falta das saias bonitas dela, mas estava gostando da legging colada nas coxas grossas.
    "Para de me secar, seu pervertido", Chloe disse.
    Red levantou os olhos bem quando ela se atirava sobre ele. Entre a força de Chloe o envolvendo e o peso das alças das malas sobre seus ombros, foi um milagre Red não ter caído. Mas ele conseguiu se manter de pé, e sua recompensa foi a boca de Chloe: ela o beijou pra caralho.

A realidade se alterou, encolhendo até um ponto ótimo que consistia apenas nas mãos dela agarradas ao seu moletom e na língua se movendo vagarosamente sobre a sua. Chloe cheirava a flores molhadas pela chuva, calor, conforto e um desejo do caralho. Ele não podia contar aquilo a ela do jeito que queria, então deixou que suas mãos ocupadas falassem por sua boca. Se esbaldou nela como se fosse um doce néctar, mordeu seu lábio inferior, engoliu seus gemidinhos leves com vontade. Então, depois da eternidade mais curta do mundo, Chloe se afastou. Interrompeu o beijo. Descansou a testa contra a dele e fechou os olhos, com a respiração pesada por um momento. O som dela arfando o fez sorrir.

Ela abriu os olhos e murmurou: "Oi".

"Oi", Red respondeu, com a voz rouca. "Estou vendo que está animada para acampar."

Chloe riu e o puxou para dentro, fechando a porta atrás deles em seguida. "E como."

Ele a seguiu até a sala, feliz ao notar que o apartamento estava arrumado o bastante a ponto de sugerir que Chloe andava se sentindo bem. "Sério?"

"Sério." Ela se ajoelhou no chão diante de uma mochila enorme, mexeu nas alças e enfiou uma garrafa de água cor-de-rosa em um bolso lateral. "Sou como uma criança indo pra Disney. Mal posso esperar para ser pisoteada por alces à noite, comida por um urso ou esquartejada, embrulhada no tecido da barraca e mantida num congelador pelos próximos cinco anos por um assassino em série."

Red apertou a ponta do nariz, balançando a cabeça. "Botões. Não precisamos ir. Você sabe disso, né?"

"É claro que sei. Quero fazer algo que me assusta."

"Acampar", ele disse. "Acampar te assusta."

"Não vou nem comentar." Ela sorriu como uma esfinge para Red. Ele queria tirar aquela expressão de seu rosto com beijos.

"Bom, não precisa se preocupar", Red disse, finalmente botando no chão as malas enormes. "Não vou deixar ninguém te esquartejar."

"Ótimo. Porque você é grande e forte, e pode enfrentar assassinos experientes com a machadinha, só com o poder dessa masculinidade toda."

Ele não ia rir. "E não tem alces aqui, Chlo. Nem ursos."

Ela virou para ele. "Tenho certeza de que tem."

"Não tem."

"Ursos pelo menos tem."

"Não tem. Se tivesse, apareceria no jornal o tempo todo. Tipo, *Distinto e admirável britânico é atacado por urso, a culpa é da União Europeia, Brexit já.*"

"Estou quase certa de que vi essa manchete no *Daily Mail* na outra semana."

"Não viu, não, linda."

Ela fez *tsc-tsc*, como se ele não estivesse sendo razoável. "Veremos. Você tem repelente? Eu tenho, se precisar."

Repelente? Onde ela achava que eles iam acampar, num pântano? "Está sugerindo dividir?"

Ela fungou. "Você devia ter trazido. Tem duas malas e não trouxe repelente?"

"Tenho outras coisas aqui", Red disse, sentando ao lado dela no chão.

"Tipo o quê?"

Ele abriu uma mala e tirou de lá um pacote de marshmallow do tamanho de uma criança. "Vamos fazer *s'mores* na fogueira e essas merdas todas."

Chloe largou o repelente e pulou em cima de Red de novo. Literalmente se jogou no colo dele. Red mal conseguiu segurá-la e ela já o estava beijando, beijando e beijando, com o tipo de determinação quente e sombria que ele sentia por ela, e a sensação era maravilhosa. As mãos de Chloe deslizaram por seu couro cabeludo, o corpo dela se movimentando contra o dele, e para Red era como se ela as tivesse enfiado em seu peito e apertado seu coração, porque de repente ficou óbvio que ele pertencia a ela.

Red piscou, pasmo, incerto quanto ao que fazer com aqueles sentimentos tão intensos e impossíveis. Chloe se afastou, com uma risada animada e contagiosa. "Marshmallows na fogueira! Adoro homens com planos envolvendo comida. Espero que esteja contando que vamos acabar com esse saco."

Ele sorriu, mas não conseguia nem falar. Aquele rosto rococó divino o tinha interessado e deixado puto no começo, mas quando Red olhava para ele agora não via tanto a beleza intocável quanto *Chloe*, sua Chloe, com um franzir sarcástico de lábios e aquele brilho superior nos olhos.

O coração de Red balançou. Ele passou as mãos pelo corpo dela só para se lembrar de que podia, de que Chloe era real, estava lá e era dele. Red sentia a maciez e o viço dela, por baixo do que pareciam ser três ou quatro camadas de roupa. Ele pegou na bunda dela e finalmente conseguiu dizer: "Essa é minha garota".

"Cala a boca, seu porco misógino." Chloe beijou a bochecha direita dele e depois a esquerda. "Não te vi ontem."

"Não viu mesmo. Ficou com saudade?"

"Menos, Redford. Menos."

Ele parecia venerá-la mais a cada segundo. Aquilo poderia ser um problema. "Vem aqui." Red a beijou de novo, porque ela era viciante. Então se lembrou de que tinha planos específicos, importantes, nenhum dos quais incluía comer Chloe no chão da sala dela. Com um suspiro, ele a tirou de seu colo. "Tá bom. Chega de me distrair. Temos que ir."

"*Distrair você?*", ela disse, então pegou a mochila e levantou, levando as mãos à cintura. Movia-se rápido, com mais facilidade que o normal, mesmo para um dia bom. "Sinceramente, às vezes não sei como te aguento." Mas tinha um sorriso no rosto, um sorriso amplo e incontido, igualzinho a ele.

Red tirou sarro de Chloe dirigindo durante todo o caminho até o camping, mas ela não parecia se importar. Quando ele descobrira que ela tinha um carro, fingira choque mortal, o que era ridículo, porque já deveria saber daquilo.

"Quem você achava que estacionava na minha vaga?", ela perguntara.

"Sei lá", ele respondera, animado. "Traficantes de drogas. Alienígenas."

No caminho do camping que Red havia escolhido, um lugar chamado Tyburn's Wood, eles se perderam três vezes em um labirinto de cidadezinhas charmosas com casas de pedra. Por fim, Red desligou o GPS e sacou um guia de ruas amarelo. Ela riu enquanto ele o abria sobre as pernas, revelando os mapas maciços e multicoloridos que faziam sua vista embaralhar muito mais do que qualquer código de programação com que deparara até então. "O que é essa monstruosidade?"

"É o que os seres humanos usaram para se situar nos últimos milhares de anos. Em vez de confiar nesses computadores chiques no céu, sabe?"

Ela teve que se esforçar para não deixar o carro sair da estrada. "*Computadores chiques no céu?* Nossa, Redford, eu não tinha ideia de que você era assim tecnofóbico."

"Não sou tecnofóbico", ele disse, com sua voz de quando mentia. "Pega a segunda à esquerda. Não, Chlo. À *esquerda*. Você não sabe a diferença, né? Talvez eu estivesse errado ao botar a culpa no GPS."

"GPS? Você não quer dizer no *computador chique no céu?*"

"Vai se foder", ele disse, sorrindo.

Aquilo prosseguiu até que eles finalmente chegaram ao camping.

Depois que se passava um amplo campo de trailers caros, Tyburn's Wood na verdade era um bosque. Atrás de uma série de cabanas de madeira enormes, um denso mar de árvores perenes altas e finas perfuravam o céu, eretas e espremidas como eucaliptos. Havia alguns caminhos abertos, com placas grandes e coloridas apontando diversas trilhas e áreas preparadas para acampamento. Enquanto eles descarregavam o carro — ou melhor, enquanto Red descarregava o carro e Chloe se recostava a uma cerca de madeira próxima, ele apontou para uma das placas e disse, como se estivesse falando com uma criança pequena: "Olha, baby, um mapa. Você lembra o que é, né? Imagens bonitas com linhas mostrando para onde se deve ir!".

Ela se inclinou, pegou um punhado de casca de árvore e atirou nele.

"Com licença!", uma voz brusca interrompeu. "Por favor, não atire as cascas das árvores!"

Chloe olhou na direção da voz, com as bochechas quentes, esperando ver um funcionário do camping olhando feio para eles. Em vez disso, viu uma dupla de mães jovens e bonitonas com cerca de cinquenta e oito filhos entre elas, alguns em carrinhos de aparência esportiva, alguns no colo e agarrados a suas roupas de academia, a maioria correndo em torno e atirando cascas de árvore uns nos outros, se divertindo imensamente.

"Hum, desculpa", Chloe disse.

Uma das mães fez "humpf", como quem dizia: "Você já deveria saber".

A outra franziu os lábios como quem dizia: "Você está dando um péssimo exemplo para as crianças!".

O "humpf" e o franzir de lábios tiveram efeito. As duas claramente eram excelentes mães. Enquanto se afastavam com suas crias, Red se aproximou de Chloe e disse: "Por que você nunca é bem-comportada assim comigo?".

"Você não é uma mãe", ela disse, com afetação, ignorando a proximidade dele, quão rouca sua voz estava, como seu corpo emanava puro calor e como ela queria envolvê-lo tal qual um cobertor. "Não pode mandar em mim."

Red a olhou da cabeça aos pés, com a doçura e a lentidão do mel escorrendo. Ela queria que ele a lambesse do mesmo jeito: completamente, inteira.

O que Red provavelmente faria, se Chloe pedisse.

Ele apoiou uma mão de cada lado dela na cerca, cercando-a com os braços, seu corpo contra o dela. Os lábios dele pairaram perto de sua orelha, e Red sussurrou: "Aposto que você me deixaria mandar em você".

"Não deixaria, não", ela respondeu arrastado, como se o fantasma da boca dele sobre a pele dela não disparasse choques deliciosos por sua espinha.

"Tem certeza? Nem mesmo comigo achando que você ia gostar?" Seus lábios foram da orelha para o pescoço dela. Red a beijou ali, e o roçar doce e sutil de sua língua fez o corpo de Chloe vibrar de energia erótica. Então ele parou por tempo suficiente para perguntar, com a voz baixa e grossa: "Você me deixaria mandar em você se eu garantisse que ia ser bom?".

"Talvez", ela admitiu, com a voz preocupantemente ofegante.

Red deu outro beijo no pescoço dela, daquela vez mais quente e úmido. "Só talvez?"

"É." Ela inclinou a cabeça, expondo uma porção maior de seu pescoço para ele, com a pulsação acelerada.

"Que bom. Então me ouve com atenção..." Ele pegou a mão dela, mas não entrelaçou seus dedos, como costumava fazer. Só lhe passou algo que parecia um papel e disse, sério: "Quero que leia este mapa".

Red recuou um passo, e seu sorrisinho entrou em foco conforme a tontura do desejo passava. Chloe olhou para a própria mão e descobriu que segurava um panfleto do camping que, de acordo com a capa entusiasmada, incluía um mapa do terreno. Entre o ultraje e o divertimento, ela mordeu o lábio, inspirou e disse: "Redford Morgan...".

"Não se preocupa. Eu te ajudo com a coisa de esquerda e direita."

"Eu sei diferenciar esquerda e direita!", ela retrucou, empurrando o folheto contra o peitoral amplo, irritante e maravilhoso dele.

"É claro que sim, Botões", Red disse. Então passou um braço na cintura dela, puxou-a para perto e riu em seu cabelo.

Os espaços para acampar eram amplos e espalhados, mas Red insistiu que ficassem perto dos limites do bosque. Eles escolheram uma pequena clareira em que a luz era filtrada pelos troncos finos das árvores, como algo tirado de um quadro, e Chloe se reservou um minuto para encher os pulmões com o ar fresco e gelado, do tipo frio o bastante para parecer úmido, embora estivesse seco. Os raios cor de mel do sol se pondo continuavam quentes, lembrando o fogo dourado do cabelo de Red, mas não chegavam a alterar o friozinho do bosque no outono. Chloe gostava daquilo. Na verdade, apesar dos receios de última hora, até então estava gostando bastante de cumprir aquele item da lista.

Estava gostando principalmente da companhia. Ela se virou e o encontrou armando a barraca. "Você escolheu este lugar por minha causa?", perguntou. Mas já sabia a resposta. Assim como sabia que não precisaria lembrá-lo de quão longe aguentaria ir — ou não.

Red olhou para ela com prudência, então voltou a mexer na estrutura da barraca. "Você não sabe como vai estar se sentindo amanhã de manhã. Me pareceu melhor ficar perto do carro."

Ela não tinha como reprimir o sorriso que se insinuou em seu rosto. Foi até ele e pegou uma parte da estrutura. "Você é muito atencioso."

"É. Pensei longa e devotadamente em todas as maneiras como quero te devassar nessa tenda esta noite, e decidi deixar que isso influenciasse nossos planos." Red abriu um sorriso para Chloe que só se alargou quando viu o rosto dela. "Ah, Chlo. Te deixei com vergonha?"

A vermelhidão subiu pelo pescoço dela. Chloe sentia como se tivesse engolido uma estrela: quente, quente, quente, queimando, brilhando, fundamentalmente instável por dentro. "Isso quer dizer que... você finalmente vai me..."

"Me foder até acabar comigo?", ele sugeriu, animado.

Ela engasgou com o ar fresco.

"Estou mesmo te deixando com vergonha", Red disse, claramente satisfeito. "Espera até você ver o colchão de ar."

"*Como?*", ela quase gritou.

Ele olhou de um jeito esquisito para ela. "Bom, você não achou que eu ia te comer no chão, né? Não sou um animal."

"Você é uma ameaça. Uma ameaça à decência e à moral da sociedade, e a mulheres nobres e castas como eu..."

Talvez ela considerasse um insulto o quanto ele ria se não estivesse às risadinhas também.

Red armou a barraca com uma velocidade perturbadora, então sacou tanto o famoso colchão de ar quanto uma bomba de dentro de sua mala mágica — "Eu te disse que tinha trazido coisas mais importantes que repelente" — e entrou sozinho para "arrumar" as coisas, o que quer que aquilo significasse. Depois saiu e mostrou a ela uma lata misteriosa. Com os olhos brilhantes em meio à escuridão crescente, Red disse: "Hora de acender o fogo".

Ela se sentou na terra do lado de fora da barraca, muito orgulhosa de si mesma por não pensar em cocô de lobo, cobras ou fadas possessivas e assassinas que poderiam habitar aquele bosque. "Na verdade, Red, andei pesquisado e fogueiras são ilegais em..."

Ele abriu aquela estranha lata e disse: "Chlo?".

"Oi?"

"Shhh." Red pôs a lata em um pequeno buraco que havia cavado na terra e tirou um isqueiro do bolso da sempre presente jaqueta de couro. "Não, eu não fumo", ele disse, vendo que Chloe abria a boca para falar. Ela a fechou de novo. Seria assim previsível ou era ele que a conhecia bem demais? Talvez um pouco dos dois. Chloe ficou olhando, confusa, então em admiração quando ele acendeu o que quer que houvesse na lata. Red se sentou ao lado dela, e os dois deixaram as chamas crescerem.

"O que é esse negócio?", ela perguntou.

"É uma fogueira portátil, reutilizável, relativamente segura", ele ignorou o desdém dela, "e ecologicamente correta. Se a gente quiser apagar, é só voltar a tampar."

"Sério? E funciona?"

"Claro. É ciência, ou sei lá o quê. Quer fazer uns marshmallows?"

Era uma atividade juvenil, provavelmente ainda ilegal e definitivamente anti-higiênica, que pertencia ao mundo dos filmes americanos bobos. "Sim, por favor", Chloe disse.

"Boa. Mas eu menti quando falei em *s'mores*. Nem sei que porra é essa."

Ela riu. "Nem eu."

Red mexia na mala ao dizer: "Vou abrir os marshmallows enquanto você pega uns gravetos pra gente usar".

Chloe o encarou.

Red a encarou de volta por dois segundos inteiros com uma expressão séria antes de a desfazer, antes que aqueles seus olhos de gato se enrugassem nos cantos e ele jogasse a cabeça para trás para rir. "Ah, meu Deus, Chloe. Relaxa. Eu trouxe espetos."

"Ah." Ela levou uma mão ao peito. "Eu estava reconsiderando a coisa toda, de verdade."

"Acampar?"

"Deixar você enfiar sua língua na minha boca de novo."

"Cala a boca." Ele sorriu. "É claro que você me deixaria enfiar a língua na sua boca."

"Talvez em momentos secretos de fraqueza", ela admitiu. "Me dá isso. Quero fazer meu próprio marshmallow."

"Tem certeza? Não precisa da ajuda de um especialista?"

Chloe revirou os olhos e arrancou o saco de marshmallows dele. "Não. Mas falando em especialista..."

"Parece o momento certo para fazer uma piada sobre penetrar coisas doces e macias."

Ela o ignorou. "Por que você é tão bom nessa coisa de acampar?"

"Ah. Bom." Ele ficou olhando para o espeto em sua mão, pensativo, e seu cabelo caiu no rosto por um momento. Os dedos de sua mão livre começaram a tamborilar sobre a coxa, e Chloe se perguntou, com um pouco mais que um leve arrependimento, como havia conseguido transformar acampar em um assunto que o deixava nervoso, perturbado ou o que quer que significasse aquele estado em que Red estava.

Mordendo o lábio, ela disse, depressa: "Você não precisa...".

"Não, tudo bem." Ele olhou para ela com um sorriso, mas foi um sorriso meio triste. "Falando sério, Chlo, não tem problema." Então ele parou de tamborilar e encontrou os dedos dela, então agora segurava sua mão. "Só fiquei um pouco... bom, lembra quando contei do meu avô que morreu?"

Ela assentiu, sentindo os anéis de prata contra a pele.

"Ele costumava me levar a lugares assim. Em toda parte. Não com tanta frequência, talvez uma ou duas vezes no ano, quando tinha uma folga. Mas acaba sendo bastante, né? A gente vivia na cidade, e ele era paranoico com poluição do ar e tudo o mais. Tinha essa ideia de que passar um tempo na natureza de vez em quando podia... sei lá, purificar a pessoa." Red riu.

Chloe apertou sua mão, tendo esquecido os marshmallows. "Como ele se chamava?"

"Leo." A palavra bastou para curvar os lábios de Red em um sorriso. Chloe sentiu o impacto da certeza estranha e repentina de que a animação quase constante de Redford Morgan vinha de um homem em particular: *Leo*.

"Ele parece maravilhoso", ela murmurou.

"É. E ele era. Às vezes me pergunto..."

Red deixou a frase morrer no ar, mas Chloe achava que sabia o que ele pretendia dizer. E sabia daquilo porque o conhecia — não só o cara descolado, charmoso e bonitão que gostava de brincar e gostava mais ainda de ajudar as pessoas, mas as partes não tão lustrosas por baixo, que constituíam quem Red era. As partes que podiam fazer algumas pessoas desviarem os olhos porque eram um pouco mais difíceis de engolir. As partes que chamavam a atenção dela tanto quanto seus sorrisos doces. "Você se pergunta se ele estaria decepcionado com você." Como o próprio Red estava decepcionado consigo mesmo, o que ela havia percebido nas semanas que haviam se passado. "Por causa do que quer que tenha acontecido com você em Londres."

Ele virou para olhar para ela tão rápido que seu cabelo voou em torno de seu rosto como uma chama. "Eu... Londres foi..." Red suspirou e apertou a mão dela mais forte. "É." Ele pigarreou. "Desculpa. Não sei por que toquei no assunto. Eu toquei no assunto? Olha, come um marshmallow."

"Red", ela sussurrou. "Você não precisa estar sempre bem." Chloe se inclinou para mais perto e lhe deu um beijo na bochecha. Ele se manteve imóvel por um momento.

Então olhou para ela, sorriu e murmurou: "Eu sei. Mas estou bem, com você". Algo lindo e delicado fez o momento cintilar, sem ser interrompido quando Red se virou. Permaneceu sob a superfície, delicado e encantador. Ele enfiou um marshmallow no espeto de Chloe, e, quando ela reclamou, pôs um na sua boca também. Então colocou outro no espeto dele e mostrou a ela quão perto do fogo devia mantê-lo, e por quanto tempo.

Então, quando a boca de Chloe estava cheia de marshmallow quente, grudento e derretendo, ele olhou em seus olhos e disse, com uma voz grave que pareceu se dirigir direto ao clitóris dela: "Agora, pensando em camping, decisões ruins e na sua lista, nós dois vamos jogar um jogo".

19

Red viu a empatia que permanecia nos olhos escuros de Chloe desaparecer, substituída por algo mais quente que aquele fogo. Os lábios dela se curvaram, naquele sorriso torto que lhe era familiar e que ele achou tão sexy que sentia uma pontada no peito — e no pau.

"Que tipo de jogo?", Chloe perguntou. Sua língua se insinuou para fora para pegar o marshmallow escorrendo, e cada centímetro do corpo dele ficou alerta. Red não tinha pensado naquela história de marshmallows tostados direito. Não tinha considerado quão irresistível ela ficaria lambendo o doce branco e pegajoso, ou em como a luz do fogo faria sua pele brilhar como mogno encerado e seus olhos se iluminarem como âmbar. Não tinha imaginado que algo tão inocente pudesse fazer com que ele quisesse chupar o açúcar da língua dela e arrastá-la para dentro da barraca.

Mas deveria ter imaginado. Porque estava sempre desejando Chloe. De todas as maneiras possíveis.

Ela ainda esperava por uma resposta, arqueando aquelas sobrancelhas delineadas para ele, então Red pigarreou e finalmente respondeu: "Vinte e uma perguntas. É uma tradição de acampamento honrada ao longo dos tempos por pessoas que estão tentando entrar nas barracas umas das outras".

Chloe cruzou os tornozelos e se aproximou um pouco, encostando o ombro no dele. O simples toque iluminou seu interior como uma dose de ouro fundido. "Imagino que você não tenha aprendido isso com seu avô."

Red engoliu em seco para diminuir a aspereza da garganta. Aquela experiência toda era para Chloe, e ela parecia estar curtindo, por isso ele não ia agarrá-la e fazer com que tudo girasse em torno de seu desejo —

pelo menos não naquele momento. "Aprendi no mesmo lugar em que aprendi a fazer *s'mores*, espertinha. Você não pode negar que esses jogos parecem legais nos filmes."

"Ah. Isso eu não sei. Não é nesse jogo que a menina pergunta algo útil, tipo *Qual é seu animal preferido*, e o monstrinho tarado... hum, digo, o menino, usa a vez dele para perguntar se ela já fez sexo anal?"

Os lábios de Red se contorceram. "Talvez. Por sorte, não sou um monstrinho tarado" — *mentira* — "e só vou te fazer perguntas muito significativas. Mas você pode começar."

Chloe bateu os dedos contra o lábio inferior. "Preciso de mais marshmallow para me ajudar a pensar."

"Não começa." Red empurrou o ombro dela e devia tê-la pegado de surpresa, porque Chloe cairia se ele não a segurasse pelo braço.

"Um ataque!", ela gritou de maneira dramática, como se estivessem em um filme.

"Não é culpa minha se seu equilíbrio é uma merda." Ele a ajudou a se endireitar. Na verdade, meio que a *tirou* do chão e a acomodou entre suas pernas. Agora suas coxas abraçavam as dela, e as costas de Chloe descansavam contra seu peito. Ela estava perto o bastante para que ele pudesse sentir o cheiro floral do produto que ela passava no cabelo, por cima da fumaça doce dos marshmallows tostados, perto o bastante para que o calor do corpo dela o marcasse a ferro.

Perfeito.

"Certo", ele disse, tentando soar autoritário. "Você começa."

Chloe não hesitou. "Te provocavam na escola por causa do seu nome? E, você sabe, do seu cabelo vermelho e tudo o mais?"

"Sim." Red a envolveu com os braços como se fosse a porra de um coala e ela fosse a árvore em que ele passaria toda a eternidade. "Tive que aguentar umas merdas na escola... mas quem não tem? Nunca me incomodou muito. Foi minha mãe quem me deu esse nome, e ela me disse que é um bom nome. O cabelo dela é muito mais ruivo que o meu, mas sempre achei que ela era a mulher mais bonita do mundo, então não ligava pro que falavam sobre a cor do meu cabelo."

O estalar do fogo e o farfalhar da floresta reinaram por um segundo; eles ouviram até uma algazarra à distância. Então Chloe disse, com um sorriso na voz: "Isso é muito fofo. Bom, eu já sabia que você era o filhinho da mamãe, mas...".

"Opa. Como assim?"

"Red", ela disse, paciente. "você tem a palavra MÃE tatuada na mão."

Ele sorriu e passou aquela mão pelo cabelo. "É, beleza. Mas você não tem nenhuma tatuagem questionável? Não, é claro que não."

"Não gosto de dor, lembra?"

"E não toma decisões zoadas que nem eu." Quando Chloe virou a cabeça para olhar feio para Red, ele piscou e deu um beijo na bochecha dela.

Aquilo não mudou a cara dela. "Você não toma decisões ruins." Red movimentou os dedos tatuados e ergueu as sobrancelhas. Quando Chloe riu, o aperto repentino no peito de Red esvaneceu. Ele se sentia leve de novo. "Tá, agora é minha vez. O que eu pergunto?", ele murmurou, pensativo, como se não estivesse cheio de perguntas sobre aquela mulher. Como se não pudesse passar horas matando sua curiosidade em relação a Chloe. "Já que estamos falando de momentos desconfortáveis da infância... quando você deu seu primeiro beijo?"

Ela riu. "Quem disse que foi na infância? Vai que meu primeiro beijo foi aos vinte anos."

"E foi?"

"Não." A voz dela saiu animada e forte. Red ouvia seu sorriso mesmo que não conseguisse vê-lo, seus olhos ocupados demais se alternando entre vigiar os marshmallows e a textura elétrica e macia do cabelo dela. Então Chloe deixou a cabeça cair no ombro dele, e Red ficou com a visão desimpedida de seu sorriso despreocupado e seus olhos faiscando. Tudo ficou cor-de-rosa, como se Cupido tivesse acabado de lhe acertar uma flechada na bunda. "Eu tinha dezesseis anos e fui a uma festa com uma amiga. Estávamos jogando verdade ou desafio e desafiaram alguém a me beijar. Acho que foi bom, porque passei o resto da noite beijando o cara."

"Foi aí que eu errei então. Estou te fazendo perguntas quando deveria estar propondo desafios."

Chloe deu um tapa na coxa dele. "Você não precisa me desafiar pra que eu te beije."

"Bom, nesse caso...", Red murmurou. Ele apoiou uma mão na barriga dela só porque gostava do calor e daquela curva, e porque era Chloe. Então inclinou a cabeça e roçou a bochecha dela com os lábios, e a sensação foi como o mais doce dos socos no estômago. Aquilo foi tudo de que ele precisou — só uma provada e seu pau duro já devia estar cutucando a lombar dela. Mas Chloe não pareceu se importar, porque enfiou os dedos nos cabelos dele, puxou-o para mais perto e pressionou seus lábios contra os de Red. Por alguns segundos preciosos e perfeitos, a língua dela deslizou, hesitante e exigente, na boca dele. Tudo era tão intenso quanto os olhos de meia-noite de Chloe, delicioso como as coxas dela, urgente como a necessidade que Red sentia dela.

Então Chloe se afastou e disse: "Minha vez".

Ligeiramente atordoado, ele murmurou: "Hum. Tá. Beleza".

"Você gostou do site?"

Red piscou, então irrompeu em risos. "Como assim se eu gostei? Não recebeu minhas setenta mensagens?"

No dia anterior, Chloe havia mandado para ele um link para ver como andava o design, durante sua constante conversa virtual. Embora aparentemente ainda houvesse umas merdas técnicas para Chloe resolver, Red achara que tudo parecia perfeito. Simplesmente... perfeito. Tanto que, se pensasse naquilo por muito tempo, sentia um aperto no peito e toda a sua esperança e gratidão faziam um nó de sonhos não tão impossíveis se formar em sua garganta.

"Não foram *setenta* mensagens", ela disse. "Foram tipo cinco. Mas sei que você não ia querer magoar meus sentimentos, e que é fácil mentir em mensagens de texto, então..."

"Ei." Ele a abraçou com força, trazendo-a para mais perto do peito, puxando seu queixo para que seus olhos se encontrassem. "Eu não minto pra você, entendeu? Não faço isso."

Ela apertou os lábios, mas não conseguiu esconder um sorriso. "Tá."

"Adorei o site."

"Tá. Posso fazer outra pergunta?"

Ele arqueou uma sobrancelha. "Achei que a gente estivesse se revezando."

Chloe pareceu reflexiva. "Talvez essa pergunta não seja parte do jogo. Eu queria saber..." Ela pareceu tomar fôlego para reunir coragem. "Eu queria saber o que aconteceu com você em Londres. O que aconteceu com sua carreira."

Ah. Ele olhou para a copa das árvores e a noite nascendo acima deles, para as estrelas começando a brilhar como milhares de velas acesas.

"O marshmallow está queimando", Chloe disse, suavemente.

"Ah, merda." Red voltou à terra, tirou o último marshmallow do fogo e ficou olhando para aquela bolha fumegante. "Hum..."

"Tudo bem, eu como. Você vai me responder? Não precisa, se não quiser."

Ele ia responder, porque a amava.

O pensamento o paralisou por um segundo, antes que Red mergulhasse nele como se fosse uma cama de plumas. Antes que se tornasse o conforto que o ajudaria a descobrir como falar. Ele amava Chloe. Amava Chloe como se ela fosse uma tela em branco e um quadro terminado e todos os momentos emocionantes e dolorosos no meio, quando parava e recomeçava. Amava Chloe como amava atravessar a noite em sua moto, se sentindo vivo em movimento quando não conseguia se sentir vivo por dentro. Amava Chloe como se todos os olhares fixos dela fossem um beijo e todos os beijos fossem um pedacinho do coração dela nas mãos dele.

Red pôs a trança pesada dela de lado e beijou sua nuca macia e vulnerável. Da última vez que havia posto sua boca em Chloe, cinco longos minutos antes, não sabia que estava apaixonado. Ele se perguntou se ela sentia a diferença. Provavelmente não. Porque ele tinha a sensação de que a vinha beijando com amor já havia um tempo, ainda que não tivesse notado até então.

"Red", ela murmurou, com um arrependimento visível, porque ela achava que o havia magoado.

"Tudo bem", ele disse. "Tudo bem." E estava mesmo. Se ele arrancasse o esparadrapo como um menino corajoso, logo estaria acabado, e ele poderia desfrutar do fato de que ela havia perguntado aquilo, de que queria saber sobre as partes escondidas dele, as partes que não ajudavam ninguém e não faziam os outros sorrirem. As partes que não eram apropriadas para exposição.

"Fui para Londres porque achei que precisava. Passei anos lá, tentando me dar bem em um mundo que não foi exatamente receptivo. Fazia trabalhos braçais para me sustentar e à noite batia na porta das galerias e entregava meu cartão de visita, que era feito de papel, porque..." Ele riu, porque era engraçado, embora na época aquilo o constrangesse. "Porque eu tinha feito no computador da biblioteca, usando o Word. Imprimia oito em cada página e depois cortava." Red balançou a cabeça. "Nunca entendi direito essa coisa do contato on-line, mas teria tornado minha vida muito mais fácil."

"Você é *mesmo* tecnofóbico", ela disse, triunfante. "Eu sabia!"

"Talvez", ele admitiu. "Só um pouquinho."

"Bom, sorte a sua que você me tem para manter seu site atualizado", ela disse, convencida. Red foi atingido pela felicidade como se fosse um raio, porque estava certo — certo pra caralho — que ela não havia dito aquilo só no sentido de "é o que eu faço com todos os meus clientes". A mente dele focou em três palavras, então as explodiu e as fez piscar em milhares de cores diferentes: *você me tem*.

Chloe sabia que ela o tinha também, independente de qualquer coisa? Ela era tão assustadiça com aquele tipo de coisa. Se Red lhe contasse todo o sentimento que queimava dentro do peito, talvez Chloe pirasse.

Ele teria que demonstrar primeiro. Fazer com que Chloe se acostumasse à ideia. Queria apertá-la contra si e dizer que era seu, que ela poderia arrastá-lo consigo em todos os seus planos malucos para todo o sempre. Em vez disso, Red só beijou sua têmpora e prosseguiu com a história.

"Meus modos antiquados acabaram funcionando, ou pelo menos foi o que eu achei na época. Uma noite, conheci uma mulher quando ela estava saindo de uma festa toda glamourosa. Seu nome era Pippa. Ela quis dar uma olhada no meu trabalho. Perguntei onde Pippa trabalhava. Ela riu e disse que *não* trabalhava. Mas deixei que visse meu trabalho porque parecia confiante, e eu estava desesperado."

Red percebeu que Chloe estava tensa, como se preocupada com o que viria a seguir. Ele queria beijá-la de novo. Mas era fácil demais se esconder no conforto que ela oferecia, então Red reprimiu aquela vontade e continuou falando.

"Resumindo, ficamos juntos. Descobri que o pai dela era um marchand, e ele gostou do meu trabalho. Eu ia com Pippa aos lugares e em vez de zombarem de mim ou me mandarem embora, as pessoas me ouviam quando eu falava. Finalmente comecei a ganhar dinheiro, o bastante para poder parar com o trabalho braçal e me concentrar na minha arte. Tudo andava bem. Tudo estava perfeito. Com exceção da relação com Pippa. Ela era... bom, ela era abusiva."

Chloe se virou para olhar para Red. "Como?"

"Ela era abusiva", ele repetiu. "Não que eu percebesse na época. Só achava que Pippa era meio malcriada. Quer dizer, ela era tão pequena. Não era como se doesse quando me batia. E quando me tratava como merda ou fodia com a minha cabeça... de alguma forma, Pippa sempre conseguia me convencer de que era só um desentendimento, de que eu estava sendo sensível demais. Depois de um tempo, cansei daquilo. Lembro que ela tentava me impedir de voltar para casa para ver minha mãe. Eu costumava vir uma vez por mês, e passei a vir a cada quinze dias quando comecei a ganhar mais dinheiro. Até trouxe Pippa uma vez, mas, hum, minha mãe não gostou dela."

O eufemismo da porra do século.

"Ela me disse que Pippa não me tratava bem. Ouvindo aquilo de outra pessoa, foi mais fácil acreditar. Então, com as tentativas de me impedir de ver minha mãe, comecei a perceber o que estava acontecendo de verdade. Talvez eu tivesse levado mais tempo para terminar, só que um dia ela ficou puta e me deu uma garfada."

"Ela o quê?", Chloe trovejou, e Red se deu conta de que nunca a tinha visto brava. Mas era como ela estava agora, brava. Chloe ficou de joelhos e olhou para ele como se fosse uma deusa vingadora. Sua voz parecia a fumaça densa e sufocante de pouco antes de uma erupção vulcânica. "Que *porra* é essa?"

Red ergueu a mão direita, se perguntando se daria para ver as quatro cicatrizezinhas sob os nós dos dedos. "Por sorte, sou canhoto."

Ela pegou a mão dele e a avaliou por um segundo antes de beijar as marcas. "Nossa. *Nossa.* Então é assim que a gente se sente quando quer matar alguém."

Ele sorriu, apesar de tudo. "Tudo bem. Já superei. Curou depressa."

"Você pode ter superado, mas *não* está tudo bem." As palavras eram cortantes, mas sua voz falhou e ela perdeu o ar.

"Ei, Chloe, não." Com o coração partido, ele pegou o rosto dela e olhou em seus olhos brilhantes. "Não chora, linda. Está tudo bem."

"Não está, não! Não está. *Você* não está bem. Não consegue nem falar sobre Londres e..."

"Não é por isso que não falo sobre Londres", ele disse.

Ela piscou algumas vezes. "Não?"

"Bom, o relacionamento todo foi a porra de um pesadelo, e ainda estou..." Ele fez uma careta. "Bom, você sabe. Mas não terminei a história."

Ela pareceu horrorizada. "O que mais aconteceu?"

"Senta que eu te conto."

Devagar e relutante, ela se virou e voltou a sentar. Estava de volta a seu lugar, nos braços dele. Red beijou o topo de sua cabeça e seguiu em frente. "Terminei com Pippa e meio que pirei. Ela me disse... bom, Pippa me disse que eu não era nada sem ela, que eu estava abaixo dela e blá-blá-blá. E disse que o pai dela só tinha promovido meu trabalho porque estávamos juntos. E que outras pessoas só tinham comprado minhas coisas porque, graças a ela, eu era alguém. Acho que ela disse que criou um, hã, *momento cultural*. Ela sempre dizia esse tipo de merda."

Uma mão de Chloe foi descansar sobre a dele, e a pressão leve e quente o tirou do lugar frio e rígido para onde suas palavras o haviam arrastado. Red piscou diante da constatação de que ele tinha viajado enquanto falava, voltando a anos de síndrome do impostor, paranoia e sussurros tóxicos constantes. Grato pelo toque, ele apertou a mão dela. Chloe retribuiu o aperto.

Red pigarreou e disse: "Acho que o sucesso ter vindo de uma vez só depois de tantos anos me matando acabou fodendo com a minha cabeça. Eu não achava que merecia, então acreditei nela. Tirei meu trabalho de todos os lugares, fechei o site e encerrei as redes sociais que finalmente tinha criado. Me afastei dos amigos que tinha feito no mundo da arte, antes ou depois dela. Quem quer que fosse. Todo mundo. Como Joanie, Julian... Rompi os laços e desapareci de maneira dramática. É claro que não pareceu uma boa ideia depois, quando me distanciei o bastante para perceber o que havia feito. E era tarde demais. Eu *quase* tinha chegado a algum lugar, então voltara ao começo. Quando pensava em tentar consertar aquilo, só... ficava paralisado. Passei mais de um ano paralisado." Ele deu de ombros. "Escolhas ruins e decisões erradas. Esse sou eu."

Ela se enrijeceu. "Você estava magoado e reagiu. Estava em uma situação que não era saudável de muitas maneiras, então entrou em pânico e tacou fogo em tudo. Você não pode descartar suas emoções e seu instinto de proteção como uma decisão errada. Não pode reduzir algo tão complexo, real e importante a nada."

Aquele fluxo de palavras repentino e inesperado foi proferido com a precisão típica e a certeza tranquila de Chloe, como se a possibilidade de ela estar errada não existisse. Talvez aquele fosse o motivo pelo qual as palavras de fato não *pareciam* erradas. Eram contrárias a aquilo em que Red havia acreditado por tanto tempo, mas de alguma forma pareciam perfeitas. Como se ele fosse apenas humano e seus erros pudessem ser perdoados. Como se alguns fracassos não fizessem *dele* um fracassado.

Como se ele talvez devesse se perdoar por tudo. Como se devesse voltar a confiar em si mesmo. Red gostaria muito de voltar a confiar em si mesmo.

"Você já fez terapia?", Chloe perguntou.

Red pigarreou e tentou focar na conversa, e não em seus pensamentos confusos. "Acabei de começar."

"Que bom. Gigi diz que terapia é o melhor remédio que há."

"É mesmo?", ele perguntou, seco. "Então que se *fodam os antibióticos?*"

"Não estou dizendo que ela está certa. Ou errada, na verdade." Chloe se retorceu até que seus olhos se encontrassem, então levou as mãos aos ombros dele. "Só quero enfatizar que é importante. E tem mais algumas coisas que eu queria enfatizar." Ela se inclinou para mais perto dele, até que seus narizes se tocassem. "Em primeiro lugar: aquela cretina não *fez* você. Ela só foi esperta de te ver antes dos outros, aí cravou os dentes nesse amorzinho que você é, como uma sanguessuga, o que é revoltante. Em segundo lugar: sei que você se arrepende de ter deixado tudo para trás, mas isso não significa que foi a coisa errada a fazer, e que não dá para consertar. *Você* pode consertar. E vai consertar."

O modo como ela disse aquilo e o sentimento envolvido pareceram tão fortes e naturais quanto a floresta em torno deles. Chloe ficou olhando para Red com tamanha intensidade que ele se surpreendeu que não queimasse as lentes dos óculos. Ela parecia achar que podia gravar a mensagem no crânio dele apenas com sua força de vontade, e sua vontade era bastante impressionante.

Red pigarreou, tentando mostrar que aquilo não o tinha afetado, mas não conseguiu. "Mais alguma coisa?"

A expressão dela se abrandou, chegando a quase terna. "Um monte de coisa. Você sempre me diz as coisas mais encantadoras, Red. Também diz pra você mesmo?"

Não. Não, ele não dizia. Nunca havia ocorrido a ele que deveria fazer aquilo, não até pouco antes.

"Então eu digo", Chloe murmurou. "Você é incrivelmente inteligente, e engraçado, e bonzinho, e fofo, e um excelente artista. Não sei como as coisas funcionam nos círculos criativos, e não sei o quanto *Pippa* realmente fez." Chloe contorceu o próprio rosto e cuspiu o nome como se o gosto fosse revoltante. Red gostou daquilo muito mais do que deveria. "Mas, independentemente do que ela fez ou não fez pela sua carreira, ninguém pode mudar o fato de que você é bom. Você tem talento. Você é *bom*."

Fazia muito, muito tempo que Red não tinha certeza daquilo, mas as coisas haviam mudado nas semanas anteriores. Ele tinha percebido a mudança. E agora, quando Chloe dizia aquilo em voz alta e ele acreditava sem questionar, Red percebeu que as coisas tinham mesmo mudado. Era fato consumado. Algo nele havia sido destruído lá atrás, mas de alguma forma havia se recomposto sem que Red percebesse.

Ele era bom.

O sorriso teve início em seus dedos dos pés. Como uma onda quente que preenchia cada centímetro dele, um calor que ele queria compartilhar com Chloe, porque era puro, assim como ela. Red não conseguia pensar em nada para dizer, em um modo de explicar o que sentia naquele momento, em como de repente estava livre. Então demonstrou aquilo.

Ele enfiou os dedos nos cabelos dela, puxou-a para mais perto e a beijou. Chloe chegou a ele com toda a facilidade, como se soubesse que seu lugar era ali e como os dois deveriam estar: se beijando no frio, seus corpos criando mais calor entre si do que o fogo a poucos passos de distância. Fazia tempo que, acima deles, o céu havia dado espaço à noite marcada por estrelas, e abaixo deles a terra parecia fresca e real, como Chloe o fazia se sentir. As mãos frias dela pressionaram as bochechas coradas dele, a boca luxuriosa dela se juntou à dele, e ele a amou tanto que seu coração pareceu grande demais para o corpo.

Então aquilo era a satisfação profunda. Por um tempo, ele tinha quase esquecido.

20

Com Red, Chloe tendia a falar bastante. Mas havia algo naquele beijo, naquele beijo voraz, esperançoso e de todo o coração, que a conduziu gentilmente para o silêncio, como se mergulhasse na água e visse todos os sons do mundo exterior bloqueados. Ele a envolvia. A abraçava forte. Mesmo quando seus lábios se separaram, quando suas mãos a deixaram para apagar o fogo, quando ele desceu o zíper da entrada da barraca e ficou de joelhos esperando que ela entrasse primeiro, era como se Red de alguma forma ainda a segurasse, lá dentro, de um modo que a tranquilizava. Por isso Chloe não falou. Era incapaz. Estava se afogando em um desejo já antigo, e logo estaria debaixo dele.

Ela mal podia esperar para estar debaixo dele.

Red entrou depois dela e fechou o zíper da barraca. Eles se viram em uma quase escuridão estranha, que parecia de outro mundo. Ela podia distinguir a forma vaga dele, aqueles ombros largos e o cabelo caindo inconfundível sobre os contornos sombrios. Chloe tinha a estranha e deliciosa sensação de que ele olhava diretamente para ela.

Mas a sensação passou quando Red se virou para mexer em algo que Chloe não conseguia ver. Depois de um momento, ela ouviu um *clique* — e fez-se a luz. Chloe piscou até seus olhos se adaptarem, então esperou boquiaberta até que a realidade se assentasse. De alguma maneira, Red havia pendurado luzinhas por toda a barraca, as quais iluminavam a pequena montanha de cobertores e almofadas.

Ela só ficou olhando, deslumbrada. "Ai, meu Deus. Era isso que você estava fazendo aquela hora?"

"Quando você estava gritando para que eu me apressasse e te desse comida? Era." Ele piscou. "Sinceramente, o tipo de coisa que eu tenho que aguentar..."

O coração dela era algo brilhando e queimando entre suas costelas. "Red, por que fez tudo isso?"

"Por você", ele disse, como se fosse óbvio. "Sempre é por você."

Chloe inserira acampar na lista porque lhe parecera algo pouco higiênico, normal, ligeiramente assustador e um desafio considerável. Na verdade, ela quase não tinha qualquer interesse naquilo. Mas, naquele momento, ela se deu conta de como Red havia tornado acampar algo especial. Não só preparando tudo, fazendo-a rir o dia todo, tendo em mente as limitações de Chloe para que ela não tivesse que ficar o tempo todo lembrando-o delas — mas fazendo aquele tipo de coisa. Marshmallows na fogueira. O esforço a mais para tornar aquilo uma experiência maravilhosa em vez de um item riscado na lista.

Ela olhou para Red, para o cabelo que brilhava como chamas sedosas, o rosto ainda corado, o lábio inferior entre os dentes, e se deu conta de que seus olhos alertas a avaliavam com algo que parecia trepidação. Como se ele estivesse nervoso. Como se quisesse confirmar que ela havia gostado.

Como ele podia duvidar de que ela tinha amado? Como podia duvidar de que ela amava *Red*, de que o queria e confiava nele, de que queria fazer tudo com ele, só pela alegria de presenciar suas reações?

Chloe estava apaixonada por Redford Morgan, e *muito*. Aquilo a atingiu com tanta força que ficou tonta. Deveria sentir medo, deveria querer esconder, mas a constatação a acendeu até que ela se sentisse como aquelas luzinhas, e esconder aquilo seria quase um pecado.

Mas o sentimento tinha vindo rápido demais para que Red pudesse sentir o mesmo, então ela ainda não ia extravasá-lo. O que ela disse foi: "Eu te adoro". E aquilo soou mais verdadeiro que as batidas de seu coração.

Red sorriu e relaxou em um instante. Ele engatinhou na direção dela, e a proximidade fez o espaço já apertado encolher. "É mesmo?"

Ela não conseguia acreditar que havia dito algo tão emotivo, tão sincero, mas tampouco queria voltar atrás. Tinha começado tudo aquilo com a ideia de ser corajosa e, naquele momento, pela primeira vez em um longo tempo, se sentia assim. Se morresse no dia seguinte, não teria arrependimentos. "Eu adoro mesmo. De verdade."

"Você também não é nada mal, Botões." Ele apoiou as costas de Chloe contra as almofadas enquanto ela ria e chacoalhava um pouco sobre o colchão inflável. Mas sua risada morreu na garganta quando Red deitou o corpo sobre o dela e a pressionou firme contra as cobertas, ao mesmo tempo a segurando e a lançando em um frenesi. Os lábios de Chloe — e as pernas dela — se abriram com um arquejo. Red beijou o maxilar dela e sussurrou contra sua pele: "Então... Você vai me deixar entrar nessa boceta gostosa hoje, Chlo?".

"Sim." Ela puxou o ar, tentando arquear o corpo contra o de Red. Mas não conseguiu, porque não havia espaço entre os dois, com os músculos rígidos de Red forçados intimamente contra os dela, suas pernas envolvendo sua cintura como se fossem peças de quebra-cabeça que se encaixavam com perfeição.

"Ótimo." Ele beijou, lambeu e depois chupou a base do pescoço dela. Chloe estremeceu diante do amor quente e úmido, do tesão que se formava entre suas coxas, e se perguntou se Red saberia que seu coração batia forte e rápido. Devia ser capaz de ouvir o modo como sua respiração se acelerava e ficava cada vez mais entrecortada, de sentir os quadris dela se esforçando ao máximo para se movimentar contra os dele. Seu clitóris já estava inchado, carente e desesperado por um pouco mais de pressão, por uma doce fricção. Red não ajudou com aquilo. Em vez disso, suas mãos encontraram as dela e ele entrelaçou os dedos de ambos. Através das roupas, Chloe sentia o pau duro dele pressionado contra seu sexo — no entanto, tudo o que Red fazia era ficar de mãos dadas.

"Red", ela sussurrou.

Ele beijou sua bochecha, sua têmpora, seu nariz. "Chloe."

"Não querendo arruinar esse momento tão romântico, mas será que agora você consideraria a possibilidade de me comer?"

A risada ressoou no peito dele. "Já considerei. Considero com frequência."

"Nesse caso, pode se apressar e fazer isso logo?"

"Exigente você, não?" Sem aviso, ele movimentou os quadris. O pau duro e grosso dele pressionou o clitóris dela tão lindamente que mesmo com todas as roupas que os separavam uma onda de prazer percorreu o corpo de Chloe. Ela arfou, com a visão um pouco fora de foco, o corpo já chegando ao limite. Assim, fácil.

Ai, meu Deus.

"Baby", Red murmurou, com um sorriso na voz. "Você devia ter me dito que estava assim desesperada."

Ela rangeu os dentes. "Cala a boca."

"É isso mesmo o que você quer?" Os lábios dele roçaram a orelha dela, pele deslizando contra pele de um jeito ardente e sensual. "Tenho a impressão de que você goza muito mais rápido quando eu te lembro do quanto você quer."

"Red!"

"Chloe. Solta o cabelo pra mim?"

Mesmo que fosse acordar uma bagunça na manhã seguinte? "Tá. Pode ser. Só..."

"Eu sei, eu sei. Você quer que eu corra e te coma logo. Vem aqui." Red ficou de joelhos, e Chloe de repente sentiu o frio e a solidão, chegando a lamentar em voz alta. Então ele a colocou sentada e disse: "Cabelo".

As mãos dela se ergueram, obedientes, para desfazer a trança. Mas congelaram quando Red arrancou o moletom e a camiseta, e a mente parou diante da visão daquele torso nu. Sob a luz fraca e morna, a pele clara dele parecia levemente dourada e brilhante. Sombras brincavam sobre os contornos esguios de seu corpo, sob o relevo dos músculos. Red abriu aquele seu sorriso confiante para ela enquanto tirava o restante da roupa. "Sei que você está usando vinte mil camadas de roupa e estou bem a fim de tirar todas, então será que você poderia..."

"Tá", ela soltou, porque quando falou as mãos de Red pararam de se mover, o que significava que o tecido cobrindo a pele permanecia no lugar, o que significava que ela ainda não tinha visto o pau dele. E Chloe queria muito, muito mesmo, imediatamente ver aquele pau, o que seria a primeira vez, como ela percebeu. Chloe soltou a trança com movimentos rápidos dos dedos, então começou a tirar o próprio moletom pela cabeça. Depois veio a camiseta, a segunda pele, o sutiã... Era um pesadelo.

Então, puta merda, Red estava nu.

Chloe estivera arrancando as próprias roupas, deixando os óculos de lado, catalogando tudo o que precisava remover, e então, quando erguera os olhos, lá estava ele, pelado. E glorioso. Ela ficou quase literalmente com água na boca ao baixar os olhos, absorvendo Red por inteiro, ainda que indistinto. As coxas dele eram grossas, musculosas e marcadas por finos pelos dourados, e, sendo louca por pernas como era, em geral demoraria desfrutando daquela visão — mas só pôde dar uma olhada rápida porque o pau dele estava logo ali, orgulhosamente curvado na direção da barriga chapada. Estava duro e parecia pesado. A cabeça inchada brilhava vermelha. Chloe fez menção de tocá-lo, como se estivesse hipnotizada, mas Red agarrou seu pulso, impedindo-a com facilidade.

Com mais urgência na voz do que Chloe já havia ouvido, ele disse, por entre os dentes: "Tira a roupa". Então pegou os elásticos da cintura da calça de moletom dela, da legging por baixo e da calcinha de uma vez só. Como conseguia fazer aquilo? Era mágico? A dúvida lhe fugiu da cabeça quando Red puxou, tirando as camadas de roupa coladas à pele dela. Em nome do trabalho de equipe, Chloe tirou a blusa que restava e começou a brigar com o sutiã tipo top. O que, infelizmente, ela não fez da maneira mais graciosa possível.

Mas Red não pareceu se importar, porque aquilo envolvia muitos sacolejos e algumas sacudidas. Na verdade, quando ela conseguiu passar o sutiã pela cabeça, a respiração ofegante dele lembrava mais rugidos, e seus olhos estavam completamente fixos em Chloe. Red livrou os tornozelos dela das roupas da parte de baixo do corpo, e de repente eles eram apenas duas pessoas sentadas ali, em uma barraca pequena cheia de almofadas e luzinhas, olhando para o corpo nu um do outro.

Chloe gostava do que via.

E Red também. Ela sabia daquilo porque conseguia ver o subir e descer frenético de seu peito, e porque as maçãs do rosto dele estavam bem vermelhas. As sobrancelhas se mantinham imóveis em uma expressão feroz, que disparavam uma espiral de desejo tenso pelas terminações nervosas. Ele envolveu a base do pau com uma mão enorme e apertou. "Chloe?"

"Oi?"

"Tive uma ideia. Acho que... só me ouve, tá? Acho que talvez você deva considerar a possibilidade de ficar pelada o tempo todo. Tipo, sempre. Só leva isso em consideração, tá?"

"Vou levar", ela disse, e então, só para ver o que ia acontecer, passou as pontas dos dedos pelo próprio peito, circulando os mamilos. "Definitivamente vou..."

Ela não conseguiu terminar a frase, porque quando se tocou foi como se liberasse algo dentro de Red. Ele a atacou, mas quando a deitou de volta nas almofadas foi com gentileza, apesar da tensão acumulada, cuja vibração Chloe sentia emanando do corpo dele. E então a boca dele estava em toda ela, chupando os seios e lambendo o pescoço, enquanto os dedos dele foram direto para sua boceta molhada e ávida. Red gemeu quando sentiu como estava escorregadia, e o som saiu abafado contra o seio dela. Então ele enfiou seus dedos maravilhosamente grossos em Chloe, e ela também soltou um gemido, agudo e entrecortado, quase um grito.

"Ah, meu Deus, Chloe", Red disse de novo e de novo, o nome saindo rouco enquanto ele acariciava suas profundezas inchadas e sensíveis. "Puta merda, você é tão gostosa. Porra, não aguento esperar pra meter em você."

"Então corre", Chloe arfou, projetando os quadris enquanto ele acariciava aquele ponto secreto nela, aquele que a fazia ver estrelas e se sentir mais mole e lânguida de prazer que qualquer remédio. "Anda logo, por favor."

"Quero que você goze primeiro."

"Ah, pelo..."

Red a beijou de novo, com delicadeza, até que Chloe libertou o lábio inferior da prisão dos dentes. Então ele lhe deu um beijo mais forte, mais quente, mais molhado, investindo com a língua de um jeito ousado e constante que a deixava sem ar. Quando seus dedos voltaram a se mover dentro dela, seguiam o ritmo da língua, fodendo daquele jeito profundo, ardente e quase obsceno que a deixava maluca.

Red interrompeu o beijo enquanto ainda acariciava o clitóris. Chloe gemeu e se arqueou para ele, exigindo mais com o corpo. Red sorriu. "Relaxa. Temos a noite toda."

"T-tá", ela conseguiu dizer, com a voz trêmula. Seu corpo inteiro tremia — na verdade, vibrava —, enquanto a energia acumulada era libertada a sua volta, fazendo-a refém, conduzindo-a na direção do que parecia uma explosão. "É uma boa ideia."

Ele soltou uma risada sombria. "É, baby. É uma boa ideia. Tão boa quanto esses seus gemidos pra mim." Red a beijou de novo, rápido, com força e com tanto fogo que ela se sentiu queimada até a alma. O dedão que havia acariciado seu clitóris com delicadeza voltou a tocá-la, mais firme, *deliciosamente*. Ele circulou o volume inchado e o corpo todo dela sacudiu como se tivesse sido eletrocutado. Então Red fez aquilo de novo. E de novo. Mesmo quando Chloe enfiou as unhas na bunda dele. Mesmo quando seus suspiros carregados se transformaram em uma espécie de soluço. Mesmo quando ela enterrou os dentes no ombro dele, porque estava fora de si e não sabia o que fazer com aquela sensação turbulenta, crescendo, reprimida.

Ele não parou. Nem mesmo hesitou. Só disse a Chloe que ela era maravilhosa, que estava se desmanchando para ele, que sua boceta ia matá-lo, que ela estava tão molhada que ele podia sentir o líquido escorrendo por sua palma, que poderia fazer aquilo para sempre só para senti-la tremendo debaixo de si...

Então ela gozou tão forte que não conseguiu mais ouvi-lo, não conseguiu mais vê-lo, e por um momento não conseguiu mais sentir. Mas, ainda assim, sabia que ele estava ali.

Quando os olhos de Chloe se abriram e voltaram a focar nele, Red estava a cerca de dez segundos e um toque de gozar. Como poderia ser diferente? Só os gemidos que ela soltava eram o bastante para levá-lo ao limite. Ele teria se arrependido daquelas malditas luzinhas se elas não a tivessem deixado tão feliz, porque vê-la deitada nua a sua frente não o ajudava em nada a se segurar.

Chloe era maravilhosa. Maravilhosa pra caralho. A tempestade escura que era seu cabelo grosso e ondulado emoldurava sua cabeça como se fosse um halo. Sua pele nua parecia tão vulnerável à luz fraca, completamente à mostra para ele pela primeira vez, e tão delicada. Chloe era macia, macia por inteiro, do delicado peso de seus seios cheios à curva luxuriosa de sua barriga e à pura decadência de seus lábios, seus quadris, sua coxa, seu... porra. Red fincou as unhas curtas nas palmas da mão e afastou o olhar dos lábios inferiores dela, inchados e se oferecendo, mas isso não ajudou. Sem permissão, seus dedos rumaram para os lábios dele, e Red chupou o mel dela, gemendo com o gosto. Bom pra caralho. Ainda melhor do que ele recordava.

"Ai, meu Deus", ela disse de repente. Parecia preocupada. Por que caralho ela parecia preocupada? "Mordi você!"

Ah. Red sorriu e se inclinou para beijar a testa franzida dela, o ombro ainda dolorido da força de seus dentes. "Gostei."

"Sério? Bom, então tudo bem. Mas mesmo assim. Eu devia ter perguntado."

"Você estava ocupada." Ele voltou a beijá-la. *Ocupada gozando na minha mão.* "Mas agora já sabe que eu gosto."

Ela abriu um sorriso travesso para ele. "Hum... Bom, Red, você já me fez gozar. Se for um homem de palavra, agora vai me comer até não aguentar mais."

Ele quase engasgou com a própria língua. A pressão se acumulando na base da coluna ficou ainda mais forte. "Até não aguentar mais, é?"

"Foi o que eu disse. Anda logo com isso."

Bom, era o que ele havia dito. Red encontrou a tira de camisinhas que havia trazido, abriu uma e conseguiu colocar com os dentes cerrados. Talvez Chloe pudesse ter feito aquilo para ele, e talvez tivesse sido sexy pra caralho, mas, como Red queria meter nela de fato antes de explodir de prazer, precisava reduzir a quantidade de toques ao mínimo.

Claro que, assim que ele pensou naquela possibilidade, Chloe o agarrou pelo cabelo e o puxou para baixo, pressionando suas curvas gostosas contra o corpo dele. A pele dela estava quente e suada por causa do orgasmo. Sua boceta estava úmida e aberta, pronta para ele, implorando por ele enquanto ela abria as pernas e esticava o braço para pegar no pau dele. Chloe sussurrou em seu ouvido: "Com força, por favor".

Ah, caralho. "Chloe..."

"É sério." Ela o apertou, então posicionou o pau dele em sua boceta. Red ficou maluco. Sentia como se tivesse sido queimado da melhor maneira possível, como se tivesse sido *marcado*. Deus do céu. Grunhiu de um jeito que mal pareceu humano e meteu nela, a vontade incontrolável, o corpo reduzido a seus instintos mais básicos. Ela estava tão molhada que o recebeu de uma vez só, soltando um gemido baixo que disparou calafrios por todo o corpo dele.

Quando já estava enterrado dentro dela, Red se manteve parado por um momento enquanto puxava o ar, de tão tonto de prazer que se sentia, correndo as mãos pelas coxas de Chloe sem conseguir acreditar que ela era sua. Chloe Sophia Brown era sua. E ela era maravilhosa pra caralho.

Chloe movimentou os quadris de baixo dele, e Red arfou seu nome. Ela voltou a mordê-lo, daquela vez na base do pescoço, e ele quase gozou na hora. Então Chloe enfiou os dedos no cabelo dele e o puxou para um beijo que o deixou completamente exposto, que o destruiu de dentro para fora, a língua doce dela o provando com uma ganância desavergonhada, a boca luxuriosa quase frenética. Então Chloe sussurrou: "Por favor".

Ele agarrou os quadris macios dela, enterrou o rosto em seu ombro e a comeu. Cada investida lenta, forte e deliberada arrancava dela arquejos e protestos, depois gemidos longos e cheios de ondulações. Red cerrou os dentes quando sentiu o orgasmo vindo, como um trem desenfreado. Seria gostoso pra caralho, mas ele não queria que aquilo terminasse. Red se desfazia dentro dela, quebrava em cacos e se recompunha diferente, melhor, mais ele mesmo do que já havia sido. Então se forçou a aguentar e deu a Chloe o que ela queria, aquilo pelo que tinha implorado: mais de seu pau, mais dele.

Quando ela gozou de novo, tremendo debaixo dele, sua boceta quente estremecendo ao redor dele, Red não conseguiu impedir o alívio. Com um grunhido, meteu com força uma, duas vezes — e então tudo a sua volta se estilhaçou até que restassem apenas cores e luzes, cores e luzes.

Nenhum dos dois se moveu por um bom tempo, mas uma hora Red teve que levantar. Precisava fazer alguma coisa com a camisinha. Por sorte, estava preparado para aquilo também. Depois que tinha dado um jeito naquilo e mais ou menos se limpado, voltou a se deitar do lado dela e a puxou para si, dando um beijo em sua cabeça.

"Você faz uma coisa por mim?", ele pediu.

"Eu faria qualquer coisa por você", ela disse, com voz de sono.

As palavras o atingiram como uma flecha no peito. Como se ela o tivesse amado em voz alta. Como se o quisesse do mesmo jeito que ele a queria: completamente, impossivelmente, com uma devoção pouco aconselhável. A felicidade floresceu dentro dele, como um jardim. Red a abraçou mais forte e prosseguiu: "Se não conseguir dormir esta noite, quero que me acorde, tá?".

Chloe não respondeu. Já estava dormindo.

No dia seguinte, Red arrumou as coisas para ir embora com um sorriso no rosto — um sorriso que ele ficou feliz em ver refletido no de Chloe. De alguma forma, aqueles sorrisos se mantiveram durante o dia, apesar das dores nas juntas que Chloe sentira pela manhã e da discussão que tiveram sobre qual era a rodovia A46, já no caminho para casa. O senso de direção dela — ou a falta dele — era a nona maravilha do mundo, depois do King Kong. Agora Red compreendia por que ela raramente usava o carro.

"Você precisa mesmo de mim por perto", ele disse, mal escondendo o sorriso de satisfação, sua necessidade de se sentir útil satisfeita. "Para acampar, entender mapas e essas coisas todas."

"Não preciso de você por perto", ela disse, despeitada. "Não para me dizer aonde ir, nem para a lista, percebi." Então seus olhos procuraram os dele, e seus lábios se contraíram um pouquinho. "Só *quero* muito, muito, você por perto."

O sorriso dele tinha um quilômetro de extensão.

Os dois chegaram em casa na hora do almoço, e Red sabia que devia ir para o próprio apartamento para dar espaço a ela e aquelas merdas todas, mas Chloe parecia um pouco cambaleante e ensonada. Ele queria alimentá-la e colocá-la na cama, então foi até seu apartamento. Cozinhou. Fez Chloe comer. Supervisionou o banho muito mais de perto que o normal, e descobriu outro uso para o assento de plástico que ela tinha no chuveiro.

Mas, por fim, *finalmente*, a mistura violenta de amor e tesão que carregava seu pau, como se fosse a maior bateria do mundo, arrefeceu, e os níveis de energia de Chloe pareceram afundar mais ou menos no mesmo momento. Então os dois se encontraram de volta à cama, ainda ligeiramente úmidos, em um casulo de pele quente e nua, corações batendo forte e bocas macias à procura. Red pensou que nunca havia se sentido tão pura e completamente *bem* em toda a sua vida.

Chloe passou um dedo pelo peito dele, depois o beijou na altura do coração. "Gosto bastante de você, Redford."

Ele tentou transformar um sorriso em um grunhido. "Ninguém usa meu nome inteiro tanto quanto você. E você ainda esbanja aos montes, como se fosse arroz em um casamento."

"Está com casamento na cabeça, é?", ela perguntou, com aquele tom de zombaria que já era familiar a ele. "Claramente sou ótima na cama."

Em geral, ele daria risada e retrucaria em seguida, então os dois trocariam provocações por um tempo. Mas a verdade era que ele estava mesmo com casamento na cabeça, se aquilo incluía a ideia de se casar com ela em algum momento no futuro não muito distante. E o fato de saber aquilo fez com que se sentisse estranhamente vulnerável. Tudo o que ele conseguiu fazer foi resmungar alguma coisa meio hostil e amaldiçoar sua pele corando.

Ela se afastou, parecendo adorar aquilo e estar pronta para perturbá-lo até o dia em que ele morresse. "Red! Você ficou *vermelho*. Por quê? Me conta, *vai*..."

"Cala a boca, mulher." Ele se sentou e beijou aquela boca linda dela para que se calasse. Chloe se inclinou para ele com um ruidinho suave.

Então houve uma batida na porta, e os dois deram um pulo. Estavam pelados. O que era problema, porque, um segundo depois, eles ouviram o barulho da chave na porta.

"Argh", Chloe gritou, e pulou da cama com uma agilidade que ele nunca tinha visto nela. Seu rosto se contraiu com o movimento — não importava o que ela dizia ou o emplastro chique que colocava, Chloe estava dolorida, sim, da noite anterior. Ela agarrou freneticamente algumas roupas.

"Quem é?", Red sussurrou, se sentando e olhando em volta atrás de... Ah, droga. Suas roupas sujas estavam na máquina de Chloe, que ela parecia usar como cesto de roupa suja. E suas malas estavam na sala, à qual ele não tinha como chegar sem passar pelo corredor, com o pinto exposto para quem quer que tivesse acabado de chegar ver. Parecia que ele ficaria preso ali, com seu corpo nu para lhe fazer companhia e os milhares de caderninhos de Chloe. Talvez pudesse usá-los para cobrir as partes íntimas se alguém entrasse no quarto.

Ou talvez seja mais fácil usar a porra do lençol, gênio.

Que bom. O pânico de Chloe era contagiante.

"Não sei quem é", ela disse a ele, pulando ao enfiar cada uma das pernas na calça do pijama. "Mas as opções são meus pais..."

Merda.

"Ou minhas irmãs."

Ele cruzou os dedos para que fosse a segunda opção. Ele não queria conhecer o pai e a mãe de Chloe daquele jeito. No plano ideal, estaria no mínimo *vestido* quando fossem apresentados.

"Chlo!", uma voz animada gritou do corredor. "Somos nós! Espero que não esteja morta!"

O corpo todo de Chloe relaxou enquanto ela vestia a parte de cima do pijama. "Eve", ela disse, com um alívio óbvio. "E..."

"Eu *sei* que não está morta", disse outra voz, assustadoramente parecida. Red se sobressaltou ao perceber que a voz das três irmãs era quase idêntica. Nunca havia notado aquilo. "Eu sentiria se você morresse. O que significa que está nos ignorando, sua vadia."

"Eeeee Dani", Chloe concluiu, revirando os olhos. Então pareceu um pouco acanhada. "Nossa, fiquei tão distraída me preparando para, hum, a viagem que faz dois dias que não escrevo para elas. Talvez três." Ela franziu a testa, pegou os óculos da mesa de cabeceira e disse a ele: "Vai ser rápido". Então ela hesitou, voltou a virar para ele e mordeu o lábio. Levantando a voz, gritou para as irmãs: "Estou bem! Só... me dá um minuto!". Então sussurrou para Red: "Quer vir junto?".

Ele olhou para o próprio corpo. "Estou pelado."

"Ah, sim." Ela piscou.

"Mas obrigado, linda. De verdade." Red sabia o que ela estava fazendo. Da última vez que Chloe tentara ignorar sua existência diante de um membro da família, ele talvez tivesse ficado levemente ofendido. Mas aquilo era diferente. Ele sabia que Chloe odiaria insinuar que tinha uma vida sexual ativa, não importava com quem fosse.

"Certo", ela disse, baixo. "Nesse caso, fica quieto!"

Antes que ele pudesse responder, ela correu para fora, puxando a porta atrás de si e quase a fechando. Red concluiu que sua desajeitada e tensa Botões ia tentar manter a presença dele em segredo, e deu uma risada baixa. Apesar das coisas dele espalhadas pela casa, para todo mundo ver.

Ela era encantadora.

Balançando a cabeça, ele saiu da cama e alongou os músculos cansados. Estava se perguntando como se ocupar no quarto de uma mulher que costumava usar frases como "rotina do sono" quando uma voz chegou do corredor. Embora fosse tecnicamente indistinguível da voz de Chloe, ele sabia que não era dela. Se tivesse que chutar, diria que era de Dani. "... não é uma explicação muito plausível. Desconfio que esteja tramando alguma coisa." Ela tinha conseguido fazer aquela frase soar tão sombria e ameaçadora quanto o professor Snape.

"O que eu poderia estar tramando?", Chloe perguntou, soando quase entediada, mas sem conseguir convencer totalmente. O fato de que estivesse tentando disfarçar fez um riso começar a subir pela garganta de Red.

Uma terceira voz falou. "Não tenho como confirmar, mas me parece catatonicamente impossível acreditar..."

"*Categoricamente* impossível."

"... que você foi acampar sozinha. E não por causa da fibromialgia. Você simplesmente não é muito do ar livre. E não parece traumatizada o bastante para uma pessoa que passou a noite em uma barraca."

Chloe respondeu com um toque de carinho na voz que envolveu Red como se fosse seda. "Era uma barraca muito, muito legal. Maravilhosa. Vou dar cinco estrelas na minha avaliação on-line."

Ah, ele apostava que sim.

"Hum...", alguém murmurou, mas Red não sabia quem. E então: "E as maravilhosas qualidades da barraca teriam alguma coisa a ver com o par de botas enormes ao lado da sua porta?"

"Ah, são... hã... desculpa, não estou vendo..."

Ele abriu um sorriso ao ouvir Chloe se atrapalhando.

"Eu sabia!", alguém gritou. "Você..."

"Quieta! Ele vai te ouvir!"

"Ele está *aqui*?"

"Xiu!"

A conversa se transformou em um coro de sussurros gritados. Red tentou não escutar, mas as paredes eram finas e a voz de Chloe era impossível de ignorar. Ainda assim, ele se esforçou. Então ouviu um murmúrio, marcado por divertimento, que acabou com suas boas intenções.

"Acho que estou te devendo cinquenta libras no fim das contas, Eve. Sexo sem compromisso e acampar eram os dois itens que não achei que ela fosse conseguir riscar da lista."

Red franziu a testa. Sexo sem compromisso? Aquilo não estava na lista.

Então, enquanto o sangue deixava seu rosto, ele se lembrou: a lista que havia visto não era a completa. E estava claro que Chloe mostrara às irmãs a verdadeira.

Um zumbido estranho preencheu seus ouvidos. Red sentiu um peso no estômago, como se de repente tivesse meio quilo de chumbo ali. Será que ele... será que Chloe...?

Não. Não. Red não ia assumir o pior com base em um comentário qualquer que havia entreouvido. Como poderia fazer aquilo? Chloe não era assim. Ele a amava. E talvez ela ainda não o amasse, mas não poderia tratá-lo como o tratava, não poderia ser tão doce com ele, se secretamente o visse como...

Nada. Ninguém. É isso que você é.

O pânico se esgueirou pela pele de Red, frio e pegajoso. Ele passou uma mão pelo cabelo, procurando por uma âncora, e encontrou uma: o post-it que havia deixado para Chloe na sexta de manhã, agora grudado à mesa de cabeceira dela. *Grudado* como se ela o tivesse amado, como se estivesse ali para ficar. Red se concentrou naquilo enquanto pegava suas memórias ansiosas e rastejantes pelo pescoço. Ele não era um nada, nem para Chloe nem para ninguém que importava, definitivamente não para si mesmo.

Então Red ouviu uma voz, como se para ajudá-lo: "Sexo sem compromisso saiu da lista".

"Então você mudou a lista?"

"Mudei."

Ele soltou o ar em meio a um alívio vertiginoso. Deixou o corpo cair na cama e ficou sentindo o formigamento dos membros entorpecidos voltando à vida.

"Acho que isso deve modificar os termos da aposta. Ela está deixando as coisas mais fáceis."

Chloe resfolegou. "Não estou, não!"

"Quanto menos itens, mais fácil fica."

"Eu substituí o item", ela disse, acalorada. "Coloquei Red no lugar."

Algo estranho aconteceu então. Os órgãos dele simplesmente se rearranjaram. Mudaram de lugar como se estivessem tentando abrir espaço à mesa cheia. O coração dele foi para o estômago. O estômago se alojou na garganta. Sua pele se esticou, como se quisesse virar do avesso. Seus olhos queimavam. Seus membros voltaram a ficar dormentes. O zumbido voltou aos ouvidos. A mão direita dele doeu. Red não conseguia respirar.

Aquilo era um mau sinal, não era? Ele se forçou a inspirar, a tragar o ar, mas mal o sentia nos pulmões, e sua cabeça estava zonza. O caleidoscópio de cores que o cercava desde a noite anterior se dissolveu, deixando seu mundo cinza. Red estava entrando em pânico e precisava impedir aquilo, mas não conseguia. *Respira, porra.* Ele agarrou os lençóis para se lembrar de onde estava, mas só se sentia nu, ridículo pra caralho e tapeado de novo...

"Não pode ser o que parece", ele murmurou para si mesmo, porque seu cérebro se rebelava, mas a boca ainda era sua.

Então sua mente lhe trouxe uma lembrança, como um flashback conveniente em um filme ruim: aquele primeiro passeio de moto com Chloe. Quando ela mencionara seu plano de acordar pra vida e ele presumira que era uma lista para bancar a menina má. Presumira que ela estava perseguindo uma emoção, só curtindo com o populacho, como Pippa.

Só que Chloe não era nem um pouco como Pippa. *Nem um pouco.* De jeito nenhum que ela ia usá-lo só para se sentir viva de novo. De jeito nenhum que ia vê-lo como um item a ser riscado de uma lista.

Ou um espécime a ser estudado pela janela.

Caralho.

21

Depois de um tempo longo demais, as irmãs de Chloe ficaram com pena dela e a deixaram voltar a sua "óbvia farra sexual". Suas bochechas ainda queimavam quando ela finalmente voltou ao quarto. "Desculpa por isso", Chloe disse. "Elas... Red, você está bem?"

Ele não parecia bem.

Estava sentado na beira da cama, com os dedos agarrados aos lençóis em pânico, o peito subindo e descendo a cada respiração. Seus olhos estavam vazios e sem vida. Red olhava para o tapete cinza simples com tanta intensidade que Chloe se perguntou se ele conseguiria ver algo que ela não via.

Seu foco não se abalou quando ele respondeu, com a voz bruta e irregular: "Sim".

Aquela única palavra mexeu com algo no fundo do peito dela. Ele soara errado, errado, errado. "Tem certeza? Você parece..."

Red se levantou, mais cortante que uma faca. "Preciso de roupas."

A ansiedade queimou Chloe por dentro. Ela sentiu pontadas quentes e frias em toda a pele. Havia algo de errado, e Chloe precisava descobrir o quê, mas não adiantava perguntar naquele momento — não quando ele seguiu a passos largos para a sala como se não sair correndo exigisse muito esforço. Red estava chateado, e queria se vestir para que pudessem discutir o problema como adultos razoáveis. Aquilo era tudo. Claro que era. Chloe tentava se convencer disso para afastar o velho pânico assustador que surgiu enquanto Red pegava suas roupas. Os movimentos dele eram espasmódicos, desesperados e frenéticos.

Como se ele mal pudesse esperar para ir embora.

Não, Chloe corrigiu. Como se ele mal pudesse esperar para ter uma ótima conversa madura com ela.

Mas, depois que estava vestido, Red pegou suas malas. O coração dela se apertou. Como na noite em que haviam trombado com sua tia Mary, ele parecia cercado por pregos invisíveis, parecia se proteger de qualquer brandura com sua postura corporal e o músculo trêmulo em seu maxilar. Mesmo assim, ela se aproximou. "Red..."

Ele se afastou daquela mão esticada como se ela fosse tóxica.

Os dois ficaram em silêncio por um momento, de olhos arregalados e tensos. Em meio às consequências daquela rejeição quase automática. Então Red piscou com força, parecendo se recompor. Evitando o olhar dela, ele soltou: "É verdade? Estou na sua lista?".

Ai, meu Deus. Ele tinha ouvido. Então era daquilo que se tratava. A humilhação a atingiu como uma bala, atravessando carne, sangue e osso e dizimando sua compostura. Red sabia o quanto a lista significava para ela. Talvez ele achasse que Chloe era patética, dependente e todas as outras coisas que Henry havia dito a ela antes de deixá-la. Mas aquilo não parecia certo. Não parecia com Red. Então qual poderia ser o problema?

"Chloe." Uma raiva fortemente controlada marcava as palavras dele. "Me responde."

Ela podia estar confusa, mas não ia mentir. "Sim." O rosto de Red apagou como se a energia tivesse sido cortada. De repente, ele era um desconhecido frio e distante. Chloe não conseguia compreender. "Por que está tão chateado?"

De repente, ele já não estava mais inexpressivo. Uma espécie de fúria horrorizada tomou conta, clara na lâmina poderosa que era sua língua e em seu olhar vazio. Também emanava de sua voz. "Está mesmo fazendo isso?", ele perguntou. "O quê? Está tentando dizer que estou exagerando?"

"Não", Chloe disse, imediatamente. "De jeito nenhum." A mente dela estava a toda. As coisas ficavam mais claras, mas Chloe não sabia como desfazer aquela confusão no campo das emoções, então optou por recorrer aos fatos. Obviamente Red achava que sua presença na lista significava algo horrível. Ela podia explicar que não era o caso. Só precisava ser paciente. "Se acalma um pouco, por favor. Estar na lista não é algo ruim."

A incredulidade se juntou à fúria, como querosene ao fogo. Ele respondeu depressa, com o corpo todo tremendo. "*Se acalma? Não é algo ruim?* Não sou idiota, Chloe. Esse tempo todo, eu estava... e você só estava me usando para a porra da sua... riscando itens e rindo com suas irmãs sobre..."

"Eu nunca faria isso, e você sabe!", ela retrucou, o pânico afiando sua respiração. "Red, me ouve. Te coloquei na lista porque você é importante."

Ele passou as mãos pelo cabelo com tanta força que ela sabia que devia ter machucado. "Tão importante quanto fazer alguma coisa errada?", ele vociferou, seu tom duro e zombador. "Você não me usou para isso também? Porra, e eu achando que era *fofo*."

Ela se enrijeceu. "Você não está entendendo..."

O grito dele saiu atormentado, como se tivesse sido arrancado do peito, em uma mistura de raiva e dor que a queimou como ácido. "Não vem me dizer que eu não entendo! Você não vai me fazer de idiota!"

Um silêncio extenuado se seguiu. Red parecia tão chocado com sua explosão quanto ela se sentia. Mas o vazio entre os dois deu origem a uma ideia desesperada: Chloe não ia conseguir fazer com que ele acreditasse nela, não quando Red estava naquele estado, mas podia lhe *mostrar* a verdade — se ele lhe desse uma chance. Chloe acharia a prova, acharia a lista, e ele voltaria para ela e pararia de tremer, de gritar, de olhar para Chloe como se ela fosse outra pessoa.

Nunca quisera tanto estrangular alguém quanto queria estrangular uma desconhecida chamada Pippa naquele momento.

"Espera", ela disse. "Vou te mostrar." Ela se abaixou na direção da mesa de centro, revirando a bagunça, os papéis, os inúmeros cadernos, em busca *daquele* caderno, o que resolveria tudo.

Red respirava fundo. Produziu um som que parecia de vidro quebrado, mas que talvez tivesse sido uma risada — uma risada corrompida. "Ah, é. Você vai procurar algum tipo de prova de que não é uma manipuladora, mentirosa e aproveitadora, só que não vai conseguir achar. Mas, ah, merda, se conseguisse... Né?" Ele não parecia mais com raiva. Só cansado. Muito cansado. "Para com isso, Chlo. Você já conseguiu o que queria. Pronto. Pode me riscar da porra da lista. Vou fingir que a gente nunca se conheceu. Até nunca mais." Ele se virou e foi embora a passadas largas.

Não, não, não.

Ela ficou ali por um momento, chocada, incapaz de falar, de pensar direito ou mesmo de respirar normalmente. Aquelas palavras rasgaram seu coração e causaram lacerações mais graves do que deveriam. Ela tentou se lembrar de que era tudo um mal-entendido, que aquilo era o que Dani chamaria de "gatilho psicológico".

Mas seus demônios bramiram alto: *Ele está te largando.*

No passado, Chloe havia prometido a si mesma que nunca perseguiria alguém que quisesse ir embora. Nunca permitiria que a sensação de abandono, o desespero ou o *amor* a fizessem de idiota. Mas seus pés se moveram sem permissão, devagar a princípio, depois mais rápido, até que ela estava tropeçando em caixas vazias, se apoiando nas paredes para recuperar o equilíbrio e se endireitando com feroz determinação. Quando alcançou Red, ele estava à porta aberta, de costas para ela. No limiar.

Não era sempre assim que acabava?

Mas Red não se moveu. Não deu o último passo. Seus músculos estavam tensos, como se congelados. Seu corpo parecia vibrar com algo que podia ser raiva, arrependimento ou indecisão.

Uma esperança surgiu dentro de Chloe, aguda, perigosa e impossível de resistir. "Confia em mim. Só confia em mim."

Ele não se virou. "Não acho que consigo."

Ela cerrou os molares com tanta força que poderia jurar que tinha ouvido um rachar. Sentia um caroço no fundo da garganta que era uma mistura de um orgulho doloroso, ácido, serragem e concreto. Tentou engolir aquilo, mas não conseguiu. Tentou acreditar que Red não ia fazer aquilo — não ia deixá-la assim, não ia se recusar a ouvi-la por um segundo que fosse —, mas não conseguiu.

Quando ela voltou a falar, sua voz pareceu em pânico e temerosa, e Chloe se odiou por aquilo. Não. *Não.* Ela odiou *Red* por aquilo, por ter provado que todos os seus anseios estavam certos. Mas não podiam estar. "Red. Não."

Silêncio. Um silêncio que queimava.

"Se você consegue ir embora com essa porra dessa facilidade", ela disse, desesperada, "não volta nunca mais."

A batida da porta sacudiu os ossos dela.

E Chloe se desfez.

* * *

Assim que Red saiu para o corredor, algo forçou sua mente a retornar a seu corpo. Nos dez minutos anteriores, ele se mantivera distante, desapegado, flutuando acima dele próprio, como um fantasma. Assistindo a si mesmo perder o controle. Sentindo o eco de sua própria dor como se pertencesse a outra pessoa. Agora ele o experimentava em primeira mão, como se Deus tivesse lhe dado um soco no estômago.

As paredes do apartamento de Chloe tinham se fechado lentamente sobre ele, os olhos lindos de partir o coração dela o haviam sufocado, mas agora Red tinha escapado e estava livre, exaurido e fraco. Ele se recostou contra a porta, incapaz de dar outro passo, e escorregou devagar até o chão. Seu mundo era uma névoa branca que se derretia em sangue vermelho, mas, quando ele pressionou as palmas contra o chão frio de linóleo, o choque o ajudou a focar. Sua boca estava dormente, como se pertencesse a outra pessoa. Sua língua tinha gosto de cobre, de sangue. Sua pele estava ensopada de um suor frio, e ele nem tinha notado.

Red estava com medo. Ele se deu conta de uma vez só, ao mesmo tempo surpreso e resignado. Estava com medo, e aquilo o deixara irritado, como se fosse a porra de um animal com raiva abocanhando o próprio pé preso. Aquele era um pensamento desagradável, e ele franziu a testa e eliminou a negatividade. *Não sou um animal*. Então disse aquilo em voz alta, porque a dra. Maddox sempre insistia naquela história de atenção plena e mantras. "Não sou um animal", ele sussurrou, com a voz desaparecendo como fumaça. "Não sou um animal."

E agora? Red disse a si mesmo para ter pensamentos positivos, e... encontrar algo em que focar. Pronto. Ele escolheu a primeira coisa que seus olhos encontraram: a porta do apartamento em frente ao de Chloe, que ele precisaria repintar por causa de um arranhão. Isso. Red ficou olhando para a marca preta na madeira vermelha e repetiu as palavras como se fossem uma prece. Era melhor que ninguém abrisse a porra da porta, porque ele não estava em condições de falar com os inquilinos. Ou com quem quer que fosse. Red ficou ali por um tempo.

"Tá", ele finalmente murmurou. "Muito bem, Red. O que acabou de acontecer?"

Chloe o havia manipulado, era aquilo. Ela o havia manipulado exatamente como Pippa. Só que a ideia que lhe parecera tão razoável cinco minutos antes agora soava ridícula pra caralho, porque Chloe não tinha nada a ver com Pippa. E Red sabia que aquela conclusão era dele, porque já tinha pensado naquilo milhares de vezes. Os dois relacionamentos não tinham nada a ver. Ninguém estava mexendo com a cabeça dele.

A pressão que ele sentia no peito se aliviou um pouco.

Red apoiou a mão direita na esquerda e esfregou a cicatriz dolorida. Sua cabeça também doía. As palavras se assentaram em sua mente como arame farpado, rasgando tudo o que tocavam. *Vou fingir que a gente nunca se conheceu. Até nunca mais.*

Ele tinha dito aquilo. Já parecia um sonho, um pesadelo, mas não — tinha sido ele. As palavras haviam parecido erradas em sua língua e agora pareciam erradas em sua memória. Então se reviraram, se retorceram, se transformaram. Ele ouviu Chloe, como se pela primeira vez: *Te coloquei na lista porque você é importante.*

Quando ela dissera aquilo, parecera papo furado. Como o tipo de desculpa sem sentido que Pippa sempre conseguia arrumar. Só que Chloe não era Pippa, Chloe não era Pippa, Chloe não era Pippa — e ela dissera que era um mal-entendido. E não, tipo, *Você é muito burro para entender*, como ele ouvira da primeira vez. Ela implorara para que ele lhe desse a porra de uma chance. Tinha pedido que esperasse. Talvez estivesse lhe dizendo a verdade. E ele fora embora. Tratara Chloe como merda e fora embora.

Red deixou a cabeça cair para trás e bater na porta. Merda, merda, merda. "Chloe?", ele chamou, com a voz grossa, as mãos se retorcendo de nervoso.

Houve uma pausa que durou uma eternidade. Então a voz dela veio do outro lado, marcada pelas lágrimas. "O que você quer?"

Aquilo partiu o coração dele. Como poderia ter pensado que ela...? Mas agora Red lembrava exatamente como. Lembrava o pânico desesperado que sufocara seus pensamentos lógicos e resgatara emoções tóxicas do passado. Ele só precisava explicar para ela, consertar aquele vacilo inacreditável.

Porque, independentemente do que tivesse escutado, independentemente do que acreditava, Red sabia que Chloe não o estava usando. Ele sabia.

"Merda", ele disse. Então, porque o tinha feito se sentir um pouco melhor, repetiu: "Merda. Desculpa, Botões. Eu... perdi o controle".

Ele ouviu uma fungada vaga, mas a voz dela saiu mais forte daquela vez. "Notei."

"Nossa, Chlo. Sou um babaca. Sou muito babaca."

"É pra caralho."

O fato de que pelo menos ela estava falando com ele já o enchia de esperança. Uma esperança dourada e cintilante, que chapinhava desconfortavelmente em seu estômago, misturada com o gosto amargo do medo. Ele sentiu náusea, mas ignorou. "Posso entrar? Podemos conversar?"

A resposta foi imediata. "Não."

Aquilo não o surpreendeu. Red se lembrava vividamente do que ela havia lhe dito, ainda que abafado pelo zumbido em seu ouvido. *Se você consegue ir embora com essa porra dessa facilidade, não volta nunca mais.* Ele poderia contar a ela a verdade — que não tinha sido fácil, que fora sua única opção, que quisera dar meia-volta e tocá-la, mas estava com medo pra caralho —, só que não achava que nada daquilo consertaria as coisas. Porque, até onde Chloe sabia, ele tinha simplesmente ido embora.

O impacto total daquele fato o atingiu com força o bastante para chacoalhar seus dentes. Ele tinha ido embora.

"Chloe", Red disse, e o nome saiu trêmulo com todo o seu desespero, todo o seu arrependimento. Ele fechou os olhos e passou as mãos pelo cabelo. "Não sei o que aconteceu. Não, eu sei. Estraguei tudo, e sinto muito. Entrei em pânico, não conseguia pensar, mas..."

"Eu sei", ela disse, interrompendo-o. Por um segundo, o coração dele deu um pulinho hesitante. Então Chloe prosseguiu. "Eu sei, Red. Eu entendo. De verdade. Mas... mas não acho que a gente deva se ver mais."

E então Red compreendeu plenamente o significado da palavra "devastação". Ele era a terra depois da queda de um asteroide monumental, tirado do eixo, queimado, sufocado e retorcido até se tornar estéril. "Chloe, não. Por favor. Estou tentando..."

"Não é por sua causa", ela disse, com firmeza. O que não podia ser verdade, só que... só que Chloe parecia tão segura. Tão calma. Tão no controle, como se as lágrimas que ele tivesse ouvido um momento atrás fossem imaginárias. "Sou eu", ela disse. "Não consigo fazer isso. Somos humanos, e eu vou dar mancada, ou você vai, e vai doer esse tanto, e eu não consigo. Não dá. Devia saber que não estava pronta para isso. Quando você foi embora..." Ela inspirou com tanta força que ele até ouviu. E aquilo lhe pintou um quadro na mente: Chloe, com o lindo rosto marcado pelas lágrimas que ele havia motivado, sua boca macia transformada em uma linha rígida para sufocar os soluços. O pensamento lhe causou uma dor física real. Suas mãos doeram, não por causa da cicatriz, mas porque precisavam tocar Chloe.

E ela não queria mais seu toque.

"Quando você foi embora", ela disse, recomposta, "a sensação foi de que eu estava me estilhaçando."

Red sabia bem o que era aquilo. "Linda..."

Chloe seguiu em frente, as palavras marchando como soldados bem treinados. "Ninguém deveria ser capaz de fazer eu me sentir assim. Ninguém deveria ter esse poder. Não é... seguro."

Ele sentiu como se uma mão fria pegasse sua nuca, e dedos compridos e gelados inundassem seu sistema nervoso até que seu corpo inteiro ficasse entorpecido. Chloe estava se fechando de novo, e por causa dele. Red não podia aceitar aquilo. Ele se recusava a ser o motivo pelo qual alguém tão corajoso voltava à hibernação. "Chloe, me ouve. Eu tenho problemas até não poder mais, só que não tem nada a ver com você. Você não fez nada de errado. Mesmo se não... mesmo se não me quiser mais, isso não significa que tem que desistir do mundo. De sentir coisas pelas pessoas. De correr riscos."

Silêncio.

"Chloe, você está aí?"

Nada. O pânico o tomou como chamas devorando uma floresta, numa destruição imparável.

"Chloe, por favor. Desculpa. Sinto muito mesmo. Você pode confiar em mim. Pode confiar em si mesma. Se me der mais tempo... Estou trabalhando nisso. Vou melhorar."

Aquilo finalmente arrancou uma resposta dela. Sua voz era gentil, mas as palavras o cortaram fundo. "Você não precisa melhorar, Red. Não para mim. Nunca. *Eu* deveria melhorar para você. Para *isso*. Foi... perfeito", ela disse, tão baixo que ele quase perdeu a última palavra. "Mas agora acabou. Tá bom?"

Pela primeira vez, Red olhou em volta, abandonando o arranhão que o ancorava. Ele olhou para a porta em que estava se apoiando, para a porta que escondia Chloe, e disse: "Não". Porque não estava nem um pouco bom.

"Estou indo, tá?"

"Não." E então, finalmente, sua mente desesperada encontrou uma solução. Uma possibilidade. Uma esperança. "Posso te mostrar", ele disse. "Posso te mostrar que vale a pena. Que você não precisa ter medo, porque mesmo quando eu ferrar com tudo vou resolver as coisas."

"Red..."

"Você é *perfeita* pra mim, Chloe", ele disse, e a determinação endireitou sua coluna, fortaleceu sua voz. Enfim, seu verdadeiro eu estava de volta. Red voltou a vestir sua confiança como se fosse uma jaqueta de couro desgastada. "Conheço você, quero você, preciso de você. Podemos fazer isso. Vou te provar."

"Não dá, Red." A voz dela vacilou no nome dele. "Isso não... relacionamentos não deveriam machucar assim."

"A vida machuca", ele disse com ímpeto. "É inevitável. Mas sei a diferença entre tortura e a dor do crescimento."

Ela não respondeu. Provavelmente tinha ido embora, de saco cheio dele insistindo como um fanático, mas tudo bem. Ele estava bem. Tinha tomado uma decisão e ia se ater a ela: Chloe significava demais para ele para deixar que as coisas terminassem daquele jeito. Talvez fossem terminar, independentemente do que Red fizesse, e ele teria que aceitar aquilo — mas não antes de tentar consertar as coisas. Não antes de ter feito tudo o que podia para merecer a confiança de Chloe. De provar que estava ali para ficar, de mostrar que estava trabalhando em suas questões. Por ela. Ia fazer o que fosse preciso.

Red ficou olhando para a porta por mais um momento, fingindo que Chloe ainda estava do outro lado. Então contou um segredo à ausência dela: "Eu te amo".

E foi embora. Era hora de provar aquilo.

22

Chloe queria acreditar que o "eu te amo" sussurrado de Red fora puro desespero — outra tentativa de última hora de fazê-la mudar de ideia, de consertar tudo o que havia se estilhaçado entre eles. Mas o fato era que, se ela não estivesse apoiada na porta, ouvindo-o enquanto seu coração machucado a segurava, nem teria ouvido aquilo.

Ele tinha falado sério? Aquilo era real? Talvez não fizesse diferença. Porque, não importava o que ele sentia, não importava o que *ela* sentia, Red ainda a tinha rasgado ao meio e destroçado suas entranhas só de sair pela porta.

Ninguém devia ser capaz de fazer aquilo com ela. Não daquele jeito. Não mais.

Então Chloe não se permitiu chorar quando ele foi embora. O que ela fez foi começar a trabalhar.

Com o corpo rígido e robótico, a dor física no fundo da mente, ela se sentou à mesa do computador, com o rosto austero, para finalizar o site de Red. Ia amarrar todas as pontas soltas que havia entre eles, e então... então ia esperar até que seu contrato de aluguel vencesse e iria embora do prédio. Quem ia desaparecer era ela. Pela primeira vez, seria Chloe Fodona Brown quem daria as costas para o emaranhado emocional perigoso que a ameaçava.

A ideia levou um sorriso feroz a seu rosto, mas não do tipo que tornava as coisas melhores. Talvez a fizesse se sentir ainda pior.

Ela levou horas para terminar o site. Quanto acabou, seu estômago se contorcia de fome, os nós dos seus dedos gritavam agoniados pelo excesso de uso e suas costas rígidas e doloridas faziam seus olhos lacrimejarem. Chloe estava se machucando e sabia daquilo, mas não restava espaço para arrependimento. Enquanto mandava seu último e-mail para Red, a única coisa que sentia era alívio.

Chloe ficaria muito melhor depois que aquilo estivesse acabado. Depois que desse um fim a todos aqueles sentimentos confusos, àquela ligação imperfeita e incontrolável.

Seu e-mail foi curto.

Red,
Seu site está feito e pronto para entrar no ar. Anexei todas as informações e instruções necessárias. Lembre-se de mudar a senha do administrador para impedir o meu acesso.
Chloe

Pronto. Ela esperou que a dor aliviasse. Em vez disso, pareceu dobrar, e uma ideia lhe veio à cabeça: e se Red estivesse sentindo a mesma dor? E se ele estivesse perdido e sofrendo, ainda abalado por não ter conseguido manter o controle antes? E se ele precisava dela e ela lhe dera as costas?

Chloe desligou o computador com um *clique* agudo do mouse e cortou todas as perguntas traiçoeiras com a mesma firmeza. Não importava. Não importava. Aquela era a melhor saída.

Ela esperava.

Chloe viu o aviso no dia seguinte, no quadro de avisos do prédio. Quase derrubou a correspondência que tinha ido buscar.

O zelador Redford Morgan ia embora no mês seguinte.

As palavras foram como um soco no estômago. Ela vinha se esforçando muito para não recordar as palavras dele do outro lado da porta, as promessas em que não conseguia acreditar. Não significavam nada. Mas Chloe estava feliz — com toda a certeza — que Red tivesse decidido ouvi-la e seguir em frente. Bom pra ele. Bom pra ela. Bom pros dois.

Ela percorreu todo o caminho de volta a seu apartamento trôpega e distraída. Sua mente estava tão movimentada que quase não notou a caixa de papelão que a esperava à porta. Chegou a chutá-la, a ponta do sapato a atingindo enquanto Chloe foi botar a chave na fechadura. De alguma maneira, no momento em que a viu, ela sabia que era de Red.

Afinal, não poderia ser nada que tivesse comprado — apesar de sua leve dependência das compras on-line —, porque estava do lado de fora de sua porta, e não na sala das correspondências. Tampouco tinha seu endereço, só uma palavra rabiscada em preto no topo. Chloe disse a si mesma que devia ser uma caixa de suprimentos dos pais, que tinham o costume de fazer aquele tipo de coisa. Ela podia imaginar o pai rindo sozinho ao deixá-la ali. Então ela se inclinou para pegá-la e leu a palavra rabiscada na caixa: *Botões*.

Chloe se sentia como um saco de ossos inúteis depois de todo o desgaste no dia anterior, de modo que arrastou a caixa para dentro pelo corredor em vez de tentar levantá-la. Uma vez em segurança em casa, se sentou no chão e ficou olhando para ela, tentando não sentir nada. Não funcionou. Havia um buraco em seu peito do tamanho de um coração apaixonado. Aquilo devia ser algum tipo de despedida.

Ótimo. Quanto mais rápido ele fosse embora, mais rápido ela nunca mais teria que se sentir daquele jeito.

Dentro da caixa Chloe encontrou um caderno com uma capa linda, dourado iridescente. Ela o abriu na primeira página, viu linhas e linhas dos rabiscos distintos de Red e o fechou com tudo, como se tivesse deparado com alguma coisa como um livro satânico.

Ela deveria abri-lo. Deveria ler a despedida dele, que sem dúvida incluía muitos pedidos de desculpa e apenas confirmava a conclusão extremamente razoável a que Chloe havia chegado. De que relacionamentos eram arriscados demais, e os dois tinham sido tolos de tentar. De que ela precisava ficar sozinha, porque era mais seguro. Afinal, se tivesse ficado sozinha nas semanas anteriores, não teria ficado a noite passada chorando até perder a voz. Não teria motivo para tal.

Chloe levou uma mão ao pescoço e se lembrou de que ele havia ido embora e faria de novo, de que aquilo não valia o risco, de que ela nunca deveria ter se envolvido com um homem, não depois de tantos anos perfeitamente confortável sozinha.

No entanto, ainda não conseguia abrir o caderno.

Ela o pôs de lado com o mesmo cuidado de alguém movendo uma cobra venenosa. Havia mais coisas na caixa, escondidas por uma camada de papel de seda. Chloe o rasgou e descobriu que Red havia mandado seu chocolate preferido. Com flor de sal, da Green & Black's. Não a cesta chique que ela sabia que eles vendiam pela internet, mas tabletes e mais tabletes, como se ele tivesse entrado na loja e comprado todo o estoque deles, como um doido. Os tabletes azuis tocaram seu coração por precisamente dois milésimos de segundo antes que voltasse a se fortalecer. Era um presente de despedida. Nada que devesse deixá-la saudosa, esperançosa ou arrependida.

Chloe deixou o chocolate sobre a mesa de centro, para que ficasse a seu alcance enquanto trabalhava. Não havia por que desperdiçá-lo.

No dia seguinte, outra caixa chegou, um pouco menor que a primeira. Daquela vez, Chloe ficou confusa de verdade. Era de Red, não havia dúvida, mas o que mais ele sentia que devia dar a ela? Era um pote com estrelinhas douradas incrustadas no vidro. Elas brilharam quando Chloe as segurou contra a luz, e por um segundo tudo em que ela conseguiu pensar foi na noite no bosque, nas estrelas no céu, nos pontinhos de luz dentro da barraca.

E nele. Red.

O pote continha três elásticos do tipo que ela gostava, daqueles mais delicados, que não quebravam o cabelo. Uma risada escapou quando Chloe percebeu o que ele estava tentando fazer. Ela nunca sabia onde seus prendedores estavam, a menos que estivessem no cabelo. Red queria que passasse a guardá-los ali. Tirando o sorriso do rosto, Chloe se lembrou de que potes de vidro eram inúteis para ela. Entre a fibromialgia e o tanto que usava as mãos no trabalho, costumava não ter força nenhuma em seus punhos e dedos. Era um dia raro e abençoado aquele em que conseguia abrir um pote de vidro.

Ela estava prestes a devolvê-lo à caixa quando se deu conta de que aquele não tinha tampa. Ou melhor, que a tampa era diferente de tudo o que ela já havia visto — algo transparente que parecia uma bolha envolvia a abertura. Chloe deu um cutucão hesitante, e aquilo cedeu ao seu toque. Ela insistiu um pouco mais. De repente sua mão estava dentro do pote.

Chloe ficou olhando para aquilo deslumbrada, enquanto seus olhos tentavam acompanhar o que suas terminações nervosas lhe diziam. Havia uma proteção circular em torno da borda da abertura do pote que inflava para "fechá-lo", mas sob pressão encolhia para deixar a mão entrar.

Talvez chocolate e uma carta que ela se recusava a ler pudessem ser tomados como uma despedida, mas aquilo ela não sabia como entender. Aquilo era algo que se dava a uma pessoa para mostrar que...

Para mostrar que você se importava com ela. Ou que a amava.

Talvez ela devesse ler o bilhete. Talvez não fosse uma despedida, no fim das contas. Talvez fosse pura magia em uma folha de papel, dizendo exatamente a coisa certa — aquilo que Chloe não conseguia nem definir, aquilo que ela não sabia que existia. Aquilo que apagaria toda a dor que havia sentido e lhe daria coragem suficiente para fazer tudo de novo.

Ou talvez ela corresse uma maratona no dia seguinte. Mas era melhor não apostar naquilo, não é? Chloe se reafirmou contra as interpretações fantasiosas de seu coração, deixou o pote de vidro ao lado do chocolate e se recusou totalmente a abrir o caderno.

Os dias se passaram e mais presentes chegaram.

Caixas com chás de suas frutas e ervas preferidas. Um gatinho de pelúcia que parecia muito com Smudge e que talvez tenha feito Chloe derramar uma ou outra lágrima ao vê-lo. E o qual ela talvez às vezes colocasse para dormir ao seu lado. Mas aquilo não importava, porque não havia testemunhas.

Em seguida veio um guia de Nova York, leve o bastante para que ela pudesse carregá-lo, que apontava caminhos usando pontos de referência e placas de rua em vez de mapas. E uma cadeirinha de plástico cor-de-rosa, cravejada de falsos brilhantes, a qual Chloe percebeu com uma risada que devia representar a Madame Cadeira. A ela se seguiu um pacote de marshmallows, acompanhado de uma receita escrita à mão ensinando a tostá-los no forno. Dava para notar que Red havia sido cuidadoso, por causa das letras maiúsculas e redondas, mas havia uma mancha de tinta laranja pôr do sol no verso do papel grosso cor de creme que fez Chloe sorrir. Ele havia feito desenhinhos bobos ao lado de cada instrução.

Chloe sentia saudade dele. Sentia tanta saudade dele que estava começando a odiá-lo.

Ela encontrou o caderno dourado, segurou-o nas mãos e tentou se convencer a abri-lo. Sabia que não era uma despedida. Tinha quase certeza de que era um pedido de desculpa, uma explicação de por que ele havia entrado em pânico.

O problema era que Chloe também entrara em pânico aquele dia, e não saíra daquele estado desde então. Se arrastar para fora daquela neblina confusa e furiosa motivada pelo medo não parecia impossível, mas era intimidador. Como se talvez ela não conseguisse fazer aquilo sozinha. Como se pudesse se perder na escuridão. Só conseguia pensar em uma pessoa que poderia lançar luz sobre seus pensamentos sombrios.

Então deixou o caderno de lado e pegou o casaco.

Estava quente o bastante no sótão onde ficava o estúdio de ioga de Gigi para deixar Chloe ligeiramente tonta, junto com a música baixa e tranquila e o sussurro suave da voz da professora. "Inspira... expira. Inspira... expira."

Chloe se pegou seguindo as instruções enquanto esperava a aula acabar, sentada desconfortavelmente em um pufe. Ela não tinha se dado conta do estado confuso e nervoso em que se encontrava até que entrara no carro para ir até lá. Por fim, decidira que era melhor chamar um táxi.

"Mais uma vez...", disse a voz calmante que vinha de Shivani, uma mulher de cinquenta e poucos anos tão feliz, confiante e resplandecente que chegava a ser deprimente. Ela vivia de top e legging, e fazia coisas com a coluna que não pareciam humanas. Tampouco pareciam desumanas, tipo arrancar um membro e bater em alienígenas com ele. Eram mais posturas arqueadas muito impressionantes. Ela estava à frente, diante de Gigi, que também usava top e legging e tinha um abdome muito mais definido que qualquer uma das netas, por baixo da pele enrugada e bonita. *Afe.*

A aula terminou. Gigi e Shivani riram baixo uma para a outra, como se sua flexibilidade, boa forma e, provavelmente, paz interior fossem uma piada interna hilária. Então se abraçaram por uns bons momentos suados, murmurando coisas uma no ouvido da outra. Se Chloe se permitisse pensar a respeito por mais de cinco segundos, precisaria aceitar que Gigi estava com toda certeza pegando a professora de ioga, e o fazia havia uns bons sete anos, motivo pelo qual Chloe não se permitia pensar naquilo por mais de cinco segundos.

"Até mais, Chloe, querida!", Shivani gritou ao ir embora. Ela não estava indo embora da casa, claro. Não, só ia descer para dar um pouco de privacidade a Chloe e Gigi, e para começar a preparar a vitamina de Gigi de grama de trigo, chocolate e licor Baileys, a bebida perfeita pré-jantar. Pelo visto.

"Meu bem", Gigi ronronou, tirando do nada um roupão azul de seda e o vestindo com graciosidade. Ela foi até os pufes onde Chloe estivera esperando com paciência por meia hora. Ou, sinceramente, onde ela estivera esperando amuada e com um ar um pouco frenético. "A que devo a honra da sua visita?"

"Só pensei em dar uma passada." Chloe tentara dizer aquilo como se não fosse nada de mais, só que as palavras retumbaram no piso de madeira como chumbo.

Gigi arqueou uma sobrancelha. "Você, alguém que não dirige voluntariamente desde 2003..."

"Você está exagerando um pouco, Gigi."

"... se deu ao trabalho de entrar no carro e sair do seu amado, imundo e cinzento centro..."

"Peguei um táxi pela segurança pública, na verdade."

"... e se esgueirar por essa casa como um ratinho sorrateiro para evitar seus pais e Eve..."

"Eu *não* fiz isso", Chloe mentiu, calorosamente.

"... porque sentiu vontade de *dar uma passada*?" Gigi franziu os lábios brilhantes. Quando tinham ficado brilhantes? Ela tinha acabado de passar maquiagem com algum comando psíquico? "Querida, como os jovens dizem, não me venha com essa merda."

"Ah", Chloe murmurou. "Que encantadora a minha avó."

"Sua avó só está impaciente pela vitamina e pela Shivani dela. Conheço você, Chloe. Poupe-nos da encenação e vá direto ao assunto."

Talvez aquelas palavras fossem um feitiço, e não uma sugestão, porque elas funcionaram. As palavras saíram pelos lábios de Chloe antes que ela pudesse pensar demais, se convencer a mantê-las dentro de si, ou mesmo rearranjá-las para parecerem frias e nada importantes. "Quando se ama alguém, Gigi, alguém que não *precisa* te amar também, alguém que pode te machucar e que você pode machucar também, e tudo pode dar errado, e já deu, como você sabe que, hã..."

"É de verdade?", Gigi sugeriu. Estranhamente, Chloe não tinha dúvidas naquele quesito. Nem tinha lhe ocorrido perguntar aquilo.

Sua questão era muito mais complicada. "Como você sabe que é seguro? Como você sabe que vale o risco?" *Por favor, diz que nunca vale. Diz que eu fiz a coisa certa. Diz que não abandonei Red sem motivo e que estamos melhor assim.*

Não. Por favor, não diz isso.

A avó a observou por um longo momento, com seus olhos lindos e enlouquecedores, emoldurados pelas rugas de um sorriso que provava a Chloe o que ela já sabia: apesar do hábito de dizer às netas para não franzir a testa, rir ou demonstrar emoções porque fazia mal à pele, Gigi nunca deixara que nada a impedisse de viver a vida plenamente.

Por fim, a avó disse: "Você fez duas perguntas muito diferentes de uma vez só, Chloe, e espero que não ache que é tudo a mesma coisa. O amor nunca é seguro, mas com certeza vale a pena". Ela surgiu com um cigarro apagado e o girou em seus dedos compridos e elegantes. Como Gigi não usava um lenço no cabelo aquela tarde, mantendo os cachos brancos e chiques à mostra, Chloe não fazia a menor ideia de onde o Marlboro estivera escondido. Na calcinha? Na narina? Em uma dimensão alternativa que ela acessava quando quisesse? Só Deus sabia.

Depois de um momento, Gigi voltou a falar. "Eu me apaixonei aos dezesseis anos por um traste que me engravidou e me abandonou, o que acabou com meus pais me botando para fora de casa porque eu era um mau exemplo para minhas irmãs. Eu gostar do... bom, do seu avô, imagino, não mudava o fato de que ele era um homenzinho patético e desprezível que não era digno do amor que eu lhe dava. E suas muitas falhas, infelizmente, não me impediam de adorá-lo. Afinal, quando se trata de amor, não é para as falhas da pessoa que olhamos, é?" Ela abriu um sorriso torto, mas Chloe não conseguiu sorrir de volta. "O amor não é seguro, como essa história prova. Mas vale a pena?" Gigi ergueu os braços em um gesto grandioso, e Chloe soube que ela não estava indicando a mansão em que se encontravam, tão diferente da casinha familiar de onde sua avó havia sido chutada, mas das pessoas que moravam ali. "Tenho seu pai. Tenho vocês. E, é claro, tenho minha música de sucesso top dez nas paradas, 'Hey, Mr. Dick Junior', e, se algum advogado ou jornalista vier xeretar, o que é que ele vai ouvir, querida?"

"Que não tem absolutamente nada a ver com Richard F. Jameson, de quem minha pobre e querida avó nunca nem ouviu falar", Chloe recitou, obediente. "Mas, Gigi, eu... bom, acho que é melhor dizer logo que estou falando de Red."

"Que choque", Gigi murmurou.

Chloe fez uma carranca. "Acho que me apaixonei por ele." Era o modo menos constrangedor que ela encontrara de dizer: *Amo Redford Morgan como um tigre que devora homens ama antebraços macios e carnudos.* "E acho que talvez ele..." Ela pigarreou e endireitou as costas, aceitando o que deveria saber desde o começo. Desde o momento em que ele chamara seu nome do outro lado da porta. "Ele também me ama", Chloe disse. Porque lá no fundo ela sentia que era verdade. "Mas magoamos um ao outro, e agora me sinto presa a uma hesitação infinita, porque, bom, e se continuarmos tentando? E se continuarmos envoltos em confusão? Sempre senti que sou o tipo de pessoa que..." Ela sorriu, ainda que não fosse engraçado. "Sou o tipo de pessoa que se machuca. Demais."

"Não", Gigi a corrigiu, tranquila. "Você é uma mulher que, apesar de uma vida repleta de dor, veio me perguntar sobre o amor."

Aquelas palavras atingiram Chloe como um acorde perfeito e harmônico, do tipo que reverberava em sua alma. Eram verdadeiras de um modo que se conectava com ela. Verdadeiras de um modo que fazia com que olhasse para si mesma de novo. "É", ela murmurou, devagar. "Acho que sou."

Quem mais ela era? Red sempre dizia que ela era corajosa. Ele a chamava de durona. Chloe concordava, porque, fisicamente, ela era mesmo. Mas emocionalmente... sempre tivera tanto medo. No entanto...

Era uma mulher que tinha ido até ali perguntar sobre o amor.

Era uma mulher que havia decidido acordar pra vida apenas com uma lista.

Era uma mulher que sobrevivia, todos os dias.

Era a porra da Chloe Brown, e estava começando a se perguntar se sempre tinha sido corajosa. Se só havia precisado se amar para se dar conta daquilo.

Enquanto a constatação aflorava nela, como o sol nascendo, Chloe imaginou que devia mesmo se amar. E a sensação era boa.

* * *

Ela foi para casa e abriu o caderno.

Estava sobre a mesa de centro, dourado e cintilante, reconfortante e assustador, havia quase uma semana agora. Ela pegou o falso Smudge para dar apoio moral, então se perguntou brevemente se deveria ligar para Annie para ter um apoio moral *de verdade*. Mas era melhor não — Annie era péssima em atender o telefone. Ia acabar ligando de volta em algum momento, mas Chloe precisava fazer aquilo já.

Ela precisava *dele*. E ele, Chloe desconfiava, precisava dela. Era hora de descobrir.

Chloe abriu o caderno. A caligrafia era cuidadosa e não chegava a ser caótica. Aquilo era tão Red que ela passou os dedos com carinho pelas letras. Então disse a si mesma, com severidade, para deixar de enrolar.

Querida Chloe,
Talvez você tenha ouvido dizer que estou saindo do trabalho. Provavelmente deve dar a impressão de que estou desistindo de você, mas não é o caso. Dei meu aviso prévio um dia antes de irmos acampar, porque ficar com você e trabalhar como zelador do prédio onde você mora não parece uma boa ideia. O trabalho me dava segurança, mas prefiro ficar com você a ter segurança. E, de qualquer modo, em parte por sua causa, acho que não preciso mais dessa segurança.
Você fez muita coisa por mim, e o fato de que tudo o que fiz em troca foi te magoar... bom, por si só já faria com que eu me sentisse um merda, só que, pra piorar, meu Deus, Chloe, eu te amo pra caralho. Fiquei em dúvida se devia te dizer isso, depois do que aconteceu. Mas talvez essa seja minha única chance e preciso que saiba disso, porque é a pura verdade. Chloe Sophia Brown, estou perdidamente apaixonado por você. E quero te provar isso, porque é o que você merece. Quero que volte a confiar em mim. Quero te fazer sorrir até que você esqueça qual é a sensação de chorar. Quero que você saiba que não vou a lugar nenhum.

Como você é especialista em planos, decidi aprender com você. Fiz uma lista.

COMO RECONQUISTAR CHLOE

1. Seduzi-la com comida e presentes.
2. Esperar do lado de fora da casa de Annie e roubar Smudge.
3. Aprender a usar o PlayStation. ✓
4. Pintar sem camisa diante das janelas. Talvez pelado. Posso traumatizar os moradores ou ser preso, mas acho que ela ia gostar.
5. Me encarregar de todos os botões, para que ela possa usar casaquinhos de verdade se quiser.
6. Usar a porcaria da minha conta no Instagram. ✓
7. Me tratar na terapia. ✓
8. Amá-la independente de qualquer outra coisa. ✓

Já pus alguns itens em prática. Espero que seguindo a lista eu acabe te reconquistando um dia. Se estiver tudo errado, se você quiser mais alguma coisa ou se estiver morrendo de vontade de me dizer o cretino completo que eu sou, fica à vontade para me ligar, dar uma passada ou abrir a cortina e me mostrar o dedo do meio. Por favor. Sinto sua falta.

A gente consegue. Se não confia em mim, confie em si mesma. Você deve saber que é capaz de atingir o que quer que se determine a buscar.

Sempre seu,
Red

Chloe leu a carta três vezes. Foi só quando uma lágrima caiu na página, afogando o "d" no fim do nome dele, que se libertou das palavras. Ela virou para a cortina, fechada como um escudo, e seus olhos se estreitaram. Uma força brilhante e reluzente atravessou seu corpo, e pela primeira vez em um bom tempo Chloe se sentiu viva. Impaciente. Determinada. *Exigente*. Ela foi até a janela, abriu a cortina e viu a escuridão do inverno a sua frente.

A escuridão do inverno e um quadradinho teimosamente iluminado.

Havia uma figura familiar atrás da janela do outro lado do pátio, com o cabelo caindo sobre o rosto, o peito nu revelando os músculos rígidos, as tatuagens ousadas, a pele vulnerável, a vitalidade. Ele estava inclinado sobre uma tela, como sempre, mas um segundo depois de Chloe ter aberto a cortina ficou imóvel. Devagar, muito devagar, ele se virou.

Ela não se escondeu.

A distância entre os dois dificultava identificar aqueles olhos felinos, primaveris, mas Chloe soube quando seus olhares se encontraram. Um arrepio eletrizante percorreu seu corpo. Ele olhou para a janela com intenção e levou a mão ao vidro, e ela teve a estranha sensação de que era um daqueles momentos na vida que poderiam significar tudo ou nada. Poderiam levar a uma transformação ou a um arrependimento. Era o tipo de momento com que mulheres ousadas e estimulantes se deparavam...

Não. Não. Era o tipo de momento com que *ela* se deparava, com suas listas, suas preocupações, sua timidez aguda e tudo o mais. Coragem não era uma questão de identidade, mas de escolha.

E ela o escolheu.

23

Red costumava pensar que estragar tudo era sua especialidade — mas, depois de estragar tudo com Chloe, não se permitira mais pensar aquilo. Porque, se fosse verdade, ele a teria perdido para sempre. E se a tivesse perdido para sempre...

Não. Aquela não era uma opção.

Então Red havia decidido que sua nova especialidade era consertar as coisas. Afinal de contas, ele soubera no momento em que o amor o atingira como um caminhão que não podia simplesmente enfiá-lo na cara dela e torcer pelo melhor. Ele soubera que ela precisaria de mais, que ele teria que fazê-la entender tudo o que se passava em seu coração, que teria que lhe dar um motivo para confiar nele. Então formulara o plano e elaborara a lista. Depois, como já havia dado o aviso prévio a Vik e o tempo voava, tinha se recomposto e começado a trabalhar.

Não só no que se referia a Chloe. Em tudo.

Toda manhã ele acordava, olhava pela janela e encontrava a cortina dela ainda fechada. Permitia que o medo doentio e ácido tomasse conta dele por alguns momentos, enquanto respirava fundo, desejando-a e sentindo sua falta. Então se recompunha. Tinha feito um planejamento de um mês, que seria quando deixaria o prédio para trás e mergulharia de cabeça no desconhecido. Detalhou suas economias em planilhas que deixariam Chloe louca de tesão, e confirmou de novo e de novo que podia correr o risco. Pesquisou o negócio, entrou em contato com velhos amigos e entendeu como o site funcionava por meio das instruções que Chloe havia escrito, ainda que ouvir a voz dela através de suas palavras destroçasse seu coração.

Ele ia ficar bem. Sabia daquilo. Mas ficaria muito melhor com Chloe. Só que os dias passavam, a cortina permanecia fechada e a cada manhã Red perdia um pouco da esperança.

Ou talvez bastante. Tanto que, quando ela abriu de fato a cortina — quando ele identificou o movimento e o derramamento de luz pelo canto de olho —, Red pensou por um momento que estava imaginando coisas.

Então se virou e a viu, e soube que nem suas lembranças mais desesperadas poderiam recriar aquele olhar fixo e pesado como a meia-noite.

Red ficou olhando, olhando e olhando. Ele a absorveu. Começou a se preocupar com a velocidade de Fórmula 1 do sangue correndo em suas veias, com as batidas dolorosas de seu coração. Talvez estivesse morrendo só com a euforia de vê-la. Talvez não houvesse problema naquilo.

Então ela desapareceu, em um lampejo de óculos turquesa e um volteio da saia rosa e branca. Red sentiu que tinha levado uma pancada na cabeça. Ele ficou ali, paralisado, com o pincel na mão, a tinta acrílica azul ameaçando pingar no chão, e pensou: *Chloe, Chloe, Chloe*, como um disco arranhado... até que ouviu uma batida à porta.

Era uma batida que ele só tinha ouvido uma vez na vida toda, mas Red sabia exatamente a quem pertencia. Ele soltou o pincel. Correu pelo apartamento. Abriu a porta com tudo, e lá estava ela.

Chloe Brown. Linda, com um olhar duro, o cabelo preso pelo elástico de bolinhas que ele havia lhe dado. E, sim, ele a estava secando, e não, ele não ia parar. Ela passou por Red para entrar no apartamento, e ele se forçou a deixar as mãos atrás das costas, porque puxá-la para seus braços e beijá-la até não poder mais seria *ruim*, seria muito, muito *ruim*...

"Aqui", ela disse, entregando-lhe algo. Sua voz rouca era a porra de uma música. Ele queria devorá-la. Podia botar sua boca na dela e... não, aquilo seria um beijo. Nada de beijos. Não quando ela poderia estar ali para lhe dar uma chance.

Red pegou o que Chloe lhe oferecia — um caderno —, com as palmas suando e as esperanças aumentando. "Chloe."

"Red", ela disse, calma. "Lê pra mim."

Com o coração na boca, ele obedeceu. Já sabia o que encontraria ali: a lista de Chloe. A de verdade, completa, sem censuras. Red inspirou fundo e finalmente leu os objetivos que haviam dado início a tudo aquilo.

A lista era muito clara, ordenada, a cara dela. Cada objetivo estava descrito cuidadosamente em tinta preta, à perfeição. Alguns itens ele reconhecia, outros não. Alguns estavam riscados, alguns tinham sido substituídos, tudo com muito carinho. Red sentiu um aperto no coração. Por que havia presumido que estar na lista significava o pior? Deveria ter sabido — e *soubera* — que aquele era o caminho que Chloe pretendia seguir rumo à pessoa que queria ser.

Só que Red nunca aceitara aquilo de fato, porque, para ele, ela já era perfeita.

Red sentiu uma necessidade louca de jogar aquele caderno do outro lado do cômodo antes de se encontrar na lista, só que aquilo seria um erro, e ele já havia cometido erros demais. Red se forçou a procurar por seu próprio nome. E encontrou.

Ficar com Red.

Ele deixou o caderno de lado e olhou para ela. Queria dizer alguma coisa. A coisa certa. Não conseguira antes, então duvidava que conseguiria agora. Mas ele tentou. "Eu estava errado. Sei que estava errado. Eu..."

"Li sua carta", ela o interrompeu.

Ela havia acabado de ler? Aquilo era bom ou ruim? Chloe parecia à flor da pele, nervosa, com os lábios tensos, os olhos hipnóticos evitando os dele. De repente, o cômodo pareceu mais escuro, e o momento assumiu todo o pavor e o caráter final que um túmulo inspirava. Ela não o queria. Ele tinha fracassado. Ele a havia perdido, de verdade.

Então Chloe disse, em um tom que Red não conseguiu decifrar: "Gostei dos meus presentes".

Ele deu uma risada entrecortada e passou uma mão pelo cabelo. Tentou transformar o medo em piada, porque Chloe não ia gostar se ele atirasse os pedacinhos de seu coração partido para o alto, como confete. "Chloe. Baby. Só... acabe com meu sofrimento."

Ela finalmente olhou para ele, e Red inspirou fundo. Não podia evitar, porque ela era linda. Fazia sua mente girar. Chloe franziu a testa de leve, balançou a cabeça e revirou os olhos. Então disse: "Tá".

E o beijou.

Red deixou o corpo cair contra a parede, e Chloe o seguiu. Ela enfiou as mãos no cabelo dele, pressionou o corpo contra o dela, enquanto seus lábios permaneciam suaves como pétalas. Procurando. Hesitando. Como se não estivesse certa da reação de Red.

E a reação de Red foi digna de um animal faminto.

Ele não conseguiu silenciar o gemido que o toque dela provocou nele, não conseguiu se impedir de tremer, não quando seu sangue se deu conta de que aquilo estava realmente acontecendo. Seus lábios entreabriram os dela com voracidade, e quando Chloe passou a língua na dele Red soltou um grunhido ferido e desesperado que devia ter lhe dito tudo o que ela considerara perguntar. *Preciso de você. Estou desesperado por você. Ainda sou alguém sem você, vou sobreviver sem você, mas não quero, porra, então não me obriga a fazer isso.*

Ele soltou o caderno. Suas mãos foram para a cintura dela, então para os quadris, depois para a fileira de botões costurados na frente da malha dela. Então para o cabelo dela, onde ele sentiu as ondas suaves sob os dedos, depois o pescoço, e depois o rosto. Em toda a parte, ele estava em toda a parte. E não era o bastante.

Chloe recuou e arfou. "Sinto muito."

Com cuidado, Red tirou os óculos dela. Ela parecia mais jovem e vulnerável, olhando para ele com menos foco. "Pelo quê, linda?"

"Por te deixar ir, e pelo tempo que levei para vir aqui. Deveria ter sido mais corajosa. Como você."

"Não", ele disse, com firmeza e decisão. "Você é tão corajosa quanto precisa ser. Você me torna alguém melhor. É a pessoa mais corajosa que eu conheço."

Ela agarrou a frente da camiseta dele, puxou-o para mais perto e voltou a beijá-lo.

Foi um beijo mais lento daquela vez, não tão urgente. Os toques falavam. A doce pressão da boca de Chloe na dele dizia: *Quero você.* O modo como ela passava as mãos no peito dele dizia: *Fiquei com saudade.* E quando seus dedos se entrelaçaram eram como peças de quebra-cabeça se encaixando. *Sou sua.* O mundo de Red se tornou rosa-marshmallow, branco elétrico, chocolate, terra e mar tropical. Era um mundo bom.

Ela voltou a se afastar, e tudo pareceu perder um pouco da cor. "É melhor a gente conversar direito."

Ah, sim. Como adultos racionais. "Ou podemos continuar nos beijando até ficar sem ar."

Ela sorriu, e o coração dele se partiu e se remendou sozinho.

"É sério", ele disse. "Se eu morrer, morri."

Ela riu, e o ar pareceu diferente. Limpo.

"Vem aqui", Chloe disse, marchando na direção do estúdio dele. Ela não soltou sua mão até se sentar, recostada contra um raro trecho de parede onde não havia nada empilhado.

Red se sentou à frente dela e tentou não se derreter diante de sua formalidade ao cruzar as pernas e ajeitar a saia sobre os joelhos. Então seu sorriso fraquejou. "Chloe, me desculpa. Eu perdi a cabeça, projetei todas as minhas merdas em você e... não deveria ter feito isso. Mas você leu a lista, e sabe que estou trabalhando nisso. Espero... bom, espero que seja o bastante."

Ela disse a ele, calma: "É, sim. Red..."

"Ah, espera. Esqueci um negócio." Ele voltou a pegar a mão dela e a apertou. "Eu te amo."

Os cantos daqueles lábios luxuriosos se inclinaram ligeiramente antes que ela pudesse controlá-los. Red se perguntou como podia já ter pensado nela como reservada — ou, na verdade, metida —, quando, se prestasse atenção, era capaz de distinguir todas as emoções que Chloe tentava esconder sob aquela máscara. E, naquele momento, ele se deu conta, com um sorriso, de que ela emanava alegria por trás da expressão severa. Era como tentar tapar o sol com uma peneira. Red podia ver cada raiozinho dourado queimando.

Mas o que ela disse foi: "Podemos falar sobre isso em um minuto".

Red disse a si mesmo que se tratava de um momento sério demais para se arriscar a rir.

"No momento", Chloe prosseguiu, "preciso pedir desculpas também. Sinto muito, Red. Sei tudo sobre a situação que serviu de gatilho. Já sabia na hora. Mas não soube o modo certo de reagir, e devia saber."

"Imagina, Chlo", ele disse, baixo. "A culpa não foi sua."

"Não, não foi", ela concordou. "Mas lembra o que você me disse uma vez? Sobre preencher as lacunas das outras pessoas? Você faz coisas por mim quando não consigo fazer por mim mesma. Quero te apoiar do mesmo jeito. Podemos trabalhar nisso? Juntos?"

Ela era fofa pra caralho. Muito fofa, e queria ficar com ele. Red fechou os olhos e assentiu, lentamente. Sua voz saiu áspera. "Sim, linda. Podemos trabalhar nisso."

"Ótimo. Porque você significa muito pra mim, e não quero que você precise enfrentar as dificuldades sozinho." As palavras dela eram um bálsamo para tudo nele que doía, ardia ou sangrava. Seus dedos se entrelaçaram com tanta força que Red torceu para que nunca se soltassem.

"Você", ele disse a ela, baixo, "é tudo para mim."

Chloe murmurou, seca: "Puxa-saco".

Ele sorriu com toda a alma.

"Naquele dia", Chloe disse, baixo, e o sorriso dele se desfez. "Naquele dia, nenhum de nós deu ao outro uma chance. Você reagiu mal a uma situação que admito que era confusa, depois eu reagi mal ao fato de você ter reagido mal. Queria ter sido mais compreensiva. Mas estava tentando me proteger, tentando evitar assumir riscos, porque a verdade é que você me assusta. Você é monumental. Evitar tudo entre nós pareceu mais fácil que encarar a dor. Mas me recuso a continuar tendo medo, Red. Você é mais importante que isso."

Esperança, alívio e uma felicidade impossível e incandescente tomaram seu peito, como se as emoções de Red se misturassem para criar a cor perfeita para o momento. Uma cor linda, brilhante e toda Chloe, como aqueles óculos azuis fofos ou seus olhos castanhos e calorosos. "Talvez a gente devesse jurar solenemente que no futuro vamos ser menos cagões."

"Pode ser", ela disse, com um sorriso lento.

"Tá bom. Eu juro."

"Eu também."

Ela esticou o mindinho, e ele sorriu. "O que é pra eu fazer?"

"Me dá seu dedinho", ela disse, severa, e Red obedeceu. Chloe engachou o dela no dele e disse: "Agora é oficial. Juramos de dedinho".

Ele riu e a puxou para mais perto, porque não conseguia resistir. Ela prendeu o fôlego ao se inclinar para a frente, roçando a bochecha na dele. Aquele leve contato fez uma onda de prazer quase insuportável percorrer Red. Ele sussurrou na orelha dela: "Estamos bem?".

"Estamos", Chloe disse, baixo.

Algo partido e denteado dentro dele se encaixou, voltando ao lugar tão tranquilamente que Red sentia que devia ter produzido um *clique*. Ele estava onde deveria estar, com quem deveria estar, e como deveria estar: com Chloe.

Red se levantou, puxando-a consigo. E então, porque ele estava naquele clima, a pegou no colo. Chloe soltou um gritinho de surpresa enquanto ele a embalava contra o peito, apertando-a junto ao corpo, sentindo o cheiro de flores e baunilha. Tudo que havia de errado com o mundo dele se resolveu. "Fica sabendo que você nunca vai se livrar de mim. É você e acabou. Estou fodido. Completamente fodido."

Ela riu, passando uma mão pelo cabelo dele. O gesto era impensadamente possessivo. Red fechou os olhos por um momento, em uma onda de satisfação.

"É bom saber", Chloe disse. "E aonde estamos indo, aliás?"

"Pro quarto. Já que estamos oficialmente bem, não tem por que você ficar sentada no chão, em vez de em um lugar mais confortável."

"Justo. Vamos só nos sentar. Nada mais."

"Ah, sim. Nada mais."

A princípio, foi só aquilo mesmo. Chloe fez mil perguntas sobre os planos de Red e assentiu em aprovação para suas respostas. Ele mostrou para ela as contas de redes sociais que havia criado, e Chloe lhe explicou por que suas legendas eram péssimas e lhe ensinou como encontrar as hashtags certas.

E foi só aquilo mesmo.

Mas então Chloe ficou cansada, e os dois se deitaram. E então ela o beijou, e deu um curto no cérebro dele, e quando Red viu já estava em cima dela, segurando suas mãos e lambendo a boca de Chloe enquanto ela gemia.

E então, no meio daquilo tudo, ela soltou: "Ah, eu quase esqueci! O assunto que deixei pra depois".

"Que assunto?", ele murmurou, descendo os lábios pelo pescoço dela.

"O fato de que você me ama."

Red parou na hora.

"É muito fofo, claro", ela disse, em uma voz tão inocente que Red simplesmente *soube*.

"Chloe."

"E muito lisonjeiro, principalmente porque veio de alguém tão maravilhoso como você..."

"*Chloe.*"

"O que foi? É falta de educação interromper os outros, sabia?"

Ele sorriu para ela. "Para de me torturar. Fala logo."

"Falar o quê?"

"Chloe..."

"Eu te amo, Red. Eu te amo, eu te amo, eu... *mmpf!*" Ela soltou um gritinho quando ele a beijou com tudo.

Aquelas três palavrinhas eram boas pra caralho aos ouvidos, mas o gosto delas nos lábios de Chloe era ainda melhor.

Epílogo

Um ano depois

"Chloe, sua vaca, já está na hora de você... Ah, oi, Red." Eve sempre passava a se comportar impecavelmente assim que via o rosto de Red na tela do celular.

Chloe revirou os olhos sem nem disfarçar. "Oi, irmãzinha querida. Só pensei em dar uma ligada para ver se está tudo bem antes de sairmos."

"Não é verdade", Red disse, prestativo, erguendo a voz acima do barulho do trânsito e do estrépito de centenas de passos típicos de uma rua movimentada de Nova York. "Eu que fiz ela te ligar."

Chloe pisou no pé dele. Red sorriu para ela sem parecer arrependido.

"Sinceramente, Red, graças a Deus que você está com ela", Eve disse, em reprovação. "Aposto que você já ligou pra sua mãe hoje. Como um *bom filho*." Ela olhou feio para Chloe, então deu as costas para a câmera e gritou: "GENTE! É A CHLOE NO TELEFONE!".

Pelo visto, a família inteira estava em casa. *Que sorte*. Dani apareceu primeiro — ela não deveria estar em uma biblioteca em algum lugar, passando fome em nome do mundo acadêmico? —, seguida pelo pai delas, como sempre de casaco, como se fosse sair de casa a qualquer minuto. Então veio a mãe — ah, não, era tia Mary sem maquiagem. A mãe mesmo veio em seguida, com um sorriso enorme que não era típico dela. Ela gostava de Red, achava que ele era um *menino encantador*, o que na verdade significava "forte o bastante para proteger minha querida filha se ela insistir em perambular pelo mundo".

E Chloe tinha de fato insistido.

Então Gigi enfim apareceu, empurrando todo mundo da frente até que seu rosto ocupasse quase a tela inteira. Ela ainda não havia pegado totalmente o jeito da chamada de vídeo, e preferia garantir que todo o seu esplendor pudesse ser visto. Gigi sorriu e levantou os braços para mostrar Smudge, que se debatia e protestava.

Sim, eles estavam com Smudge. Quando Chloe e Red se mudaram para um prédio em que animais eram permitidos, Annie tinha lhes dado um presente de casa nova que fora muito bem recebido.

"Querida", Gigi ronronou, "você está mais feliz do que nunca?"

"Talvez", Chloe disse, com um sorriso tímido.

A mão enluvada de Red apertou a mão dela, mas sua família não tinha como ver aquilo.

"Smudge está morrendo de saudade. Não é, Smudge?"

Smudge expressava no máximo apatia.

"Também estou com saudade", Chloe disse.

O inverno de Nova York era congelante. Por aquele motivo, apesar de estar sentindo um pouco a falta da família, Chloe correu com a ligação. Ela mandaria mensagem depois, assegurou a todos, e sim, estava se sentindo bem, e Nova York era mesmo empolgante, mas não, não ia comparar com Quênia, Bélgica ou Cuba, porque eram todos lugares muito diferentes e igualmente incríveis.

O que era mentira, claro. Era de Cuba que Chloe mais tinha gostado. Mas ela e Red ainda não tinham terminado a viagem.

Depois que seu último parente finalmente se despediu, ela abaixou o telefone e se virou para Red. "Desculpa. Eu devia saber que a ligação ia durar uma eternidade."

"Não tem problema, Chlo."

"Tem, sim. Deve ter parecido quase uma provocação." Ela olhou para a entrada de vidro do Museu de Arte Moderna atrás deles, e então de volta para Red. Ele estava praticamente explodindo de animação. O frio havia deixado a ponta de seu nariz e suas maçãs do rosto rosa-claro. Seus olhos verdes brilhavam, como uma faísca do verão no meio do inverno. Ele era simplesmente divino. Chloe não sabia como podia ser real. "Sei que está louco para entrar. Vamos?"

"Ah, vamos. Mas primeiro..." Red levou a mão à bochecha de Chloe, e ela nem se importou que a luva estivesse fria e um pouco úmida por causa da neve caindo. "Me deixa ver se consigo encontrar algo para beijar debaixo de todas essas camadas."

Talvez ela tivesse exagerado um pouco com os cachecóis — eram dois — e os gorros — de novo, dois —, mas estava *frio*.

"Quer me beijar agora?", Chloe chiou enquanto ele tirava da frente a lã que protegia o rosto dela do vento forte. "Neste minuto?"

"Quero te beijar todos os minutos do dia", ele murmurou, com os olhos de repente sérios. "E quero te beijar em todas as cidades do planeta." Então, enquanto o coração dela extravasava quantidades doentias de amor, os lábios dele tocaram os dela. Depressa, de leve, mas a sensação ainda era tão maravilhosa que ela sentiu os joelhos fraquejarem um pouco.

Red recuou e se demorou devolvendo os cachecóis ao lugar, muito embora eles não fossem ficar na rua por muito tempo mais. Reprimindo um sorriso, ela disse: "E agora, vamos entrar?".

"Você está se sentindo bem? Não está cansada da caminhada, está?"

"Ainda não." Bom, só um pouquinho.

Red quase vibrava de vontade de entrar, mas ainda assim se segurava para verificar como Chloe estava. "A buprenorfina continua funcionando?"

"Estou curtindo o barato, meu amor." Ela tentava não usar os emplastros de opiáceos o tempo todo, mas na viagem a Nova York era realmente uma necessidade.

"Ótimo", Red disse, muito satisfeito que sua namorada estivesse apropriadamente drogada. E então, depois de soltar o ar devagar, ele sorriu. "Então vamos entrar."

"Em frente! Tenta não mijar nas calças de tanta empolgação, seu nerd."

Ele olhou feio para ela enquanto entravam no museu. "Chloe. Por favor. Esse é um estabelecimento de alta classe."

"Desculpa. Sou indomável."

Com um sorriso torto, Red disse, sério: "Eu sei".

Agradecimentos

Há tantas pessoas a quem tenho que agradecer por este livro. Vou parecer uma jovem estrela superentusiasmada aceitando seu primeiro Oscar, mas este livro realmente foi resultado de um trabalho em equipe. Algumas das pessoas a quem quero agradecer provavelmente nem sabiam que faziam parte do meu time, mas faziam. Vocês compartilharam sua graça com o mundo e eu a absorvi como se fosse a luz do sol, por isso vocês fazem parte do time. Surpresa!

Por onde começar? Pelo começo, imagino. Obrigada a Frances Annie Nixon. Queria que você tivesse vivido o bastante para ver seu nome no meu livro. Às vezes, te imagino recomendando esta história a seus amigos mais recatados, depois dando risada quando eles reclamam do conteúdo sexual. Sinto sua falta.

Mãe, obrigada por ter lido para mim, mesmo quando as pessoas diziam para não se dar ao trabalho. Como sempre, estavam todos errados e você certa. Agora você tem a prova disso por escrito. Por favor, não abuse desse poder.

Truly, minha pequena encrenqueira: você é a única no mundo que não me julga quando falo com pessoas imaginárias. Obrigada por isso.

Agradeço a Sam por atender sempre que eu ligava e responder a qualquer pergunta aleatória e fora de contexto que eu fazia, e por não se ofender quando eu desligava sem nem me despedir.

À dra. Griffiths, que me olhou nos olhos e disse: "Antes de tudo: acredito em você". Sou incapaz de explicar o que você fez por mim naquele dia. Obrigada.

KJ Charles, sem você e seu poço de bondade e apoio sem fim eu provavelmente não estaria onde estou. Então obrigada, obrigada, obrigada. Courtney Miller-Callihan, minha maravilhosa agente, muito obrigada por acreditar em mim e por lidar com minha inaptidão social. Obrigada a Nicole Fischer, por transformar o que era mais ou menos uma história em um livro de verdade. E a Ainslie Paton, Therese Beharrie, Em Ali, Charlotte Stein e a todos os outros autores e amigos que me tranquilizaram.

Orla, Divya, Michal, Maz e Laila: sempre que estou estressada, vocês aparecem, como pequenos raios de sol, como se tivessem um sexto sentido. Obrigada por me fazerem sorrir. E obrigada à sra. Smith, à sra. Marriott, ao sr. Marriott (que não tem parentesco com ela!) e ao sr. Cleveley — e não, não posso usar os primeiros nomes deles. Não me é permitido.

Obrigada à Avon Books por ser do tipo que fala: "É claro que você pode escrever esse livro pra gente!". Quase desmaiei, mas, ainda assim, sou muito agradecida.

Finalmente, agradeço a todo mundo que me disse que eu nunca conseguiria. Vocês fazem com que eu me sinta uma cantora de R&B triunfante, e quanto mais perto eu conseguir chegar da Beyoncé, melhor.

TIPOGRAFIA Adriane por Marconi Lima
DIAGRAMAÇÃO Osmane Garcia Filho
PAPEL Pólen Soft, Suzano S.A.
IMPRESSÃO Lis Gráfica, junho de 2022

A marca FSC® é a garantia de que a madeira utilizada na fabricação do papel deste livro provém de florestas que foram gerenciadas de maneira ambientalmente correta, socialmente justa e economicamente viável, além de outras fontes de origem controlada.